Zur Erinnerung an meinen Vater
Gerhard Pfeiffer

Line Grapenthiens zweiter Kriminalfall im Teufelsmoor. Die Bremer Köchin hat auch nach einem Jahr im Moor mit Leichen zu tun. Außerdem kämpft sie weiter gegen den Hass der Bäuerin Anna Sandvoss und die Heimtücke der alten Piss-Jule.

Ingrid Pfeiffer, geboren 1950 in Lehnstedt/Hagen im Bremischen, aufgewachsen in Bremen-Blumenthal, arbeitet als Trauerrednerin in Bremen, Worpswede und Umgebung. Schon von Kindheit an interessierte sie sich für Geschichte und Archäologie. Besonders die Küche und die Historie Norddeutschlands haben es ihr angetan. Einen Roman zu schreiben, in dem sich ihre Interessen unterbringen lassen, war darum reizvoll und naheliegend. Und natürlich ist die Hauptperson der Geschichte ein Köchin.

Ingrid Pfeiffer

Die Köchin oder Die Leiche im Moor

Bibliographische Information der Deutschen Bibliothek: Die Deutsche Bibliothek verzeichnet diese Publikation in der Deutschen Nationalbibliographie. Detaillierte bibliographische Daten sind im Internet über http://dnb.ddb.de abzurufen

Hersteller und Verlag: Books on Demand GmbH, Norderstedt
Umschlaggestaltung und Layout: Ronald Ilenborg
ISBN: 978-3-8334-8450-6

Inhalt

Vorwech

Sonntag, 23. September 1792 in Worpswede im Teufelsmoor. Laut und aufdringlich lachte die junge Frau. Jeder Kirchgänger sollte sie wohl bemerken. Augenfällig schäkerte sie mit den *Jungkerls*, die sich um sie geschart hatten.
Auch die älteren Männer bekamen blitzende Augen und gingen ein wenig langsamer, um den Anblick der verführerischen Frau noch ein wenig länger zu genießen.
Die Frauen schüttelten die Köpfe über solch herausforderndes Gehabe und strebten der Kirchentür zu. Sie zogen dabei ihre Kinder vorwärts, die den Unmut der Mütter spürten und gerade darum so gern stehen geblieben wären.
Nur Piss-Jule baute sich vor der kleinen Gruppe auf. *„Dat du di nich schamst! Nu, wo du glieks in den Herrgott sien Huus treten schallst!“*
Piss-Jule kam den jungen Leuten sehr nahe. Nicht ihr Gekeife, sondern der durchdringende Ammoniak-Geruch aus den Röcken der alten Frau schaffte es blitzschnell, die Gruppe aufzulösen.
In der Kirche saß die eben noch so dreiste junge Frau gefasst und ruhig in der Bank und wirkte fromm und andächtig. Gekleidet in das sonntägliche Schwarz, unter der Haube lugte eine Strähne der weißblonden Haare hervor, waren die Augen auf die gefalteten Hände im Schoß gerichtet. Nur die Nase ragte ein klein wenig keck in die Luft und die kräftig durchbluteten Lippen gehörten zu einer jungen Frau, die eher lebhaft als still wirkte. In die Mundwinkel allerdings waren Furchen eingegraben, die eigentlich nicht zu einer so jungen Frau passen wollten.
Line Grapenthien wunderte sich: Die Falten sahen nach Schmerz aus. Erstaunlich auch, wie verschieden sie sich gab, außerhalb und innerhalb der Kirche.
Line versuchte, sich wieder auf den Gottesdienst zu konzentrieren. Der Wechselgesang zwischen Pastor und Gemeinde gefiel ihr immer so gut, besonders das „Kyrie eleison“, die so fremdartigen griechischen Worte, hörte sie gern und sang danach das „Herr, erbarme dich“ voller Inbrunst mit.

„Krürürü leisen!" Laut krächzte hinter ihr eine Frauenstimme den Part des Herrn Pastor mit. Line wusste, das war Piss-Jule! Zwei Bänke weiter saß die alte Frau ganz am Ende der Bank. Da zwei der Günnemoor-Stellen zurzeit nicht bewohnt waren, blieben die beiden Plätze neben ihr frei. Line hatte darauf geachtet, vor Piss-Jule in die Bank zu rutschen, um die alte Frau nicht zu berühren, denn mit jeder Bewegung ihrer Röcke entstand eine beißende Duftwolke nach abgestandenem Urin. ‚Wenn ich neben ihr sitzen müsste, ich würde gegen Ende des Gottesdienstes ohnmächtig sein.' Line schüttelte sich.
„Krürürü leisen!" Fast schrill klang die Stimme. War Piss-Jule ärgerlich? Aber doch wohl nicht auf den Herrn Pastor! Warum sang sie so laut und dabei so falsch mit?
„Krürürü leisen!" Nun drehten sich mehrere Köpfe um. Line stieß Louise an und kicherte. Das „Herr, erbarme dich" konnte sie danach fast nicht mehr mitsingen, denn sprudelndes Lachen stieg in ihr hoch. ‚Jetzt bloß nicht laut werden, dann wird auch der Herr Pastor aufmerksam', befürchtete Line.
Die Kirchentür wurde leise geöffnet. „Herr Pastor … Herr Pastor … Herr Pastor!" Flüsternd, dabei aber immer lauter werdend, kam ein Fremder durch den Mittelgang nach vorn. Am geschulterten Wanderstock baumelte ein von Stoff umhüllter runder Gegenstand. Seine Kleidung bestand aus einer geflickten Hose und einer zerschlissenen Jacke, er war wohl ein *Slöpendriver*.
„Ich werde am Sonntag auch immer in den Gottesdienst kommen, Herr Pastor!"
„Was ist denn heute!" Der sonst so reservierte Herr Pastor war erbost: „Immer diese Störungen! Könnt ihr euch nicht an die Gottesdienst-Ordnung halten? Ihr wisst doch, wann wer zu singen hat!"
Das ging eindeutig gegen Piss-Jule und ihr „Krürürü leisen!"
„Und was ist mit dir? Die gute und fromme Andacht ist sowieso dahin! Ich kenn' dich doch! Sag' mir deinen Namen! Warum kommst du so spät zum Gottesdienst?"
„Herr Pastor, hmmm … Entschuldigt auch. *Ek bün man blots* Korl-Fofftein, ich wollte doch gar nicht stören, aber es ist etwas passiert! Ich bin heute Morgen in Wendelkens Torfstich gestie-

gen, um noch 'ne Mütze voll Schlaf zu kriegen. Da hab ich mir mit meinem Stock einen guten Sitzplatz machen und so'n *büschen* Torfwand begradigen wollen. Und dabei ist mir ganz plötzlich ein ganzes Stück Torf rausgefallen. Und da ist mir ein Kopf entgegengerollt. Herr Pastor, nur *een Kopp*! Herr Pastor, *ek hevv n Lieken-Kopp funnen*!"

Verbrannte Dalers

Line stellte ihren Holzteller mit *Bookwetenpannkoken* in den Henkelkorb, legte einige Handvoll Pflaumen drum herum und setzte einen irdenen *Kump* wie einen Deckel verkehrt herum darauf. Den zusammengefalteten Stoffsack steckte sie sich unter das Schürzenband.

*

Früllerk Grapenthien schob einige abseits liegende glühende Torfstücke auf das Feuer. Eine einzelne Bootsplanke hatte er wieder vom Bootsrumpf entfernen müssen. Er hatte sie nicht richtig eingepasst und ärgerte sich, dass er nun nachträglich noch einmal ein Holz krümmen und einsetzen musste. Von unten Hitze, von oben nasse Säcke brachten mit der nötigen Geduld die notwendige Rundung in das Eichenbrett. Er arbeitete mit seinem Freund und Nachbarn Hans Sasse am Torfkahn. Er war beinahe fertig. 32 Fuß war der ½ Hunt lang, in den bis zu 50 Körbe Torf geschüttet werden konnten.
Hans beanstandete das Feuer. Früllerk ließ es über Tag nicht ausgehen, Hans dagegen jammerte über den großen Verbrauch an Torf. *Massig Dalers* würde der in Bremen bringen. „Nur noch wenige Tage, dann ist der Kahn doch fertig, oder? Es ist genau die richtige Zeit. Die Bremer brauchen ihren Wintertorf!"
Früllerk musste *grienen.* „Ich weiß noch von einem Moormann, der nicht an den guten Verdienst durch den Torfverkauf glaubte. Wer kann das wohl gewesen sein?"
Hans stieß ihn freundschaftlich in die Seite. „Mach' du man deinen *Spiejök* mit mir. Du hast mich schließlich doch überzeugt. Bei einem Besuch in Worpswede in der *Kneipe* habe ich dich sogar verteidigt. Alle grienten über das viele Geld, das ein Schiff zuerst einmal kostet. Nur ein Knecht, Johann Grotheer, zeigte Interesse. Wenn er genug Geld gespart hat und seine Liebste ihn heiratet, dann will er auch siedeln. Er sprach von der Umbeck und dem Bergedorfer Schiffgraben. Dort irgendwo soll ganz am Schluss ein

Moordorf entstehen. Der meinte, die Idee eines Torfkahns sei gut. Oft genug sind wir inzwischen doch auch mit deinem Kahn zum Gottesdienst gefahren. Sehr bequem, meint sogar meine Louise. Und weißt du noch, Früllerk, vor deiner Heirat war ich doch einmal sogar mit in Bremen. In das vornehme Haus an der Langenstraße traute ich mich aber kaum rein."

„Da hast du auch meine Line kennen gelernt!"

„Ich seh' sie noch vor mir, in der großen Küche hinter der Diele. Dein Leibgericht war gekocht. Labskaus, mmh! Und Line mit einer großen sauberen Schürze kommandierte die Küchenfrauen. Klein und *spiddelig* ist sie ja, aber ..."

„Wer ist *spiddelig*?", fragte Line scharf, die gerade über den *Pad* gekommen war. „Meinst du etwa mich?"

„Nein, nein", beruhigte Hans sie und zwinkerte Früllerk zu. Er hatte ihr Kommen schon vorher bemerkt, der Moorboden übertrug die leichten Schwankungen deutlich. „Ich meinte Louise, meine kleine und zierliche Frau." Beide Männer lachten übers ganze Gesicht, denn Louise war groß gewachsen und nach der Geburt der ersten Kinder in die Breite gegangen. Sie war eine mütterliche Frau mit herzlich blickenden braunen Augen.

Line drohte mit dem Finger. „Ich geh' jetzt rüber zu ihr. Wir wollen *Kienappels – Schischken* sammeln und vielleicht finde ich ja wieder Pilze."

„*Kienappels*, wofür das denn?", fragte Früllerk.

„Getrocknete Kiefernzapfen geben ein gutes Feuer", erklärte Line. „Und Hans schimpft doch schon die ganze Zeit über den hohen Torf-Verbrauch für den Kahn. Jeder Torfsoden ist bares Geld! Diesen Satz hast du ja wohl auswendig gelernt", ärgerte sie den Nachbarn und Freund. „Ich hol' Louise und die Kinder ab. *Eeten un Drinken* findet ihr in der Kate. *Mokt good!*"

„*Kienappels* als Brennmaterial? Das habe ich ja noch nie gehört", staunte Hans. „Aber so *neemodsche* Ideen, wie du sie hast, hat auch deine Frau!"

„Dann passen wir ja gut zusammen", meinte Früllerk trocken. „Cord Hartwich hat Line davon erzählt."

„Cord, dein Freund aus Bremen? Der dir deine Hand mit der Dechsel kaputt schlug?"

„Hm …“ Früllerk zögerte, ihm war der deutliche Hinweis auf seine rechte Hand unangenehm. „Schuld hatten wir wohl beide, damals auf der Schiffswerft. Wir alberten herum und dabei hat mich die Dechsel getroffen.“
„Und seitdem ist deine Hand nicht mehr in Ordnung!“ Lüttsche-Hans und Fritz waren atemlos vom schnellen Lauf zum Kahn. „*Mudder* schickt uns, wir sollen bei euch bleiben und helfen!“
Hans nickte seinen beiden großen Jungen zu. „Das ist gut. Ich habe auch schon einen Auftrag für euch!“
„*Vadder*, wir müssen bei der Hand aber noch was fragen!“
„Ihr habt die Unfallgeschichte doch schon hundert Mal gehört.“
„Ja, aber … *Unkel* Früllerk, hat das sehr geblutet?“
Auch Fritz fragte sofort weiter: „Und was hat der *Medicus* gesagt?“
Früllerk seufzte. Er wusste, bevor er nicht wieder einmal alles ganz genau erzählt hatte, gaben die Jungen keine Ruhe. „Ihr wisst doch, was er sagte: Die inwendigen Muskeln sind nicht mehr richtig zu gebrauchen. Ich kann zwar greifen, aber nicht mehr fest zupacken. Und obwohl ich lange mit meiner linken Hand geübt habe, konnte ich nicht mehr als Schiffs-Zimmermann arbeiten.“
„Und da hat Cord Hartwich dir die Moorstelle besorgt! Seinem Schwestermann gehört das Moor hier nebendran.“ Lüttsche-Hans wusste es natürlich.
„Aber Herr Findorff musste auch mit entscheiden. Und darum bist du unser Nachbar geworden!“ Fritz, als der Ältere, wollte nicht zurückstehen. „Und wann hast du dann gewusst, wie ein Torfkahn gebaut wird?“
Hans nickte Früllerk billigend zu.
„Wie ein Schiff gebaut wird, weiß ich natürlich. Aber die Zeichnung eines Torfkahns, die stammt von einem Schiffer aus Ostpreußen. Cord Hartwich hat sie gekauft und mir mitgebracht. Und danach habe ich meinen ersten Kahn gebaut. Mit der Hilfe eures Vaters, denn allein kann ich es nicht, weil meine Hand kaputt ist.“
„Wir haben aber auch mitgeholfen!“
„Ja, das stimmt. Und ihr habt gut gearbeitet“, lobte Früllerk.

„Jetzt haben wir aber einen Auftrag für euch!“ Hans wurde energisch. „Da Früllerk mit dem ersten Torf nach Bremen fahren will, müsst ihr unseren Torf holen. Er verkauft ihn für uns. Sicher das letzte Mal! Aber 25 Körbe voll.“

„Ob ihr wohl so weit zählen könnt?“, schmunzelte Früllerk.

„Klar doch!“, antwortete Lüttsche-Hans voller Überzeugung. „Hat *Tan'* Line doch mit uns geübt! *Een, twee, dree, veer, fief, soss, söben, acht, …*“

„*Neegen, tein*“, vollendete Fritz. „Wir können die Zahlen sogar schreiben, dabei hat der Schulunterricht noch nicht wieder begonnen!“

„Nun ist aber gut! Los, lauft und schüttet nicht mehr als zwei Körbe voll auf die Schiebkarre. Messt genau ab, damit Früllerk nicht *betupt* wird!“

„Ja, *Vadder*!“ Und schon sausten die beiden den *Pad* entlang.

Früllerk und Hans sahen den Jungen nach, Früllerk mit sehnsüchtigem Blick. „Du hast gute Kinder.“

„Und du wirst auch bald welche haben“, tröstete Hans, während beide weiter arbeiteten. Er wusste um den Kinderwunsch seines Freundes. „Freu' dich, dass nicht gleich ein Kind geboren wurde. Line musste sich doch erst einfügen hier im Moor. Eine vornehme Bremer Köchin heiratet in eine Moorhütte. Weißt du noch, wie oft du letzten Sommer dachtest, sie würde sich nicht eingewöhnen? Du hast sogar Angst gehabt, deine Frau läuft dir davon!“

Früllerk schluckte schwer, ihm war die Zeit noch in guter Erinnerung.

„Auch Louise und ich hatten lange Sorge, dass Line nicht durchhält. Eine Stadtfrau, gewohnt, unter vielen Menschen zu sein, die hier in die Einsamkeit kommt, die alle Annehmlichkeiten einer Köchin eines reichen Bremer Haushalts gegen eine einfache Moorhütte getauscht hat. Eine Frau, die nur *de Fromde* heißt und auch so behandelt wurde. Und guck' jetzt mal. Wie schnell hat sich deine Frau eingelebt.“

Früllerk nickte nur.

„Obwohl …“ Hans lachte ein wenig verlegen. „Also, warum du deiner Frau einen Unterstand für euren Nachttopf gebaut hast, das verstehe ich nicht!“

„Ach, da habe ich ihr nachgegeben.“ Früllerk war seinem Freund und Nachbarn gegenüber ehrlich. „Sie kennt das aus Bremen, nennt es *Klousitt*! Das ist englisch und bedeutet *geheime Kammer*, sagt sie.“
Hans griente: „Na, also geheim ist das Teil nun wirklich nicht! Man sieht es doch schon von Weitem! Weißt du noch, als Piss-Jule es das erste Mal sah, da rannte sie *as'n Tüüt*, um es so schnell wie möglich dem ganzen Dorf zu erzählen.“
„Ja, es ist auch mir peinlich. Ich geh' da nie hin! Der *Schiet*-Haufen hinter dem Hüttengiebel reichte mir völlig aus. Aber Line behauptete, es stinkt! Da darf ich nicht mehr hin machen!“ Er zuckte mit den Schultern. „Nun geh' ich eben immer auf den Topf und sie bringt alles regelmäßig zum Unterstand. Sie wäscht den Nachttopf auch jeden Tag *rein*! Also, mit dem Saubermachen hat sie es! Gestern wusch sie sogar mit einem Lappen den Schimmel von allen Holzteilen in der alten Hütte!“
„Na ja“, brummelte Hans, „es hat eben sehr geregnet in den letzten Tagen. Bei so viel Feuchte wächst der Schimmel ja schon beim Zusehen!“
„Wie gut, dass der Schimmel im Wohnbereich nicht überhand nimmt! Das kommt sicher durch das ständige Feuer. Obwohl –Schimmel schadet doch nicht! Wir haben uns sogar deswegen gestritten, aber nur ein bisschen!“
„Deine Line setzt eben immer ihren Kopf durch! Frag' mal Piss-Jule!“ Hans lachte laut auf. „Oder wärst du lieber mit Bertha Fricke verheiratet?“ Er kicherte bei der Vorstellung. „Was tut sie eigentlich den ganzen Tag? Rumsitzen und in den Nachbarkaten tratschen. Bald ist sie eine zweite Jule!“
Früllerk schüttelte sich. Er liebte seine Line über alles, aber manchmal übertrieb sie es. Liebevoll grinsend, würdigte er seine Frau: „Beim Saubermachen ist Line ein bisschen *mall*!“
„Aber nur bei solchen Dingen!“ Hans kicherte wieder. „Sonst ist sie eine kluge Frau. Vergiss nicht, nur sie fand den richtigen Mörder heraus. Das brachte ihr die Sympathien aller im Günnemoor. Fast aller, denn Anna Sandvoss ist ihr gegenüber noch feindseliger als vorher. Na ja, dass Jacob, ihr Ältester, euch das Holz für eine

Kate geschenkt hat … Sie schäumte vor Wut, als sie es erfuhr, so wurde erzählt."

„Sie guckt uns gar nicht mehr an, an den Sonntagen in Worpswede. Als wären wir nicht vorhanden. Aber auf dem Sandvoss-Hof würdigt sie Line ständig herab, sagt Hanken. Er hat keinen leichten Stand ihr gegenüber, obwohl er als Alt-Knecht auf dem Hof der Einzige ist, der sich traut, gegen ihre Meinung anzugehen. Ich verstehe aber auch nicht so ganz, warum wir das Holz bekamen."

„Jacob wollte euch nichts schuldig bleiben. Sein Vater war genauso. Er war eben sehr erleichtert, dass sein Bruder nicht der Mörder war. Weißt du eigentlich, ob Borchert inzwischen bestraft wurde?"

Früllerk schüttelte den Kopf. Er passte dabei mit Hans die letzte noch fehlende Planke an den Schiffsboden an, der vorn und hinten nach oben gebogen war. Sie schlugen die in Worpswede geschmiedeten Vierkant-Nägel mit der scharfen Kante quer zur Faser in das Eichenholz.

Die Spiegel, der vordere Bugspiegel etwas größer als der Heckspiegel, waren schon gesägt und zugeschnitten. Später erhielten sie noch einen verzierten Beschlag, durch den das Holz beim Rammen von Uferbefestigungen oder Bootsstegen nicht zerbarst. In die Mitte des Bugspiegels gehörte der Ring mit einer Eisenkette, an der ein Spitt befestigt war. Mit dem Spitt konnte der Torfschiffer an jedem Ufer ankern, indem er das lange spitze Flacheisen in den Boden rammte.

Hans meinte nachdenklich: „Ob wir wohl wieder einen Mörder hier im Moor haben? Du weißt doch, der Kopf, den Korl-Fofftein fand. Wer den wohl vergraben hat? Vielleicht kann Line diesen Fall ja auch lösen?"

„*Büst du mall*? Sag' ihr das bloß nicht, denn dann begibt sie sich wieder in Gefahr!" Früllerk wurde böse. „Denk' doch ans letzte Jahr! Wären deine beiden großen Jungen nicht zufällig gekommen, Line würde nicht mehr leben! Ich will nicht, dass sie sich mit Mord und Mördern abgibt!"

„Is ja schon gut! Ich hab' das ja nur so dahingesagt", beruhigte Hans und lenkte ab: „Wir Kolonisten haben es ihr im letzten Jahr

aber auch nicht leicht gemacht! Erst nachdem sie allen Frauen erlaubt hatte, die Mühle zum Buchweizen Mahlen zu benutzen, wurde es etwas besser. Jeden Abend kommt doch mindestens eine der Dorffrauen und mahlt ihren *Bookweten* bei euch! Und dann ein Graben rund um die Kate! Ich fand ja zuerst auch, dass es zu viel Arbeit wäre, aber seit wir auch so einen *neemodschen* Graben besitzen, stand kein einziges Mal mehr Wasser auf dem Flett! Mittelsteiners haben im Sommer ebenfalls einen gegraben. Lines Ideen sind vortrefflich! Und doch reden alle heimlich immer weiter über die *neemodschen* Ideen deiner Frau und schütteln den Kopf. Früllerk, warum sind Menschen so?"
„Hans, ich glaube, das ist überall so. Line versucht gern Neues. Denk' doch an die *Kienappels.* Kaum hat sie davon erfahren, muss sie es ausprobieren. Sie nennt sie sogar *Schischken,* so heißen sie im Ostpreußischen, hat Cord ihr erzählt. Sie mag nun mal Neuerungen, lässt sich auch gern etwas zeigen. Und sie hat ja selber immer wieder neue Ideen und gute Möglichkeiten für den Alltag. So ist sie eben."
Das aber war den Moorkolonisten fremd. Früllerk hatte es Line versucht, zu erklären: Die Frauen und Männer waren vorher Knechte und Mägde oder jüngere Bauernsöhne in den umliegenden alten Dörfern gewesen. Ein einziges Mal in ihrem Leben hatten sie etwas Ungewöhnliches und Neues getan. Um Moorkolonisten zu werden, mussten sie ihre Heimatdörfer, ihre Groß-Familien und die Dorfgemeinschaften verlassen. Sie hielten darum anschließend ganz besonders am Althergebrachten und Traditionellen fest. Früllerk hatte seine Frau gewarnt: „Du wirst hier noch oft hören: ‚Das tut man nicht!' oder ‚Wir wollen alles so, wie es ist. So ist es am besten!'"
Das Altvertraute gibt Sicherheit. Sie leben so, wie schon ihre Vorfahren lebten. Früllerk hatte sich viele Gedanken dazu gemacht: „Der Aberglauben ist sehr verbreitet hier bei uns im Moor. Line, das darfst du aber niemandem weitersagen: Ich glaube, wenn Menschen nichts dazulernen oder erleben, dann ist Neues so fremd, dass es ihnen Angst macht. Und was sie nicht kennen, nennen sie Hexerei und Magie – und hier im Düvelsmoor eben Teufelswerk. Sie arbeiten, schlafen, kochen und essen genauso wie ihre

Eltern und Großeltern. Unbekanntes probieren sie gar nicht erst aus, lieber hungern oder frieren sie. Das Notwendige zum Leben beherrschen sie gut – Torfstechen, Tiere versorgen, säen und ernten. *Bookwetenpannkoken* backen und Grütze kochen können die Frauen ausgezeichnet, aber andere Gerichte mit *Bookweten* gibt es hier nicht. Darum habe ich eine Bremer Köchin geheiratet." Bei diesen Worten hatte Früllerk seine Line breit angegrinst und sie in die Arme genommen. Wie viele unterschiedliche Arten *Pannkoken* konnte Line inzwischen backen! Und alle waren lecker! Ihm lief auch jetzt das Wasser im Mund zusammen.

„Hans, hast du auch *Smacht*? Ich könnte jetzt wohl einen Happen vertragen!"

„Wenn die Jungen wieder hier sind, dann können sie ja Lines *Eeten un Drinken* zu uns ans Feuer holen."

„Und anschließend geht es mit frischer Kraft weiter! Wir müssen fertig werden, Hans! Nach dem langen Regen zieht die Sonne nun die letzte Feuchtigkeit aus den Torfsoden. Ich möchte bald ein erstes Mal in Begleitung nach Bremen fahren."

„Wenn mein Kahn bis dahin kalfatert und fertig ist, meinst du wohl?", griente Hans und boxte seinem Freund kameradschaftlich gegen die Schulter.

Schischken und was Süßes

Line ging zügig den *Pad* zurück. Sie blickte sich um, der Anblick des Moores war ihr inzwischen sehr vertraut. Jetzt im Herbst beherrschte die Farbe Gelb die Landschaft. Gelb und ein helles Braun neben dem Moorrot. Nur direkt auf dem *Pad* war noch etwas Grün neben langen Gräsern und dem Heidekraut. Früllerk hatte Heideplaggen in mehreren Lagen auf den ganzen langen *Pad* gebreitet. Nur dort war es einigermaßen trocken. Die weite Moorfläche drum herum wirkte nach dem vielen Regen wie ein riesiger See, auf dem nur mit Gräsern bewachsene Moospolster zu sehen waren. Auf dem neu geplanten Buchweizenfeld schwamm die von Früllerk abgehackte Heide. ‚Erst im Frühjahr muss sie wieder trocken sein, damit wir sie anzünden können. In die warme Moorschicht säen wir anschließend den Buchweizen.' Line hatte das nun schon einmal miterlebt. Jetzt war jedoch Herbst. Die noch jungen weißstämmigen Birken zur Beek hin hatten schon ihre Blätter abgeworfen. Einige Rohrkolben streckten sich davor steil in die Höhe. Das herbstlich weiße Schilfgras war umgeknickt, hing wirr durcheinander und *ruschelte* im Wind.

Jenseits des Sanddammes standen zur Linken die Hütten von Piss-Jule und Stille-Catharine. Alles Land auf jener Seite gehörte zum Sandvoss-Hof. Auch die Kate, in der Fidi und Bertha Fricke wohnten, rechts ganz am Ende der Reihe, gehörte dazu. Fidi war Heuerling und hätte er nicht das Anrecht auf Heu und *Bookweten*, seine Familie wäre wohl verhungert. Seine Frau Bertha konnte nicht wirtschaften und kochen war ihr fast ein Fremdwort. Das ganze Dorf blickte verächtlich auf die Familie, jegliche Hilfe wurde nach einiger Zeit eingestellt. Es war vergeblich, Bertha eine Fertigkeit zu zeigen. Sie nahm nur und jammerte anschließend umso mehr.

Auf ihrer Seite des Dammes war rechter Hand die Reihe der Nachbarkaten am Torfrauch zu erkennen. Der Rauch der Feu-

erstellen sammelte sich unter dem Dach, zog hindurch und verwehte draußen. Es wirkte, als würden die Dächer brennen, ohne Flamme. Line sah nach links. Sie waren die Letzten in der Reihe. Neben ihrem Grundstück begann das offene Moor. Die Fläche gehörte Lüer Wendelken, einem großen Bauern aus Ströhe.
Line balancierte auf dem Holzbrett über den *Scheeden*. Hans und Früllerk hatten es als nachbarschaftliche Brücke über den Graben gelegt, der die beiden Grundstücke trennte. Sie blickte sich um. Hier bei den Obstbäumen war sie im letzten Sommer fast erwürgt worden. Ihr schauderte immer noch, wenn sie daran dachte. In der Dunkelheit hatte sie niemanden erkennen können, aber Lüttsche-Hans und Fritz retteten sie zufällig. Wie lange ist das schon her? ‚Über ein Jahr bin ich nun schon hier im Moor', dachte Line. ‚Früllerk hat versprochen, mich mitzunehmen, wenn er den Wintertorf nach Bremen bringt. Ob sich dort im Haus in der Langenstraße wohl viel verändert hat?'
Sie drehte sich um, Früllerk stand am Feuer. Nachdem der erste Torfkahn gebaut war, hatte er, von der Beek abzweigend, einen kurzen Stichkanal ins Moor gegraben. Überdacht, die drei Landseiten mit Brettern verschalt, innen eine Anlegestelle, war es eine Hütte für den Torfkahn. In diesem Jahr bauten Hans und er, immer wenn Zeit war, am zweiten Schiff. Es war beinahe fertig, so, wie Früllerk es Herrn Findorff kurz vor dessen Tod versprochen hatte.
Line hob den Henkelkorb vom rechten auf den linken Unterarm. Sie war traurig. Herrn Findorffs Tod hatte sie noch immer nicht überwunden. Wie war die ganze Gemeinde zusammengeschreckt, als der Herr Pastor am ersten August-Sonntag mit Grabesstimme den Tod des Moor-Commissarius verkündete. Am 31. Juli starb er in Mehedorf bei Bremervörde. Viele Frauen begannen zu weinen. Und obwohl sie sich im Kirchenraum befanden, schluchzten und riefen sie immer wieder: „*Us Moor-Vadder is dod! Us goode Moor-Vadder is dod!*" Auch einige ältere Männer wischten sich verstohlen mit dem Ärmel über die Augen. Der Herr Pastor begann laut zu beten, so kehrte wieder Ruhe ein in der Kirche. Er berichtete von den letzten Stunden des schon lange kranken Mannes und wie fromm und schlicht sein Wunsch für den letzten Gang zum Got-

tesacker in Iselersheim war. „Niemand soll dem Sarg folgen!" Der Herr Pastor befahl Herrn Findorffs Seele in Gottes Hand. An diesem Sonntag ging keiner früh nach Hause. Aufgeregt und besorgt redeten auf dem Kirchplatz alle miteinander und durcheinander. „Wer sorgt nun für uns? Wer wird sein Nachfolger? Ob der auch gut zu uns ist?"

Line hatte sich nicht am Wortwechsel beteiligt. Sie war nur traurig. Im letzten Jahr hatte er schon so krank ausgesehen, er hustete stark, ging gebückt und wirkte matt und kraftlos. Er war noch einmal zu ihrer Hütte gekommen, am Abreisetag. Line hätte ihm so gern seinen Lieblingskuchen gebacken: Baumkuchen, so, wie er in Salzwedel üblich ist. Aber über ihrem Torffeuer fehlte die Vorrichtung dafür. Sie hatte stattdessen einige von den *Tartuffels* in der Schale gekocht, gepellt und in Scheiben geschnitten. Mit klein gewürfeltem grünem Speck und Zwiebeln in der Pfanne gebraten, waren diese *Brattuffels* inzwischen beinahe Früllerks Leibgericht geworden. Da die Hühner fleißig legten, goss Line verquirltes Ei darüber und ließ es stocken. Herr Findorff hatte nur wenig gegessen, das auch für ihn neue Gericht aber sehr gelobt.

Sie hatte die nachbarschaftliche Moorkate schon fast erreicht, hing aber weiter ihren traurigen Gedanken über seinen Tod nach. Louises Mädchen hatten sie jedoch bemerkt und liefen ihr entgegen.

„Wo gehen wir hin, *Tan'* Line? *Mudder* hat uns nichts verraten. Sie sagt, wir sollen dich fragen. *Tan'* Line, wo gehen wir hin? Weit?" Lotti, Erna und Ida zogen an Lines blau und grau gestreifter Schürze. Lotti, die Älteste der drei Mädchen, knotete Lines Schürzenband auf und zog kichernd die Schürze nach vorn.

„Wollen wir auch Mittelsteiners Kinder mitnehmen? Dann muss aber jemand schnell rüberlaufen!" Line hielt schmunzelnd ihre Schürze fest.

„Ich bin die Schnellste!" Lotti war ganz eifrig. „*Vadder* hat doch ein Brett über den *Scheeden* gelegt, so, wie bei euch. Ich bin ganz schnell wieder da!"

Erna und Ida pulten derweil an Lines Schürzenbandknöpfen herum. Sie versuchten, ihrer großen Schwester alles nachzumachen.

Line hielt laut lachend die Hände der beiden Kleinen fest. Sie genoss das Spiel mit den Kindern.

*

Vier aufgeregte Kinder kamen zur Kate gestürzt. Lotti und Hupp-Marie mit ihren kleinen Brüdern Paul und Peter. Deren Mutter, Anna Mittelsteiner, kam langsam hinterher. Ihr Kind müsste jeden Tag geboren werden. „Wir wollen so gern mit, aber *Mudder* sagt, das geht nicht!"

„Nu mal langsam!", tröstete Line. „Ich frage eure Mutter selber."

Auch Louise war gerade aus der Kate gekommen, fertig für den Tagesausflug zum Kiefernwäldchen. Es war ein weiter Weg über den Sanddamm Richtung Spreddig. Die Brombeeren waren reif, es regnete auch nicht, wie in den zurückliegenden Wochen, es würde ein schöner Tag werden. Schon seit Sonntag schien wieder die Sonne. Der Sanddamm war trocken und zur Geest hin war sicher auch der Boden trockener.

„Line und Louise, was hat Lotti gemeint, ihr wollt meine drei mitnehmen und den ganzen Tag wegbleiben. Wo wollt ihr denn hin? Ich brauche meine Hupp-Marie doch im Garten. Und die Jungs müssen den Torf neu ringeln, nun, da er so gut trocknet! Ich kann sie nicht entbehren. Und bei euch setzt es das nächste Mal was, wenn ihr einfach loslauft und mir nur Bescheid zuruft! Ihr kommt jetzt sofort wieder mit zurück, schon als Strafe!"

Alle Kinder sahen entsetzt auf die ärgerliche Frau. Keiner traute sich, zu widersprechen.

„Anna, es ist meine Schuld", verteidigte Line die Kinder. „Ich habe Lotti mit der Frage rübergeschickt. Anna, lass uns doch gemeinsam gehen. Das haben die Kinder doch noch nie gemacht – nur am Sonntag. Dann ist es immer eilig zur Kirche und genauso wieder zurück. Wir wollen doch auch Brombeeren suchen. Hupp-Marie pflückt sie dir und das ist doch ebenfalls Arbeit, wenn auch keine zu Hause. Und die Jungs werden nach einem freien Tag morgen umso fleißiger sein, nicht wahr?"

„Ja, *Mudder*, bitte lass' uns mitgehen. Wir pflücken alle drei Beeren, ganz viele, und bringen dir alle mit. Wir stecken keine einzige in den Mund. Ganz bestimmt nicht! Bitte, bitte, *Mudder*!"
„Line, das ist doch sicher wieder eine von deinen Ideen, *so'n neemodschen Krom*. Tagesausflug? Das Wort habe ich noch *nie nich* gehört!"
Nun setzte sich auch Louise für die Kinder ein: „Anna, ich dachte zuerst genau wie du. Aber lass man, das ist gar keine schlechte Idee. Wir sammeln unterwegs auch Sprickelholz. Hans meinte gestern zu Jonny, *dat Kienholt* sei nach dem langen Regen noch zu nass fürs Feuer. ‚Jedes zusätzliche Brennmaterial hilft Torf sparen und bringt darum in Bremen mehr *Dalers*', predigt er den Kindern. Anna, du brauchst doch auch trockenes Holz, wenn das Feuer zu weit runtergebrannt ist oder wenn etwas schnell kochen soll. Wir gehen an den vielen Birken vorbei zum Kiefernwäldchen. Du kennst das doch dort, nach Spreddig zu. Das ist nicht zu weit und wir bringen alles mit, was wir finden können, und teilen es dann auf. Lass' deine Kinder ruhig mitgehen! Es ist kein verlorener Tag!"
Mit bittenden Augen sahen nun alle, Kinder wie Erwachsene, auf Anna. „Na gut, meinetwegen. Aber dass ihr mir artig seid! Marie, Paul, Peter, seht mich an! Ihr horcht auf das, was *Tan'* Louise und *Tan'* Line sagen, hört ihr?"
„*Jo, Mudder, oh, weest ok bedankt, Mudder!*" Strahlende aufgeregte Kinderaugen freuten sich. Sogar Erna und Ida sagten: „Danke, *Mudder*!", mussten dann aber laut darüber lachen. „*Tan'* Anna ist ja gar nicht unsre *Mudder*!"
„Und *Unkel* Jonny nicht unser *Vadder*!"
Louise wollte es schon lange wissen und meinte, mit ihrer Frage abzulenken: „Anna, warum heißt Jonny eigentlich Jonny? Den Namen habe ich vorher noch nie gehört!"
„Jonnys Patenonkel lebt in Amerika. Johann, er unterschreibt aber immer mit Jonny und wollte, dass auch sein Patenkind nicht Johann, sondern Jonny genannt wird. Und inzwischen haben sich alle daran gewöhnt. Keiner sagt mehr Johann."
Die Erklärung klang schon versöhnlich, denn Anna liebte ihre Kinder sehr. Vor allem, weil vor Jahren – in Spreddig – alle Mit-

telsteiner Kinder an der Friesel-Krankheit gestorben waren. Darum waren sie ins Günnemoor gezogen, einen neuen Anfang machen. Diese drei Kinder waren erst hier geboren und nun wurde das vierte erwartet.
„Marie, du achtest auf deine Brüder! Und wenn einer *schietern* muss, dann pass' auf, dass der Po hinterher auch sauber ist, bevor die Hose wieder drüber kommt!"
„Ja, *Mudder*!" Alle Kinder waren nun ungeduldig, fortzukommen, denn so einen Ausflug kannten sie nicht. Das war eben eine von Lines *neemodschen* Ideen.

*

Line hoffte, unterwegs auch Pilze zu finden. Nahe bei den Birken sollten sie zu dieser Jahreszeit massenhaft wachsen. Sie hatte sich erkundigt: Niemand hier im Moor kannte sich mit Pilzen aus, die Moorrandbauern mit abwechslungsreicherem Mittagstisch sicher ausgenommen. Line dagegen freute sich über die vielen Pilze. Sie wollte gern welche im Rauch trocknen, so könnten die Pilze nicht schimmeln und durch den Rauchgeschmack würden sie sicher noch leckerer werden. Line wollte es in diesem Jahr jedenfalls mit einer kleineren Menge ausprobieren.
Bisher hatten sie jedoch alle Pilze sofort gegessen. Frühlerk war zuerst ebenfalls unsicher gewesen, da ihn alle Nachbarn gewarnt hatten. Mutig hatte er aber seine Frau verteidigt und geantwortet: „Ich bin doch jung verheiratet. Meine Frau will mich bestimmt noch einige Jahre behalten!" Alle aber schüttelten den Kopf über so viel Unverstand.
Der Birkenpilz mit braunem Hut, aber schwarzschuppig am weißen Stiel, hat Ähnlichkeit mit dem Stamm der Birke und ist darum gut zu erkennen. Line sah, am Weg unter den Birken wuchsen viele. Sie merkte sich die Stellen für den Heimweg. Sie hatte keine Angst vor Vergiftung, auch wenn alle Frauen ihr abrieten, Pilze zu sammeln und zu essen. Und vor Spuk fürchtete sie sich ebenfalls nicht, denn „Pilze sind von Hexen gemacht. Nimm dich in Acht vor den Hexenringen!", war sie gewarnt worden. Auch Louise war skeptisch. Sie wollte lieber keine Pilze sammeln und

davon probieren schon gar nicht. Die Verantwortung, auch ihren Kindern gegenüber, war ihr zu groß.
Line aber hatte schon im vergangenen Herbst gesammelt. Sie briet die jungen in Scheiben geschnittenen Pilze in der Pfanne und schlug ein Ei darüber. Auch rührte sie die würzigen Birkenpilze in den Buchweizenteig. So sparte sie beim Pfannkuchenbacken Speck und Früllerk war begeistert von der neuen Sorte *Bookwetenpannkoken.* Und die cremige Pilzsuppe war schon fast zu einem Leibgericht geworden. Sie wärmte abends gut durch, wenn beide kalt und nass von draußen ans Feuer kamen.
Line schlug darum Louise vor, gemeinsam die Pilze zu sammeln und für alle drei Familien aufzuteilen. Unwillig wies Louise den Vorschlag zurück: *„Sowat eet wi nich! Dat smeckt nich un dat is nich good vor de Gesundheit!“*
„Ich habe doch schon im letzten Herbst gesammelt. Früllerk schmecken die Pilze hervorragend. Aber du kannst ja noch weiter abwarten, ob wir sie vertragen! Wenn *wi dod goht*, dann hattest du Recht, Louise“, scherzte Line.
„Mach' keinen Spaß mit dem Tod!“, wurde Louise plötzlich laut und *vergrellt.* „Und schon gar nicht vor den Kindern“, fügte sie hinzu. *„Wenn wi öbern Dod schnackt, denn kummt he ok! Schasst mol sehn!“*
Line versuchte, zu erklären: „Es ist Aberglauben, zu meinen, wenn wir vom Tod reden, dann käme er sogleich. Das stimmt nicht! Der Tod kommt, wenn es für uns Zeit ist. Wir können das nicht beeinflussen. Und durch Reden schon gar nicht.“
„Du musst das ja wissen, du bist ja auch aus der Stadt“, gab Louise böse zurück. Sie hatte Angst um ihre Kinder und versuchte, sie zu schützen. Schon ihre Mutter hatte sie vor dem lockeren Umgang mit dem Tod gewarnt. Sie vermied jeglichen Spott darüber, vor allem seit sie eigene Kinder hatte.
„Louise, nun sei wieder gut!“, bat Line. „Ich weiß, dass ich aus Bremen bin. Dort leben so viele Menschen zusammen. Jeden Tag stirbt in der Stadt jemand. Der Tod gehört zum Alltag dazu. Hier im Moor dagegen leben nur wenige Menschen. Wenn dann einer stirbt und keiner weiß genau, warum, dann macht das Angst. Ich kann das gut verstehen. Wenn in der Stadt ein Mensch gestorben

ist, dann erklärt der *Medicus,* warum. Er hat den Körper studiert und weiß um die Zusammenhänge. Da bleibt nichts Geheimnisvolles. Das Reden über den Tod ist nichts Schlimmes, aber giftige Pilze essen, das ist was Schlimmes", lenkte sie ab. „Louise, glaub' mir, ich sammle nur Pilze, die ich ganz genau kenne."

Louise antwortete versöhnlich: „Du kannst ja mal zu Stille-Catharine gehen. Die weiß, welche Pilze hier in der Gegend giftig sind."

„Ich glaube, Catharine ist sehr weise", überlegte Line.

„Als Kräuterfrau muss sie das auch sein. Sie ist die, die immer hilft, wenn jemand krank wird, so, wie euer *Medicus* in Bremen. Der Wundarzt auch. Sie kennt alle Kräuter und Pilze und kocht Tees und Heiltränke daraus. Das ist sicher manchmal gefährlich. Bestimmte Moose und auch Blätter legt sie auf Wunden, damit sie besser heilen. Catharine ist eine kluge alte Frau. Line, schweig aber darüber fremden Menschen gegenüber! Catharine hat Angst, von der Obrigkeit als Hexe verbrannt zu werden."

„Hier werden doch keine Frauen mehr als Hexen verurteilt?", fragte Line. „In Bremen gibt es das schon mehr als hundert Jahre nicht mehr."

„Der Herr Pastor hat aber noch vor Kurzem darüber gepredigt und gewarnt. Er erzählte von einem Land, das Schweiz heißt, und dort wurde vor zehn Jahren eine Hexe auf dem Scheiterhaufen verbrannt. Es stand in einem seiner Bücher. Ich hab' mir das genau gemerkt", fügte Louise stolz hinzu.

„Hab' keine Angst, ich erzähle es niemandem. Aber vielleicht kann Catharine mir helfen? Ich brauche Salbeikraut, um mir einen Sud zum Gurgeln gegen das Halskratzen daraus zu kochen. Und …", zögerte sie, „kennt sie sich denn mit dem Körper der Frau gut aus? Dann will ich sie auch noch etwas anderes fragen", sagte Line leise und wirkte auf einmal bedrückt und aufgewühlt.

„Line, was ist mit dir? Bist du krank?", sorgte sich Louise.

„Nein, nein, es ist alles in Ordnung!"

„Das stimmt doch nicht, ich sehe es doch an deinem Gesicht. Was ist los?"

Line kamen auf einmal fast die Tränen. „Ach, Louise, Früllerk und ich sind doch schon mehr als ein Jahr verheiratet und ich bin noch immer nicht in Umständen. Vielleicht kann ich ja keine Kinder kriegen? Dann wird Früllerk bestimmt von allen gehänselt und dann wird er nichts mehr von mir wissen wollen. Ich bin ja so unruhig deswegen. Gestern kam meine Blutung pünktlich wie immer."

„Ach, Line, sei doch froh, dass ihr nicht gleich ein Kind habt. Ihr beiden seht so verliebt und glücklich aus. Genießt doch diese erste Zeit. Außerdem musstest du dich doch erst an alles hier im Moor gewöhnen, an das Alltagsleben, den ganzen Jahresablauf, an alle Menschen. Mit einem Kind an der Brust ist das nicht so leicht. Wenn dir alles wirklich vertraut ist, dann freu' dich über Kinder. Du, es ist nicht so leicht, auch mit dem Kinderkriegen nicht. Viele Wickelkinder sterben im Winter."

„Hast du auch schon eines verloren?", fragte Line leise.

„Ja, vor zwei Jahren im Herbst, als es so früh klirrend kalt wurde. Es war erst sechs Wochen alt, bekam Husten und Fieber, dann nur noch schwer Luft." Louise atmete tief durch. „Aber ich hab' meine anderen Kinder. Die sind auch schon größer und robuster. Es ist besser, wenn Kinder im Frühling auf die Welt kommen, dann ist es leichter, weil es wärmer und sonniger ist. Geh' du mal zu Stille-Catharine, sie wird dich untersuchen und dir einen Rat geben. Sie ist doch unsere *Mudder Griebsch* hier im Günnemoor."

Die Kinder liefen den Sanddamm entlang. Sie waren schon ein ganzes Stück voraus. Es war aufregend, an einem normalen Arbeitstag frei zu sein, keine Aufträge zu bekommen und nicht arbeiten zu müssen.

Line und Louise gingen langsam hinterher. Obwohl es so viel geregnet hatte, war der Sand auf dem Damm gut getrocknet. Auf den Moorflächen lag ein leichter Dunst, die Sonne flimmerte hell auf der Wasserfläche. Nur schemenhaft war in weiter Ferne der Horizont auszumachen.

Auf der Sandvoss-Seite kamen sie nun an Piss-Jules Hütte vorbei. „Louise, sieh nur, wie kaputt die Hütte ist!" Line war ganz erschrocken. „So übersteht Jule den Winter mit Eis aber nicht!"

Louise schaute ebenfalls genauer hin: „Stimmt. Ob Anna Sandvoss das wohl weiß? Eigentlich achtet sie doch sehr auf ihre Häuslinge, aber seit dem letzten Sommer ist sie irgendwie anders.

Nachdem sie geglaubt hat, dass ihr geliebter Martin ein Mörder ist, war sie ja völlig *verdwars*. Nach der Zeit in Tarmstedt bei ihrem Patenkind und deren Mann ging es ihr aber wieder gut. Als sie dann jedoch hörte, dass Früllerk und du das Holz für eine Kate bekommen habt von Jacob, da ist sie ja wohl *mall worn*! Line, am Sonntag, der Mann, der einfach so mitten im Gottesdienst in die Kirche gestiefelt kam, weißt du mehr darüber? Alle dachten, er hätte den Kopf aus dem Moor mitgebracht, dabei war nur ein eingewickelter *Kumpskohl* an seinem Wanderstock befestigt."

Line schüttelte den Kopf: „Louise, ich habe den Korl-Fofftein, so heißt er ja wohl, nur gebeten, an einem Tag zu uns auf die Moorstelle zu kommen. Ich möchte den Platz gern sehen, wo er den Leichenkopf gefunden und dann aufbewahrt hat."

„Line!" Louise war ganz entsetzt: „Line, weiß Früllerk davon? Das ist ein *Slöpendriever* und den kannst du doch nicht einfach zu euch einladen! Da sind ihm ja Tor und Tür geöffnet! Der klaut euch doch alles weg, was er nur mitnehmen kann! Line, Line, *wat mokst du blos*!"

„Früllerk war dabei", verteidigte sich Line. „Er meinte auch, wir müssten herausbekommen, wer der Mensch war, der dort im Moor liegt!"

„Meinst du denn, dass der Rest ..." Louise schüttelte sich. „... dass der Rest dort auch noch liegt?"

„Früllerk meinte sogar, dass Borchert vielleicht noch eine Frau auf dem Gewissen hat, jemanden, den wir nicht kennen. Seine Braut aus Spreddig vielleicht? Die sollte doch für Anna Sandvoss arbeiten, ist aber nie gekommen!"

„War das denn ein Frauenkopf? Huh, ich mag da eigentlich gar nicht drüber reden!"

„Korl-Fofftein sprach nur von langen rotbraunen Haaren und einer eingedrückten Nase."

„Hör auf, Line, das will ich nicht hören! Dass du darüber so selbstverständlich reden kannst!"

„Louise, ich habe nur Angst bei der Vorstellung, dass vielleicht schon wieder ein Mörder hier im Moor ist. Darum will ich es wissen, denn damit helfe ich uns allen. Und wenn es Borcherts Braut ist, muss niemand in Angst leben."

„Kommt denn der Amtsdiener wegen … na, du weißt schon?"
„Ich glaube nicht. Der Herr Pastor hat ja nur gefragt, ob Korl-Fofftein den Kopf wieder gut vergraben hat, so, dass ihn niemand findet. Richtig finde ich das nicht!"
„Der Herr Pastor hat aber hinterher noch lange mit dem Korl-Fofftein geredet, das hat Hans gesehen. Und der hat so mit den Armen gezeigt, weit weg in Richtung Moor. Und dann hat er noch ein Rund in die Luft gezeichnet, das war wohl eine genauere Beschreibung. Sicher kümmert sich der Herr Pastor darum!"

*

Auf dem Damm sahen sie eine Gestalt. Louise beobachtete die näher kommende junge Frau. „Ich glaube, das ist Klara, Anna Sandvoss' Magd. Was tut die denn hier so weit ab?"
Line erinnerte sich noch gut an ihre Verwirrung vor einiger Zeit in der Kirche. „Ich weiß gar nichts über sie. Wo kommt sie eigentlich her?"
„Ich habe gehört, dass Anna Sandvoss sie aus Tarmstedt mitgebracht hat. Mehr hat wohl niemand erfahren. Sie soll aber sehr gut arbeiten und sehr nett sein", gab Louise zur Antwort.
„Letzten Sonntag hat sie sich aber merkwürdig benommen. Vor der Kirchtür schäkerte sie sehr mit den *Jungkerls* herum. Und danach saß sie ganz brav in der Bankreihe. Das passte für mich nicht gut zusammen", wunderte sich Line.
Klara wirkte verlegen. „Macht ihr auch eine Besorgung?", fragte sie verhalten.
„Wo kommst du denn her?", platze Louise heraus. „Hier am Ende des Weges wohnt doch nur noch Stille-Catharine."
„Wollt ihr zu ihr?", erkundigte sich Klara unruhig.
„Nein, wir gehen ins Kiefernwäldchen, *Kienappels* sammeln. Darum sind die Kinder auch mit."
Line versuchte, die Verlegenheit der jungen Frau zu überspielen: „Früllerk und Hans bauen einen zweiten Torfkahn und dabei schimpfen sie unentwegt über zu viel Torf, der verbraucht wird. Ich weiß von jemandem aus Bremen, dass *Kienappels* gut brennen und ein heißes Feuer geben. Die Kinder helfen bestimmt

beim Sammeln und dann schenken wir alle *Schischken* den beiden Bootbauern."
„Was schenkt ihr Frällerk und Hans? Schisch...? Und wozu brauchen sie Feuer am Boot?", fragte Klara sichtlich verwirrt.
„Mit Hitze werden die Spanten, die einzelnen Bretter gebogen", erläuterte Line lächelnd. Auch ihr hatte Früllerk den Aufbau eines Bootes sehr genau erklären müssen. „Und *Schischken* ist nur ein anderes Wort für *Kienappels*. Es kommt aus dem Ostpreußischen."
„*Schischken!*", sagte Klara wie abwesend und immer wieder. „*Schischken!*"
Die Kinder kamen zurückgelaufen. Neugierig standen sie um die drei Frauen herum und übernahmen das Wort. Sie rannten bald wieder herum und riefen immer wieder: „*Schischken! Schischken!*"
„Das ist ein schönes Wort", meinte Klara versonnen. „*Kienappel* klingt so hart und tut im Kopf weh, aber *Schischken* ist schön!"
Line horchte auf und schaute Klara genau an. „Hast du Kopfweh? Du hältst den Nacken so steif und den Kopf ganz ruhig."
„Merkt man das? Oh bitte, sagt es niemandem! Ich verlier' sonst meine Stelle auf dem Hof. Die Bäuerin hat gesagt, dass sie mich nur behält, wenn ich fleißig bin und gut arbeite. Wenn ich aber *Kopp-Pien* habe, dann schaff' ich meine Arbeit nicht. Darum war ich doch auch bei Stille-Catharine. Sie hat mich untersucht und mir Kräuter gegeben. Daraus soll ich Tee kochen und ihn regelmäßig trinken, der hilft. Da ist *Kattenkruut*, *Lavennel*, *Jannskruut* und *Wiedrinn* drin. Das habe ich auswendig gelernt", fügte sie hinzu.
Line und Louise beruhigten Klara und versprachen, zu schweigen, über die Kopfschmerzen und über den Besuch bei der Kräuterfrau.
Im Weitergehen rief Line ihr noch nach: „Hoffentlich hilft der Tee!", aber Klara eilte über den Damm. Sie hörten noch lange ihre Worte wie ein Singsang: „*Schischken – Schischken – Schischken* – was für ein schöner Name!"
Beide Frauen lächelten über Klara, die wie ein Kind das neue Wort gebrauchte.

*

Da, wo die Beek einen Bogen nach links machte, folgte natürlich auch der Sanddamm der Kurve. Zum Kiefernwäldchen war es nun nicht mehr weit. Der Sanddamm war in einen festgetretenen *Pad* übergegangen, der mit Gras bewachsen war. Auch kein Graben hinderte den Lauf der Kinder in den Wald. Line stellte dort ihren Korb ab, nahm den irdenen *Kump* heraus und gab ihn Hupp-Marie. Dann zog sie ihren großen zusammengefalteten Stoffsack unter dem Schürzenband hervor und krempelte den Rand herunter. Mit Feuereifer sammelten die Kinder Händevoll Kiefernzapfen vom Boden auf. Auch Line und Louise warfen fleißig die *Schischken* in den Sack. Line lobte die Kinder und versprach bei der Heimkehr ein besonderes Essen. „Aber keine Pilze!“, warnte Louise.
„Nein, nein, etwas Süßes! Lasst euch überraschen!“
Die Kinder blickten sie mit großen Augen an. „*Wat Söötet? Honnich?*“ Aber Line verriet nichts und lachte nur geheimnisvoll.
Schnell war der Sack gefüllt. Line band ihn mit einem Stück Hanf zusammen.
Um Sprickelholz zu suchen, mussten sie noch ein gutes Stück den Weg hinter dem Wäldchen weitergehen. Sie fanden jedoch nur wenig. „Vielleicht hat hier schon jemand gesammelt?“, tröstete Line und bündelte es.
Hupp-Marie pflückte unterdessen am Rand des Weges schon Brombeeren. Ihre beiden Brüder hatten lieber *Schischken* gesammelt, das brachte schneller eine große Menge und machte folglich mehr Spaß, vor allem gemeinsam mit den anderen Kindern. Louise riet darum allen, Hupp-Marie zu helfen, denn nur darum hatten ja die Mittelsteiner Kinder mitgedurft. Gewohnt, zu gehorchen und auch über Stunden gleichmäßige Arbeit zu verrichten, pflückten nun alle Beeren, bis der irdene *Kump* randvoll war. Hupp-Marie wollte ihn nach Hause tragen. Line rief nun die Kinder an den mitgebrachten Korb.
„Wir müssen alles leer essen, ich brauche den Korb nachher“, begründete sie und verteilte kalte *Bookwetenpannkoken*. Jeder erhielt auch einige genau abgezählte Pflaumen, die als heiß begehrte Süßigkeit von den Kindern bis zum Schluss aufgespart wurden.

Louise schüttelte den Kopf über die Verschwendung des guten Obstes an einem normalen Alltag. Es waren aber Lines Früchte, sollte sie damit tun, was sie wollte! Das waren eben so *neemodsche* Ideen! Wer durstig war, musste warten, denn erst wieder zurück am Sanddamm konnte Moorwasser mit der Hand aus dem Graben geschöpft werden.
Während des Heimwegs schnitt Line die vorher gesichteten Birkenpilze. Louise, den Sack mit den Kiefernzapfen geschultert, ging mit den Kindern langsam vor. Sie wollte nicht am Tod ihrer Nachbarn beteiligt sein. Line beeilte sich darum, legte die Pilze ungesäubert in den Korb, der sich schnell füllte. Sie entschied, an einem der nächsten Tage allein wiederzukommen. Diesmal wuchsen hier so viele, sie konnte gut welche für den Winter trocknen. Und vielleicht konnte sie dabei Stille-Catharine besuchen?
Auf Wendelkens Torfstich, direkt neben Grapenthiens Grundstück, winkte ein Mann. Louise sah ihn zuerst, mit dem Ellenbogen stieß sie ihrer Freundin darum in die Seite. „*Kiek, dor, dat kummt dorbie ruut. Dat is de Slöpendriever!* Der ist natürlich sofort gekommen. Und was machst du nun mit ihm?" Louise war aufgebracht und besorgt zugleich. „*Un nu? Miene Deerns! Wo sünd miene Deerns?*" Sie wurde ganz hibbelig, denn bis auf Hupp-Marie waren alle Kinder inzwischen vorausgelaufen. Hier kannten sie sich ja gut aus und so meinten sie, schneller zum begehrten Süßen zu kommen.
„Louise, den Kindern geht es gut! Guck, da laufen sie schon über unseren Graben." Line winkte beim Sprechen dem *Slöpendriever* zu.
„Da ist ein Brett, da kannst du rüberkommen!", rief der ihr zu.
„Du willst doch wohl nicht allein zu dem Mann gehen, Line!" Louise ließ den Sack mit den Kiefernzapfen fallen und stemmte die Hände in die Hüften. Als Line aber das Holzbündel hinlegte, ihren Korb danebenstellte und Anstalten machte, zum Brett zu gehen, da schwenkte Louise um: „Na gut, du gehst wohl auf jeden Fall. Aber als gute Nachbarin lass' ich dich nicht allein. Ich komm' mit!"
„Als gute Nachbarin oder auch als sehr gute Freundin?", lachte nun Line und einträchtig balancierten beide über das Brett.

„Hmmm … Line, du kommst hier grade vorbei. Da kann ich dir den Leichen-Kopf wohl mal eben zeigen?“ Fragend blickte der Mann Line an.
„Ja, Korl, das ist eine gute Idee. Und hinterher kommst du mit zu uns. Du sollst auch ein gutes Essen bekommen.“
Freudig leuchteten die Augen des Mannes auf und eifrig drehte er sich einer der Moorkuhlen zu. „Hmmm … Hier kannst du runtersteigen. Du auch?“, zögerte er mit Blick auf Louise.
„Nein!“, wehrte Louise laut ab. „Ich bleibe hier oben. Ich will den *Lieken-Kopp* nicht sehen!“
Zuvorkommend half Korl Line beim Hinuntersteigen. Staunend beobachtete es Louise von oben. So viel Ritterlichkeit hätte sie einem *Slöpendriever* gar nicht zugetraut!
„Line, hmmm … Ich hörte, dass du im letzten Jahr den Mörder hier im Günnemoor entlarvt hast, darum dachte ich mir schon, dass du diesen Kopf sehen willst. Er ist auch gemordet worden, der Hals ist ganz gerade abgeschnitten. Ich hab' eben auch schon ein bisschen weiter gestochert, aber den Körper kann ich nicht finden.“
„Meinst du, der Kopf ist erst vor Kurzem hier vergraben worden?“, wollte Line sofort wissen. „Das müsste man sehen. Der Torf drum herum wäre dann ganz locker.“
„Hmmm … Das kann schon sein, denn als ich die Kuhlenwand etwas gerader machen wollte, da kam mir der ganze Torf auf einmal entgegen.“
„Das passiert aber auch manchmal, wenn ein dicker Zweig oder viel Rinde dazwischen steckt“, wusste Line inzwischen nach über einem Jahr im Moor.
„Hmmm … Da steckte der Kopf drin!“, zeigte Korl auf Kniehöhe direkt über eine Torfbank.
„Hast du ihn herausgezogen?“
„Hmmm, ja … Ich konnte nur was Rundes sehen und wusste nicht, was das war. Und dann war da auf einmal ein Gesicht! *Hebb ik mi verjogt, segg ik di!* Ich hab' ihn einfach fallen lassen, so *gräsig* war mir das.“
Auch Line schüttelte sich. Das war wirklich grässlich!

„Mit meinem Wanderstock hab' ich den Kopf dann nur ein wenig hin und her bewegt. Hmmm ... Aber es wurde mir immer unheimlicher! Und dann fiel mir ein, dass am nächsten Morgen Sonntag war und dass es wohl eine Strafe vom Herrgott war, dass ich den Kopf gefunden hab', mein' ich, weil ich nicht in die Kirche gehen wollte!"

„Und dann bist du doch noch zum Gottesdienst gekommen", schmunzelte Line.

„Hmmm, ja ... Aber ich bin trotzdem zu spät gewesen. Ich lief an dem Abend noch ein ganzes Stück weit. Ich hätte in der Nachbarschaft des Kopfes nicht gut schlafen können. Und habe morgens wohl zu lange geschlafen."

„Hast du denn nach dem Gottesdienst noch den Herrn Pastor gesprochen?"

„Ja, als ihr alle schon fort wart. Hmmm ... Er wollte auch dem Amtmann Bescheid geben und er fragte mich sehr scharf, ob ich das Gesicht kennen würde! Vielleicht glaubt er, ich hätte jemanden umgebracht?"

„Korl, dann wärst du wohl nicht in die Kirche gekommen, sondern weit weggelaufen. Das denkt auch der Herr Pastor, er ist schließlich ein studierter Mann!"

„Wenn du meinst! Hmmm ... Aber warum hat er mich dann so ausgefragt? Er wollte auch wissen, ob ich einen Knecht in Tarmstedt kenne. Was hat jemand aus Tarmstedt mit Worpswede oder dem Günnemoor zu tun? Er fragte und forschte immer wegen des Knechts. Ich versteh' das nicht! Er hat auch den Namen gesagt. Dedo heißt der und er arbeitet für einen großen Bauern in Tarmstedt. Immer wieder hat er den Namen gesagt und mich dann fragend angeguckt. ‚Du musst die Wahrheit sagen, Karl!', hat er mehrfach gesagt! Versteh' einer den Herrn Pastor!"

Line wollte nun aber lieber die Aufgabe hinter sich bringen, den Kopf anzusehen. Ein wenig komisch war ihr jetzt doch.

„Seid ihr fertig?", rief nun auch Louise von oben.

„Nein, Louise, es dauert noch etwas! Warte auf mich, ja?" Bittend klang Line. Ihre Freundin winkte beruhigend.

„Wo ist denn nun der Kopf?"

„Der Herr Pastor hat gesagt, ich soll ihm den Kopf bringen. Hmmm ... Aber da hab ich nein gesagt. Das kann ich nicht. Also sollte ich ihn so vergraben, dass ich ihn wiederfinde.“ Korl führte Line an eine Seite der Kuhle und wischte vorsichtig mit seinem Wanderstock den Torf beiseite. Ein Hinterkopf mit rotbraunen Haaren kam zum Vorschein.
Line atmete tief durch, überwand sich und drehte den Kopf vorsichtig mit den Händen um. Nasser Torf klebte überall. Line sah geschlossene Augen, eine etwas plattgedrückte Nase und einen leicht geöffneten Mund in einem dunkelbraunen Gesicht. Es sah aus, als ob der Mensch schliefe, ganz ruhig und friedlich.
„Ist es ein Mann oder eine Frau?“
„Es ist eine Frau, ihre langen Haare sind zu einem Knoten gebunden!“ Line drehte den Kopf zur Seite. „Der Knoten scheint aber verrutscht, er sitzt direkt über dem rechten Ohr.“
Korl traute sich nun auch, genauer hinzusehen. „*Ek hebb de Fru noch nie nich sehn*! Hmmm ... Warum das Gesicht wohl so braun ist?“
Line nickte, drehte dabei den Kopf behutsam hin und her und strich mit dem Zeigefinger, wie streichelnd, über den Nasenrücken. „Die Haut ist weich. Sie kann noch nicht lange tot sein.“ Da Korl Line fragend ansah, erklärte sie: „Die Haut von Toten fühlt sich anders an, eher wie dickes Leder. Die Menschen werden ja auch ganz steif. Darum versuchen wir Frauen, die Totenwäsche so früh wie möglich zu machen. Der Körper lässt sich sonst so schwer bewegen. Obwohl – der *Medicus* in Bremen hat einmal gemeint, die Totenstarre lässt auch wieder nach, aber das weiß ich nicht so genau. Vielleicht ist das hier ja gerade der Fall?“ Sie widerrief aber gleich darauf ihre Überlegung. „Nein, das kann nicht sein. Das sind nur Stunden, inzwischen sind aber ja schon Tage vergangen. Aber ihre Haut müsste sich auf jeden Fall fester anfühlen.“
Line drehte und besah den Kopf genau. Verletzungen waren keine zu erkennen. Merkwürdig war nur die tiefe Bräune der Haut. „Du arme Frau, wer bist du?“ Line lachte etwas verlegen, weil sie vor dem *Slöpendriever* mit dem Kopf sprach, als würde die Frau noch leben. Sie streifte mit dem Finger den Torf vom Gesicht. Verwun-

dert sah Line hoch. Die Wange war kratzig! Wie bei Früllerk. Das waren Stoppeln! Sie strich noch einmal über die Wange. „Korl, fühl' mal, das ist gar keine Frau. Das ist ein Mann!"
Korl strich ebenfalls über die Wange und bestätigte: „Hmmm ... Das ist ein Bart. Eindeutig. *Dat is wirklich un warraftig een Keerl!* Aber warum hat der einen Haarknoten? Das muss ja wohl ein Franzosenmensch sein, diese Mode kennen wir hier nun wirklich nicht!"
Beide schauten nun interessiert auf den Kopf, er wirkte überhaupt nicht mehr grässlich.
Louise drängte von oben: „*Wat kiekt ji denn so lang dor henn.* Line, *kumm!*"
Line drehte den Kopf noch einmal hin und her, legte ihn dann aber wieder in das Loch, in dem er vorher gelegen hatte. Mehrere Hände voll mit Torfstücken reichten, den Kopf wieder vollständig zu bedecken.

*

Die Kinder waren fröhlich vorausgelaufen und riefen ihrem Vater schon von Weitem zu: „*Wie kriggt wat Söötet!*", wurden jedoch schlagartig still, als Hans fragte: „Wo ist eure *Mudder*?", und Früllerk die gleiche Frage, aber mit scharfer Stimme, stellte: „Wo ist *Tan'* Line?" Seitdem der Kopf gefunden war, hatte er wieder Angst um seine Frau. Er wusste, er konnte sie nicht von Nachforschungen abhalten. Aber was wäre, wenn es wieder einen Mörder hier im Moor gäbe? Nicht auszudenken! Und seine Sorge um sie war heute berechtigt, denn er hatte auf dem Moorstück nebenan einen Mann gesehen und an den *Slöpendriever* gedacht. Auch jetzt schaute er wieder dorthin.
Auch Hans war den Zeigefingern der Kinder gefolgt und erkannte seine Frau. „*Wat is mit Mudder?*", wollte er wissen.
„Da ist ein Mann und *Mudder* und *Tan'* Line sind beide zu ihm gegangen!"
„Früllerk, das ist bestimmt Korl-Fofftein, der mit Line in die Kuhle gestiegen ist. Louise passt von oben auf. Korl ist ein harm-

loser Mann“, beruhigte er seinen Nachbarn, denn er sah dessen Gesicht und aufsteigende Sorge darin.
„Ich wusste schließlich, dass er kommt …“ Früllerk war ehrlich. „Ich bin ja einverstanden gewesen damit. Niemand kann Line halten, wenn sie etwas ausforschen will.“
Hans nickte und meinte nur: „Wolltest du sie anders haben, als sie ist?“
„Nein, du hast ja Recht! Aber was macht sie da bloß so lange?“ Früllerk legte beide Hände wie einen Trichter vor den Mund und rief laut nach Line.
Louise drehte sich auch sofort um. Im Moor trägt der Schall eben außerordentlich weit. Sie antwortete auf die gleiche Weise: „*Wie koomt glieks!*“

*

Früllerk begrüßte zwar Korl-Fofftein, wie es sich gehörte, flüsterte aber seiner Frau zu: „Line, du kümmerst dich nicht weiter um den *Lieken-Kopp*! Ich verbiete es dir, hörst du? Warum habe ich dir nur erlaubt, Korl einzuladen!“
Line sah ihrem Mann nicht in die Augen und stammelte: „Ich dachte nur, er könne uns beim *Bookweten sniern hölpen*. Gegen Essen und eine Schlafstelle natürlich.“ Ihr war nicht wohl dabei, sie log Früllerk an, die Idee mit dem Arbeiten war ihr gerade eben erst eingefallen. „Nein, Früllerk, das habe ich nicht gedacht, das stimmt nicht“, war sie nun doch ehrlich. „Ich möchte gern wissen, warum der Kopf im Moor liegt. Nichts als der Kopf. Es kann doch nur ein Mord sein, weil doch der Rest des Körpers fehlt.“ Bittend sah sie Früllerk an.
Der atmete ein Mal tief durch, hob die Schultern dabei und ließ sie wieder fallen. „Hans, wir hatten Recht. Wir kennen meine Frau inzwischen wohl sehr gut. Ändern kann ich sie wohl nicht, oder?“
Hans grinste übers ganze Gesicht und nickte nur mehrmals.
Louise konnte das jedoch nicht so hinnehmen. „Was seid ihr nur für ein Mannsvolk! Früllerk, verbiete deiner Frau die Schnüffelei doch einfach! Weißt du nicht mehr, welche Angst du letzten Som-

mer hattest, als Borchert versuchte, sie zu erwürgen? Willst du das noch einmal erleben? Ich nicht! Wir Frauen hatten alle Angst! Nicht noch einmal. Nein danke!" Sie warf den Sack mit den *Kienappels* grollend zu Boden.
Korl-Fofftein war während des Konflikts immer weiter rückwärts gegangen. Line merkte, er wollte so schnell wie möglich verschwinden. „Korl, das Ganze hat nichts mit dir zu tun! Ich habe dich gebeten, zu kommen, und dazu stehe ich. Bleib und iss etwas!" Sie blickte den *Slöpendriever* aufmunternd an und lächelte.
Korl wurde wieder selbstsicherer. Wenn es ums Essen oder Trinken ging, kannte er keine Zurückhaltung. Und auch Früllerk fand, ein gutes Essen stünde dem Mann zu, schließlich war er ja wohl nur gekommen, weil Line ihn eingeladen hatte.
Die Kinder *drammsten* inzwischen und wollten das Versprochene bekommen. „*Tan' Line, wat Söötet!*" Ein klein wenig vorsichtig sahen sie noch zu dem fremden Mann, die Kleineren fühlten sich jedoch bei ihren Eltern sicher und wurden energisch: „*Wat Söötet! Wat Söötet!*", und sie zogen an Lines Schürze. Louise war sehr erstaunt, wie frei die Kleinen mit einer Erwachsenen umgingen. So lebhaft waren Moorkinder sonst selten. Zeit für Spiele und Spaß blieb kaum bei der immerwährenden Arbeit, aber betteln, das ging denn doch zu weit. „Schluss, ihr seid still, sonst gehen wir sofort nach Hause!" Die Mutter drohte mit der offenen Hand.
Line verteidigte sie: „Louise, lass, sie sind im Recht. Ich habe es doch versprochen! Kommt mit, jetzt gibt es was zu essen! Und für euch mache ich auch die Mittagskost warm. Ich ruf' dann. Korl, dich meine ich damit auch!"
Nickend blickte der Mann Line an, nahm den Strohhut vom Kopf und dienerte ein ums andere Mal.
„Nun lass man gut sein!" Line war die Dankbarkeit peinlich. Schließlich wollte sie etwas von ihm. Wenn nur Früllerk nicht …
Aus der Kate holte sie einen größeren irdenen *Kump*. „Ich habe nicht für jeden eine *Kumme*", entschuldigte sie sich bei Louise. „Unser Haushalt ist immer noch klein."
„Das macht doch nichts", wunderte sich Louise. „Zu Hause essen wir immer gemeinsam aus einem *Kump*. Das ist doch so üblich!"

Line gab aber jedem einen hölzernen Löffel. Früllerk hatte sie geschnitzt, an den langen Winterabenden, wenn ihm langweilig war und er Sehnsucht nach Line gehabt hatte. Das erzählte er Line immer wieder. Dabei wurde ihr dann so richtig warm ums Herz vor Liebe zu ihrem Mann.

Erst jetzt ließ sie Louises Älteste in den Topf gucken. „*Flederbeersopp!*“, schrie die ganz aufgeregt. „*Flederbeersopp* mit *Appels* und *Klütschen!*“

Jedes Kind hielt den Löffel ungeduldig hoch und Louise musste ein Machtwort sprechen. „Setzt euch hier ins Heidekraut! Jeder darf einmal mit dem Löffel in die *Kumme*. Streicht ihn dann am Rand ab! Kleckert nicht. Fliederbeeren geben Flecken auf Hemd und Schürze. Die Großen helfen den Kleinen!“

Zu Line gewandt, lächelte Louise: „Woher wusstest du, das meine *Lüttschen* Fliederbeersuppe so gern essen? Und wo hast du so viele reife Früchte gefunden?“

„Auch die Eltermannschen Kinder in Bremen mochten sie besonders gern und gefunden habe ich sie gestern Richtung Dorf Düfelsmoor zu. Ich habe darauf geachtet, nicht Sandvoss’ Land zu betreten, aber auf der gegenüberliegenden Seite ging ein *Pad* über einen Holzsteg ins Moor.“

„Hm, da lassen die Bauern aus Dorf Düfelsmoor stechen.“

„Ja, und da waren viele Büsche mit ganz dicken Beeren.“ Erschrocken überlegte Line: „Hab’ ich da was falsch gemacht? Wer kommt denn zum Pflücken aus Dorf Düfelsmoor?“

„Ne, Line, ich hab’ noch nie bemerkt, dass jemand kam, um die Beeren zu holen. Ich war selber schon einmal mit Hans da. Wir wollten im Winter Schlingen legen und da fiel mir auf, dass nur die Vögel sich dort satt gegessen hatten. Da kommen doch nur die Knechte zum Stechen und dann hin und wieder zum Ringeln und schließlich holen sie jeden Klick fort. Erst im Winter wird dort ein einziges Mal nach Enten gejagt. Anschließend dürfen wir ja auch Enten holen. Letztes Jahr war Früllerk doch auch mit, erinnerst du dich?“

„Ja, Louise, aber ich wusste nicht genau, wo er die schönen Enten geholt hatte. Früllerk nannte bestimmt die Stelle, aber ich kannte mich noch nicht gut genug aus!“

„Das hat sich inzwischen aber grundlegend geändert. Heute zeigst du mir Stellen, die ich kaum kenne", lobte Louise, sprang dann aber plötzlich auf und beschimpfte ihre Kinder. Trotz des Gespräches mit Line behielt sie den schmausenden Nachwuchs im Blick. Der Topf schien fast leer zu sein und nun war Gerangel um die letzten Löffel entstanden. Louise übernahm den Topf und verteilte den Rest gerecht auf alle. Mit dem Handrücken wischte sie den Mund der Kleinen sauber und befahl den anderen, sich am Grüppen zu waschen. So war schnell wieder die Ordnung hergestellt.

Inzwischen hatte Line einige Stücke von dem Holz geholt, das neben der Hütte als Vorrat gestapelt lag. Das Holz stammte aus dem Moor, hatte viele Jahre, wohl tausend, meinte Früllerk, tief unten dringesteckt. Das Feuer auf der Feuerstelle vor der Tür der Hütte schwelte nur gerade eben. Mit dem Holz brannte es schneller, als wenn sie Torfstücke auflegen würde. Line stellte den Grapen mit der Erbsensuppe auf das Feuer. Gestern Abend hatte sie das letzte Erbsenstroh aus dem großen Gartenbeet gezogen und zum Nachtrocknen aufgehängt. Wenn die gesamte Ernte gut durchgetrocknet war, würde sie das Gemüse ausdreschen. Einen *Kump* voll hatte sie jedoch *ausgepalt*. Über Nacht eingeweicht und heute Morgen mit etwas fein geschnittenem *Kumpskohl* aufgesetzt, war die Suppe inzwischen natürlich gar. Sie hatte es so getan, wie Anna Sandvoss sagen würde: *„N' Zoppenpott, de mutt klock neegen koken!"* Ob es nun genau 9 Uhr war, wusste Line nicht. Im Günnemoor gab es nur auf dem Sandvoss-Hof eine Uhr, eine Standuhr mit einem *Parpendiekel*. Zu jeder vollen und halben Stunde schlug die Uhr mit einem tiefen satten Ton.

Line hatte das erste Mal geschälte *Tartuffels* in der Suppe mitgekocht. Sie probierte, wie ihre neue Idee schmeckte. Der Topf war fast randvoll, mit dem *Sleev* rührte sie vorsichtig um, damit die Suppe nicht anbrannte. Ein wenig mehr Salz wäre gut, schmeckte sie, aber der Salztopf war beinahe leer. Sie musste haushalten, bis Früllerk nach Bremen fuhr.

Lüttsche-Hans kam nachsehen: „Ich soll fragen, ob das Essen fertig ist? *Wie hebbt al tohop duchtig Smacht in Liev!*" Er griente dabei genau wie sein Vater.

„Du kannst alle holen, Hans, und bring' doch den Sack mit den *Kienappels* mit!", bat Line. Der Junge schoss davon, als wollte er ein Wettrennen gewinnen. Line füllte derweil mit dem *Sleev* Suppe in drei größere Holzschalen und legte die Löffel dazu. So konnten immer mehrere gemeinsam aus einer Schale essen.

*

Korl-Fofftein dienerte wieder mit dem Strohhut in der Hand, da Line ihm einen Platz, natürlich ein entsprechendes Stück von der Familie entfernt, zuwies. Er wusste, dass das sehr ungewöhnlich war. Normalerweise musste er warten, bis alle zu Ende gegessen hatten.

Louise hatte jedoch Bedenken und zeigte ganz offen auf ihn: „Hans, sag' Line, das schickt sich nicht! So ein *Slöpendriver* darf nicht mit uns essen!"

„Louise, nun sei nicht so! Erinnere dich: Piss-Jule meinte, er ist der Bruder von Fati. Bei Verwandten vom Sandvoss-Knecht können wir doch ruhig von der üblichen Sitte absehen." Hans hielt weniger von Gewohnheit und Anpassung. Er sah sich die Menschen genau an, mit denen er zu tun hatte, und vertraute auf seine Menschenkenntnis. Durch Mitleid versuchte er seine Frau abzulenken: „Guck doch mal, wie hungrig Korl ist! Er hält sich den Löffel wie einen Speer vor den Bauch. Und er schmatzt schon, obwohl er noch nicht mal einen *Kump* in der Hand hat!"

*

Fritz und Lüttsche-Hans, die sich eine Holzschale teilten, rückten während des Essens immer näher zu dem fremden, für sie spannenden Mann hin. Weil ihre Eltern in der Nähe waren, hatten sie keine Angst vor ihm. Ihre Suppe war natürlich schnell aufgegessen und sie verständigten sich mit Blicken, wer zurück zu Line ging, um einen Nachschlag zu bekommen.

Obwohl Korl-Fofftein sehr hungrig wirkte, bot er ihnen seine Suppe an.

‚Er hat selber Kinder erzogen', beobachtete Line sein Tun. ‚Wo sie jetzt wohl sind? Ob er auch eine Frau hat? Aber warum ist er ein *Slöpendriever*?' Line war neugierig, traute sich jedoch nicht, Korl zu fragen. „Iss man tüchtig, es ist noch genug im Grapen", nötigte sie ihn stattdessen.
„Hmmm ... *Dat smeckt fein!*", lobte Korl-Fofftein. „*Man wat is dat geele Runde dor binn?*"
„Das sind *Tartuffels*", erklärte Früllerk, der sich mit Hans und den größeren Mädchen eine Schale teilte. „Ich bin aber auch neugierig. Line, warum hast du *Tartuffels* in die Suppe getan?"
„Ich hatte zu wenig Erbsen *ausgepalt* für die große Menge Suppe und da brauchte ich noch etwas. Das mit den *Tartuffels*, das wollte ich einfach mal ausprobieren."
Louise hatte sehr genau gekostet: „Line, der Geschmack von Erbsen und *Tuffels* passt herrlich zusammen! Vielleicht schmeckt eine Suppe nur mit den Knollen auch gut? Probier' das doch auch einmal aus!"
Line nickte, das war eine gute Idee. Hans aber lachte auf: „Louise, hast du jetzt auch schon *neemodsche* Ideen? Sieh dich vor, wenn Piss-Jule das hört!" Alle lachten hellauf, nur Korl-Fofftein blickte verwundert von einem zum andern.
„Korl, vor allem Piss-Jule, eigentlich aber alle hier im Moor haben an Lines Ideen etwas auszusetzen. Sie finden es besser, wenn alles immer so bleibt, wie es immer schon war. Line ist da aber anders. Sie denkt sich ständig Neues aus. An der Suppe merkst du es ja schon. Sie hatte im letzten Jahr auch die Idee mit der Feuerstelle draußen. Jeder hielt uns für *mall*, in diesem Sommer jedoch probierten das schon mehrere im Günnemoor aus."
„Und das ist wirklich angenehmer für uns Hausfrauen!", lobte Louise. „Statt in der verräucherten Kate in der Hitze, kochen wir im Freien. Was hat Piss-Jule damals für ein Geschrei veranstaltet!" Bei der Erinnerung lachten wieder alle Erwachsenen.
„Und es war auch Lines Idee, einen Graben direkt um die Kate zu ziehen, damit das Wasser bei Regen nicht knöcheltief im Inneren steht." Hans nickte anerkennend. „Das haben inzwischen auch andere nachgemacht. Und dann erst die Handmühle! Unser

Zuhause und auch das Arbeiten ist durch Lines Ideen viel angenehmer geworden."
„Korl, wo ist eigentlich dein Zuhause?", traute sich Line nun doch, zu fragen. Sein Mitlachen eben war so freundlich gewesen, die Scheu vor ihm war inzwischen sogar bei den Kindern gewichen.
„Korl, wo kommst du her?" Vertrauensvoll und eifrig rutschte Lüttsche-Hans ganz nah an ihn ran.
Der *Slöpendriever* leckte zuerst seinen Löffel sauber, legte ihn neben die leer gegessene Schale und wischte sich den Mund mit der Hand sauber. „Hmmm ... Gestern Nacht schlief ich in Osterholz und heute war ich auf dem Sandvoss-Hof. Fati ist ja mein Bruder. Ich gehe aber nur dorthin, wenn die Großbäuerin nicht da ist, sie kann mich nicht *verknusen*. Jedes Mal, wenn sie mich sieht, sagt sie drohend: ‚*Wo nix is, dor is de Düvel. Und wer nix hett, kann allens bruken.*'"
„Wolltest du heute deinen Bruder besuchen?"
„Ja. Fati hatte nur keine Zeit für mich und ich musste ja auch zu euch kommen. Ein Versprechen halte ich!"
Lüttsche-Hans war mit der Wendung des Gesprächs nicht einverstanden. „Korl, wo kommst du denn nun her?"
Der Mann lachte: „Also, eigentlich wohne ich nahe bei Lehnstedt."
„Lehnstedt? Von dem Ort habe ich noch nie gehört. Liegt der hier im Moor?", fragte Hans nachdenklich.
„Hmmm ... Nein, nein. Lehnstedt ist mehr als zwei ganze Tagesmärsche entfernt und noch über die Drepte rüber."
„Ist das ein Fluss? Den kenne ich auch nicht!" Auch Früllerk war ratlos, welchen Ort Korl wohl meinte.
„Hmmm ... Ja, das ist ein Wasserlauf hinter Wulsbüttel."
„Und wo liegt Wulsbüttel?" Fritz fühlte sich sehr groß, weil er sich traute, am Gespräch der Erwachsenen teilzunehmen.
„Ihr wisst, wo Spreddig liegt. Hmmm ... Kennt ihr auch Heißenbüttel und das Kirchdorf Hambergen?"
„Da kommt doch Carl Vollmerding her. Der war früher Knecht beim Herrn Pastor dort", wusste Hans.

„Ja, und von da aus führt ein Weg über die nur noch kleine Hamme nach Ohlenstedt."
„So weit!" Fritz konnte sich die Entfernung nicht vorstellen.
„Ja, aber es ist noch weiter. Über Haslah und Hoope, durch ein Waldgebiet und an der Wulsbütteler Kirche mit dem schönen alten Löfflerschen Pastorenhaus vorbei. Hmmm … Dann ist es nicht mehr weit. An der Drepte trinke ich mich gern satt, denn das Wasser schmeckt besonders gut. Es ist nicht braun, sondern hell, klar und durchsichtig."
Den kleineren Mädchen war bei den vielen Namen langweilig geworden. Nun jedoch guckten sie Korl interessiert, aber zweifelnd an. Helles, durchsichtiges Wasser? Das gab es doch gar nicht! Wasser war braun, überall, auch in der Beek und der Hamme. Korl konnte ganz schön gut flunkern! Ob Erwachsene das dürfen?
„Und so weit weg wohnst du? Hast du da denn eine Kate?" Lüttsche-Hans fand den weit gereisten Mann sehr interessant.
„Ich wohne in einem Steinhaus", erklärte Korl dem Jungen und ein Lächeln umspielte seinen Mund.
„Du wohnst in einem richtigen Steinhaus, nicht in einer Kate? Dann bist du ja ein doll reicher Mann!", staunte Lüttsche-Hans. „Bist du am Ende ein König?"
Auch Fritz stand der Mund offen. Ein Steinhaus kannten sie nur aus Erzählungen. Von ganz weit weg, aus der Stadt, von da, wo Line vorher gewohnt hatte, beim Kaufmann Eltermann. Der war reich wie ein König. Hier im Teufelsmoor lebte selbst die wohlhabende Bauernfamilie Sandvoss in einem Fachwerkhaus.
„Aber warum bist du dann ein *Slöpendriever*?" Guste, Sasses Älteste, war praktisch veranlagt, wie ihre Mutter. Sie war ihr jüngeres Ebenbild. „Wenn du reich bist, musst du doch zu Hause sein und deinen Knechten und Mägden befehlen."
Line und Früllerk blickten sich verstehend an. Sie hatten Korls Lächeln richtig gedeutet. „Nein, Kinder, ich bin nicht reich. Ich habe auch kein Gesinde. Hmmm … Mein Haus ist aus Stein, man sagt *Hünenstein* dazu. In grauer Vorzeit haben Hünen das Haus gebaut."
„*Vadder*, was sind Hünen?" Lüttsche-Hans wusste es nicht und fragte. Fritz wusste es auch nicht, aber er wollte doch gern über-

legen und erwachsen wirken. Und Männer wissen schließlich alles. Darum schwieg er still und hörte voller Spannung zu.
„Hünen sind Riesen“, erklärte Hans nur ganz kurz, blickte Korl aber auffordernd an, weiterzuerzählen.
„Hmmm … Die Riesen vor tausend und abertausend Jahren, die haben sich überall hier in der Umgebung Tische und Stühle, auch Betten aus Stein gebaut, aus riesengroßen ungeheuer schweren Steinblöcken. Sie stellten zwei Steine hochkant und einen Deckstein oben drauf!“ Korl zeigte es mit den Händen. „Und dann haben die Riesen mehrere solcher Reihen von Steinen dicht nebeneinander gebaut. Die Zwischenräume wurden mit kleineren Steinen ausgefüllt und an manchen Stellen ist ganz viel Erde drum herum und hoch aufgeschüttet. Von Weitem sieht das aus wie ein richtiges Haus.“
Selbst Guste starrte nun Korl-Fofftein staunend an, Früllerk jedoch überlegte: „In Osterholz steht doch in der Nähe vom Kloster auch solch ein Hünenhaus.“
Korl nickte. „Ja, da war ich letzte Nacht. Hmmm … Aber mehr als ein Mal mag ich dort nicht schlafen. Der Amtmann hat ein scharfes Auge und wohnt zu dicht. Ich will nicht in Gewahrsam genommen werden.“
„Ist es denn verboten, dort zu sein?“ Früllerk überlegte, was er über die Steine gehört hatte. „Hünengrab sagt man in Osterholz. Wenn es eine Grabstätte ist, dann darfst du dort tatsächlich nicht sein.“
„Ich weiß es nicht genau und will es auch nicht genauer wissen. Hmmm …“ Korl wirkte verlegen.
Louise war die Vertraulichkeit ihrer Kinder dem *Slöpendriever* gegenüber gar nicht recht. Sie musterte den Mann sehr genau. Er war groß, größer noch als Früllerk, und sehr dünn, das war durch die zerschlissene Kleidung gut zu erkennen. Sie stellte aber auch fest, dass er versucht hatte, größere Löcher zu stopfen. Wirklich schmutzig war weder seine Kniebundhose noch die braune Joppe. Er schien darunter aber kein Hemd zu tragen. Louise beguckte sich den Mann vom Kopf bis zu den Füßen. Sie musste zugeben, er sah nicht so aus, als wäre er ständig betrunken. Und sein Gesicht, vor allem seine Augen blickten klar und geradeheraus auf

Louise, denn Korl hatte die Musterung sehr wohl bemerkt. Das war ihr nun peinlich und Louise schlug die Augen nieder.

„Frau, ich weiß deinen Namen nicht, entschuldige, du tust gut daran, mich genau zu betrachten. Schließlich musst du auf deine Kinder achten. Und so ein hergelaufener *Slöpendriever*, wer weiß, ob der nicht Einfluss nimmt, schlechten Einfluss. Hmmm …“ Er sah Louise fest an und sie blickte ihm in die Augen. Er wirkte ehrlich. Sie sah zu Hans, der nickte nur. Das Ehepaar Sasse verstand sich auch ohne Worte. Entspannter beteiligte sich Louise nun am Gespräch. „Korl, du merkst so viel. Du hast doch sicher selber eine Familie?“

„Hmmm … Ja, ich hatte eine Frau, meine Fieken, und auch Kinder. Vier waren es im Ganzen, zwei Jungs und zwei *Deerns*. Die Kleineren bekamen die Rachenbräune. Meine Fieken hat Tag und Nacht nicht geschlafen, aber dann wurde sie selber krank. Und da die beiden Großen nun alle drei pflegten, bekamen auch sie die schreckliche Krankheit. Gute zehn Jahre ist es wohl her. Ich arbeitete zur der Zeit am Bergedorfer Schiffgraben und verdiente etwas Geld. Als ich zurückkam, war meine ganze Familie beerdigt und in dem Häuschen wohnte schon eine andere Familie. Seitdem bin ich unterwegs und nur im Winter bleibe ich in Lehnstedt.“

Hinter diesen schlichten Worten war das ganze Leid eines Menschen zu finden. Line und Louise nickten verständnisvoll. Krankheiten, die viele Tote brachten, gab es immer wieder und niemand konnte sich dagegen schützen.

„Hmmm … Mein Steinhaus steht etwas außerhalb des Dorfes auf der Braakheide, aber gleich am Weg ins Dorf wohnt der Bauer Heini Ficken, bei dem arbeite ich im Winter, hacke Holz, miste die Ställe aus und repariere, wo etwas anfällt. Dafür bekomme ich von seiner Frau Lotti Essen. Sie kocht gutes Essen. Und im vergangenen Winter konnte ich auch auf Johann Prigges Hof arbeiten. Dessen Frau Oleit gab mir jedes Mal reichlich Essen mit. So komme ich gut über den Winter. Und vom Frühjahr bis zum Herbst bin ich immer unterwegs.“

„Aber kannst du im Hünenhaus auch Feuer machen? Da ist es doch sicher sehr kalt?“ Guste dachte logisch.

„Ja, das ist eine wichtige Frage", nickte Korl ihr zu. „Hmmm … Wenn ich von meiner großen Sommerwanderschaft wieder zurück bin, sammle ich Holz, so viel ich kann. Heini Ficken leiht mir immer eine Axt und damit haue ich jeden Zweig in gleich große Stücke. Die stapel' ich dann an den Wänden der Steine hoch auf. So trocknen sie gut und es ist ebenfalls ein Wärmeschutz. Und im Winter muss ich selbst bei tiefem Schnee nicht aus dem Haus. Ich kann von meinem Bett aus Holz nachlegen." Nun grinste er wieder und alle lächelten über die Bequemlichkeit.
Guste prüfte die Geschichte, die Korl da erzählte, aber weiter auf ihre Glaubwürdigkeit. „Es muss dann aber doch sehr eng in deinem Steinhaus sein. Wo hast du denn Vorrat und *Kümpe* zum Kochen und Kleidung?"
Korl gefielen die klugen Fragen des Mädchens und auch Louise war sehr stolz auf ihre große Tochter.
„Ich besitze nicht viel, mein *Deern*. Die Kleidung, die ich besitze, trage ich am Körper, eine schafwollene Jacke, eine zweite Joppe, um die Beine wickele ich mir Fellstücke und binde sie gut fest. Mein Haus hat einen richtigen Boden aus kleinen Steinen, wie eine gepflasterte Straße, so, wie es eine in Osterholz gibt. Die war schon da, als ich dort vor mehreren Wintern einzog. Hmmm … Ich weiß nicht, wer die gelegt hat. Aber in eine Ecke schütte ich Stroh, das verdiene ich mir bei Heini Ficken. Wenn ich mich gut in das Stroh einpacke, friere ich nicht sehr. Ich habe auch einen kleinen Tontopf, mit dem kann ich mir Wasser heiß machen." Und mit einem schiefen Grinsen endete er: „Ich mach' nicht oft Feuer, weil doch das Stroh sehr nahe ist. Und kochen, das brauche ich nicht. Mein Essen bekomme ich meistens von Lotti Ficken oder Oleit Prigge. Und wenn es zu kalt wird, dann darf ich bei Prigges oder Fickens auf dem Dachboden schlafen."
Hans hatte ungeduldig zugehört. Ihn interessierte viel mehr der gefundene *Lieken-Kopp*. Erwartungsvoll fragte er: „Korl, *wat is denn nu mit dem Moorkopp*? Line, hast du ihn dir angesehen?"
Die beiden Angesprochenen nickten. Line war schneller: „Ja, und stellt euch vor, am Kopf sind lange rotbraune Haare zu einem Knoten gedreht."

„Aha, dann ist das also doch Borcherts Braut!“ Hans wurde jedoch sofort von seiner Frau unterbrochen. „Ich will das nicht hören und die Kinder auch nicht, also sprecht von was anderem!“
„Aber sie wissen es doch sowieso, schließlich haben sie es am Sonntag deutlich mitbekommen, mitten in der Kirche!“, verteidigte Hans seine Ungeduld.
Line blickte zu Louise. Leicht nickte die Nachbarin und so berichtete sie weiter: „Also, als wir den Kopf genauer beguckten, merkten Korl und ich, dass es keine Frau, sondern ein Mann ist!“
„Wie habt ihr das denn gemerkt?“ Guste war wieder skeptisch.
„Hmmm ... Line hat das eigentlich allein bemerkt“, klärte Korl auf. „Sie strich mit dem Finger über die Wange und ...“
„... und da kratzten mich Bartstoppeln“, beendete Line den Satz.
„Iiiieeehhh! Du hast den Kopf in die Hand genommen?“ Guste und Louise, Tochter und Mutter, schüttelten sich gleichzeitig.

Frau bleibt Frau

Der Amtmann hustete grämlich und bedauerte sich selbst. Er saß ungern im Salon, im Salon seiner Frau, denn sie hatte ihn aufs Modernste umgemodelt und einrichten lassen, mit einem runden Tisch und, seiner Meinung nach, äußerst unbequemen Stühlen. Hier trank sie diese neumodische Schokolade und lud dazu nur ausgewählte Frauen ein. Heute saß Anna Sandvoss bei ihr. Beide Frauen stammten aus demselben Dorf, vom Finnaerberg. Zwei große und reiche Höfe lagen dort nahe beieinander, der Dürenkoppsche und der Seedorfsche. Die Kinder waren natürlich miteinander aufgewachsen.

Seine Frau hatte ihn gebeten, in den Salon zu kommen, ihre Freundin hätte ihm Wichtiges mitzuteilen. Und nun saß er hier und musste einer Frau zuhören! Obwohl es ja die reichste Bäuerin der Umgebung war, aber wie sagte er immer zu seinen Söhnen: „Frau bleibt Frau, mit kleinem Gehirn und kleinem Verstand. Manche sind lieblich anzusehen, aber traue ihnen kein logisches Denken zu." Seine Frau hatte ihm auch nie Kummer bereitet, die Bäuerin Anna Sandvoss aus dem Günnemoor dagegen meinte, klug zu sein und Männern vorschreiben zu dürfen, nur weil sie an Mannes statt einen großen Hof führte. Es war nicht rechtens, dass ihr Sohn noch immer nicht der Bauer auf dem Hof war. Das war jedoch nicht seine Angelegenheit.

Aber dass es in Tarmstedt gleich mehrere Todesfälle und einen verschwundenen Knecht gab, das interessierte ihn. ‚Wenn diese Frau doch nur nicht so weitschweifig berichten würde!' Wieder räusperte sich der Amtmann und hustete. Außerdem juckte es unter seiner Perücke und die seitlichen Haarrollen hingen, seiner Meinung nach, viel zu weit über die Ohren. Er bemühte sich, zuzuhören!

„Herr Amtmann, so hört doch endlich richtig zu! Ich wünsche diese Todesfälle gelöst. Ich habe es in Tarmstedt versprochen. Und falls Ihr nichts unternehmt, werde ich zum Ottersberger Amtmann schicken. Der ist schließlich zuständig in Tarmstedt!" Drohend klang Anna Sandvoss. „Ich sage es ein zweites Mal: Der Tod

des alten Diedrich Hoopenstede und seiner Frau Söffeke war kein natürliches Sterben. Innerhalb zweier Tage wurden beide auf die gleiche Weise dahingerafft. Das gibt es doch gar nicht. Und wenige Tage zuvor starb der Hofhund auf eben dieselbe Art. Der alte Mann klagte, genau wie seine Frau, zuerst über ein Brennen im Mund. Ihnen war übel und sie hatten Herzschmerzen. Schrecklicher waren jedoch die schweren Anfälle. Immer wieder in Abständen krampfte ihr ganzer Körper, selbst der Hund hatte dabei Schaum vor dem Maul und röchelte und röchelte. Sie sind alle drei erstickt! Und der Knecht ist seitdem verschwunden."
„Ja, aber gute Frau Sandvoss", unterbrach sie der Amtmann. Er wollte den Salon so schnell wie möglich wieder verlassen. „Wir werden tun, was möglich ist, um den Knecht hier im Umland zu suchen. Mein Amtsdiener bekommt strikte Weisung, nachzuforschen und jeden zu fragen. Ihr habt ja eine gute Beschreibung des Mannes geben können."
„Ich war in Tarmstedt mit meinem Patenkind und ihrem Mann. Wir besuchten seine Eltern. Und der Hoopenstede-Hof ist der Nachbarhof dort. Natürlich sprachen alle im Dorf nur über den Verlust. Das Wort ‚Mord' machte die Runde und da der Knecht verschwand, steht der Mörder wohl fest. Ja, ja, so sage ich schon lange: ‚Und wandelt mit bedächt'ger Schnelle vom Himmel in die Welt der Hölle.' Ich habe sogar eine der Mägde vom Hof mit ins Günnemoor gebracht. Sie wurde vom Ehepaar Hoopenstede an Kindes statt gehalten. Vor lauter Kummer und Trauer konnte sie nicht mehr arbeiten, ein Wechsel schien angebracht. Die Magd ist ein stilles, fleißiges Mädchen, dankbar, dass ich sie hierher brachte. Es ist noch nicht aller Tage Abend! Sie wird sich wohl schnell auf meinem Hof und in die Gemeinschaft finden."
Der Amtmann stöhnte leise. ‚Diese Frau und ihre Sprichworte!' Laut fragte er: „Dann kennt sie den Knecht persönlich?"
„Ja, selbstverständlich!"
„Wenn mein Amtsdiener den Mann also fangen würde, könnte sie ihn entlarven!" Der Amtmann war zufrieden, er hatte das Gespräch zu einem Abschluss gebracht. Im Stillen verwünschte er Anna Sandvoss. ‚Frauen, selbst wenn sie so reich sind, haben doch keinen Verstand! Wer weiß, warum der Knecht fortgelaufen ist?

Sie übertreibt sicher gewaltig!' Trotz eines bittenden Blicks seiner Frau, zu bleiben, verabschiedete er sich, murmelte etwas von viel Arbeit und verschwand erleichtert. Vor der Tür schnaubte er laut und schüttelte sich: „Heiße Schokolade, süß und pappig, da wird einem ja schon vom Zusehen ganz elend! Jetzt brauche ich erstmal einen kräftigen Schluck Usquebah!" Wie gut, dass sein Freund und Schwager, Kapitän Dürenkopp, dieses englische Lebenswasser aus Schottland mitgebracht hatte.

Handspiel

„*Ne Schanne is sowat! Wenn dat miene Jungs wärrn, de har ik dat Jack kloppt, bit se nich mehr sitten kunnen.* So, nun wisst ihr es!“ Piss-Jules Stimme gellte vom Nachbargrundstück herüber.
Line und Früllerk sahen hinüber zu Sasses, blickten sich dann an und begannen zu lachen. „Was Piss-Jule nun wohl wieder hat? Sie ist doch vorhin schon laut schimpfend hier vorbei gekommen.“ Line drückte mit den Händen ihren Rücken grade. Aufgrund des lang anhaltenden Regens konnten sie den Buchweizen erst jetzt ernten. Auch Früllerk legte für einen Moment die kurze *Lee* zur Seite. Er mähte und Line hockte die Garben auf. Sie hatten einen guten Arbeitsrhythmus miteinander, waren aber schon seit dem frühen Morgen auf dem Feld. Zum Glück waren es die letzten Reihen. Der Buchweizen muss früh, wenn er noch feucht ist, geschnitten werden. Nur dann fallen die Körner nicht so leicht aus den Rispen, das hatte Line schon im vergangenen Jahr gelernt. Sie musste immer wieder lächeln, wie unbedarft sie nach ihrer Hochzeit gewesen war. Inzwischen hatte sie ja einen Jahreszyklus erlebt und unendlich viel Neues erfahren.
„Na, da müssen wir nun wohl nicht mehr lange warten, bis wir wissen, was das für *ne Schanne* ist“, stöhnte Früllerk. „Piss-Jule wird gleich hier sein.“
„Sie wird bestimmt über die beiden Jungs schimpfen. Lüttsche-Hans und Fritz haben mal wieder Unsinn gemacht. Dass die alte Frau sich aber auch jedes Mal so aufregt! Ich glaube, nur darum richten sich die Streiche immer gegen sie.“ Line schüttelte den Kopf über Piss-Jule.
Deren Schritte waren auf dem Moorboden zu spüren, das Gekeife aber noch viel deutlicher zu hören. Sie schimpfte und schrie immer wieder, welche *Schanne* es sei, eine alte Frau so zu erschrecken.
Schon von Weitem rief sie: „Wisst ihr, womit mich die Sasse-Jungen erschreckt haben? Mit einer Lederhand, die fast wie eine echte Hand aussieht, nur sehr, sehr dunkel, so, wie das Moor selber.

Sie haben damit an meine Hüttentür geklopft und als ich öffnete, baumelte die Hand direkt vor meiner Nase. Ich schlug sie weg, aber sie kam sofort wieder zurück und griff nach meinem Gesicht. Ich hab' geschrieen und dann hörte ich das Lachen der beiden Bengel. Sie zogen am Band, holten sich die Hand und rannten weg. Ich bin aber sofort zu ihren Eltern und hab' mich beschwert. Hoffentlich kriegen sie Schläge. Und die Hand müssen sie in die Beek werfen."

Line wurde hellhörig: „Jule, was ist das für eine Hand? Ein Lederhandschuh?"

„*Dat weet ik nich*! So genau hab ich sie mir nich angesehen!" Piss-Jule war immer noch wütend.

„Wenn das eine echte Hand ist, dann könnte sie ja zum *Lieken-Kopp* gehören. Aber dazu muss ich sie mir ansehen."

„Line, was hast du wieder vor?" Früllerk wurde ärgerlich. „Haben wir nicht genug Arbeit?" Eigentlich jedoch ängstigte er sich. Zumindest so lange sie nicht wussten, wem der *Lieken-Kopp* gehörte.

Piss-Jule war zwar noch böse, sie hatte aber ihren Schrecken herausgeschimpft und wollte die Untat der bösen Jungs im Dorf verbreiten. Sie watschelte mit dem vertrauten Satz „Hab' noch den Topf mit Suppe auf dem Feuer!" so schnell es ihr möglich war in Richtung Sanddamm.

„Früllerk, möchtest du etwas gekühlte Buttermilch trinken oder wollen wir schon essen?" Abbittend klang Lines Stimme. Sie wusste ja um die Angst ihres Mannes und fühlte sich dadurch noch mehr geliebt und beschützt, aber sie wollte doch zu gern mehr über die Leiche erfahren.

Früllerk nahm das Friedensangebot an und trank durstig aus der braunen Kruke, die Line im Graben kühl gehalten hatte. „Lass uns erst den Rest schaffen. Du kannst dann das Mittagessen machen und ich kümmere mich noch kurz um den Kahn. Hans wollte mir auch die Dechsel wiederbringen. Er musste einen Balken ins Fachwerk einpassen. Hinter der Eltern-Butze war das tragende Holz morsch geworden. Die Moorfeuchte hätte sonst die ganze Kate zum Einsturz gebracht."

*

Louise sah angewidert auf das braune Etwas, das Hans hin und her drehte und von allen Seiten kritisch besah. „Wo habt ihr das Ding gefunden und was ist das überhaupt?“
„*Mudder*, wir dachten zuerst, es wäre ein Handschuh, weißt du, so ein lederner, so, wie Martin Sandvoss sie trägt. Keinen Fausthandschuh, sondern jeder Finger einzeln.“
„Wo habt ihr ihn her, will ich wissen!“ Das klang drohend. Sasses Jungen wussten, wenn ihre Mutter diese Stimme hatte, dann war es Zeit, ohne Umschweife die Wahrheit zu sagen.
„*Leeve Mudder*“, Fritz als der Jüngere versuchte, seiner Mutter noch ein wenig zu schmeicheln. „*Mudder, wi weern dor, wo* Korl-Fofftein *den Lieken-Kopp funnen hätt.*“
Lüttsche-Hans wollte seinen Bruder nicht im Stich lassen. „Wir haben mit dem Spaten die Torfwand senkrecht abgegraben, so, wie *Vadder* uns das gezeigt hat. Den Torf oben auch fein säuberlich zum Trocknen ausgelegt.“
„So, so. Man gut, dass ihr den Torf nicht liegen lassen habt.“ Stolz auf seine Söhne war bei Vater Hans deutlich. Ein Seitenblick zu seiner Frau ließ ihn ein deutlicheres Lob jedoch verschlucken.
„Wir mussten gar nicht viel graben, da ragte plötzlich die Hand aus der Wand.“ Fritz wurde ganz eifrig. „Zuerst mochte sie keiner von uns anfassen. Sie sah wie eine richtige Hand aus.“
„Ne, nicht so, wie jetzt. Jetzt ist die Hand ja ganz krumm geworden, so, als würde sie greifen wollen!“ Lüttsche-Hans versuchte, seine Stimme gruselig wirken zu lassen, erntete aber nur einen drohenden Finger von seiner Mutter.
„Na, jetzt trocknen die Finger und ziehen sich zusammen.“ Fritz zeigte es mit seiner eigenen Hand.
„Aber ich habe die Hand mit dem Spaten angetickt, da ist sie dann aus dem Torf rausgekommen. Und dann habe ich noch in das Loch geguckt, da, wo sie drin gesteckt hat, aber da war es nur schwarz und feucht, gar nichts zu sehen.“ Lüttsche-Hans wollte sich als der Mutigere zeigen.
„Ihr wisst, dass ihr Piss-Jule damit nicht hättet ärgern dürfen?“ Das Kopfnicken seiner Söhne reichte Hans als Strafe. Er war

mehr an der Fundstelle interessiert. Wenn das in der Nähe des Kopfes war, dann könnte da auch der restliche Körper im Torf stecken. Er wollte Früllerk fragen, ob der mit ihm gegen Abend dort suchen würde.

Dwalleri und dwallera

Hanken saß draußen neben der *Langendöör* auf der Bank. Er nagelte neue Schaffellstücke an den oberen *Holschenrand.* Jetzt zum Herbst sorgte er für Knechte und Mägde, richtete neue *Holschen* zu oder reparierte sie. Der Alt-Knecht war auf dem Sandvoss-Hof geboren, er hatte sein Leben lang für die Familie gearbeitet und erhielt inzwischen sozusagen sein Gnadenbrot. Er versuchte aber, auf dem Hof noch zu helfen, und erledigte zahlreiche Kleinigkeiten. So hatte er das Gefühl, noch gebraucht zu werden. Er fühlte sich dem Hof gegenüber verantwortlich.

Hanken war nicht sehr groß, er ging vornüber gebeugt mit eckigen Bewegungen und schon steifen Armen. Auf dem Kopf wuchs nur spärlicher grauer Haarflaum. Sein Unterkiefer war weit nach vorn geschoben und die Unterlippe reichte bis zur Nase hinauf. Ständig öffnete und schloss er den Mund rhythmisch mit einer mahlenden Bewegung und atmete dabei geräuschvoll ein und aus. Seine Unterlippe legte sich dabei über die Oberlippe. Jetzt beim Nageln der Fellstücke schnaufte er laut. Er hörte aber doch den Streit zwischen Anna Sandvoss und ihrem ältesten Sohn Jacob. Auf dem Flett rührte die Bäuerin im eisernen Topf, der am *Ketelhoken* über dem Feuer hing. „Nein, das wirst du nicht tun!", befahl sie mit scharfer Stimme. „Im letzten Jahr konnten wir Balken für eine ganze Kate verschenken, in diesem Jahr ist das geschlagene Holz noch nicht genug abgelagert für Reparaturen."

„*Mudder*, das Holz ist trocken genug! Piss-Jules Hütte muss zum Winter geflickt werden. Die alte Frau erfriert sonst. Du kannst sie doch nicht leiden lassen, weil ich das Holz für ein Altenteiler-Haus Grapenthiens gab."

„Du nimmst kein gelagertes Holz, ich verbiete es dir! Sicher sind hier auf meinem Hof noch genügend Ausbesserungen zu machen. Dafür brauchen wir es. Und für die Bäume, die im Osterholz geschlagen werden müssen, gebe ich dir keinen einzigen Taler. Noch habe ich hier das Sagen, halte dich daran!"

„Dein Hof! Du hast das Sagen! Deutlicher geht es ja wohl nicht!“ Tiefste Verbitterung klang zu Hanken nach draußen. Er wollte nicht lauschen, aber da beide sich keine Mühe gaben, leise zu sprechen, hörte er genau zu. Er ließ den Hammer sinken.
Hanken kannte Anna, seit sie als junge Frau auf dem Sandvoss-Hof einheiratete. Weich und leise klang damals ihre Stimme und verletzlich hatte sie gewirkt. Sie eroberte sofort Hankens Herz, nicht sein Männer-Herz, sein Beschützer-Herz schlug mitleidig. Er hatte erfahren, dass sie einen anderen liebte. Nach dem Tod ihrer Schwester musste sie jedoch Diederich heiraten. Er, Hanken, half Anna während der ersten Zeit sehr. Wie oft ermöglichte er ihr freie Zeit, um allein zu sein. Sie weinte dann, dass wusste er und log für sie, wenn Diederich nach ihrem Verbleib fragte. Er versuchte auch, Diederichs Sticheleien zu unterbinden. War der junge Ehemann enttäuscht oder ärgerlich über seine immer ernste, immer freudlose Frau, schrie er kurz und knapp: *„Anna Dwaller – dwallerie und dwallera!“*
Hanken hatte lange gebraucht, bis er das verstand. Diese Worte waren während Annas Jugendzeit entstanden. Als Jüngste im Elternhaus überbehütet, war sie lange sehr verspielt und albern, eben *dwallerig* gewesen. Den Singsang *dwallerie und dwallera* erfand eine Freundin während eines albernen Gelächters. Er war geblieben und in ihrem Heimatort kannte sie jeder unter ihrem Spitznamen. Immer hatte sie darüber laut gelacht, als Spottname im Herzeleid tat er ihr jedoch sehr weh.
Hanken schützte und beschützte Anna und sie dankte es ihm, indem sie immer ein besonderes Auge auf ihn hatte. Er erhielt so manche Vergünstigung und Bequemlichkeit. Vor allem jetzt im Alter genoss er das sehr.
Darum fühlte er sich auch so elend, wenn sie Jacob, wie jetzt, das Leben so sauer machte. Sie übertrieb es mit dem Versprechen, das er ihr vor der Hochzeit seines Vaters gegeben hatte, doch zu sehr. Jacob war damals noch ein kleines Kind gewesen. Hanken erinnerte sich noch gut. Er war als Großknecht und Zeuge dazugebeten worden. Anna verlangte, dass sie den Hof nach ihrem Ermessen leiten könne, falls Diederich stürbe, egal, wie alt Jacob dann sei. Sonst würde sie die Heirat verweigern. Vielleicht hatte sie ge-

dacht, unter solchen Bedingungen würde Diederich sie nicht heiraten. Er hatte aber zugestimmt, auch im Namen seines kleinen Sohnes.
Dieses Abkommen hatte die Ehe und die Familiengemeinschaft vergiftet, aber Jacob hielt sich bis heute an das Versprechen, das sein Vater gegeben hatte.
Hanken versuchte immer mal wieder, zu vermitteln oder auch vorsichtig zu mahnen, Anna war jedoch inzwischen überempfindlich. Sie wies ihn jedes Mal sehr erbost und harsch in seine Grenzen. Noch vor zwei Sommern sorgte sie sich um seine Bequemlichkeit, inzwischen jedoch befahl sie ihm immer wieder, Arbeit zu verrichten, die für sein Alter viel zu beschwerlich war. Das war Hanken Beweis genug, wie lose ihre Verbundenheit geworden war. Er blieb ihr aber trotzdem dankbar zugetan.
„Ich kann es hier nicht mehr aushalten!" Annas Stimme kippte fast, wurde schrill. „Immer dieses Genörgel und dein Widerstand. Wäre doch nur Martin hier!"
„*Mudder*, nicht das auch noch! Martin ist in England, du warst damit einverstanden nach all den Verdächtigungen im letzten Sommer. Nur durch neue Erfahrungen kann er seine Liebe zu Grete überwinden, das weißt du. Und er wird vor dem Winter wieder zurück sein, das schrieb er doch im letzten Brief."
„Martin hätte das Holz nicht diesem Früllerk und seiner Frau gegeben!"
„Das stimmt nicht, *Mudder*, und du weißt es!" Auch Jacobs Stimme war nun scharf. „Er war einverstanden mit der Schenkung, schließlich wäre er sonst vielleicht als Mörder verurteilt worden."
„Das hätte ich zu verhindern gewusst!"
„Nein, *Mudder*, das haben wir ganz allein Line Grapenthien zu verdanken. Und du solltest ihr dankbar sein, anstatt immer so gehässig über sie zu sprechen!"
Hanken horchte nun auf. Jacob wehrte sich gegen seine Mutter, so, wie im letzten Sommer, als es Anna durch all die Aufregungen so schlecht gegangen war. Anschließend hatte ihr die Reise mit ihrem frisch vermählten Patenkind nach Tarmstedt gut getan. Vielleicht sollte Anna wieder einmal verreisen? Da hatte doch Trin-

schen, Annas Patenkind, etwas über Lilienthal erzählt. Der dortige Amtmann Schroeter hat ein Badehaus bauen lassen und einen Kurbetrieb eingerichtet. Hanken wollte Jacob daran erinnern.

Leichenschau

„Hans, ich will nichts damit zu tun haben!“ Frullerk hob abwehrend beide Hände. „Und lass das ja nicht Line hören! Sie wollte schon mehr wissen, als Piss-Jule kam und den Streich deiner Jungs erzählte. Du kennst meine Frau inzwischen und weißt, dass sie nicht locker lässt und sofort versuchen wird, weiter zu forschen. Lass das, Hans!“
„Früllerk, du kannst sowieso nichts dagegen tun. Nach dem letzten Sommer kann ich deine Angst ja gut verstehen, aber wenn wir jetzt nicht suchen, wird Line später zum Torfstich gehen und graben. Sie weiß ja von der Hand. Piss-Jule oder besser, meine Jungs haben Schuld.“
„Aber wenn Line nichts …“
„Früllerk, du denkst verkehrt. Wenn wir die Leiche gemeinsam finden, dann müsste der Mörder uns auch alle töten! Je mehr es wissen, desto sicherer ist Line. Wir müssen nur dafür sorgen, dass nicht deutlich wird, dass sie die Neugierigste von uns ist. Wir werden eben alle beobachten, erforschen und auskundschaften. Außerdem ist doch noch gar nicht sicher, dass es überhaupt einen Mörder gibt.“
„Na gut, wenn du meinst, Hans. Das leuchtet mir ein. Aber dann lass uns jetzt gleich gehen, sonst erwische ich Line ganz allein mit einem Spaten Richtung Wendelkens Torfstich.“

*

„*Vadder*, bitte, wir dürfen doch mit?“ Alle sechs Sasse-Kinder bettelten, sogar die Mädchen.
„Lasst sie mitgehen!“, bat auch Line, mehr zu Louise als zu Hans gewandt. „Wir wissen doch sowieso nicht, ob wir etwas finden. Und wenn nicht, dann war es eben nur ein kleiner Abendgang vor dem Schlafengehen. Es wird doch schon dunkel. Viel können wir nicht mehr sehen und Ruhe geben eure Racker doch sowieso nicht.“

„Und sicher ist es schlimmer, wenn Lüttsche-Hans und Fritz es ihnen später schaurig und immer schauriger erzählen. Dann kriegen sie wirklich Angst“, lachte Früllerk.
„Wir nehmen noch was zu essen mit“, schlug Lotti vor, „so, wie bei dem Ausflug mit Line zum Kiefernwäldchen.“ Alle Kinderaugen begannen zu leuchten, denn der Tag war ihnen in guter Erinnerung.
Aber da wurde Louise böse. „Schluss jetzt! Wenn ihr schon mitdürft, gegen meinen Willen, dann ohne Verzehr! Und Hans, wenn ein Kind in der Nacht Angst bekommt, dann stehst du auf und tröstest und beruhigst, das sag' ich dir!“
Die Kinder liefen so schnell vor, dass Louise versucht war, wieder zu schimpfen, Hans aber legte seiner Frau begütigend die Hand auf den Arm. „Lass sie! Es ist doch nur ein Spaß. Sie werden die Leiche bestimmt nicht finden. Außerdem tragen Lüttsche-Hans und Fritz die Spaten. Und du hast es ja erlebt, selbst wenn sie allein sind und voller Spannung suchen, achten sie auf den Torf und legen die Soden fein ordentlich ab. Es sind eben unsere Kinder!“
Beide Ehepaare gingen einträchtig den *Pad* entlang zum Torfstich. Dort bestimmte Lüttsche-Hans gerade, wer an welchem Teil der Wand suchen sollte. „Aber dass ihr mir ja gut arbeitet! Die Wand muss grade bleiben!“, kommandierte er seine Geschwister.
Hans und Früllerk ließen die Kinder gewähren, sie achteten nur darauf, dass die Soden auch die richtige Größe hatten. Die beiden Frauen fingen die Soden, so, wie sonst auch, und breiteten sie zum Trocknen aus. „Na, ob die in diesem Jahr noch trocken werden?“, bezweifelte Louise.
„Wenn es jetzt noch eine Weile trocken bleibt, dann kriegen sie wenigstens eine Rinde und können aufgeringelt werden, so überstehen sie den Winter bestimmt.“ Line kannte sich inzwischen mit dem Torf gut aus. Sie schmunzelte: „Lüer Wendelkens Knechte werden sich über den neuen Ringel wundern, wenn sie den trockenen Torf holen!“
Es wurde stetig düsterer. Line sah in den Himmel, er hatte die Farbe von gepanschter Magermilch, mit einem Stich ins Bläulich-

Türkise, ein wenig gespenstisch. Line schüttelte diesen Gedanken jedoch fort. So wollte sie erst gar nicht anfangen, zu denken.
In diesem Moment änderte sich das Licht so unerwartet, wie sie es im Moor schon öfter erlebt hatte. Plötzlich war da eine Klarheit, jeder Soden, jede Pflanze war überdeutlich zu sehen. Sie hielt im Fangen inne. Hoch oben war der Himmel grau und wurde immer dunkler, der Abendhimmel zog auf. Darunter jedoch, als wäre dort eine unsichtbare Grenze, leuchtete es strahlend hell. Line konnte sogar kleinste Blätter ganz genau unterscheiden. Es sah wunderbar aus! ‚Das möchte ich malen können!', schoss es ihr durch den Kopf. In dem Moment war das Leuchten schlagartig verschwunden, das Moor wirkte plötzlich stumpf und trist, weil die Farben verschwunden waren.
„Da, ich hab' was!", schrie Fritz plötzlich. „Der Spaten bleibt stecken. Das sind bestimmt Knochen!"
Die Mädchen kreischten auf, aber wohl mehr vor lauter Spannung als aus Angst. „Wo? Zeig' mal! Hier?"
Die beiden Männer übernahmen nun die Führung. „Warte, Fritz, vorsichtig!" Hans, selber ganz ungeduldig, war sich jedoch nicht sicher, ob es gut wäre, die Leiche vor den Kindern zu finden.
„Och ne, man blots ne olle Boomwuddel!" Und nachdem Guste das Gleiche noch einmal passierte, verloren die Kinder enttäuscht die Lust und begannen, zu toben. *„Du hest se nich, du hest se ninich, ninich funnen!"*
Louise brach den Lärm ab und entschied, wieder nach Hause zu gehen. „Es wird schnell dunkel, da können wir nichts mehr sehen." Sie war recht froh über den Ausgang der Grabung.
Wieder liefen alle Kinder vorweg, nur die Spaten mussten nun Hans und Früllerk tragen. Louise drehte sich noch einmal um, gewohnt, zu schauen, ob auch alles seine Ordnung hat. Aus den Augenwinkeln sah sie, wie sich ein ganzes Stück Torfwand nach vorn neigte und umkippte. „Hans, sieh doch!" Sie blieb stehen und zeigte mit dem Finger.
Da die Kinder schon weit voraus waren, blieben die vier Erwachsenen stehen und drehten sich zum Torfstich um. Hans konnte weit sehen. „Da! Da ragt etwas aus der Wand! Ein Stück braunes Leder. *Man, so sütt jo keen Liek ut!"*

„Aber der Kopf war auch so braun!“ Line überlegte laut: „Das kann ja vom Moorwasser kommen? Das färbt doch die Pflanzen und Äste, die wir immer finden, auch dunkel. Und ebenso die Borke von der Birke, die ist dann zwar immer noch gefleckt, aber das Weiße ist hellbraun geworden. Vielleicht ist darum auch die Haut so dunkelbraun gefärbt?“
„*Man dat geit doch nich so fix. Dat is jo keen Schaapswull, de wi mit Walnöötscholen farvt!*“ Louise war praktisch veranlagt.
„Was hat noch Korl-Fofftein gesagt? Der Herr Pastor fragte ihn sehr aus, auch nach einem Knecht aus Tarmstedt.“
„Dedo heißt der, hat er gesagt“, fiel Line Hans ins Wort.
„Ja, genau. Frülllerk, deine Frau hat einen wachen Kopf! Vielleicht hat der ja einen Menschen getötet und hier bei uns vergraben? Warum sonst hat der Herr Pastor so genau nach ihm gefragt.“
„Ich möchte jetzt gern noch einmal zurückgehen und nachsehen, was da aus der Wand ragt. Frülllerk, kommst du mit?“, bat Line ihren Mann.
„Wir gehen alle vier, so, wie wir es abgemacht haben“, entschied Hans.
„Ich bleibe aber oben am Rand stehen. Gucken könnt ihr allein.“ Louise hatte Bedenken, falls es der Leichenkörper war.
Line musterte das braune Teil in der Kuhle. Es waren eindeutig Knochen, die da aus dem Torf ragten! „Louise, wir haben tatsächlich etwas gefunden“, nickte sie nach oben.
„Schsch, nicht so laut! Die Kinder sollen es nicht merken! Kommt ihr doch auch wieder hoch, es wird jetzt ganz schnell düster!“ Louise war gar nicht wohl.
Hans dagegen hatte so etwas wie Jagdfieber gepackt. Er schob den Spaten unter den Knochen tief in den Torf und rüttelte am Stiel.
„Hans, *lot dat sien! Lot us na Huus goon.*“
„Louise, geh’ du doch nach Hause und bring’ die Kinder ins Bett! Wir kommen später nach. Oder willst du mitgehen, Line?“, ärgerte er seine Nachbarin.
Line winkte ihrer Freundin nur hinterher, war aber sofort wieder mit Eifer bei dem Körper. „Wir müssen wohl zuerst den Torf von

oben her abtragen, damit wir sehen können, was dort liegt und wie groß es ist."

Zuerst mit dem Spaten, dann mit den Händen stießen und schoben die Männer den Torf beiseite. Ein menschlicher Körper kam zum Vorschein, auf der Seite liegend, die Beine angewinkelt. Der Kopf und beide Hände fehlten. Die Unterarmknochen staken hoch. Mehr war nicht zu erkennen. Da es immer dunkler wurde, überlegte Früllerk: „Wir decken den Körper mit Torf zu, dann sehen eure Kinder ihn nicht. Nach den Misserfolgen heute werden sie morgen ja wohl nicht gleich wieder suchen wollen."

„Das ist eine gute Idee und außerdem müssen morgen alle beim Flachs arbeiten. *De 100 Daag ton riepen sünd vorbie*. Der August ist auch schon vorbei. Die Großen müssen raufen und die Kleinen die Halme zum Trocknen zu Haufen auslegen. Obwohl unser Feld nicht so groß ist, wird es den ganzen Tag dauern. Da ist die Versuchung nicht groß. Fritz und Lüttsche-Hans werden abends entsprechend erschöpft sein."

Auf dem Heimweg hatte Line schon alle Informationen verarbeitet: „Hans, ihr habt erzählt, dass jemand schon mal eine Hand im Moor gefunden hat. Nur eine Hand oder noch mehr? Und wo war das? Wer hat sie gefunden und wo?" Line wurde immer lebhafter.

„*Is ja good*, Line. Nun mach' dir nicht so viele Gedanken. Vielleicht ist das gar kein Mensch, sondern ein Tier, das im Moor versank und umkam." Früllerks Besorgnis wuchs bei Lines großem Eifer.

„Ne, ich weiß nur von der einen Hand. Und ich glaube, Hanken vom Sandvoss-Hof hat das erzählt. Ich frage, wenn ich das nächste Mal dort bin", versprach Hans. „Wollt ihr denn im nächsten Jahr ein Feld mit Flachs aussäen?", lenkte er ab und Früllerk war dankbar dafür.

„Ich weiß noch nicht, ob ich im kommenden Jahr säe."

„Früllerk, du weißt, der Flachs braucht jedes Jahr ein neues Feld. Erst nach sieben Jahren bringt er auf dem alten wieder gute Ernte." Hans schwenkte seinen Spaten wie zum Gruß. „*Nu is dat gau düüster woorn. Ik go nu inne Puuch. Good Nacht ok, ji twee!*" Er stapfte den *Pad* weiter zu seinem Grundstück.

Auch Line und Früllerk strebten ihrer Kate zu.
Line konnte am Abend jedoch nur schwer einschlafen, ihre Gedanken kreisten immer wieder um die Leiche. ‚Warum ist die Haut so braun wie der Torf? Warum liegt sie im Moor? Wer ist das wohl?'

Am Ende des Regenbogens

Seine Mutter war fort! Zurechtgemacht und gekleidet als sehr reiche Frau, war sie am frühen Vormittag mit der zweispännigen Kutsche vom Hof gefahren. Jacob Sandvoss atmete tief durch. Er sollte sich freuen und hoffen, dass seiner Mutter die Kur gut tun würde, dass sie ihr seelisches Gleichgewicht wiederfinden würde, er konnte jedoch nicht daran denken. Jedes Mal, wenn sie fort war, wenn sie nicht auf dem Hof kommandierte, fühlte er sich frei. Er war bis heute seinem Vater gram, dass er damals vor der Hochzeit dieses untragbare Versprechen gab und es auch ihm, dem noch kleinen Jacob, abverlangte. Bis jetzt musste er sich daran halten und war doch selber schon über 30 Jahre alt. Und solange seine Mutter, nein, seine Stiefmutter, das Sagen hatte, traute er sich auch nicht, zu heiraten. Welche Frau ehelicht schon einen Bauern, der gar kein Bauer ist? Der nichts zu sagen hat, auch wenn sich seit einigen Jahren die Regel eingebürgert hatte, dass er die Knechte befehligte. Wenn eine wirkliche Entscheidung anstand, bestimmte seine Mutter.

Jacob trat zu Hanken, der am Tisch im Seitenflett saß und Messer schliff. „Hanken, *weest noch mol bedankt, dat du an Lilienthal un an den Kurarzt dacht hest*. Ich war ja dabei, als Trinschen es erzählte, aber ich dachte dabei nicht an meine Mutter. Sie ist nun fort. Hanken, gib den Knechten einen Auftrag von mir, da Großknecht Momme ja die Kutsche nach Lilienthal fährt und sicher erst heute Nacht wieder zurück ist. Sie sollen zu Jules Hütte gehen und erledigen, was dort getan werden muss. Filz-Fidi und Fati müssen Werkzeug und genügend abgelagertes Holz, auch Reisig und Stroh mitnehmen. Heidekraut finden sie wohl in der Nähe der Hütte. Es regnet schon länger durchs Dach und ich habe gesehen, dass sich die ganze Hütte tüchtig seitwärts neigt. Dort müssen Stützpfosten ausgetauscht werden."

*

Piss-Jule zog den Griff der Tür zu sich heran. Mit dem rechten Daumen klinkte sie ganz vorsichtig den Riegel hoch. Behutsam schob sie die Tür einen Spaltbreit auf und horchte. Klara war in der Mägdekammer, aber es war nichts zu hören. ‚Was tut sie da?', überlegte die alte Frau. Sie machte die Tür weiter auf und steckte ihr Gesicht in die Öffnung. ‚Hoffentlich sieht sie mich nicht!'

Klara kniete vor ihrer Aussteuertruhe, die sie aus Tarmstedt mitgebracht hatte. Sie schaute auf ihren linken Arm und bewegte ihn hin und her. Golden schimmerte es am Handgelenk.

Die Tür knarrte, als Piss-Jule sich mit ihrem Oberkörper immer weiter in den Raum hineinbeugte. Erschrocken erstarrte sie in der Bewegung.

Klara hatte jedoch nichts gehört, sie strich nur immer wieder über die goldene Oberfläche des Gegenstandes und drehte ihn am Arm.

Piss-Jule kniff die Augen zusammen, um deutlicher sehen zu können. ‚Hm, das ist doch ein Armreif! Aber so golden? Solch wertvolles Schmuckstück besitzt doch keine Magd!'

Klara streifte den Armring vom Handgelenk und drückte ihn kurz gegen ihr Gesicht. Piss-Jule sah, dass sie weinte. ‚Woher sie den Reif wohl hat? Sicher heimlich bei dem Bauern in Tarmstedt entwendet, nachdem seine Frau und er tot waren.' Die alte Frau öffnete schon den Mund, um Klara zur Rede zu stellen, überlegte es sich jedoch anders und kniff die Lippen zusammen. Wer weiß, wann sie dieses Wissen besser nutzen könnte? ‚Die *Deern* würde sich ja sowieso herausreden mit: Das habe ich geschenkt bekommen. Das ist meins! Ne, ne, ich warte lieber ab!'

Klara erhob sich, wickelte den Reif in ein Tuch und legte das kleine Bündel in das Seitenfach der Truhe. Während sie den Deckel schloss, bewegte sich Piss-Jule leise rückwärts und zog sachte die Tür zu.

„Na, na, Jule, was treibst du denn hier?" Rückwärts schleichend, war die alte Frau mit Fati zusammengestoßen. Er trug einen Strohballen, in ein Tuch eingeschlagen, vor sich her und hatte Piss-Jule nicht gesehen.

Erschrocken flüsterte sie: *„Ek … ek wull man blots …"* Sie dachte jedoch sofort an den Wert von Klaras Heimlichkeit und so trium-

phierte sie: „*Dat geiht di gornix an!*“ und huschte mit einem breiten Grinsen über das Flett zur *Grotdöör.*
Fati schüttelte nur den Kopf über *dat ol Wief* und bumste mit dem *Holschen* gegen die Kammertür.
Klara öffnete ihm, hielt in der Kammer zwei Zipfel des Tuches und gemeinsam schütteten sie das Stroh auf die Holzbretter in der Butze.
„Was wollte denn Piss-Jule von dir?“ Fati beklopfte sich einige Male Brust und Bauch, um die Strohhalme abzuschütteln.
„Jule? Ist sie denn auf dem Hof?“ In Klaras Stimme klang noch ein Weinen.
„*Jo, ek hebb se just hier vor dine Döör dropen!*“ Prüfend sah Fati der *Deern* genauer ins Gesicht. „*Wat is mit di? Weenst?*“
Klara schluckte und begann, zu schluchzen: „Hier drinnen war Jule nicht!“ Ihre Tränen kamen wieder und liefen.
„Nu, nu, *Deern, wat hest denn*?“ Fati klopfte ihr auf die Schulter. Durch eine Drehung fiel Klara ihm gegen die Schulter. Geistesgegenwärtig legte er die Arme um die Magd, sie wäre sonst wohl gestürzt. Mit beruhigendem Brummen – „Nu, nu!“ – klopfte er ihren Rücken wie einem Säugling.
Klara weinte und weinte.
„*Deern, Deern, wat is denn? Hest Heimweh na Tarms?*“
„Nein.“ Sie weinte nun stoßweise. „Ich bin so unglücklich, weil doch Dedo einfach vom Hoopenstede-Hof fortgelaufen ist.“
„Dedo? Wer ist Dedo? Erzähl' mal und lass doch *dat olle Schnucken.*“
„Der ist Knecht auf dem Hof, dort, wo ich bisher auch war.“ Klara wischte sich mit der Schürze über Augen und Nase, schnäuzte sich kräftig und warf den Schnodder mit geübter Bewegung in den Nachttopf.
„Und ihn vermisst du so?“
„Ja, wir haben uns doch lieb und er hatte doch beim Bauern um meine Hand angehalten.“
„Und warum ist er dann weggelaufen?“
„Das weiß ich doch auch nicht. An dem Tag, als der Bauer und die Bäuerin beerdigt waren, kam er nicht zur Abendkost. Und am nächsten Tag auch nicht und auch nachdem die Bäuerin Sandvoss

gekommen war, tauchte er nicht wieder auf. Sie hat ihn dann suchen lassen, aber er war fort. Und alle sagen, er hätte Hoopenstedes umgebracht, vergiftet, aber so etwas würde er doch nie tun!"
„Weißt du das ganz sicher? Kennst du ihn so gut?"
„Ich bin doch wie an Kindes statt angenommen worden. Es war aufgeschrieben, dass ich, wenn ich heirate, eines Tages den Hof bekomme. Aber dann sind sie plötzlich tot gewesen und nichts war mehr wie vorher." Lauter und lauter wurde ihre Stimme, unterbrochen von Schluchzern. „Und auch der Hund ist gestorben, auch vergiftet, sagen die Leute. Und den hat Dedo doch selber groß gezogen und so gern gehabt. Dem hätte er niemals etwas antun können."
„Ja, du hast ja Recht. Ist ja schon gut." Fati wünschte sich nichts mehr, als dass die *Deern* das Weinen ließ. Aber Klaras Gefühle ließen sich nicht aufhalten, zu lange hatte sie alles in sich verschlossen. Sie kannte ja niemanden hier auf dem Hof. Nun brach sich alles Bahn. „Wäre er doch zu mir gekommen! Zusammen hätten wir eine Lösung gefunden. Aber ich weiß ja gar nicht, welche Probleme er hatte. Ich dachte, es sei gut so, wie es geplant war."
„*Wat meenst denn, worüm is he wegloopen?*"
„Das weiß ich eben nicht! Vielleicht aus Kummer, weil sein Hund tot war? Vielleicht, weil wir den Hof nach dem Tod der Bauersleute doch nicht bekommen würden? Die Nachbarn redeten darüber. Aber der Hof war mir doch nicht so wichtig! Ich wäre doch mit ihm überallhin gegangen, Hauptsache, wir wären zusammen! Wir hätten zu Michaelis bestimmt anderswo eine gute Stellung bekommen. Er hat mir doch sogar ein Pfand gegeben!"
„So, so, 'n Pfand. *Un hett he dat woller trüch hebben wullt?*"
„Nein, eben nicht. Noch am Beerdigungstag, während wir auf dem Friedhof standen, da guckte er zu mir und drehte den Finger der rechten Hand um das linke Handgelenk. Das war unser Zeichen. Damit erinnerte er mich an den Reif."
„Hm, *un wat is dat vor een Reif?*"
Klara ließ Fati los und wischte sich mit dem Handrücken über ihre Augen. Ihr ging es viel besser, sie wirkte fast eifrig, drehte am Schlüssel, öffnete die Truhe und das kleine Seitenfach. Sie wickelte den Reif aus und zeigte ihn Fati auf der offenen Handfläche.

Der schrak richtiggehend zusammen: „*Deern, dat is ja Gold!*“ Er nahm das Teil vorsichtig in die Hand, drehte und wendete es, drückte und prüfte vorsichtig mit dem Fingernagel. „*Wirklich un waraftig reines Gold!*“ Der Knecht staunte, ein solch wertvolles Stück hatte er noch nie in der Hand gehalten. „*Wo is dat her?*“
Klaras Traurigkeit war weniger geworden, sie wirkte nun stolz. „Dedo fand den Reif beim Torfgraben. Er hatte einen Soden abgestochen und wollte ihn gerade über den Grubenrand nach oben legen, da funkelte und glitzerte es im Torfstück. Er zerbröselte den Soden, pulte den Torf aus der Mitte heraus und wusste sofort: ‚Das ist reines Gold!‘ Er erzählte es aber niemandem, sondern wusch den Reif im Graben sauber und steckte ihn in die Hosentasche. Am Abend schenkte er ihn mir. Wir wussten beide, er würde uns Glück bringen. Ein goldener Reif, in der Erde gewachsen, das musste das Gold vom Ende des Regenbogens sein. Das sagte auch meine …“
„*Wat, de Sage vonn Regenbogen, de is wohr?*“ Verblüfft unterbrach Fati die Magd.
„Ja, wo soll es sonst herkommen! Und ich dachte, gerade dieses besondere Gold würde uns Glück bringen.“ Klara begann wieder zu schluchzen. „Und nun ist er einfach fortgelaufen und ich weiß nicht, wo er ist!“
„*Dine Buerslüe sünd dod. Un nu büst ganz alleen op de Welt!* Arme *Deern*, du!“
„Nein, Fati, ganz allein bin ich nicht, ich habe ja …“
„*Jo, du hesst us hier int Günnemoor. Du hesst mi, op mi kannst di verloten, lüttsche Deern.*“ Fati spuckte in die Hände, rieb sie und strich damit seine Haare glatt. Er fühlte sich plötzlich als Beschützer und spürte Gefühle, die er schon fast vergessen hatte. Hier war ein Mensch, eine Frau, die allein war. Er würde sich um sie kümmern. „*Und von dat Gold, seute Deern, drovt wi numms wat seggen. Dat schall ne Heemlichkeit blieven. Dor kummt sonst blos een op dumme Gedanken!*“ Er nickte wiederholt mit dem Kopf.
Klara bestätigte seine Sätze, verstaute dabei den Reif wieder gut in der Truhe, verschloss sie und versteckte den Schlüssel unter dem Stroh im Bett.

Von Kopf bis Fuß

Line warf noch eine Handvoll Zapfen ins Feuer. *Kienappels – Schischken!* Sie dachte an Klara, Anna Sandvoss' Magd. Warum sie wohl so starke Kopfschmerzen hatte? Und wie sie immer wieder die Namen der Kräuter aufgezählt, also vorher auswendig gelernt hatte. Und dass sie das Wort *Schischken* so mochte! Weil es so weich klang, hatte sie erklärt. ‚Ich werde auf jeden Fall einmal zu Stille-Catharine gehen. Ich möchte so gern guter Hoffnung werden. Früllerk würde sich so freuen.' Nun kam ein Gedankensprung. ‚Und außerdem gucke ich mir den Leichen-Körper noch genauer an. Früllerk würde allerdings ärgerlich werden, wenn ich allein zum Torfstich gehe … Es ist wohl besser, wir gehen heute Abend zusammen und nehmen auch Hans mit. So haben wir es ja verabredet!'

Line guckte, ob das Feuer nun heiß genug brannte. Vielleicht hatte sie zu viele Zapfen auf einmal auf den glühenden Torf geworfen? Kiefernzapfen zu verbrennen, war ihr noch neu. Line beobachtete, wie jeder einzelne kleine Zapfen von unten her zu glühen begann. Oben waren sie noch dunkel, aber dann ging es sehr schnell und der ganze Zapfen brannte. Er behielt seine Form, jede Schuppe leuchtete rötlich. Es war ein wunderhübsches Schauspiel. Ab und an zuckten kleine Flammen auf, die jedoch schnell ihre Richtungen wechselten und wieder erloschen. Line hielt ihre Hand darüber. Das Feuer war heiß genug für die Bratpfanne.

Sie schob den gewürfelten fetten Speck mit dem Messer in die Pfanne. Er sollte braun und knusprig werden. In seinem Fett wollte sie rohe *Tartuffel*-Scheiben braten.

„*Tan'* Line, *büst du door*?" Eine Mädchenstimme rief von Weitem.

Line lächelte. Das war Hupp-Marie. Das Mädchen war sechs Jahre alt und passte inzwischen schon gut auf ihre kleineren Geschwister auf. Sie half in diesen Erntetagen ihrer hochschwangeren Mutter, Anna Mittelsteiner, der das Bücken immer beschwerlicher wurde.

„*Kumm rin, ik schäll just Tarftuffels!*" Line freute sich an den Kindern. Wie sehr hatte Hupp-Marie ihr im letzten Sommer, in ihrem ersten Moor-Sommer, geholfen. Das Mädchen gab ihr sogar Ratschläge, die es bei der Mutter gelernt hatte.
„*Tan'* Line, *Mudder* lässt fragen, ob ich heute den *Bookweten* für uns mahlen darf."
„Natürlich. Du weißt ja, wo der Mahlstein steht."
„*Tan'* Line, *wie mookst du dat*?" Bewundernd sah Hupp-Marie auf die *Tartuffel* in Lines Hand. Mit dem Messer schälte Line von oben nach unten rundherum, so dass die Schale in einem langen Stück in die *Kiepe* fiel. Und schnell war auch die nächste Knolle auf diese Weise geschält. „Oh, so möchte ich auch schälen können. Ich darf aber nicht. *Mudder* erlaubt mir kein Messer, nachdem ich mich im Frühling so doll geschnitten hatte."
„Na ja, das hat aber auch lange gedauert, bis die Wunde verheilt war. Das Spülen mit Kamillenwasser hat nicht gereicht. Stille-Catharine musste dir doch sogar einen Lappen mit frisch zerstampften Birkenknospen und Rindenstückchen auflegen."
„Ja, sie hat gesagt, nur getrocknetes Hirtentäschelpulver draufgestreut wäre besser. Aber davon hatte sie nichts mehr."
„Oh, das hast du dir aber gut gemerkt. In Bremen habe ich mich in der Küche öfter mal geschnitten oder auch verbrannt. Ich kochte jedes Jahr eine Salbe aus zerstoßenen Ringelblumenblüten, in Schmalz gesiedet. Das half auch gut. Marie, da habe ich eine Idee: Es wäre wohl gut, wenn ich im nächsten Frühjahr Ringelblumen aussäe. Samen bringe ich aus Bremen mit. Die Blüten helfen und sehen auch noch sehr schön aus. Sie sind feuerfarben, hat meine Mutter früher immer gesagt!"
„*Tan'* Line, warum schälst du die Knubbels mit ab? Die können doch auch gegessen werden."
Line schmunzelte nachdenklich. Anna Mittelsteiner hatte ihre Kinder zur Sparsamkeit erzogen, erziehen müssen, damit sie ihre Familie jeden Tag satt bekam.
„Du hast Recht, Marie!", lobte sie darum das Mädchen. „Im letzten Jahr haben wir die *Tartuffels* ein bisschen spät in die Erde gesteckt. Sie blieben klein. Früllerk brachte aber wieder einen Sack voll Pflanzgut aus Osterholz mit. Anscheinend mögen die Worps-

weder diese *neemodsche* Frucht immer noch nicht! Darum konnten wir in diesem Jahr überreichlich *Tartuffels* ernten. Die reichen bis weit in den nächsten Sommer hinein. Und besonders große und schöne Knollen hat Früllerk behutsam eingemietet, zum Pflanzen im kommenden Jahr. Das Schwein kriegt darum die Kartoffelschalen mit den Knubbels, dann wird es bis zum Winter noch größer und fetter werden.“ Line war unbehaglich zumute. Sie wusste, dass Früllerk und sie mehr besaßen als die anderen Kolonisten im Günnemoor. Nicht nur Früllerk, auch Line hatte lange gearbeitet und viele Taler gespart. So konnten sie sich mehr leisten als die Nachbarn. Außerdem hatten sie noch keine Kinder. Gedankenvoll lenkte sie das Kind ab: „Womit füttert ihr denn euer Schwein?“
„Mudder rührt alles durcheinander, Abwaschwasser, die *Bookweten*-Schalen und jetzt auch klein geschnittenes Bohnenstroh.“
„Hm, das ist eine gute Idee. Ich habe unser Erbsenstroh der Kuh gegeben. Die kaut aber mit langen Zähnen. Sie hat wohl noch genug Grünes draußen abzurupfen. Das Schwein dagegen frisst alles. Ich gebe ihm auch immer das Wasser, in dem ich die *Tartuffels* koche, *dat Swien is ganz dull danach.* Und gestern musste ich sogar Milch und Mehl in den Trog schütten. Stell' dir vor, Marie, ich hatte gestern gerade *Bookweten*-Mehl und Buttermilch in den *Kump* geschüttet, da flog eine der Gänse auf den Tisch und mitten hinein. Es war so schlimm, dass ich den Dreck und die Federn nicht abschöpfen konnte. Und so bekam das Schwein eine sehr leckere Kost!“
„*Mudder* hätte den *Pannkoken*-Teig aber trotzdem gebacken“, da war sich Hupp-Marie sicher. Dann aber lachte sie hellauf: „Da hat doch sicher Puschel wieder gejagt, oder?“ Die Kinder hatten jedes Mal großen Spaß, wenn sie sahen, wie sich die Katze an die Gänse oder Hühner heranschlich und versuchte, einen der Vögel zu fangen. Das Federvieh wehrte sich natürlich und so gab es nie einen Sieger.
Hupp-Marie zog sich den dreibeinigen hohen Hocker mit den Mahlsteinen hervor.

*

„Wir müssen den Leichenkörper melden!“ Hans war unsicher. „Wem müssen wir es sagen? Dem Herrn Pastor, weil Korl-Fofftein das auch tat, oder dem Amtmann? Früllerk, *wat meenst du*?“
„Ich denke, dem Amtmann. Letztes Jahr war das ja auch richtig.“
„Der schickt aber wieder nur seinen Diener. Und was der herausbekommt, das wissen wir doch – rein gar nichts!“ Line empörte sich, wenn sie nur an den Mann dachte. „Da kam der her, stand nur herum, wippte in seinen Stiefeln und meinte, wie wichtig er sei. Aber hat er irgendetwas gefragt oder sich die Leichen angesehen? Nein!“
„Line, *nu mook mol fofftein*. Wir wissen doch, dass du es besser kannst!“ Hans griente dabei und zwinkerte Früllerk zu.
„Lass dich von Hans nicht ärgern“, warnte der und begann zu lachen, um die Spannung zu nehmen.
Einträchtig zogen die Männer das Holzbrett aus dem Grüppen und legten es über den Graben zu Wendelkens Torfstich hin. „Wegen meiner Kinder war es mir sicherer, wenn sie nicht mal eben den Leichenkörper suchen gehen konnten. Und jetzt passt Louise auf, dass sie uns nicht nachkommen. Denn wenn sie wüssten, dass wir hier sind, wären sie sofort da. Erst recht, wenn sie ahnten, dass wir ihn gefunden haben.“
Früllerk nickte nur bestätigend. Er hatte auf dem Sanddamm Hanken entdeckt und winkte ihm zu.
„*Töövt, ik kom her!*“ Hanken balancierte über das Brett vom Sanddamm zum Torfstich hin. „*N' Obend ok*“, tippte er an seine Mütze. Er *japste* ein bisschen, denn er hatte sich beeilt. „Ich musste Piss-Jules Hütte prüfen, ob unsere Knechte auch gut gearbeitet haben oder ob sie noch mal hin müssen.“
„Macht das nicht Momme, euer Großknecht?“, fragte Line mitfühlend. „Verpuste dich aber erst einmal“, bemitleidete sie ihn. „Die Arbeit an der Hütte war aber auch nötig, besonders das Dach sah ja schlimm aus! Aber warum schicken sie dich alten Mann denn? Oder ist eure großmächtige Bäuerin grade mal wieder ärgerlich auf die ganze Welt?“

„Nun warte doch, Line, und bestürm' Hanken nicht gleich mit so vielen Fragen!" Früllerk drückte beruhigend die Hand seiner Frau.
„Anna Sandvoss ist fort, zur Kur nach Lilienthal, und Momme musste sie fahren, mit der Kutsche, dabei hätte der Einspänner wohl auch gereicht. Der Großknecht kommt erst spät in der Nacht wieder zurück."
„Hm, dann darf Jacob also mal wieder selber regieren." Wenn es um Anna Sandvoss ging, konnte Line nicht objektiv sein. „*Ne Schanne is dat* mit ihrer Herrschsucht!"
„Jacob sagt nicht viel dazu. Ein Versprechen ist eben ein Versprechen." Begütigend klopfte Hanken Line auf die Schulter. „Aber was macht ihr hier an Wendelkens Torfstich?"
„Och, wir gehen nur ein bisschen spazieren!" Hans trieb seinen *Spiejök* mit Hanken, den er sehr mochte. Alle fingen an zu lachen.
„Ne, Hanken, stell' dir vor, wir haben den Rest von Korl-Fofftteins *Lieken-Kopp* gefunden."
„Und jetzt wollen wir den Körper genauer ansehen. Magst du mitkommen?" Auch Früllerk schätzte den Alten sehr.
„Nun, wenn es nicht zu unheimlich wird?", griente Hanken mit einer auffordernden Handbewegung.
Im Torfstich mussten sie ein wenig suchen. Gestern Abend war es ja schon recht düster gewesen. Die Stelle wussten sie natürlich noch, aber die ganze Seite sah einheitlich braun aus, nur die Linien, die durch das senkrechte Stechen mit dem Spaten entstanden waren, teilten die Wand in ein gleichmäßiges Muster. Mit den Händen schoben Hans und Früllerk die gestern aufgelegten Torfstücke beiseite. „Ich glaube, ich spür' was!" Hans schüttelte seine Hände mehrmals ab, da kleine Torfstückchen daran klebten. So konnte er besser fühlen.
Zuerst sah es wie sehr grobe Pflanzenfasern aus, dann wurden Umrisse deutlich. Ganz vorsichtig legten sie den Körper frei und besahen ihn ganz genau. Tiefdunkelbraun war die Haut, kaum vom Torf zu unterscheiden. Der Körper war eingefallen, als wäre kein Fleisch mehr da. Die Haut war faltig und genauso weich, wie Line es beim Kopf in Erinnerung hatte. Nur die Knochen waren gut zu erkennen. Der Mann lag auf der rechten Seite, die Bei-

ne angewinkelt, so, als würde er schlafen. Die Füße waren vollfleischig vorhanden, so, als könnten sie sofort loslaufen. Das sah schon ein wenig schauerlich aus! Der linke Oberschenkelknochen ragte jedoch hinten zum Po. Am linken Arm war kaum Haut vorhanden, dafür waren Elle und Speiche zu sehen. Aber nicht nur die Haut, auch die Knochen waren dunkelbraun verfärbt.

„Seht doch, der Leiche fehlt nicht nur der Kopf, sondern auch eine Hand!“ Line zeigte mit dem Finger darauf und strich dann behutsam den nassen Torf um die Arme herum beiseite. „Hier ist nichts!“

„Meine Jungs haben ja eine genau hier gefunden und Piss-Jule damit erschreckt!“

„Auch Wendelkens Knechte haben vor Jahren eine Hand gefunden“, erinnerte sich Hanken. „Ein Tier hatte sie damals wohl ausgebuddelt und dann liegen lassen. Wir haben sie uns alle angesehen.“

„Aber Hanken, wie lange ist das schon her? Wir dachten, dies wäre eine frische Leiche!“

„Also, das war vor mehreren Sommern, da bin ich mir sicher.“

„Dann muss dieser Körper ja mindestens schon so lange hier begraben liegen. Und schau’ doch mal, wie tief er im Torf steckt! Erst jetzt wurde doch so tief und weit gegraben. Ob die Leiche wohl schon alt ist?“ Lines Spürsinn war erwacht. „Früllerk, wenn

du nach Bremen fährst, du kannst doch den *Medicus* fragen, ob er etwas über alte Leichen weiß!"
„Ne, ne, Line, das kannst du besser. Du willst doch sowieso einmal mitkommen. Du wirst Eltermanns Haus besuchen und schaust dann auch beim *Medicus* vorbei."
„Aber es ist jetzt im Herbst so viel zu tun!" Line war unschlüssig. Sie wollte gern in ihre Heimatstadt und ihren ehemaligen Arbeitgeber besuchen. Auch gäbe es mancherlei einzukaufen, was sie schneller als Früllerk erledigen könnte. Es gab jedoch so viel für den Winter zu bevorraten. Das Wetter war so lange nass gewesen, da gab es im Garten noch reichlich zu tun. Aber je länger sie nachdachte, desto größer wurde ihr Verlangen, mitzufahren. Sie überlegte laut und zählte auf: „Ich muss vorher noch einmal Pilze sammeln! Und Beeren! Dann das Bohnenstroh im Garten ausreißen, oh, die Zwiebeln auch. Alles zum Trocknen aufhängen und nach dem Bier sehen. Es müsste inzwischen vollständig durch das gewaschene Stroh gelaufen sein. Das Schwein wird sich wieder wie toll auf die Reste stürzen. Heute Abend koche ich den Sud mit Porst. Hopfen haben wir hier ja leider keinen." Line wurde schwindelig. So viel gab es noch zu tun. „Gleich muss ich Pfannenbrot backen. Der Teig geht schon seit heute Mittag. Früllerk, das war jedoch unser letztes Brotmehl."
„Ich bring' Brotgetreide aus Bremen mit", versprach Früllerk, „und lass es auf dem Heimweg in der Worpsweder Mühle. Nach der nächsten Fahrt wird es wohl gemahlen sein und ich hol' es ab!"
Hankens Blick war die ganze Zeit auf den Leichenkörper gerichtet. Er spürte sein Alter und dachte über die Endlichkeit des Lebens nach, trotzdem nahm er den Gesprächsfaden auf. „Line, ein richtiger Backofen, so, wie wir ihn auf dem Hof haben, wäre wohl gut, was? Schon zwei Mal musste ich den Sandvoss'schen Ofen neu aufbauen. Außer mir konnte das niemand. Wenn ich sterbe, wer baut dann?"
Line erschrak. „Hanken, du willst doch noch nicht sterben! Wir brauchen dich. Geht es dir denn nicht gut?"
„Doch, doch, ich bin nur alt! Und selbst wenn ein neuer Ofen gebraucht wird, ich kann nach dem Aufbau nicht mehr in die Kup-

pel kriechen und von innen Lehm schmieren. Meine Knochen wollen nicht mehr wie früher. Und stark bin ich auch nicht mehr.“ Der alte Mann hob seinen rechten Arm und drückte auf die Oberarmmuskeln. „Nichts mehr, nur noch *möör*! So habe ich es früher aus Spaß den Kindern gesagt und jetzt ist Ernst daraus geworden.“
„Hanken!“ Alle drei riefen gleichzeitig. So verzagt hatte selbst Hans ihn noch nicht gesehen. Und er sah ihn schließlich oft genug beim Arbeiten auf dem Sandvoss-Hof. „Hanken, wenn der Backofen nicht mehr in Ordnung ist, dann baust du ihn noch einmal auf, ganz bestimmt, auch wenn das dann sicher das letzte Mal ist.“ Hans wusste, dass Hanken Ehrlichkeit schätzte. „Du musst doch dein Können weitergeben! Du lässt es einfach von einem der Knechte machen.“ Hans guckte Früllerk hilflos an.
„Du bist dann der Aufpasser und Bestimmer. Dann kommandierst du, so, wie sonst nur die Bäuerin! Wirst sehen, das macht auch Spaß. Und so lernt der Knecht es doch gleich richtig und dein Wissen ist nicht verloren.“ Früllerk war ebenso erschrocken über die Verzagtheit des alten Mannes.
„Wie gern hätte ich einen Backofen!“, seufzte Line sehnsüchtig.
„Hanken, kannst du nicht jetzt einen bauen? Wir helfen dir, so, wie es der Knecht machen könnte. Aber – ob Jacob etwas dagegen hat?“ Früllerk wurde aufgeregt. Schon lange ersehnte sich Line, richtiges Brot backen zu können. Sie sagte es nicht, er ahnte es aber. Und jetzt könnte der Wunsch Wirklichkeit werden. ‚Hoffentlich erlaubt es Jacob! Und es würde Hanken von seiner Mutlosigkeit ablenken!‘ Der Leichenkörper war plötzlich unwichtig.
„Ich denke nicht, dass Jacob es mir verbieten würde …“
„Und Anna Sandvoss ist ja nicht da!“ Line konnte es nicht unterlassen, zu sticheln.
Hanken mahlte mit seinem Mund und atmete sehr geräuschvoll, er dachte nach. Er freundete sich rasch mit dem Gedanken an und wurde eifriger. „Korl-Fofftein ist doch in der Gegend, oder?“
„Hm, er war gestern hier und meinte, er würde in den nächsten Tagen wiederkommen. Ich glaube, er wollte mit nach der Leiche suchen!“

„Warum fragst du nach ihm?“ Hans dachte an Louise und seine Kinder. Obwohl der Mann einen guten Eindruck auf alle gemacht hatte, er war und blieb ein *Slöpendriever*! Einer, dem man doch nicht unbedingt trauen konnte! *Düsse Minschen klaut Eten*, das wussten schließlich schon kleine Kinder.
„Ich weiß, dass er in Lehnstedt schon einmal einen Ofen mitgebaut hat. Das erzählte er mir einmal. Sicher hilft er, wenn er hört, dass ich ihn brauche!“
„Wenn er erfährt, dass wir nach ihm fragen, *is he seker foorts hier*.“ Früllerk teilte die Bedenken seines Freundes und Nachbarn Hans nicht. Er hatte Korl-Fofftein als kompetenten und freundlichen Menschen erlebt. „Oh, Hanken, wenn wir einen richtigen Backofen bekommen, das wäre wunderbar!“
Seine Begeisterung übertrug sich auf Line: „Wenn wir backen, kann jede Kolonistenfamilie auch backen, hintereinander oder miteinander. Ich helfe auch bei der Teigzubereitung! Und aus Scharmbeck bringst du mir Bierhefe mit, Früllerk! Ich werde dann sogar leckeren Kuchen backen!“
„Line, Line, nimm dir nicht schon zu viel vor, bevor der Ofen überhaupt gebaut ist!“ Früllerk bremste zwar den Eifer seiner Frau, lenkte aber schnell ab: „Was machen wir denn nun mit der Leiche?“
„Wir müssen noch untersuchen, wie sie gestorben ist“, fiel es Line ein.
„*Junge di*, Line, du bist aber schnell im Denken! Von der Leiche zum Ofen, vom Ofen wieder zur Leiche! Mir summt ja der Kopf!“ Hanken wollte gern loben, Vorfreude kam in ihm auf, vielleicht konnte er sein Wissen doch noch weitergeben. „Hier gibt es auch zwei geschickte Mannsleute und Louise ist eine wunderbare Hausfrau! Das Günnemoor kann stolz sein auf seine Kolonisten!“
„Hm, und unsere Kinder? Hast du die nicht vergessen, zu loben? Sind die nicht klug und stark und schön?“ Hans freute sich, Hanken schien seine Niedergeschlagenheit verloren zu haben.
Alle vier lachten laut und herzlich.
Line strich und fühlte mit den Fingern über den toten Körper. Am Hals hob sie ein Stück Faser an. Sie zog und hatte ein män-

nerarmlanges Seil in der Hand. Vorn war es wie eine Schlinge gebunden. „Seht doch, er wurde erhängt!“
Alle befühlten nun das Teil, säuberten es dabei gleich vom Torf und besahen es genau. Es war ein wie Mädchenhaar geflochtener Lederstrick. „Den nehmen wir mit. Wenn er sauber gewaschen ist, kann man besser erkennen, wie er gemacht wurde“, entschied Früllerk. „Und den Körper decken wir wieder zu. Nun wissen wir ja, wie er getötet wurde. Lasst uns viel Torf auf ihn werfen! Wir können die Kinder nicht ewig abhalten, zu suchen.“
Hans kannte seine Jungs besser: „Früllerk, das reicht nicht. Sie finden ihn hier. Wir müssen den Körper mitnehmen. Vielleicht können wir ihn bei euch im Stall lagern, in der alten Moorhütte, in der ihr zuerst gewohnt habt? Da finden ihn die Kinder nicht und für den Amtsdiener haben wir ihn sicher aufbewahrt.“
Dieser Vorschlag wurde sogleich ausgeführt. Die Leiche war weich und biegsam und ließ sich nicht einfach so hochheben. Sie hatten auch Angst, dass sie an den Gelenken reißen würde. Hanken hatte die Idee und holte auch gleich das Holzbrett, das zum Sanddamm hin über dem Graben lag.
Während er mit Line den Körper vorsichtig anhob, schoben Hans und Früllerk das Brett von vorn unter die Leiche.
„Der *Lieken-Kopp*! Den müssen wir auch mitnehmen!“ Hans ahnte die Schritte seiner Kinder voraus und wusste, sie würden immer wieder suchen und dann, statt des Körpers, eben den Kopf finden. Und das wäre wohl fast noch gruseliger! „Wir haben ihn sowieso noch gar nicht angeguckt!“
Line fand ihn sofort und wischte das Gesicht sauber.
„He süüt ut, as wenn he slopen deit!“ Alle drei Männer waren ebenfalls erstaunt über den Haarknoten und fühlten die Barthaare. „Es ist wirklich und *warraftig een Keerl*!“ Hans legte den Kopf neben den Halsansatz. *„Dor hört he hin.“*
Sie trugen die nun fast vollständige Leiche den *Pad* entlang und Line achtete darauf, dass sie nicht vom Brett rutschte. Ohne Zeugen legten sie ihre Bürde in der alten Moorhütte auf die Erde. Dort, wo noch im letzten Jahr Line und Früllerks Bett gestanden hatte.

„Es ist bestimmt gut, wenn wir die Leiche zudecken. Aber womit?“ Hans guckte sich um. „Der Weißtorfmull geht doch gut“, zeigte er auf den Haufen, den Früllerk als Einstreu benutzte. Hanken hatte sich inzwischen draußen auf die Bank gesetzt. *„Ek mutt mi verpusten!“*
Line setzte sich neben ihn und sah ihn mitfühlend an: „Geht es wieder? Da wolltest du einfach nur mal eben am Abend nach Piss-Jules Kate sehen und bist in ein Abenteuer geraten!“ Sie lächelte ihn an. „Hanken, wenn ich einen Backofen bekommen könnte, das … Ich kann gar nicht sagen, wie mich das freuen würde! Aber was wird Anna Sandvoss dazu sagen?“
„Line, das ist nun abgemacht! Ich frage Jacob! Und die Bäuerin kann ja im Moment nichts dagegen haben. Sie ist nicht da!“ Hanken grinste übers ganze Gesicht. Sein zahnloser Mund öffnete und schloss sich aber gleich wieder im altvertrauten Rhythmus. „Es ist sowieso nicht richtig, dass keine Kolonistenfamilie selber Brot backen kann. *Dat hät de Pastor ook all mol seggt!* Alle sind von der Gnade der großen Bäuerin abhängig. Und Brot gibt es nur, wenn bei ihr gearbeitet wurde.“ Und schelmisch meinte er abschließend: *„Dat hät de Pastor ober nich seggt!“*
„Sie backt aber sehr gutes Brot!“ Da Anna Sandvoss nicht da war, verteidigte Line sie sogar. Ihre Köchinnen-Ehre verlangte das. „Brot gelingt nicht immer. Mal ist der Teig zu sauer, mal klumpt er, weil zu wenig Feuchtigkeit drin ist, mal sind die Laibe nach dem Backen klitschig. Über die Bäuerin höre ich immer nur, dass das Brot jedes Mal gut schmeckt.“
„Hanken, wir haben aber nicht viel Brotgetreide!“ Hans stand vor ihnen, Früllerk verschloss noch die Tür. „Da weder Roggen noch Weizen hier auf unseren Grundstücken wächst, müssen wir teuer kaufen. Und die Talers kommen man nicht einfach so angesprungen. Wir haben keinen Geldesel, wie im Märchen.“
Line hatte Sasses Kindern ein Märchen über einen Tisch, einen Goldesel und einen Knüppel erzählt. Der Bremer Hauslehrer erzählte es den Eltermannschen Kindern aus erzieherischen Gründen, wie er sagte. Line verstand das nicht, ihr gefiel das Märchen nur gut. Und jetzt schwärmten besonders Sasses Mädchen von

der Möglichkeit, reich zu werden oder wenigstens jeden Tag genügend Essen zu haben.
„Ihr habt ja nicht einmal einen Esel!“, lachte Früllerk. „Aber Hans hat Recht. Line, wir müssen immer Brotgetreide kaufen. Meinst du, es lohnt sich, einen Ofen zu bauen?“
Statt einer Antwort, gab Line ihrem Mann mit den Augen Signale. Sie sah ihn an, dann Hanken und wieder Früllerk. Er verstand auch sofort und korrigierte sich.
„Aber überhaupt einen Backofen zu besitzen, ist schon unübertrefflich. Und jedes Mal, wenn ich auswärts arbeite, werde ich Getreide oder Mehl mitbringen. Dann können alle Kolonisten daran teilhaben. Und auf Kuchen freue ich mich jetzt schon.“
„Hm, Weißbrot wäre auch nicht schlecht, oder?“ Hans leckte sich die Lippen. „Das schmeckt mir besser als Kuchen!“
„Hast du noch keine Abendkost gehabt?“ Line lachte. „Ich kann dir aber nur Pfannenbrot anbieten, das noch nicht fertig ist!“
„Aber dafür mit *Eierbodder*!“ Früllerk bekam auch Appetit, denn sie hatten den Leichenkörper noch vor dem Dunkelwerden angesehen, nicht so, wie gestern.
„Ne, ne, ich muss nach Hause, Louise Bescheid geben und mit meiner Familie essen, so, wie immer. Sonst vermuten die etwas. Sollen sie morgen doch ruhig suchen gehen!“
„Aber Hanken, du isst doch mit uns, oder?“
„*Ek bün so free.* Denn du kochst noch besser als meine Bäuerin, Line. Ein größeres Lob weiß ich nicht!“
„Ja, aber Anna Sandvoss weiß das inzwischen auch. Darum ist sie sicher immer so aufgebracht Line gegenüber.“ Früllerk hielt Line die Hand hin und half ihr hoch. Das war der deutliche Hinweis, Essen zu machen.
„Ich geh’ ja schon“, lachte Line. „Hanken, kennst du denn überhaupt unsere Butze? Früllerk hat sie im Winter gebaut. Und die Tür so schön verziert.“
Line war stolz auf ihren Mann, das konnte Hanken leicht merken, und stolz auf die Moorkate. Der alte Mann dachte an das letzte Jahr, als Line aus Bremen hierher kam. Völlig unbedarft und unwissend über das Moor und die alltägliche Arbeit hatte sie ihren Früllerk geheiratet und mit ihm in der Moorhütte gewohnt. Und

wie schnell fand sie sich zurecht! ‚Sie ist eine sehr patente Frau!', dachte Hanken. ‚Und dabei so liebenswert und freundlich. Ihr fallen immer wieder praktische und ganz einfache Dinge ein, die das Leben hier im Moor erleichtern. Jeder Mensch hätte darauf kommen können, aber nur Line bemerkt es, macht sich ihre Gedanken und führt es dann aus. Und wird dafür von allen *de Fromde* genannt. Erst nach und nach übernehmen die Familien ihre Einfälle. Und Anna Sandvoss ist auch noch eifersüchtig. Nichts erkennt sie an, wenn Line es erdacht oder gemacht hat.' Hanken schüttelte seinen Kopf über so viel Unverstand. Er mochte Line, seit er sie kennen gelernt hatte. Auch zu Koop-Vadder war sie so liebevoll gewesen. Während er mit Line über die Diele der Moorkate ging, dachte er laut weiter: „Mimi Büttel und Koop-Vadder sind zusammen!"
„Was meinst du, Hanken?" Line hatte sich gerade wieder an ihrem soliden kleinen Fachwerkhaus gefreut. Wie war sie im letzten Herbst froh gewesen, dass sie den ersten Winter im Moor nicht in der alten Hütte, sondern schon in der Kate wohnen konnte. Sie war Jacob unendlich dankbar, dass er Früllerk und ihr das Holz geschenkt hatte, auch wenn ihr Zwist mit Anna Sandvoss dadurch noch viel tiefer geworden war. „Was hast du gesagt?"
„Ich musste gerade an den Tag denken, als Mimi wieder zurück ins Günnemoor kam. Mit ihren beiden Töchtern und hochschwanger stand sie plötzlich auf dem Hof."
„Warum konnte sie eigentlich nicht bei euch auf dem Hof bleiben? Sie war doch früher eine gute Arbeiterin."
„Line, so etwas geht nicht!"
„Aber Mimi hat im Günnemoor gelebt! Und auch bei euch auf dem Hof gearbeitet. Sie ist euch vertraut!"
„Nein, Line, das siehst du falsch! Du musst es Anna Sandvoss sogar zugute halten, dass sie Mimi nicht gleich wieder fortgeschickt hat." Hanken versuchte, Verständnis für seine Bäuerin zu erlangen. „Wenn sie auch nur ein einziges Mal Bettler aufnimmt, wird das schnell zu einem Strom von Menschen, die Arbeit und Essen wollen. *Dat hät de Pastor ook all mol seggt!* Wo bleiben dann aber die Mägde und Knechte und wer arbeitet auf Dauer und kennt sich aus? Sie muss Vertrauen haben zu denen, die mit den vielen

Tieren und all dem Land umgehen. Es ist ihre Aufgabe, Haus und Hof zusammenzuhalten. Und auch Jacob würde es so machen, machen müssen, wenn er zu sagen hätte!"
„Aber Mimi ist doch keine Bettlerin!", protestierte Line.
„Doch, das war sie. Hast du sie gesehen, kurz nachdem sie hergekommen war?"
„Nein, ich sah sie erst nach ihrer Niederkunft bei Koop-Vadder."
„Sie war hier ja schon dünn und abgearbeitet, aber als sie wiederkam, da war sie ausgezehrt und völlig entkräftet. Sie hätte niemals arbeiten können. Stille-Catharine hat ihr sicher das Leben gerettet und ihr natürlich auch bei der Geburt ihrer dritten Tochter beigestanden. Wer die Idee mit Koop-Vadder hatte, weiß ich nicht. Und auch nicht, was der Herr Pastor dazu sagt! Aber Mimi hat mit ihren Kindern ein Dach über dem Kopf und Koop-Vadder eine neue Hausfrau und jemanden für seine Kinder. Auch wenn er so viel älter ist, es lässt sich gut an zwischen den beiden."
„Was ist denn aus Walter geworden? Hat sie davon mal gesprochen?"
Hanken schüttelte den Kopf. Er stand vor der Butze und befühlte das Holz, schob die Türen auf und zu und bewunderte die Fächer über und unter dem Bett. Früllerk hatte es sehr praktisch und sogar mit Verzierungen gebaut. Der alte Mann sah sich in der Kate um. Die Butze war Platz sparend in die Dachschräge am hinteren Hausgiebel gebaut. Zwei Fenster in der Fachwerkgiebelwand brachten Licht aufs Flett. Ein hohes Regal für den Hausrat war in die entgegengesetzte Dachschräge eingepasst. Ein langer Tisch mit Bank und zwei Stühlen vervollständigte die Möblierung. Die Feuerstelle, in der Mitte zwischen Flett und Diele, war erhöht gemauert, so dass Line ihren Rücken beim Kochen schonte. Auf der Diele stand die Kuh, die ihm wiederkäuend bei seinem Rundgang zusah. Es war noch genug Platz für weitere Kühe, bemerkte Hanken. Gegenüber waren zwei Koben durch einen Flechtzaun getrennt. In einem lagerte Früllerk sein Werkzeug, trockenen Torf und Holz, der andere beherbergte nachts Gänse und Hühner. Grauweißer Vogelkot sprenkelte die eingestreute Weißtorfschicht. Ein langgezogener niedriger Holzkasten, auf halber Höhe in die Wand zum Hühnerstall eingelassen, weckte Hankens Neugier.

Die Hühnerstange darüber war ebensolang. Er befühlte den Kasten, ‚Solide Zimmermannsarbeit ist das', urteilte er. Wie ein Deckel ließ sich das obere Brett anheben. Unterteilt in Nestfächer, konnte Line die Eier einsammeln, ohne im Hühnerkot auszurutschen. ‚Und die *Holschen* werden nicht *schietig*!' Hanken lachte zu Line rüber: „War das mit den Hühnernestern deine oder Früllerks *neemodsche* Idee?"
Line hatte unterdessen *Kienappels* ins Feuer geworfen, die große eiserne Pfanne mit einer Speckschwarte ausgewischt und auf den Rost gesetzt. „Das war Früllerks Idee!" Am Tisch teilte sie den Brotteig in zwei gleich große Stücke und rollte sie mit dem hölzernen Teigroller rund aus. Die Größe entsprach der Pfanne. Der Duft nach frisch gebratenem Brot breitete sich bald schnell in der Kate aus.
Früllerk kam mit der Katze auf dem Arm an den Tisch. „Puschel hat auch Hunger", griente er. „Gibt es bald Abendkost?"
Line sah zärtlich auf beide, auf ihren Mann und auf ihr Puschelchen. Früllerk hielt die dreifarbige Katze wie ein Baby in Wiegestellung. „Schnurrt sie wieder wie toll? Ich habe ihr etwas Milch aufgeschont. Sie steht dort oben auf dem Bord. Stell' ihr die kleine *Kumme* auf die Erde. Daneben liegen auf dem Teller noch einige Fischreste. Das wird wohl auch den größten Katzenhunger stillen!"
Einen Moment schaute sogar Hanken der Katze zu. Ihr kleines rosa Mäulchen und die hellrote eifrig schlappende Zunge, das sah sehr niedlich aus.
Line stellte den *Kump* mit der *Eierbodder* auf den Tisch, das erste Brot war auch schon fertig und wurde von ihr in große Stücke gerissen. Die beiden Männer setzten sich auf die Bank und Line nötigte: „Nun langt man tüchtig zu, das nächste Brot ist gleich gar!"
Nachdem der erste Hunger gestillt war, überlegte Hanken laut: „Wo soll denn der Backofen gebaut werden? Line, hast du dir schon einen Platz überlegt?"
Line guckte Früllerk fragend an.
„Nicht zu dicht an der Kate, wegen der Brandgefahr!"

Hanken nickte. Der Untergrund muss aber vorher gut vorbereitet sein. Am besten ist, ich komme morgen früh und sehe, was ich tun kann. Wenn Jacob mich lässt … Aber da habe ich keine Sorge!“
Hanken wischte sich mit beiden Händen den Mund sauber und dankte für das leckere Essen.
„Es wird langsam dunkel. Ich sollte wohl nach Hause gehen.“
„Soll ich dich noch ein Stück begleiten? Der Nebel steigt schon mächtig!“ Früllerk wollte Hanken gern noch sagen, dass er den Leichenkörper auf dem Hof besser nicht erwähnen sollte. Er wünschte keinen Menschenauflauf hier. Und vor Line wollte er es nicht äußern, damit ihre Gedanken nicht nur bei dem Toten waren. Vielleicht passte es und er selber konnte Jacob fragen, ob er mit dem Backofenbau einverstanden wäre.

Schlechte Erinnerungen

Line hatte inzwischen auf dem Flett *rein mokt.* Diese Arbeit tat sie immer noch äußerst gern. Nach ihrem Schock, als sie das erste Mal die kleine alte Moorhütte gesehen hatte, waren Früllerk und sie im letzten Herbst voller Freude daran gegangen, aus Jacobs fertig gesägtem Eichenholz ein winterfestes Heim zu schaffen. Es war viel Arbeit auf sie zugekommen, zusätzliche Arbeit zu all dem Neuen für Line. Aber beim Fundament mit Pfählen, viel Sand und Findlingssteinen und beim Aufbau des Fachwerks hatten die Nachbarn geholfen. Und von einem Teil des Ersparten hatten sie Backsteine gekauft, denn das Holz war für Backstein-Fache zugesägt worden. Für Anna Sandvoss war natürlich das Beste geplant gewesen! Und Früllerk bestand ebenfalls auf das Beste für seine Frau!

Nachbar Carl Vollmerding hatte sich als der geschickteste Maurer im Günnemoor erwiesen. Früllerk lobte ihn während der kleinen Rede beim Einzug und empfahl ihm, sich im nächsten Sommer doch als Maurer zu verdingen. Da würde er *duchtig Dalers* verdienen! Der hatte es aber nicht getan, denn im Sommer war er, wie alle Kolonisten, auf der eigenen Hofstelle geblieben und hatte Torf gestochen.

Gedankenverloren lächelte Line in der Erinnerung. Mit ihr war Carl jedoch nicht zurande gekommen!

‚Line, *du weest jo nich, wo dat geiht!*' Wie oft hatte er ihr das Fremdsein unter die Nase gerieben! ‚*De Lüe in Bremen, de kookt ok bloos mit Woter!*' So versuchte er, die Bremer klein zu machen. Und Frauen waren bei ihm überhaupt nichts wert. ‚*Frooenslüe hevvt jo man blos eern Kopp, damit see weet, wo boben is!*' Indem er Frauen erniedrigte, hob er das Mannsvolk in die Höhe. ‚Los, hol' mir mal Früllerk! Er soll entscheiden, wo die beiden Fenster eingesetzt werden sollen.' So kommandierte er am ersten Tag unentwegt.

Zu Anfang hatte Line ihm entsprochen. Sie war einfach so froh über das neue Haus gewesen. Aber als sie am zweiten Morgen gerade den Teig für neues Pfannenbrot knetete, verlangte Carl, dass sie ihm gebrannten Muschelkalk brachte. Natürlich verweigerte

sie es, ihre Hände waren voller Brotteig und außerdem sollte ja das Essen zeitig fertig werden.
Durch ihre Weigerung wurde Carl grob. ‚*Du schast doon, wat ik di secht hebbt!*', raunzte er Line an.
‚Nein, Carl, das ist deine Arbeit. Hol' dir deinen Kalk selber!' Line blieb ruhig, nur ihre Stimme wurde deutlich und akzentuiert. ‚Früllerk hat während einer Fahrt nach Bremen extra am Kalkhof Halt gemacht, da dort der beste Kalk gebrannt wird. Du kannst es an den kleinen Muschelstücken sehen. Ich muss immer wieder die Hühner verscheuchen. Die picken gern darin. Früllerk hat mit dir die Arbeit ausgemacht. Von einer zusätzlichen Handlangerin war dabei nicht die Rede!'
‚*Wat weest du denn, du büst jo man blos n Fruu!* Frauen müssen den Männern gehorchen!'
‚Woher weißt du das?' Lines Stimme klang zwar immer noch leise, aber schon drohend. In ihrer Bremer Küche hätte sich keine Magd getraut, auch nur einen Mucks zu sagen. Nicht aber Carl. Er war gewohnt, zu Hause zu bestimmen, und seine Frau gehorchte, weil sie oder die Kinder sonst Schläge bekamen. Widerworte einer Frau kannte Carl nicht.
Auftrumpfend antwortete er: ‚Das steht so in der Bibel. Die Frau sei dem Manne untertan! Der Herr Pastor hat darüber schon gepredigt. Wahrscheinlich hast du dabei nicht aufgepasst! Oder du hast es nicht kapiert. Du hast eben nur den Verstand einer Frau!'
‚Carl, ich sag's dir im Guten: Geh und hol' dir dein Arbeitsmaterial selber!'
‚*Un ik sech di, du schast dat doon!*' Carl wurde *füünsch* und haute mit der Maurerkelle gegen den Balken, dass der angerührte Muschelkalk durch die Luft spritzte.
‚Nein! Ich hab' es dir erklärt!'
‚Doch!'
‚Carl, endgültig und zum letzten Mal: Nein!'
‚Doch!'
Line merkte, es hatte keinen Sinn, mit Carl zu streiten. Er war von seiner Gesche gewohnt, dass es so gemacht wurde, wie er es wollte. ‚*Du ol Flintkopp!*', sagte sie darum nur leise und widmete sich wieder ihrem Teig.

Carl hatte das jedoch gehört. Er war in seiner Männerehre verletzt, inzwischen aber nicht mehr so forsch wie zu Beginn des Konflikts. Normalerweise reichte es, ein Mal laut zu werden und zu drohen, dann gehorchten seine Frauen. Diese war anders. Warum Früllerk sie geheiratet hatte, konnte er sowieso nicht verstehen. Sie war viel zu klein und viel zu dünn! Und dann auch noch so *opsternaatsch*! Mit der könnte er, Carl, es keinen Monat aushalten. Ihm war Line schon lange nicht geheuer. Beim konzentrierten Mauern eben hatte er das jedoch vergessen und wie gewohnt kommandiert. ‚Soll sie sich doch weigern', dachte er hämisch. Er wusste schon, wie er es ihr heimzahlen konnte!
Jedes Mal, wenn er in Zukunft jemanden traf, würde er über ihr Fremdsein sprechen. Niemand würde sie bald noch ansehen. Ja, so würde er es machen! – Aber eigentlich ist eine Frau es ja gar nicht wert, dass über sie so viel Aufhebens gemacht wird …
Ha! Carl fiel etwas viel Besseres ein! Er könnte ja einfach an dem Gefach, vor dem die Butze stehen würde, einen kleinen Spalt zwischen Mauerstein und Holzbalken frei lassen. Dort würde sich im Winter die Feuchtigkeit einnisten! Oder – nein, dann würde Früllerk es ebenfalls sofort merken und denken, er mache keine gute Arbeit!
Wo könnte es Line am ehesten treffen? Na klar, bei ihrer Ehre als Köchin! Carls Augen begannen zu leuchten. Im Flett, dort, wo sie das Salz aufbewahrt, da wäre ein Loch gut, damit die Feuchtigkeit eindringen kann! Nein, das geht nicht – dann zieht der Rauch in genau die Richtung und verrät den Spalt.
Halt! Aber im Anbau, da, wo anständige Kolonisten ihr Schwein und ihre Hühner halten, da würde er ein großes Loch in der untersten Reihe lassen. Dort sollte ja sowieso mit Lehm verputzt werden!
Das mit der Kate war ja auch so was Befremdliches. Jeder Moormann riss die Hütte ab, wenn er ein neues Haus baute, und setzte die Kate auf den alten Wohnplatz. Diese Line hatte es natürlich anders gewollt. Sie brauche mehr Platz, hatte Gesche ihrem Mann erzählt. Die Schweine werden im alten Haus bleiben. Sie stinken so stark und es gibt noch mehr Fliegen als sowieso schon, hatte Line erklärt. Das wusste Carl ebenfalls von seiner Frau. Er schüt-

telte immer wieder den Kopf. Dass Früllerk seiner Line aber auch alle *Grappen* durchgehen ließ.
Berechnend ließ er nun ein ganzes Gefach frei, in der hintersten, dunkelsten Ecke und so, dass es von außen kaum zu sehen war. Dort sollte später eine große Kiste für die *Tartuffels* stehen. Wer aß schon dieses *Düfelstüüg*? Er, Carl, jedenfalls nicht! Die würden nun im Winter alle verfrieren. Geschieht ihnen recht! Ja, so würde er es machen!
Und so hatte er es auch getan!
Line war jedoch eine versierte Hausfrau und kontrollierte in der neuen Kate natürlich alles. Mit einem brennenden Kienspan hatte sie jede Ecke ausgeleuchtet und das Loch im Anbau natürlich sofort entdeckt. Früllerk flocht ein Gitter aus Zweigen, setzte es ein und bestrich Carls ‚Rache' mit Lehmverputz. Er wunderte sich zwar über dessen Nachlässigkeit, da er diese Ecke aber sowieso noch mit Schilfmatten verstärkte, hatte er es bald vergessen. Die *Tartuffels* waren frostempfindlich, das wusste er inzwischen. Darum baute er die große Holzkiste doppelwandig und schüttete Stroh zur Isolierung dazwischen. Die Knollen wurden zusätzlich noch in Lagen aus Sand geschützt, so hatte es ihm der alte Magnus Jochimson in Osterholz geraten. Und der erste Winter hatte gezeigt, dass der Rat gut gewesen war. Nur direkt an der Außenwand des Anbaus waren einige der *Tartuffels* angefroren gewesen.

Fati Morgana

„Hanken, ich danke dir, dass du uns einen Backofen bauen willst." Früllerk legte Hanken seine gesunde Hand auf die Schulter. „So bekommt Line eine weitere Annehmlichkeit auf die Moorstelle. Sie kann bestimmt gutes Brot backen!"
Hanken nickte. *„Dat glööv ik ok!"*
Und für ausreichend Brotgetreide wollte Früllerk wohl selber sorgen. Der Geselle aus der Worpsweder Mühle hatte am letzten Sonntag gefragt, ob er ihm beim Auswechseln eines Balkens helfen würde. Der Meister hätte eine familiäre Verpflichtung, hatte er gemeint. Als Dank würde er ihm bestimmt Getreide mahlen. Und ein halber Sack Roggen stand bei Lüer Wendelken für ihn parat, ein Teil des Lohnes. Früllerk hatte in Ströhe eine Sommerlaube gebaut, auf Wunsch der Hausfrau. Beta wollte gern sonntags mit ihrer Familie oder auch mit den Nachbarinnen am Nachmittag dort das leckere Kaffeegetränk genießen. ‚Das sei Mode aus der Stadt', hatte Lüer gegrinst, seiner Frau den Wunsch aber erfüllt.
Sie gingen gerade am Grundstück von Anna und Jonny Mittelsteiner entlang. Die Nebelschwaden reichten den beiden Männern jetzt bis zur Brust. Obwohl es inzwischen vollständig dunkel war, konnten sie sich an den Birken auf dem Sanddamm orientieren. Früllerk machte Hanken jedoch auf die wie in der Luft schwebenden Bäume aufmerksam.
„Mir gefällt der Morgennebel auf der Vorweide noch besser, dann sieht es aus, als würden unsere Kühe schwimmen", *gniggerte* Hanken. An den Stämmen leuchteten die weißen Flecken im Mondschein als Wegweiser.
„Hanken, *hülp mi*!"
Nur der Oberkörper und das Gesicht eines Mannes tauchten vor ihnen im Nebel auf. Hanken und Früllerk schraken zusammen.

„Hanken, *büst du hier? Ek bünn ut de Dachluk fullen!*"
Fati, der Sandvoss-Knecht, stand vor ihnen. Wie verwundert und mehr zu sich selbst, erklärte er: „*... hett mi 'n Schubs geben!*"
Früllerk fasste sich als erster: „Fati, was sagt du? Du bist aus der Dachluke gefallen? Wer hat dir einen Schubs gegeben? Warum bist du denn nicht auf dem Hof geblieben?"
„Hanken, *kumm gau und hülp mi*!"
Hanken griff sich an die Brust. Er war tief erschrocken, räusperte sich und brachte dann krächzend hervor: „Fati, was ist mit dir?"
Beide Männer sahen beunruhigt zum Knecht, der antwortete jedoch nicht, sondern drehte sich nur langsam um und ging den Damm in Richtung Sandvoss-Hof zurück.
„Fati, warte! Wir kommen doch mit!" Früllerk beschleunigte seine Schritte.
Hanken hielt ihn jedoch am Arm fest und stammelte: „So etwas habe ich als junger Mann zuletzt erlebt ..."

„Was hast du erlebt? Hanken, was ist los?" Früllerk wurde, trotz der Fragen, nicht langsamer. „Dass jemand aus der Dachluke fällt? Fati ist doch nicht viel passiert. Er geht doch vor uns – auch wenn ich ihn nicht mehr sehen kann. Aber das liegt am Nebel! Fati, warte! Wir sind direkt hinter dir!"
„Jo, dat seh ik. Wat bollkt ji denn so, ek bünn doch hier uppe Bruck!" Filz-Fidi kniete auf der hölzernen Brücke, die über den Graben zum Sandvoss-Hof führte. Er richtete sich auf und nahm den Kienspan aus dem Mund. Seine Nasenlöcher waren schwarz verrußt, ein Anzeichen, dass er öfter im Dunkeln mit dem Licht im Mund arbeitete.
Er leuchtete Hanken ins Gesicht. *„Nee ober ok, wat büst du wittschen umme Näs!* Hanken, *wat is?"*
„Fidi, wo ist Fati so schnell hingegangen?" Früllerk reckte den Kopf und versuchte, um Fidi herum Richtung Haus zu gucken.
„Fati? Der ist doch im Haus, oben auf dem Boden. Jacob hat ihm befohlen, Heu für die Pferde zu holen. Seit die Gäule wie die wilde Jagd über den Hof gerast sind, scheucht der Bauer uns, aber wie! Obwohl es schon dunkel wurde, erhielten alle noch eine zusätzliche Aufgabe. Arbeit, die gut auch bis morgen hätte warten können!" Filz-Fidi zeigte mit der Hand zum Hof. „Natürlich muss man sich um die Tiere kümmern. Sie sind wertvoll. Aber warum ich heute Abend noch das Loch in der Holzbohle ausbessern muss – die Pferde sind doch schon drüber gelaufen?"
Er grummelte vor sich hin, erschrak dann jedoch über die Gewalt, mit der ihn Hanken bei der Schulter packte und wie wild schüttelte. „Wo ist Fati hingegangen? Kerl, sag' schon!"
„Der ist auf dem Dachboden, nicht hier! Was soll denn das Geschüttele! Lass mich los! Hanken! Hörst du nicht!"
Früllerk wunderte sich über Fati, der so plötzlich verschwunden war, aber genauso über Hanken, der sich so seltsam benahm. „Fidi, Fati war eben bei uns auf dem Damm! Er muss kurz vor uns hier bei dir über die Brücke gekommen sein! Er ging sehr schnell, wir konnten ihn nicht einholen. Und er sagte was von Hilfe, er wäre aus der Luke gefallen!"
„Wenn er eben bei euch war, dann hätte er ja an mir vorbeigemusst." Filz-Fidi war langsam im Denken, dann aber schüttel-

te er mit Entschiedenheit den Kopf. „Hier ist niemand vorbeigekommen. Es sei denn, er wäre durch den Graben geschwommen!" Der Knecht schnäuzte sich in die Hand und warf den Schnodder mit einer energischen Bewegung zur Seite, als wolle er seine Rede bekräftigen.

„Mit Kienspänen muss ich in der Dunkelheit das Loch im Brückenboden ausbessern! Als wenn es erst seit heute da ist!" Filz-Fidi wiederholte seinen Unmut. „‚Damit sich morgen früh keiner den Fuß darin verstaucht!', befahl Jacob. Er selber schaut mit Momme nach den Pferden. Der hatte wohl unterwegs ein Erlebnis und die Pferde sind ihm dabei durchgegangen, auf dem Heimweg von Lilienthal. Und nun haben natürlich beide Sorge um die Tiere."

„Aber die Mägde sind doch im Haus?" Früllerk schob sich an Filz-Fidi vorbei. Seine Unruhe wurde immer größer.

Hanken dagegen wirkte sehr zögerlich.

„Ne, die Weiber sind alle zusammen zum Schweinestall rüber gegangen. Nachdem Momme begann, *Spökenkrom to vertellen*, machten die Schweine plötzlich einen Riesenradau und da wollte keine allein nachgucken gehen. Versteh' einer die Frauen!"

„Ich hab' das geahnt!" Hanken flüsterte es nur, Früllerk konnte ihn kaum verstehen.

„Was hast du geahnt, Hanken?" Früllerk beugte sich zu dem alten Mann hinunter.

„Lass uns ins Haus gehen und gucken, was passiert ist!", drängte Hanken und zeigte mit dem Finger zum Hof. „Es ist jedenfalls nichts Gutes, *dat wahrschau ik di*! Und ich hab' Schuld! Ich hatte das Gesicht, habe aber niemanden gewarnt!" Plötzlich aktiv geworden, zog er Früllerk mit. Filz-Fidi marschierte, nun doch neugierig geworden, mit großen Tritten hinter den beiden her.

*

Die *Grootdöör* stand offen. Auf der Diele war es dunkel. Filz-Fidi leuchtete mit seinem Kienspan in die Runde. Direkt unter der Luke zum Heuboden lag jemand.

Hanken stürzte auf den Liegenden zu, kniete sich neben ihn, es war Fati, und strich ihm das Haar aus dem Gesicht. *„Ek bün hier,* Fati", sprach er beruhigend zum Knecht. *„Wie ward di nun hölpen! Wer good, dat du Bescheed geben hest!"*
Auch Früllerk war sehr erschrocken. Er bat Filz-Fidi um mehr Licht, damit sie Fati in sein Bett bringen konnten. Der Kienspan flackerte nur noch so eben.
Mit einem frisch entzündeten Span leuchtete Früllerk Fati ins Gesicht. Aus Ohr, Nase und Mund lief Blut auf den gestampften Lehmboden. Früllerk leuchtete einmal um Fati herum und erschrak zutiefst: Am Hinterkopf hatte sich schon ein pferdekopfgroßer Blutfleck gebildet.
Hanken wehrte mit der linken Hand das Licht ab und flüsterte: „Nicht, wir lassen ihn liegen!" Liebevoll streichelte er wieder Fatis Wange. *„Wullt du noch wat seggen,* Fati?"
Der Schwerverletzte zuckte mit den Augenlidern, konnte sie jedoch nicht öffnen. „Beten!", so klang das Wort, nur wie ein Hauch. Alle drei hatten jedoch die Luft angehalten und es verstanden. Früllerk und Filz-Fidi knieten neben Hanken nieder zum Gebet, der faltete Fatis Hände, umfasste sie liebevoll und im Chor sprachen sie leise:

„Us Vadder in Heben,
laat hillig worn dien Nom.
Dien Riek schall komen.
Wat du wullt, dat schall ok worn
in'n Himmel un op de Eer.
Giff us Brod vor jedeen Dag,
un vergeev us dat,
wat wi unrecht doon hevvt,
so as wi vergeven,
wat us andoon is.
Loot uns nich afkomen
von dien Recht,
un mook us free von aal,
wat us drifft.
Du wullt dat,

du kannst dat,
du deist dat ok.
Amen."

Ein Seufzer bewegte Fatis Brust, dann war es still – totenstill.

*

Nur langsam wich die Erstarrung von den Männern. Filz-Fidi wischte sich über die Augen, Früllerk half Hanken, wieder aufrecht zu stehen.
„Ich musste damit rechnen. Ich bin schuld an Fatis Tod!" Hanken wischte mit einer mutlosen Gebärde die Tränen von seinen Wangen.
Auch Früllerk wischte seine Augen trocken, er begriff nicht, was da eben geschehen war. Wie hatte Fati mit den starken Verletzungen überhaupt gehen können? Und wie war er an Filz-Fidi vorbeigekommen, ohne dass der etwas davon gemerkt hatte? Es gab doch nur die eine Brücke über den Graben zum Sanddamm hin.
„Wir müssen Fati von der Diele schaffen, bevor die Weiber wieder aus dem Schweinestall zurück sind", wurde Filz-Fidi praktisch. „Wenn die ihn hier in seinem Blut liegen sehen, *jungedie*, das Gekreische wäre im ganzen Günnemoor zu hören!"
„Wir brauchen auch Wasser, um das Blut fortzuwischen! Hanken, mach' du die Kammertür auf und halt' das Licht! Fidi, nimm du die Füße!" Früllerk wurde energisch.
„Wartet, ich nehme eben das Bettzeug raus und lege noch schnell eine alte Pferdedecke auf den Strohsack." Hanken mühte sich mit dem Federbett. „Ich bleib' dann gleich hier und halte Totenwache!"
Die beiden Männer wuchteten Fati in die Butze, legten ihn ordentlich hin und falteten seine Hände auf dem Bauch. „Stille-Catharine wird wohl erst morgen kommen und ihn waschen und zurecht machen?", meinte Früllerk fragend.
„Jacob wird jeden Augenblick zurück sein. Er entscheidet und nimmt alles in die Hand." Müde oder wohl eher niedergeschlagen klang Hanken.

„Hanken, was ist mit dir? Und was war das da eben? Warum sagst du immer wieder, du hättest Schuld? Hanken, sag' doch!" Früllerk strich dem alten Mann besorgt über den Arm.
Der räusperte sich und atmete ein Mal tief durch. „Als ich noch ein junger Mann war, da hatte ich schon einmal ein solches Erlebnis. Ich sah Feuerflammen. Danach geschahen seltsame Dinge, so, wie eben mit Fati."
Bevor Früllerk nachfragen konnte, wurde es auf der Diele laut. Pferdegetrappel, kurzes Wiehern und eine beruhigende Männerstimme. Dann hörte man energische Schritte und schließlich Jacobs poltrige und raue Stimme. „Was müsst ihr hier *rummuckschen*? Und warum seid ihr schon in eurer Kammer? Oh, und was treibst du hier, Früllerk?" Jacob trat in die nur vom Kienspan beleuchtete Kammer. Den toten Mann in der Butze konnte er nicht erkennen.
„Was ist geschehen?" Stille-Catharine stand plötzlich in der Tür. „Ein Unglück? Oder kam sogar der Tod ins Haus?"
Jacob wirbelte herum: „Der Tod? Was geht hier heute eigentlich vor? Zuerst Momme und die Pferde und *nu waarschaust du den Dood?*" Er sah Stille-Catharine prüfend an. „Warum bist du gekommen, Weib?"
Hanken hatte sich wieder und wieder über die Augen gewischt. Nun räusperte er sich und sagte mit leiser Stimme: „Bauer, seht doch her, hier in der Butze!" Das war kein Satz für Jacob, den er, der Alt-Knecht, schon seit seiner Geburt kannte, das war ein Satz für den Hofbesitzer, für den, der das Sagen hatte.
Jacob nahm ihm den schon halb heruntergebrannten Kienspan aus der Hand, leuchtete in die Butze – und wich zurück. „Was ist mit ihm geschehen?"
„Er ist vom Dach gefallen, oder?" Stille-Catharine beugte sich über Fati und befühlte seinen Hinterkopf. „Ich hab' es geträumt."
„Er ist aus der Dachluke gefallen", berichtigte Früllerk. „Aber was so merkwürdig war, er kam auf den Sanddamm und gab uns Bescheid, dass er Hilfe bräuchte."
„Ich war auf der Brücke, bei mir kam er nicht vorbei. Wenn er aber noch gehen konnte, dann liegt er jetzt sicher nur in einer tiefen Ohnmacht." Filz-Fidi schüttelte seinen Kopf. Den Tod des

Mannes, der nachts in der Butze neben ihm lag, hatte er noch nicht begriffen.
„Nein, Fidi, er ist wirklich tot!" Stille-Catharine drehte sich um. „Bauer, wenn es Euch recht ist, dann bleibe ich hier. Sicher hilft mir eine der Frauen beim Waschen und ich übernehme auch die Totenwache."
„Wir wechseln uns ab, ich möchte meine Schuld abtragen", bat Hanken und sah dabei Jacob an.
„Wieso Schuld? Hanken, was hast du mit Schuld?"
„Jacob, ich saß gestern gegen Abend am Herdfeuer. Plötzlich begannen die Flammen so merkwürdig zu zucken und zu schlängeln. Es wirkte, als hätte jede Flamme ein Eigenleben. Lang und schmal waren sie, dann wieder kurz und dick und sie leuchteten in verschiedenen Farben. Ich war wie gebannt. Aber gerade in dem Moment klopfte mir deine Mutter auf die Schulter und fragte, ob ich träume. Ich sollte ihr den großen Reisekoffer vom Dachboden holen, damit sie ihn morgen, also heute, für Lilienthal packen und mitnehmen konnte. Als ich dann ins Feuer blickte, brannte es wieder normal. Anna hielt mich danach so sehr mit Arbeit fest, dass ich erst abends in der Butze an die Feuerflammen dachte. Ich schlief kaum in der Nacht. Durch die große Aufregung wegen der Fahrt nach Lilienthal konnte ich es niemandem sagen. Und ich dachte doch auch, wenn ich es verschweige, dann geschieht auch nichts!"
Früllerk begriff nun, warum Hanken bei ihnen auf der Moorstelle so niedergeschlagen gewesen war. Der Leichenkörper hatte sicher auch noch zu seiner Stimmung beigetragen. Er versuchte, ihm das Schuldgefühl zu nehmen. „Keiner hätte ahnen können, was geschah. Du auch nicht!"
„Aber ich hätte alle warnen können und Fati hätte besser aufgepasst oben auf dem Boden. Er war sicher müde und darum unachtsam. Es ist meine Schuld!"
„Wenn jemand Schuld hat, dann bin ich es!" Energisch klang Stille-Catharines Stimme. „Ich habe von einem tiefschwarzen Dach geträumt. Nur welches Dach es war, das habe ich nicht gesehen. Schwarz bedeutet oft den Tod! Es hätte aber auch ein schwerer Sturm, der ein ganzes Dach abdeckt, werden können. Ich weiß es

nicht genauer. Ich habe manchmal besondere Träume und weiß am Morgen ganz genau, dass dieser Traum wahr wird. Wen hätte ich denn warnen sollen?"

„Ja, aber wieso bist du jetzt im Dunkeln hierher gekommen?" Jacob war, wie die anderen, darüber erstaunt.

„Ich war den ganzen Tag über unruhig und als ich so spät noch die Pferde hörte, da wollte ich nach dem Rechten sehen! Wäre alles bei Euch auf dem Hof in Ordnung gewesen, dann hätte ich mich nur mit ans Feuer gesetzt und gesponnen. Mein Spinnrad habe ich dabei", zeigte sie zur Diele.

„Du kommst doch sonst auch kaum, Catharine, was hat das zu bedeuten?" Jacob tippte sich an die Stirn. „Meine Mutter ist nicht da, das ist der Grund, oder? Du kannst es ruhig zugeben. Ich bin dir darum nicht gram. Du wärest sonst nicht gekommen! Du bist schließlich nicht die Einzige, die froh ist über ihr Fortsein."

Früllerk wollte ablenken, er wies zur Diele. „Die Frauen kommen jeden Moment, wir sollten das Blut vom Lehmboden waschen!"

Jacob übernahm die Führung: „Fidi, du holst Wasser aus dem Sodbrunnen! Nimm einen frischen Kienspan, dieser geht gleich aus. Und, Hanken, du holst eine Handvoll Stroh! Damit saugen wir das Blut auf. Die Frauen sollen nichts merken. Wir hatten heute schon Aufregung satt!"

Früllerk bot natürlich ebenfalls seine Hilfe an.

„Guck du, ob die Frauen zurückkommen! Sie sind im Schweinestall. Wer weiß, was sie da so lange treiben. Ich hatte eine Magd geschickt, weil die Schweine einen so *gräsigen* Radau machten. Die wollte jedoch nicht allein gehen, also erlaubte ich allen, zusammen nachzusehen. Catharine, du weißt ja, was zu tun ist. Ich schicke dir jemanden zur Hilfe, zuerst muss ich es ihnen aber sagen. Na, das wird nach dem anderen Erlebnis wohl zu großer Unruhe führen."

Jacob ging mit Früllerk über die Diele und schlug sich dabei mit der rechten geballten Faust in die offene linke Hand. „Dass ich meine Mutter schon am ersten Abend vermisse, hätte ich nicht geglaubt. Aber sie kommt mit einer solchen Situation besser zurecht als ich!" Er atmete tief durch. „Früllerk, kann ich dich gleich noch einmal sprechen? Allein?"

Früllerk sah den Bauern überrascht an, denn der wirkte unsicher und gar nicht wie der befehlsgewaltige Mann, den er sonst kannte.
„Natürlich, Bauer, ich wollte auch etwas mit Euch besprechen."
„Komm' dann zu mir in die Wohn-Dönz!"
Früllerk nickte nur, mehr war nicht möglich.

*

„Wat is hier possert? Keen hett de Peer in Düstern lopen laten?"
Nicht nur Jacob stöhnte auf. Piss-Jule stand in der *Grootdöör*. Zum Glück waren weitere Frauenstimmen zu hören, die Hof-Mägde kamen zurück. Jacob beachtete Piss-Jule nicht, sondern stellte sich vor den Blutfleck. In der Dunkelheit würde ihn wohl keine der Frauen bemerken. „Setzt euch ans Feuer! Ich muss euch etwas mitteilen!"
Hastig kamen die Mägde dem harschen Befehl nach. Ängstlich blickten sie sich dabei gegenseitig an. Was hatten sie falsch gemacht?
Piss-Jule forderte keine Antwort ein. Sie spürte, dass sie genau zum richtigen Zeitpunkt gekommen war, und wuselte hinter den anderen her. Auf der Bank am Feuer gab es kurz ein Gedrängel, denn keiner wollte der alten Frau nahe sein.
Jacob setzte sich auf Annas Stuhl. So wurde deutlich, dass er jetzt das Sagen auf dem Hof hatte. Er hielt es immer so, wenn seine Mutter fort war. Zuerst wies er die jüngste Magd an, Torf nachzulegen, und wartete ihr Tun ab. Es war recht dunkel auf der Diele. Der Torf brauchte einige Zeit, bis er Feuer fing. Der Bauer strich sich mit gespreizten Fingern durchs Haar und atmete ein Mal tief durch. „Ich muss euch sagen, dass Fati gestorben ist. Er liegt in der Knechtekammer und Stille-Catharine ist bei ihm."
Die Frauen schrieen auf! Früllerk, der zwar nahe zum Feuer, aber im Dunkeln stand, konnte die unterschiedlichen Reaktionen gut sehen. Klara, die neue Magd, hielt sich beide Hände vor das Gesicht. Die jüngste Magd drehte eine Schürzenkante wie eine Rolle zur Schoßmitte hin auf und wiegte dabei den Oberkörper immer vor und zurück. Piss-Jule schlug ihre Schürze hoch und wickel-

te den Stoff um ihren Kopf. Früllerk hätte beinahe über die Dramatik der Geste gelacht. Eine ältere Magd rutschte von der Bank und sah fragend auf Jacob: „Ich geh' Stille-Catharine helfen. Das ist Euch doch recht?"

Jacob nickte nur. Er wusste nicht weiter. Um diese Dinge kümmerte sich immer seine Mutter. Auch Früllerk dachte, wie gut es wäre, wenn Line jetzt einspringen könnte. Er seufzte, so, wie Jacob es eben getan hatte, erklärte dann jedoch: „Fati musste nicht leiden. Er hatte keine Schmerzen und wir haben mit ihm noch das Vaterunser gebetet."

„Wie ist er denn gestorben?" Klara hatte sich als Erste gefangen. „War er denn krank? Ich bin ja noch nicht so lange hier und habe es darum wohl nicht mitbekommen."

Jacob schaute Früllerk dankbar an, schüttelte dann aber unmerklich mit dem Kopf. „Fati ist gestolpert und schwer gestürzt. Er ist unglücklich direkt auf den Kopf gefallen. Er hat, so, wie es Früllerk eben sagte, nicht gelitten. Er fiel in Ohnmacht und ist dann gestorben."

Klara war die Einzige, die sich traute, zu fragen: „Aber wer stirbt denn, wenn er sich nur den Kopf angeschlagen hat? Oder ist er irgendwo runtergefallen?"

Wieder sah Jacob hilfesuchend zu Früllerk.

„Fati forkte Heu für die Pferde und ist dabei der Dachluke zu nahe gekommen."

„*Ne, dat is ja gräsig! Wat ist dat gräsig!*", schrie Piss-Jule auf.

„Jule, *wees still!*", herrschte Jacob sie an.

„*Ne, ne, sowat givvt doch nich!*" „*Dat drovv nich wehn!*" „*Sowat hett sik nich use Vadder in Heben utdacht!*" So riefen und redeten nun die Mägde aufgeregt durcheinander.

„Momme hat das vorweg erlebt, darum sind ihm die Pferde durchgegangen." Klara sagte es langsam und mit dunkler Stimme. „Momme erlebte den Vorboten. Die pferdelose Kutsche mit den schrecklichen gleißenden Augen und dem Geheule und Getöse, das war ein Anzeichen. Und nun haben wir einen Toten auf dem Hof."

Früllerk starrte Klara verdutzt an. Sie war so anders. Er hatte sie bisher nur im Gottesdienst erlebt, aber da wirkte sie still und

scheu. Dass sie heute das große Wort führte, erstaunte nicht nur ihn. Jacob sah sie ebenfalls verblüfft an und Hanken, der leise neben Frühllerk getreten war, meinte: „Klara, was ist mit dir? Du bist so direkt und sprichst wie eine *Spökenkiekerin*!"
Klara schrak zurück und schlug die Augen nieder. „Nein, nein, Hanken, wir sind nur alle so erschrocken über Fatis Tod. Ich bin wie immer!" Sie nahm die beiden Zipfel ihrer Schürze, faltete sie zusammen, so weit das möglich war, und strich sie dann wieder glatt, wiederholte den Vorgang, sah aber nicht mehr hoch.
„Klara, mach' süße Milch warm und rühre ein wenig Honig hinein! Dann beruhigen sich sicher alle. Und nebenbei könnt ihr wohl eure Spinnräder in Gang setzen!" Das war nun schon der altvertraute Jacob. Er erhob sich und winkte Früllerk und auch Hanken und ging mit beiden in die Wohn-Dönz. Hinter den Männern wurde geflüstert, dann hörten sie aufgeregte und immer lauter werdende Frauenstimmen.

*

„So, *sett jo dol*!" Jacob zeigte auf die geschnitzten Eichenstühle, die um einen großen ovalen Tisch angeordnet waren. Ein dunkelblaues mit Silber eingefasstes Samttuch bedeckte die Tischplatte. Eine silberne große Schale stand genau in der Mitte.
‚Wie bei reichen Leuten in der Stadt', dachte Früllerk, denn hier in die Dönz war er noch nie geladen. ‚Und wenn Anna Sandvoss hier wäre, dürfte ich sicher nicht hinein.' Er fühlte sich unwohl, schließlich war er nur ein Kolonist! Jacob hätte ihn nicht hierher bitten dürfen. Das gebührte seinem Stand nicht!
Zwei Butzen mit reich verzierten Türen nahmen fast die ganze Wand ein, die an das Flett grenzte. Daneben stand hochbeinig ein *Fievpannenoben*. ‚Da ist es am wärmsten, sehr praktisch', dachte er. Gemütlich war es aber in der Dönz. Es war warm, durch den *Fievpannenoben* rauchfrei, eine Standuhr tickte gleichmäßig vor sich hin. ‚So wohnen können', dachte Früllerk sehnsuchtsvoll, ‚das wäre Line angemessen.'
Jacob ging zu einem großen Schrank, übersät mit Schnitzereien, und holte aus der linken verglasten Tür eine grüne Flasche und

drei kleine Gläser. „So, auf den Schreck und die große Aufregung wollen wir nun erst einmal etwas trinken.“ Er goss ein und reichte jedem ein Glas. „Wohl bekomm’s!“
Früllerk nahm verlegen und behutsam das Gefäß in die gesunde Hand. Für jeden ein eigenes Glas, so etwas kannte er gar nicht. Und dann kein Becher, sondern mit Rillen verziertes echtes durchsichtiges Glas mit einem kleinen Standfuß unten. So etwas besaßen nur reiche Menschen. Früllerk war unbehaglich zu Mute. Der Branntewein schmeckte jedoch hervorragend und er hatte nichts dagegen, als Jacob die Gläser sofort wieder nachfüllte.
„Hanken, trink du auch aus! Du kannst es gebrauchen!“, forderte der Bauer seinen Alt-Knecht auf. „Und dann berichtet ganz genau und hintereinander, was mit Fati geschehen ist!“

*

Momme saß am Feuer, auf seinem Platz neben Jacobs Stuhl. Nachdem die Frauen sich ein wenig von der Todesnachricht erholt, die Umstände erörtert und sich gebührend gegruselt hatten, baten sie den Großknecht: „Momme, erzähl’ noch mal, was ist unterwegs geschehen? Du bist mit den Pferden zurückgekommen, mit der leeren Kutsche. Die Bäuerin ist ja in Lilienthal geblieben. Und dann?“
„Ja, und dann …“ Momme genoss es, die Spannung zu halten. „Ja, dann fuhr ich von Lilienthal am Lüningsee vorbei. Ich bog ein Stück weiter links ab, da, wo es rechts nach Worphausen geht, und kam nach Worpswede.“
„Ja, Momme! Das ist doch jetzt egal, wie du gefahren bist. Mach’ weiter! Erzähl’ weiter!“ Alle Mägde drängten.
„Ja, und dann …!“
„Momme, wenn du jetzt nicht richtig erzählst, gehen wir alle ins Bett!“ Das war wieder eine sehr energische Klara.
„Ja, is ja schon gut! Also, ich fuhr und fuhr durch alle Dörfer.“ Er verzog das Gesicht, zählte aber keine weiteren Namen auf, denn er wollte seine Zuhörerinnen nicht überreizen. „Es war noch nicht ganz dunkel. Ich musste vor Hüttenbusch ja links abbiegen, um über die Hammebrücke zu fahren, dann kommt schon gleich das

Dorf Düfelsmoor. Und da, gerade an der Ecke, an der es zum Günnemoor geht, da kam mir doch wahrhaftig eine Kutsche entgegen. Aber sie fuhr ohne Pferde, glaubt mir, ganz von allein! Vorn hatte sie zwei strahlend helle Lichter. Die waren hell, so hell, wie die Sonne im Sommer. Ich konnte nicht ins Licht blicken. Es blendete und stach in den Augen! Aber das Entsetzlichste waren die Geräusche! Es brummte und donnerte, toste und heulte wie … wie tausend Teufel hier aus dem Düvelsmoor! Ich hatte furchtbar Mühe, die Pferde zu halten. Dann ertönte von der Kutsche ein Dü-Dü-Dü, so gellend und schrill, dass es die anderen Laute noch übertönte. Und als die Pferde das hörten, da war es aus mit ihnen. Sie rasten kopflos los, ich habe nur krampfhaft versucht, die Zügel

nicht zu verlieren. So schnell bin ich die Strecke bis zum Sandvoss-Hof noch nie gefahren. Die leere Kutsche schlingerte und schwankte von einer Seite auf die andere. Dass sie nicht umgekippt ist, grenzt an ein Wunder."

„Oh ne, oh ne!" Piss-Jule rutschte immer weiter nach vorn. Vor Aufregung stand ihr der Mund offen und sie atmete stoßweise. Aber auch die anderen Mägde saßen steif und gespannt auf ihrem Platz.

„Erst nachdem wir an der Brücke zum Hof vorbeigeschossen waren, wurden die Pferde langsamer. Sie merkten wohl den heimatlichen Hof. Ich ließ sie sich auslaufen. Wir kamen erst da hinten, wo der Sanddamm eine Kurve macht, nahe dem Kiefernwäldchen, zum Stehen. Dort wächst auf breiterer Fläche Gras, dort konnte ich wenden. Und so ruhig wie möglich fuhr ich hierher zurück."

„Und da hab' ich dich und die Pferde gehört und wusste gleich: Es ist etwas passiert!" Piss-Jule sah, Beifall heischend, in die Runde.

„Und da bist du gleich losgerannt, trotz der Dunkelheit! Wo blieb denn deine Angst?" Ironie klang in Klaras Stimme.

Piss-Jule bemerkte es jedoch nicht, sondern nickte stolz.

„Momme, erzähl' weiter!"

„Ja doch! Als ich auf den Hof gefahren war, atmete ich auf. Aber da quiekten im Stall die Schweine los. Wer weiß, was die hatten?"

„Sie haben das eine, das schwächere wieder gebissen. Es hat jetzt nur noch einen kleinen blutigen Stummel als Schwanz und auch ein Ohr ist vollständig eingerissen. Wir mussten es von den anderen trennen. Das war vielleicht ein Spektakel!" Die jüngste Magd schüttelte jetzt noch den Kopf über den Unverstand der Tiere.

„Ja, aber dieses erste Quieken reichte. Die Pferde wieherten und bekamen noch einmal Tempo. Ich dachte, sie gehen mir wieder durch. Erst weit hinter dem Backofen konnte ich sie zügeln. Ich stieg ab, um sie zurückzuführen, aber meine Beine waren wackelig wie nichts."

„Jacob hatte es gehört. Darum sind wir alle nach draußen gestürzt.“

„Hm, und so sind sie mir ein weiteres Mal durchgegangen. Ich musste die Zügel fallen lassen, sonst wäre ich mitgeschleift worden. War ich wütend auf euch!“

„Und wie wütend war erst Jacob. Seine Pferde! So kurz und harsch habe ich ihn selten Befehle rufen hören!“

„Die Schweine, Heu für die Pferde, sogar das Loch in der Brücke über den Damm fiel ihm ein. Alle mussten rennen und er lief dir, Momme, hinterher, den Pferden nach!“

„Ist das ein Abend heute!“

*

In der Dönz schenkte Jacob ein weiteres Mal die Gläser voll. Früllerk mochte eigentlich keins mehr, er traute sich jedoch nicht, es Jacob abzuschlagen. Hin und her hatten sie miteinander überlegt. Das Erlebnis mit Fati und auch die Kutsche, die ohne Pferde fahren konnte. Sonst erzählten nur alte Frauen wie Piss-Jule von solchen Begebenheiten. Jeder hörte gern zu, es gruselte sich gut dabei, man tat es aber als *Spökenkiekerei* ab. Heute hatten sie es jedoch am eigenen Leib erlebt.

Momme war schon oft im Dunkeln gefahren. Er war ein großer und kräftiger Mann, der keine Angst kannte, und doch hatte er Jacob gegenüber geschworen, es sei eine Kutsche gewesen, die allein gefahren war, ohne Pferde, aber mit viel Getöse. Und auch die Tiere hatten es ja gesehen und gehört.

Früllerk und Hanken waren ebenfalls sicher, dass Fati bei ihnen gewesen war und zu Hanken gesprochen hatte. Auf der Diele lag er aber doch genau unter der Luke und dort lag er so, wie er gefallen war. Mit den Verletzungen und so schwach, wie er war, konnte er nicht gehen. Und er hätte an Filz-Fidi vorbeigemusst.

Wie die drei Männer es auch überlegten, ihnen fiel keine logische Erklärung ein. Ihnen war es nicht geheuer!

Energisch prostete darum Jacob den beiden zu, schluckte den Branntewein und schüttelte sich. „So, nun ist genug gerätselt.

Früllerk, du wolltest was mit mir besprechen, hast du vorhin gesagt."
Aufgrund der Vertrautheit, die hier in der Dönz herrschte, fragte Früllerk direkt und ohne Zögern: „Bauer, nur Hanken kann hier im Günnemoor einen Backofen bauen. Line und ich, wir wollen gern einen eigenen Ofen auf unserer Moorstelle haben. Und da dachten wir, dass Hanken uns vielleicht helfen könnte. Er sagt und zeigt mir, wie ich es machen soll."
„Ja, Jacob, dann geht mein Können nicht verloren!"
„Hanken, wieso solltest du nicht unseren Backofen beim nächsten Mal wieder neu aufmauern?"
„Jacob, ich bin alt. Wer weiß, in wie vielen Jahren das ist. Meine Öfen halten eben lange!" Hanken grinste dabei ein bisschen.
Früllerk und Jacob sahen sich an. Wenn Hanken seinen Humor wiedergefunden hatte, dann ging es ihm wohl etwas besser.
„Hanken, hast du dir das gut überlegt? Was wird meine Mutter dazu sagen, wenn sie wiederkommt?" Jacobs Gesichtszüge wurden hart. „Sie wäre nicht damit einverstanden, darum sollte ich es auch nicht erlauben. Das wäre nicht redlich ihr gegenüber!"
Hanken legte seine Hände mit einer ruckartigen Bewegung flach auf die blaue Samtdecke, so, als hätte er beinahe auf den Tisch gehauen, sich aber gerade noch besonnen. „Jacob, nun will ich dir mal was sagen! Vorher aber: Du kennst Früllerk und weißt, dass er das, was wir hier bereden, nicht weitersagt. Darum frage ich dich: Wann ist deine Mutter redlich dir gegenüber? War sie es überhaupt schon? Dein Vater hat für dich ein Versprechen gegeben, an das du dich immer noch gebunden fühlst. Das ehrt dich sehr, aber schon lange solltest du der Bauer hier auf dem Hof sein. Schon lange sollte hier auch eine junge Bäuerin sein, sollten kleine Kinder geboren sein. Aber wenn du heiratest, was ist dann? Dann kommt eine neue Zeit! Dann muss deine Mutter die Herrschaft über den Hof abgeben. Das weiß sie und so verhindert sie jede Möglichkeit, für dich eine passende Frau zu finden! Ist das gerecht?"
„Hanken, nicht!" Jacob saß zusammengesunken auf seinem Stuhl und Früllerk fühlte sich sehr unbehaglich.

„Doch, jetzt, Jacob! Du weißt, wie sehr ich dich mag. Du bist für mich das Kind, das ich als Knecht nie haben konnte. Und darum sage ich dir wie ein Vater: Such' dir selber eine Frau, heirate und übernimm das Sagen hier! Bald! Du wirst es sonst bereuen!"
„Hanken, das hat aber doch nichts mit dem Backofen zu tun!", traute sich Früllerk, zu sagen.
„Doch, das hat es, denn wenigstens wenn Anna fort ist, solltest du dich trauen, Entscheidungen zu treffen! Du hast dich doch schon durchgesetzt. Line und Früllerks Haus ist der beste Beweis dafür!"
„Ja, und Tag für Tag erinnert sie mich daran! Manchmal wünschte ich, ich hätte es nicht getan!" Erschocken wehrte Jacob jedoch ab: „Nein, nein, Früllerk, so meine ich das nicht! Ihr habt das Holz zu Recht bekommen! Aber wenn einem jeder Tag so sauer gemacht wird ..." Er strich sich ein ums andere Mal durchs Haar und legte dann beide Hände auf den Tisch. „Ich weiß ja selber, dass das ein unnatürlicher Zustand hier bei uns ist. Und ich würde so gern heiraten. Ich weiß, ich bin nicht mehr jung!"
Hanken bekräftigte es durch Nicken, legte seine Hände wie segnend auf Jacobs Hände und drückte sie liebevoll. „Mach' es doch Schritt für Schritt, gerade jetzt, wenn Anna nicht da ist! Hast du ein Mädchen, das du magst? Wenn ja, dann geh' zu ihrem Vater, bitte um ihre Hand und besprich es mit ihm! Wenn du Anna dann vor vollendete Tatsachen stellst, kann sie es nicht wieder rückgängig machen. Dann würde sie zum Gespött, das weiß sie genau. Nur so kannst du sie zwingen! Trau dich!"
Jacob schwieg, Früllerk konnte aber an seinem Gesicht sehen, wie Hankens Worte in ihm arbeiteten.
„Du hast Recht, Hanken. Von niemandem würde ich es mir sagen lassen, aber du hast Anna gern. Und dass über uns schon lange gespottet wird, das weiß ich wohl! Auch dass mir nachgesagt wird, ich sei ein Schwächling, dabei halte ich mich doch nur an meines Vaters Versprechen."
„Und der wäre niemals auf die Idee gekommen, dass du noch immer nicht Bauer bist, glaub' mir. Er würde dir das sagen, was ich eben gesagt habe, ich kannte deinen Vater länger als du."

„Ja, Hanken, das ist wohl so. Lass es mich noch überlegen. Du hast mir viel zu denken gegeben. Aber eins entscheide ich jetzt schon: Hanken, du sollst für Line und Früllerk den Backofen bauen! Wenn das Wetter es zulässt, kannst du anfangen. Ich gebe dir frei!“

Spuuktied

„*Is da een, de wat von us will?*“ Piss-Jule blieb wieder stehen und schaute zurück. Frullerk bereute es inzwischen, dass er versprochen hatte, sie bis zu ihrer Hütte zu begleiten. Wenn er bisher furchtlos geblieben war, änderte sich das sicher bald. Ständig schrie die alte Frau auf und wies mit ihrem Finger in den Nebel. Meinte Leichen und Gesichter, Tiere und Wagen zu sehen, all das, was am Flettfeuer besprochen worden war. Darum rief er ärgerlich aus: „Jule, *nu mook doch nich all woller soon Geweese!*“
„*Ober ik see dor in'n Nebel een! De kuumt up us to!*“, verteidigte sich die alte Frau.
Früllerk versuchte, in der Dunkelheit und dem Nebel vorauszublicken. Er sah nur brusthohe wabernde Nebelschwaden, seine eigenen Füße konnte er kaum erkennen. „*Dor is numms!*“
Hanken hatte ihm ausreichend Kienspäne für den Heimweg mitgegeben. Er konnte mit dem Licht jedoch nicht genügend leuchten. Nach unten hin war es zu nebelig, das Licht durchdrang die feuchte Luft nicht. Und oben reichte der Schein nicht weit, sondern beleuchtete nur die Gesichter.
„Oh, Früllerk, *bliev dicht bi mi!*“ Piss-Jule ging mal vor, mal hinter Früllerk, je nachdem, wo sie meinte, etwas zu sehen.
Früllerk dagegen wich ihr aus, so gut es ging. In der feuchten Kühle war der beißende Uringeruch zwar nicht so stark, sie hatte jedoch die Angewohnheit, bei jedem Aufschrei Früllerks Arm zu packen. ‚Eine erstaunliche Kraft hat diese alte Frau!' Früllerk wünschte, dass der Weg endlich ein Ende haben würde. Zum Glück standen die Birken nicht zu weit auseinander und der Damm verlief relativ gerade. ‚Ich habe keine Lust, Piss-Jule aus dem Graben zu fischen', dachte er grimmig.

*

„Und dann musste ich Piss-Jule bis direkt in ihre Hütte bringen. Glaub' mir, Line, eine solche Dunkelheit hab' ich noch nie gesehen! Überall an den Wänden und unter der Decke ist es schwarz von Torfteer. Und der Geruch dort drinnen ist absolut unerträglich. Wie ein Mensch dort leben und atmen kann, ist mir unbegreiflich!"

„Sie kann ihr Wasser nicht mehr halten und macht ständig unter sich", verteidigte Line die alte Frau. „Sicher auch in ihrer Hütte und dort hält sich der Gestank natürlich. Auf dem Sandvoss-Hof gibt es immer wieder Ärger deswegen, sagt Louise."

Früllerk war froh über die Ablenkung von Piss-Jules Geruch, denn Line hatte begonnen, ihn auszufragen. Sie war in Sorge um ihn gewesen, weil er so viel länger fortgeblieben war. Fatis Tod hatte er nicht verheimlichen können, aber von dessen unheimlicher Erscheinung wollte er ihr erst am nächsten Morgen berichten. Sie hatte sich an die Einsamkeit im Moor doch noch nicht so gut gewöhnt. Er wollte ihr keine zusätzliche Angst machen und wie sollte er sie beruhigen, ganz frei davon war er ja selber nicht.

„Line, Jacob ist einverstanden, dass Hanken den Backofen baut", lenkte er nun endgültig zu einem neuen Thema.

„Oh, Früllerk! Früllerk, das ist ja wunderbar!", freute sich Line. „Ob der Ofen wohl noch vor dem Winter trocken ist und benutzt werden kann? Genug Brotgetreide werden wir doch wohl immer kaufen können, oder?"

„Ich hoffe es, Line. Sonst reichen aber auch die *Bookwetenpannkoken*. Du lässt uns wohl nicht hungern, oder?" Er lächelte seine Frau liebevoll an. So hatte er es sich immer gewünscht: nach Hause zu kommen und seine Line am Feuer sitzen zu sehen. „Du hast ja schon wieder Pilze gesucht!" Denn Line saß am Feuer und fädelte Pilzscheiben mit einem langen Schilfrohr auf. Die Halme waren jetzt im Herbst holzig und starr. Ab und zu schnitt sie mit dem Messer eine neue Spitze, damit keine kleinen Rohrfasern in den Pilzen stecken blieben.

Früllerk deutete nach oben. „Meinst du nicht, wir haben genügend Pilze für den Winter?" Reihe um Reihe trockneten sie über dem Feuer. Line hatte sich von Früllerk einen einfachen Rahmen aus gerade gewachsenen Zweigen bauen lassen. Gegenüberliegend waren Kerben eingetieft, in die sie die Rohrhalme steckte. Sie hatte es bei Stille-Catharine als Kräuterdarre gesehen. Das Gestell

hing an Stricken am Dachbalken und konnte höher oder tiefer gezogen werden.
„Das Gestell ist sehr gut!“, lobte Line ihren Mann. „So können die Pilze nicht schimmeln! Vielleicht lassen sie sich sogar im Backofen trocknen?“
Den restlichen Abend schwelgten sie in immer neuen Ideen mit eigenem Ofen und richtigem Brot.

Nur eine Bäuerin

Anna Sandvoss war empört. Da hatte sie dem Amtmann vom Verdacht gegen den Tarmstedter Knecht berichten wollen und nun hörte der ihr überhaupt nicht zu! Er stand im Amtsgarten an der Wörpe vor einem merkwürdigen großen Gegenstand. Ein Behälter, in dem schräg nach oben ein dickes Rohr steckte. Sie wusste nicht, wozu der überhaupt gut sein sollte. „Nun fummelt doch nicht ständig daran herum!" Als reichste Bäuerin des umliegenden Moores war sie es nicht gewohnt, so wenig beachtet zu werden. Sie war wütend.

„Frau, Ihr wisst nicht, was Ihr sagt!" Amtmann Johann Hieronymus Schroeter arbeitete ruhig weiter. Er justierte gerade sein neuestes Spiegelteleskop. In der kommenden Nacht sollte der Himmel klar sein, dann könnte er es das erste Mal ausprobieren. Für wissenschaftliche Himmelsbeobachtungen gab er oft fast seine ganze Nachtruhe hin.

Außerdem war gestern Post gekommen. Vor einigen Monaten hatte er den ersten Teil seines Berichtes über die Beobachtungen an der Venus der Astronomischen Fakultät in Erfurt übergeben, zum 400. Jahrestag der Universitäts-Gründung, und nun hatte er in einem Brief erfahren, dass ihm die Würde eines Doktors verliehen werden sollte. Darauf musste er doch gebührend antworten! Und nun kam diese Frau schon das zweite Mal und redete und redete ihm die Ohren voll. Sie stahl ihm seine Zeit und dabei hatte er doch so viel zu tun!

„Sagt es morgen dem zuständigen Amtmann aus Ottersberg. Er kommt hierher, die Sternwarte zu sehen." Schroeter wurde langsam ungehalten. Da diese Frau ihn immer noch nicht allein lassen wollte, knurrte er: „Nun geht endlich! Zwei Amtmänner, in deren Zuständigkeitsbereich der Todesfall gar nicht gehört, habt Ihr nun schon bedrängt. Morgen kommt der richtige. Das sollte doch wohl auch einer reichen Frau, wie Ihr es seid, genügen!"

Anna Sandvoss schnappte nach Luft, wütete nun aber erst recht los: „Was bildet Ihr Euch eigentlich ein auf diese Sternwarte! Ihr seid wohl schon mondsüchtig?"

Amtmann Schroeter begann grimmig zu lächeln. „Ihr sagt es. Ich bin süchtig nach dem Mond und der Venus! Aber das versteht eine ungebildete Person natürlich nicht. Und nun fort aus dem Amtsgarten! Raus hier!“ Das war grob, aber deutlich.

*

„Und dann sagt doch dieser Mann zu mir: ‚Raus!‘ Wirft er mich einfach aus seinem Garten!“ Anna Sandvoss war empört und machte ihrem Zorn Luft. Sie saß mit zwei älteren elegant gekleideten Damen im Kur-Pavillon an einem der runden Tischchen. „Woher nimmt der sich das Recht, mich so zu behandeln?“
„Er ist schließlich der Amtmann hier“, widersprach eine der Damen leise.
„Der Amtmann! Was ist das für ein Amtmann, der immer nur im Garten vor seinem Haus an seinen komischen Apparaten herumfummelt!“
„Das stimmt so nicht!“, widersprach nun die andere resolut wirkende Dame am Tisch. „Ich höre, er beschäftigt sich überwiegend nachts mit seiner Sternwarte und am Tag arbeitet er sehr fleißig als Amtmann. Er gilt als gerecht, als ein Mann, der gut zuhören kann und sich für sein Amt tüchtig einsetzt.“
„Hmpf!“ Anna Sandvoss schnaubte durch die Nase. „Mir hat er aber nicht zugehört, sondern an einem Gerät herumgeschraubt, das eindeutig nicht für die Arbeit als Amtmann zu gebrauchen ist.“
„Ich habe gehört, dass er von der Erfurter Universität einen Doktortitel verliehen bekommen soll“, versuchte die Sanftere der beiden Damen abzulenken.
„Es sind sogar zwei Titel, hat mir der Diener vom Doktor Heinecken berichtet, aufgrund seiner umfassenden Rechtskenntnisse und weil er den Mond und die Sterne erforscht. Er hat sich außerdem die Genehmigung seines Dienstherrn eingeholt, bevor er mit dem Bau einer Sternwarte begann. Ich war auch schon dort. Der zwei Stockwerke hohe Turm sieht doch sehr beeindruckend aus!“ Das war wieder resolut.

„Ein 27-füßiges Rohr ist schon geplant",wusste die Sanftere der Damen zu berichten. Und mit Stolz in der Stimme erklärte sie: „Während meiner letzten Anwendung verriet das der Doktor Heinecken selber."
„Ein Ungeheuer mit 27 Füßen meint Ihr wohl!" Anna Sandvoss ließ sich nicht einschüchtern, weder durch das Forsche der einen, noch durch das sanfte Verständnis der anderen Dame.
„Jetzt seid Ihr aber ungerecht! Es soll doch ein außergewöhnliches Gerät für die gesamte Fachwelt werden! Auch wenn wir Frauen das nicht verstehen." Das war für eine so sanfte Frau doch sehr energisch.
„Ha, wir Frauen können genauso denken wie jeder Mann! Ich beweise jeden Tag, wie ein großer Hof im Günnemoor geführt werden muss!"
„Ein Bauernhof ist das wohl, oder?" Die Resolute fragte deutlich überheblich, denn mit großem Geschick hatte sie während der vergangenen Tage immer wieder die Rede auf ihren Mann, den Herrn Professor aus Hamburg, gebracht.
Anna Sandvoss bekam das erste Mal zu spüren, dass die Professoren-Gattin aus der Stadt sie als Bäuerin herabwürdigte. Die Wissenschaft schien bei diesen Damen Gewicht zu haben. Schnell änderte sie ihre Taktik. „Er müsste aber auf jeden Fall ein gesellschaftliches Vorbild sein, stattdessen kaufte er im vergangenen Jahr für diese Ahlke Lankenau ein großes Haus und spricht von seiner Liebschaft als Ehe!"
„Sie haben aber doch einen gemeinsamen Sohn, Johann Friedrich heißt er wohl!"
„Und ich habe schon mehrmals gehört, dass der Herr Schroeter erklärte: ‚Ahlke Lankenau und ich sind in einer, wenngleich nicht gesetzmäßigen, doch wahren, auf zeitlebens eingegangenen christlichen Ehe miteinander verbunden!' Liebevoll und sogar zärtlich klingt das, finde ich." Die Sanftere der beiden Damen hielt viel von Romantik. Plötzlich änderte sich ihre Stimmlage, sie sang förmlich: „Oh, der Herr Doktor Heinecken!"
„Der Herr Doktor ist ja ein solcher Tschentelmän!", flötete auch die Professoren-Gattin.

Am Arm einer prächtig gekleideten Dame spazierte der Badearzt am Pavillon vorbei. Grüßend blieb das Paar stehen. „Lady Rosse, drei Damen der Gesellschaft!“ Er stellte seine Patientinnen vor und erkundigte sich darauf stolz: „Sie kennen bereits Lady Alice Lloyd of Gloster, die Countess of Rosse aus Birr-Castle in Irland?“
„Oh, Lady Rosse, wir hatten schon das Vergnügen. In Hamburg, beim Senatsempfang nach der Sommerpause. Obwohl ich erstaunt bin, Euch hier an einem solch schlichten Ort wiederzutreffen.“ Die resolute Dame sprach gurrend und sanft. Stolz schwang auch in ihrer Stimme.
„Oh, yes indeed! Ick erinnerre mick!“ Die Lady hielt allen drei Damen die Hand wie zu einem Kuss hin. Anna Sandvoss berührte den Handschuh nur mit den Fingerspitzen. Trotzdem wunderte sie sich, niemals hätte sie eine solch hochstehende Lady hier in Lilienthal erwartet.
Doktor Heinecken erklärte die Anwesenheit. „Lady Rosse ist extra gekommen, um das neue Spiegelteleskop zu betrachten. Amtmann Schroeter lud sie ein.“
„Habt Irr es … seen – sehen? Ein fantastic Apparat, isn't it?“
Anna Sandvoss hatte Mühe, die Lady zu verstehen. Was meinte sie denn mit *iesen t it*? Höflich fragte sie darum: „Ihr versteht die plattdeutsche Sprache, Lady Rosse?“
„Was meint Ihr, gute Frau Sandvoss?“ Auch Doktor Heinecken guckte verwundert. „Plattdeutsch?“
„Lady Rosse sprach doch eben von *Iesentied*? Von der Eisenzeit!“
Nur die vornehme irische Lady hielt sich die Hand vor das Gesicht, um zu lachen. Die anderen prusteten lauthals. Doktor Heinecken fing sich als Erster und besann sich auf seine Manieren. „Gute Frau Sandvoss, das habt Ihr falsch verstanden. *Isn't it* ist englisch und bedeutet so viel wie *nicht wahr*!“
Anna Sandvoss hatte sich blamiert, so abgrundtief, wie sie es sich niemals hätte denken können! Ihr einziger Gedanke war Flucht. Nur weg von hier! Beinahe hätte sie gesagt: ‚Ich hab' noch nen Topf Suppe auf dem Feuer!' Aber dieser Spruch gehörte Piss-Jule. „Ich muss fort!“, rief sie laut. Zu laut, denn die irische Lady

hob ihre Augenbrauen in die Höhe. Anna Sandvoss zwang sich, leiser zu sprechen, eine Erklärung zu finden. „Ich bin nur hier, um mitzuteilen, dass ich morgen abreise!“ Sie rang sich einen Gruß ab und verließ, so schnell es noch schicklich war, den Pavillon.

Baumeister

„Hmmm, die Mettwurst sieht lecker aus!“ Korl-Fofftein reichte Hanken einen Stein.
Der alte Mann besah ihn von allen Seiten. „Ne, gib mir mal einen kleineren!“ Den steckte er an die vorgesehene Stelle. Der Backofen nahm deutlich Gestalt an. „Mettwurst mag ich gern, ich kann sie nur nicht mehr kauen ohne Zähne. Aber wenn ich sie mit dem Messer recht breit drücke und dann in ganz kleine Stückchen schneide, dann leck' ich mir heute noch alle Finger danach. Aber dass du Wurst vom Sandvoss-Hof bekommst, erstaunt mich ja. Nichts für ungut!“ Hanken streckte ein weiteres Mal seine rechte Hand aus.
„Schsch, nicht! Ich soll doch nicht verraten, dass sie von dort stammt“, wehrte Korl-Fofftein ab und gab Hanken einen weiteren Stein. „Hmmm ... Meine Frau, die konnte ausnehmend gut Wurst machen!“, lenkte er ab. „Sie wurde im ganzen Dorf zum Schlachten gebeten. Und anschließend brachte sie frisches Fleisch und Wurstbrühe mit nach Hause. Das war jedes Mal ein leckeres Festmahl.“
„Wie lange ist deine Familie denn schon tot?“ Hanken verbaute beim Fragen weitere Steine, die der Jüngere ihm einzeln anreichte.
„Es sind wohl mehr als zehn Jahre!“
Hanken warf ihm einen abschätzenden Blick zu. Ob er wohl weiterfragen konnte? „Und seitdem hast du keine Frau mehr gehabt?“
„Ne, hmmm ...“ Das klang ein bisschen verlegen. „Natürlich hatte ich ab und an eine *Mietsche*, aber eine Familie mochte ich nicht wieder gründen. Mich hätte wohl auch keine Frau mehr genommen, *as Slöpendriever*! Fati war meine restliche Familie. Es ist schwer, dass er tot ist.“ Korl seufzte und unterdrückte einen Schluchzer. „Es gibt hier im Umland überall Hofstellen, auf denen ich gern gesehen bin. Alle kennen mich als fleißigen Arbeiter.“
„Aber warum verdingst du dich dann nicht fest als Knecht?“

„Hmmm ... Wenn du erst einmal die absolute Freiheit gekostet hast, dann fällt es schwer, Befehlen zu gehorchen. Ich mag auch nicht mehr tagaus, tagein arbeiten, immer die gleichen Tätigkeiten. Ich kann als freier Mann auf jedem Hof unterschiedliche Handfertigkeiten nutzen, so, wie jetzt mit dir. Ich lerne sehr viel von dir."

„Aber du hast gesagt, du musstest schon einmal einen Backofen bauen."

„Ja, ich habe an einem Backsteinofen mitgebaut, hmmm ... Wir benutzten halbgebrannte Ziegel, die durchgebrannten werden in der Hitze leicht rissig oder sogar brüchig, und wir schichteten sie über einem Reisiggerüst. Du machst es jedoch ganz anders. Der hohe Sockel, das ist schon eine wunderbare Idee. Dann muss Line sich nicht bis ganz auf den Boden bücken, um an das Türloch zu kommen. Und deine Aufbautechnik ..." Korl-Fofftein zeichnete mit den Händen eine Rundung nach. „Aus Torfsoden die Kuppel zu bauen, das habe ich vorher noch nie gesehen. So ist es natürlich leichter, Steine in die Lehmschicht zu setzen. Aber mit den Augen zu erkennen, welcher Stein wohin gehört, das ist schon eine besondere Kunst. Auch dass du nur Feldsteine nimmst, das sagt mir sehr zu. Ich weiß, wie heiß sie werden können und dass sie die Hitze sehr lange speichern. Länger als Backsteine. Das gefällt mir!"

Hanken knurrte nur etwas, er war jedoch stolz über das Lob. „Wenn der Lehm gut durchgetrocknet ist, zünden wir den Torf an, der Lehm brennt absolut hart und während der Torf brennt, entsteht die Höhlung ganz von allein." Er lachte krächzend zum *Slöpendriever* hinüber.

„Hmmm ... So kann ich irgendwann einmal auf einem Hof vielleicht deine Technik weitergeben!"

Hanken räusperte sich, nun bekam er feuchte Augen. Er wünschte sich schon lange jemanden auf seinem Hof, der von ihm diese Bauart lernen wollte, und nun war ein *Slöpendriever* der Einzige, der sich dafür interessierte. Aber er wollte nicht anmaßend sein. Korl war ein freundlicher und verständiger Mann, ohne eigene Schuld ins Unglück geraten. Und auch Fati war fleißig und anstellig im Leben gewesen.

„Hmmm ... Wer hier im Günnemoor kann denn noch so bauen?"

Hanken schüttelte den Kopf. „Niemand sonst!“
„Hmmm … Aber was ist mit Früllerk, der guckt doch immer wieder genau zu?“
„Ja, aber der kann besser mit Holz umgehen. Er könnte den Backofen sicher reparieren, aber die Rundung oben, das muss schon geübt sein. Sie darf nicht zu steil, aber auch nicht zu flach und die Steine dürfen nicht zu schwer sein. Selbst wenn der Lehm hart und fest ist, unter dem Gewicht würde die Kuppel bald in sich zusammenfallen. So, diese Seite ist fertig.“ Hanken drehte am hinteren Teil der Kuppel mit seiner Faust ein Loch durch die Lehmschicht und verschmierte den Rand glatt. „Das wird das Rauchloch, damit der Ofen beim Anfeuern besser zieht. Später, beim Backen wird ein passender Stein in die Öffnung gesteckt! Puh, ich brauche jetzt erst einmal eine Pause. Die nächste Karre Lehm schmieren wir später drauf.“
„Hmmm, ja … Ich kann jetzt auch etwas Gutes zwischen den Zähnen gebrauchen!“
Die beiden Männer wischten sich die Hände im Heidekraut sauber und gingen um die Kate herum zur Tür.

*

Line stand am Feuer. „Oh, ihr kommt gerade zur rechten Zeit. Die *Moorwuddeln* sind in diesem Moment fertig. Ich habe euch *Brattuffels* dazu gemacht. Kommt, setzt euch an den Tisch! Ich rufe noch eben Früllerk, dann können wir essen. – Ach, da bist du ja schon!“, lächelte sie ihren Mann an.
„Du wolltest mich wohl verhungern lassen?“ Früllerk zwinkerte ihr zu und schob sich seinen Stuhl zurecht. „Wie gut, dass ich Hanken und Korl zur Kate gehen sah. Ihr habt übrigens eine Mettwurst draußen vergessen. Wenn das unser Puschelchen gerochen hätte! Sie knabbert gern kleine Stückchen von allem Essbaren ab! Hast du die vom Sandvoss-Hof mitgebracht, Hanken?“ Er reichte ihm die Wurst, der sie jedoch sofort an Korl-Fofftein weitergab.
„Das ist deine ganz allein. Bewahr’ sie dir auf, wenn du mal nicht so gut zu essen hast.“

Korl wehrte zwar ab, aber wohl nur zum Schein. Seine Augen leuchteten. „Eine ganze Mettwurst und nur für mich allein, hmmm?"
„Warum hast du überhaupt etwas zu essen mitgebracht? War es nur die Wurst oder gibt es ein gutes Stück *Swattbrod dorto*?" Frülllerk grinste seine Frau breit an. *„Sühst woll*, Line, auf dem Sandvoss-Hof meinen alle, bei uns gibt es nicht genug zu essen!"
Line legte gerade den Pfannenkranz auf den Tisch, sie drehte sich zu Früllerk und gab ihm einen Stoß in den Rücken. Zu Beginn ihrer Ehe wäre sie böse geworden. Inzwischen wusste sie, dass Früllerk sie nur neckte. Sie hob schmunzelnd die große und schwere Bratpfanne vom Dreibein der Feuerstelle und stellte sie mit Schwung auf den hölzernen Kranz. Die *Wuddeln* hatte sie *gestovt*, die Soße mit weißem gebeuteltem Weizenmehl machte zwar mehr Arbeit, Früllerk mochte sie aber gern. Und ihre beiden Arbeiter wollte sie doch ebenfalls ein bisschen verwöhnen. Der Fischrost war heiß, sie schützte ihre Hände mit einem Stück Sackleinen und klemmte den Draht auf. Die Fische waren kross gebraten, Line legte sie auf eine große Holzplatte und setzte sich neben Früllerk. Mit einem Holzlöffel konnte jeder das leckere Essen erreichen. Die Wege zum Mund waren nicht weit!
„So nu langt man duchtig too!", nötigte sie die drei Männer.
„Weest bedankt!" Hanken hatte schon einmal *Brattuffels* bei Line gegessen, sie schmeckten ihm ausnehmend gut! „Also kochen kannst du, Line, *ne, ober ok*!"
Diese Worte glaubte Line, verstanden zu haben. Hanken redete zwar, schob sich dabei aber immer wieder einen Löffel voll Fisch und danach *Wuddeln* und dann wieder *Tuffels* in den Mund. So ganz ohne Zähne war er sowieso nicht ganz leicht zu verstehen. Und zusätzlich noch drückend und mahlend, seine übliche Kauweise, das machte seine Worte fast unverständlich. Sie nickte trotzdem. „Dass ihr Korl etwas Gutes zusteckt, freut mich ja!"
Hanken schüttelte den Kopf und winkte ab, er häufte sich gerade *gestovte Wuddeln* auf den Löffel.
„Line, das schmeckt wieder *allerbest*!" Auch Früllerk redete nicht viel. Er hatte Sorge, nicht genug von den *Brattuffels* zu bekommen, denn Korl-Fofftein hatte nur Augen fürs Essen. Er schau-

felte mit großer Geschwindigkeit Fisch und Gemüse in seinen Mund.
Line lächelte zu ihm hin. „Na, Korl, hast du denn eine Mietsche, die dich gern hat und dich bekocht, wenn du bei ihr bist? In Lehnstedt vielleicht?“
Seinen Löffel einen Moment in der Schwebe haltend, schüttelte er den Kopf und kratzte dann *Tuffels* in seine Richtung an den Pfannenrand, um mehr auf den Löffel zu bekommen.
Line blinzelte Früllerk zu. So ging das schon die ganzen letzten Tage: Der *Slöpendriver* aß und aß, egal, was Line ihm vorsetzte, ohne nach rechts oder links zu gucken. Erst, wenn Pfanne oder *Kump* absolut *leddig* und blank waren, leckte er seinen nach der linken Essseite weiter vorstehend geformten Löffel sauber. Line kannte unterschiedliche Männer- und Frauenlöffel nicht und hatte Korl danach gefragt. Seine Erklärung war einfach: ‚Männer haben einen größeren Mund und brauchen mehr Essen als Frauen. Darum ist der Frauenlöffel kleiner und von runderer Form!‘ Er steckte seinen Löffel in die Joppentasche und wischte sich mit dem Ärmel über den Mund. Dann rülpste er einmal tüchtig und erst danach beteiligte er sich wieder am Gespräch.
„Hmmm … Ne, wer mag schon einen *Slöpendriver*!“
„Na, bei uns auf dem Hof stehen doch die Frauen immer um dich rum, wenn du angekommen bist“, lachte Hanken und zwinkerte Line zu.
„Ja“, das kam sehr verlegen, „aber doch nur, weil ich Aufträge entgegennehme. Und dann gehe ich zum Scharmbecker Markt und besorge das, was die *Frooenslüe* bestellt hatten.“
„Geben sie dir vorher das Geld? Und wie lange trägst du es denn dann mit dir herum? Ein ganzes Jahr lang?“ Line war neugierig. ‚Haben die Sandvoss-Mägde so viel Vertrauen zu ihm?‘
„Ne, kein Geld. Ich komm’ immer vor dem Markt extra einmal hierher. Ich soll tauschen, gegen gestrickte Strümpfe, eine Schürze oder getrocknete Apfelringe!“
„Na, das lass man Anna Sandvoss nicht hören!“ Hanken drohte mit dem Finger. „Die Äpfel stammen doch sicher von unserem Hof!“

Korl-Fofftein war erschrocken: „Hätte ich die nicht annehmen dürfen?"
Hanken winkte ab: „Lass man gut sein! Auf die paar Äpfel kommt es bei uns bestimmt nicht an! Und ich sag's auch nicht weiter! Wer gab dir denn die Äpfel? Die Neue? Klara? Vielleicht darf sie ja sogar Früchte nehmen, die Bäuerin hält schließlich große Stücke auf sie!"
„Ne, die Klara, die hat mir nichts mitgegeben! Die kennt mich noch nicht genug!"
Line wurde verlegen. Sie selber war wie Klara! Niemals hätte sie sich getraut, Korl etwas mitzugeben. Dabei war er ein absolut vertrauenswürdiger Mann, das wussten die Sandvoss-Mägde! Sonst würden sie ihm bestimmt nicht ihr Weniges zum Tauschen anvertrauen! „Nächstes Jahr gibt Klara dir sicher auch etwas mit, wirst sehen!", sagte sie darum.
„Äh, hmmm … Die Klara, die ist nett! Aber die weint heimlich viel! Sie liebt doch diesen Knecht in Tarmstedt, den, der verschwunden ist. Das hat sie Fati gesagt und der hat es mir vor seinem Tod erzählt."
Auch Hanken hatte inzwischen seinen Löffel abgeleckt und in die Westentasche gesteckt. „Die ist wirklich nett. Und vor allem kann sie gut kochen! Anna Sandvoss schwärmte regelrecht von der Zukunft. Sie soll besonders leckere und lange haltbare Wurst machen! Vielleicht steckt sie dir im nächsten Jahr ja eine zu?"
„Sie hat … eh, ach so, hmmm … Habt ihr denn überhaupt Mettwurst? Hmmm … Wollt ihr ein Stück von meiner?" Korl stotterte, er wollte höflich sein, das anerkannte Line sogleich.
„Nein, Korl, die behalt' du man! Wir schlachten ja zum Winter wieder und auch jetzt ist noch ein kleiner Rest da!" Sie zeigte nach oben über die Feuerstelle. „Siehst du, da hängt noch einiges. Du bist ein so geschickter Arbeiter! Du hast dir die zusätzliche Wurst absolut verdient!"
„Nimm sie man gleich mit in die Hütte. Oder willst du draußen deinen Mittagschlaf halten? Mit der Moorleiche als Bettnachbarn?" Früllerk hatte dem *Slöpendriever* erklärt, dass er die Leiche weit genug von Hütte und Kate unter trockenen Torfsoden versteckt hielt, die Sasse-Kinder suchten immer noch danach.

Korl brauchte doch einen Schlafplatz in der Hütte. Früllerk zeigte das Ende des Essens an: „Hanken, du gehst sicher mit Korl?“ Hanken dankte Line ebenfalls für die leckere Kost. „Ja, ne Mütze voll Schlaf tut wahre Wunder!“, und schlurfte hinter Korl nach draußen Richtung Hütte.

*

„Früllerk, hast du schon mal geguckt, ob die Kinder die Leiche nicht doch gefunden haben?“
„Ja, da mach' dir man keine Gedanken! Sie liegt völlig unauffällig neben dem großen Klick! Es sieht aus, als wären nur einige Torfstücke vom großen Stapel gefallen!“
„Komisch ist, wie sehr sie sich verändert hat!“, überlegte Line laut. „Zuerst war sie ganz weich, inzwischen trocknet sie und die Haut spannt sich so stark, dass sie fast reißt!“

Brennende Ungeduld

Line bestaunte ihren Backofen. „Hanken und Korl, ich weiß gar nicht, was ich sagen soll! Ihr habt den Ofen so schnell fertig gebaut. Ich danke euch von ganzem Herzen!“ Line kamen die Tränen. So lange schon wünschte sie sich, richtiges Brot zu backen. Und wäre die große Bäuerin Anna nicht verreist, dann stünde jetzt hier auch kein Backofen, das wusste Line. Umso dankbarer war sie darum Jacob Sandvoss, der Hanken den Bau erlaubt hatte. ‚Wenn seine Mutter wieder zurück ist, kriegt er tüchtigen Ärger!‘ Das war nicht nur eine Ahnung, das vermuteten alle im Dorf, aber nur Hanken wusste, was dem ganzen Hof wirklich bevorstand: der gleiche Ärger wie im letzten Sommer, als Line und Früllerk das Holz für die Kate geschenkt bekommen hatten. Tagelang war es nicht auszuhalten gewesen. Anna Sandvoss redete mit niemandem, sie schimpfte und schrie auch nicht, aber ihr eisiges Schweigen lehrte alle das Fürchten. Zum Glück war sie bald darauf nach Tarmstedt gefahren. Borchert, der Großknecht, und auch Claas fehlten, sie wurden ersetzt, Martin war nach England gefahren. Die Neuen kannten das Vorherige nicht und veränderten einfach durch ihr bloßes Dasein das Hofleben. Nicht sehr, denn Anna Sandvoss wusste weiter, streng zu regieren, ihre Anspielungen Jacob gegenüber verstanden jedoch nicht mehr alle, sie wunderten sich höchstens über ihre Stimmungsschwankungen. Wie sehr Jacob in der kommenden Zeit zu leiden hatte, wusste nur Hanken. Und er fürchtete sich darum vor ihrer Rückkehr! Und doch war er stolz, dass er noch einmal einen Ofen bauen durfte und sein Wissen weitergeben konnte, auch wenn es nur an Korl-Fofftein war. Früllerk hatte natürlich ebenfalls genau zugesehen und Fragen gestellt, sogar einige Tipps gegeben.

„Und was müssen wir jetzt tun?“ Line zwinkerte aufgeregt die Tränen fort.

„Backen!“ Früllerk grinste breit und zwinkerte Hanken zu. Der nahm die Tür, eine alte Eisenplatte, von der Ofenöffnung. Früllerk kam mit der Schaufel und schüttete brennende Torfstücke auf klein geschnittenes Holz, das Hanken in einen kleinen Hohlraum geschichtet hatte. Schnell loderten die Stücke auf, denn *Kienholt* brannte leicht.

„Und nun?" Lines Erregung wuchs. Wann konnte sie denn nun das erste Mal backen!

„Nun brennt der ganze Torfstapel die Lehmschicht hart und fest!" Der Alt-Knecht war jedoch ehrlich: „Wenn der Backofen danach abgekühlt ist, zeigt sich erst, ob er benutzbar ist. Wenn er Risse im Inneren bekommen hat, war unsere Arbeit nicht gut. Dann kann man die Innenwand zwar neu verschmieren, aber durch meine lange Erfahrung weiß ich, dass sich bei jedem anschließenden Backen Teile lösen. Sie fallen dann auf das noch nicht gare Brot. Wenn das passiert, reiße ich ihn lieber ab und baue einen neuen. Versprochen! Line, du sollst doch einen heilen Ofen haben."

„Wie lange brennt denn jetzt der Torf und wie lange braucht der Ofen zum Auskühlen?", fragte Line ungeduldig. Da der Backofen nun fertig war, wollte sie ihn doch auch benutzen.

„Line, wenn er kalt geworden ist und heil blieb, dann müssen wir erst noch einen Mantel um ihn herum aufschütten, aus dunkler Erde, nicht aus Moorboden. Mit Heideplaggen wird er anschließend gleichmäßig bedeckt und dann kannst du backen. Du musst dich noch etwas gedulden!" Hanken tat es Leid, dass er ihre Vorfreude noch so lange hinausschieben musste. Und doch freute er sich über ihre Ungeduld.

„Und ich muss wohl nach Osterholz fahren, um die richtige Erde zu holen. Beim Klosterhof habe ich schon gefragt. Ich bekomme genug davon, wenn ich wieder Reparaturen mache. So ist es abgesprochen. Ich werde also fahren, wenn am Kahn nichts mehr zu tun ist!"

„Bitte so schnell wie möglich!"

„Na klar, Line, ich werde dich doch nicht warten lassen!"

Es geht um die Wurst

„Früllerk, komm' schnell! Mit Puschel stimmt was nicht!" Panik klang in Lines Stimme.

Auch Früllerk liebte die Katze sehr, die das Ehepaar immer wieder mit ihren drolligen Eskapaden zum Lachen brachte. Als er auf die Diele kam, schüttelte gerade ein Krampf das Tier. Es miaute kläglich, Speichel tropfte dabei aus seinem Mäulchen. Als der Anfall nachließ, wischte es sich immer wieder mit den Pfoten über das kleine Maul. Als es laufen wollte, wankte es, stellte sich dann breitbeinig hin und pinkelte und kotete gleichzeitig mitten aufs Flett. Das hatte Puschel noch nie getan. Line stürzte zu ihrer Katze, um sie auf den Arm zu nehmen. Sie fühlte, Puschel war heiß, als hätte sie in der Sommersonne gelegen. „Sie hat Fieber, Früllerk!"

„Line, die Katze ist krank. Lass sie wieder runter! Tiere mögen nicht gestreichelt werden, wenn sie sich nicht gut fühlen."

Puschel stand zitternd auf dem Boden, dann krampfte sie erneut und erbrach sich wieder und wieder.

„Ich hol' ihr etwas Wasser, vielleicht trinkt sie ja? Mir hilft das jedenfalls, wenn ich breche." Line wollte unbedingt etwas tun.

„Line, sie ist ein Tier! Was dir hilft, tut ihr nicht unbedingt gut! Außerdem erbrechen Katzen öfter mal ihren Mageninhalt."

„Aber es scheint, als ob sie etwas Falsches gefressen hat!"

„Ja, und das ist sie nun wieder los! Wirst sehen, sie ist schnell wieder munter."

Line holte trotzdem einen kleinen *Kump* mit Wasser, stellte ihn neben ihr Puschelchen und streichelte die Katze: „Nun trink' schön, dann geht es dir gleich besser."

Und tatsächlich begann das Tier zu schlabbern.

„*Hülp mi*, Früllerk, *kumm un hülp mi*!" Schrille Hilfeschreie unterbrachen die Debatte.

„Hörst du das? Das ist doch Korl, der da so laut schreit. Was ist denn mit ihm? Gehst du gucken? Ich bleibe noch bei Puschel."

Line sah besorgt auf ihre Katze. Sie erbrach nun auch das Wasser, das sie gerade getrunken hatte. Anschließend begann sie jedoch von Neuem zu schlabbern.

*

„Früllerk!“ Korl-Foffteins Stimme war durchdringend kreischend geworden. Früllerk riss die Tür zur Moorhütte auf. Korl wälzte sich am Boden, rötlicher Schaum quoll aus seinem Mund. Seine Arme und Beine zuckten unkontrolliert.
„Ne ober ok, Keerl, wat is mit di!“ Früllerk wich dem tobenden Mann aus und sprang nach draußen. „Line, komm’ rasch, auch Korl hat Krämpfe! Komm’ schnell!“
Er kehrte zurück in die Hütte. Korl lag schlaff und teilnahmslos auf dem Boden.
„Korl, hörst du mich?“
Als Line in den Raum gelaufen kam, bewegte sich der Kranke. „Ich habe so ein entsetzliches Brennen im Mund!“ Er richtete sich auf und übergab sich, wieder und wieder, genau wie die Katze.
„Ob er das Gleiche gegessen hat wie Puschel?“ Und ohne auf eine Antwort zu warten: „Ich hol’ ihm auch etwas zu trinken. Dem Tier scheint es ja besser zu gehen. Vielleicht hört dann ja das Brennen auf?“
In kürzester Zeit war Line mit einem Becher zurück. „Hier, trink, Korl, dann hört das Brennen auf!“
Bereitwillig schluckte der Kranke das Wasser. Er schien sich tatsächlich zu erholen. Immer wieder jedoch strich er sich über den Brustkorb.
„Tut dir das Herz weh?“ Früllerk half Korl auf und setzte ihn aufs Bett.
„Hmmm, ja … Es schmerzt hier drinnen. Auch das Brennen ist nicht besser geworden.“ Dieser Satz galt Line.
„Ich hol’ dir Milch. Die hilft sicher!“ Line lief wieder los. Sie wusste eigentlich keinen Rat, musste aber irgendetwas tun.
„Ich soll fragen, was passiert ist!“ Guste stand vor der Kate, sie war von Louise geschickt worden. Korl-Foffteins Schreie waren bis zu Sasses gedrungen.

Plötzlich wusste Line, was zu tun war. „Guste, Korl geht es sehr schlecht. Er hat vielleicht etwas Verdorbenes gegessen. Magst du zu Stille-Catharine laufen? Wenn jemand weiß, was zu tun ist, dann sie! Und du kannst doch besonders schnell laufen."
Das Mädchen drehte sofort um, schüttelte ihre *Holschen* von den Füßen und spurtete los. Trotz der Aufregung musste Line lächeln. Das war eindeutig Louises Tochter. Nicht lange lamentieren oder fragen, sondern erfassen und handeln. Das mochte sie an Guste und natürlich an deren Mutter so sehr. Line holte aber trotzdem einen Becher voll Milch.
Korl ging es deutlich besser. Er trank die Milch in kleinen Schlucken.
„Hast du heute Morgen schon was gegessen, Korl?", forschte Früllerk nun nach. Er war ruhiger, nachdem er gehört hatte, dass Stille-Catharine kommen würde. Sie war bewandert in Krankheiten und wusste sicher, was Korl fehlte. Ob er tatsächlich etwas Schlechtes zu sich genommen hatte?
„Ja, Line, hmmm ... es tut mir Leid. Du bringst ja immer reichlich Morgenkost auf den Tisch. Aber ich war schon sehr früh wach und da überkam mich der Hunger. Meine Mettwurst duftete so verführerisch, da schnitt ich mir ein Stück ab. Eure Katze erhielt auch einen kleinen Schnitz. Sie besucht mich ja jeden Morgen hier in der Hütte. Eine Weile miaute sie und strich um meine Beine. Sie wollte wohl noch mehr. Dann putzte sie plötzlich mit den Pfoten immer wieder über ihr kleines Maul und rannte wie der Blitz nach draußen."
„Sie hat ebenfalls Krämpfe, genau wie du", unterbrach Früllerk den Mann.
„Und streicht immer wieder über ihr kleines Mäulchen, sie hat sicher ebenfalls ein Brennen im Hals", ergänzte Line.
Der Kranke fragte sofort: „Geht es ihr wieder besser?", schaffte den Satz jedoch kaum, zu Ende zu sprechen. Sein Körper bäumte sich ganz plötzlich erneut auf, er stürzte vom Bett zu Boden und begann noch stärker zu krampfen als beim ersten Mal. Nur stoßweise atmete er, die Gesichtshaut verfärbte sich bläulich. Seine Hose wurde vorn dunkel, er machte sich nass und menschlicher

Kotgeruch verbreitete sich im Raum. Er würgte auch Wasser und Milch wieder aus.
„Früllerk, was können wir denn tun?“ Verzweifelt schaute sich das Ehepaar an.
„Nichts, wir müssen warten, bis der Anfall zu Ende ist, so, wie eben schon. Wenn du ihm jetzt was zu trinken gibst, dann erstickt er.“

*

Line schaute immer wieder zur Tür hinaus. Stille-Catharine war zum Glück schon auf dem Sanddamm zu sehen, nahe an der schmalen Holzbrücke. Es kam Line jedoch wie eine Ewigkeit vor, bis die Heilkundige an der Hütte angekommen war. Guste war direkt hinter ihr und trug einen Korb.
„Guste, du bleibst hier draußen!“, befahl die Heilkundige. „Gib mir den Korb!“ Stille-Catharine schob Line zur Seite. „Wo ist Korl? Hier in der Hütte?“ Sie kniete sich neben den Kranken. Sein Anfall ebbte gerade ab. Er röchelte jedoch laut, schien immer noch schlecht Luft zu bekommen. „Wie oft hat er diese Krämpfe schon gehabt?“
„Wir wissen nur von zwei Mal. Beim ersten Mal schrie er furchtbar, so haben wir es überhaupt bemerkt!“
„Tut ihm auch das Herz weh?“
„Ja, vorhin sprach er von Schmerzen in der Brust.“
„Wann war der letzte Anfall? Vor Kurzem oder vor längerer Zeit?“
„Schon vor einer Weile und dazwischen schien es ihm wieder gut zu gehen. Er sprach mit uns und trank Wasser und Milch.“
„Was hat er sonst noch gesagt?“
„Dass sein Mund inwendig tüchtig brennt.“
„Hat er was gegessen?“
„Ja, von der Mettwurst hier ein Stück. Unserer Katze hat er auch ein kleines Stück gegeben und sie bekam ebenfalls Krämpfe und hat gebrochen.“
„Wenn Tiere etwas Falsches essen, würgen sie es meistens wieder aus und es geht ihnen bald wieder besser. Auch bei Korl sieht es

so aus, als hätte er etwas Schlechtes gegessen!“ Stille-Catharine überlegte. „Korl, verstehst du mich?“
Der Kranke nickte mit dem Kopf. Er rang nach Luft und konnte wohl nicht sprechen.
„Erhol' dich erst mal. Magst du etwas trinken?“
Korl schüttelte den Kopf.
„Dann warten wir, bis es dir besser geht.“ Und zu Line und Früllerk gewandt: „Was hat er gestern Abend gegessen?“
„Gestern hatte ich Klöße aus *Bookweten* gekocht.“
Anerkennend nickte Stille-Catharine: „Und gab es etwas dazu?“
„Ja, eine Specksoße mit etwas Bucheckernmehl angedickt!“
„Hast du das Mehl auch gut geröstet?“ Diese Frage kam blitzschnell. Die Heilkundige verfolgte eine Spur.
„Natürlich. Zuerst die Bucheckern, dann lassen sie sich leichter enthülsen, und danach das Mehl noch einmal. Es schmeckt deutlich besser, aber ich weiß ja von dir auch, dass es sonst giftig ist. Wir haben alle das Gleiche gegessen und uns geht es gut.“
„Vielleicht hat Korl rohe Bucheckern gegessen? Korl, hast du dir gestern oder heute Morgen Bucheckern ausgepult und sie gegessen?“
„Nein“, flüsterte der Kranke und rieb sich wieder den Brustkorb.
„Unsere Katze frisst bestimmt keine Bucheckern, vor allem, wenn eine Mettwurst in Reichweite liegt, nicht?“ Früllerk wollte ebenfalls helfen.
„War auf der Wurst vielleicht Schimmel in einer ungewöhnlichen Farbe? Habt ihr das gesehen?“
„Nein, die sah gut aus. Ich hatte sie gestern kurz in der Hand und brachte sie mit rein. Sie war trocken und fest.“
„Wo liegt sie? Ach da, auf dem Regal. Gib sie mir mal rüber!“
Früllerk reichte Stille-Catharine die Wurst. Sie war wesentlich kürzer als gestern.
„Na, da hast du aber schon tüchtig gegessen, Korl.“
Korl nickte nur, er schnaufte unregelmäßig, versuchte einen tiefen Atemzug, fing dadurch aber nur an zu husten. Seine Hände krallten sich ins Hemd, er zerrte daran, so, als wäre ihm das Kleidungsstück zu eng.
„Line, welches Gewürz hast du in die Mettwurst getan?“

„Catharine, die habe ich nicht gemacht. Sie kommt vom Sandvoss-Hof. Lass mich auch mal riechen!“
Line beschnupperte die Wurst von allen Seiten. „Das könnte Sellerie sein, obwohl – es riecht sehr aufdringlich, fast unangenehm.“
„Ja, das rieche ich auch. Es müsste aber sehr viel davon sein, damit der Geruch so stark hervorkommt. Ich habe auch noch nie gehört, dass jemand Sellerie in die Wurst mengt.“
„Nein, ich auch nicht.“
„Es könnte aber sein, dass die Wurst dadurch schneller schlecht wird. Vielleicht ist sie von innen verdorben?“ Obwohl Stille-Catharine mit Line redete, beobachtete sie Korl weiter. Sie nahm die Decke vom Bett, rollte sie zusammen und schob sie ihm unter Kopf und Oberkörper.
Der Kranke atmete ein klein wenig leichter. „Es tut mir Leid“, flüsterte er.
„Was tut dir Leid, Korl? Hast du etwas anderes getan oder gegessen? Denk’ nach!“
„Nein, ich weiß nichts. Es tut mir Leid, dass ich …“ Er zeigte auf seine Hose.
„Darum mach’ dir man keine Gedanken. Du bist sehr krank, da ist das normal“, beruhigte ihn Stille-Catharine. „Überlege, vielleicht hast du ja etwas Ungewöhnliches getrunken?“
„Nein, seit ich den Backofen mit gebaut habe, esse ich ausschließlich hier bei Grapenthiens. Line kocht ja so gut! Und ich trinke das, was sie mir gibt.“
„Du hast nirgends eine Kruke mit *Brammwien* oder anderem Alkohol versteckt, der komisch schmeckt, den du aber nicht wegschütten mochtest?“
Fast entrüstet rief er, so laut es ihm möglich war: „Nein! Niemals!“ Sofort hustete er wieder und atmete keuchend und stoßweise.
„Is ja schon gut, nicht aufregen. Korl, ich muss dich doch befragen, sonst kann ich dir nicht helfen!“
Zustimmend winkte der nur mit der Hand.
„Hast du gestern draußen vielleicht irgendeine Beere oder einen Pilz in den Mund gesteckt? Überlege!“
Verneinend schüttelte der Kranke den Kopf.

„Oder eine Pflanze oder Blätter berührt, die du nicht kennst?"
„Nein!"
Guste, die inzwischen natürlich neugierig immer weiter in die Hütte gekommen war, erkundigte sich: „Tante Catharine, ist die Mettwurst verdorben?"
„Unwillig drehte sich die Heilkundige um. „Ich sagte, du sollst draußen bleiben!"
„Aber ich will doch nur sagen, dass …"
„Was?"
„Wir können doch ausprobieren, ob die Wurst schlecht ist."
„Wie das denn?"
„Wenn wir einem Tier ein Stückchen geben, dann müsste es doch auch Krämpfe bekommen!"
Stille-Catharine nickte anerkennend. „Keine schlechte Idee! Aber welches Tier sollen wir nehmen? Vielleicht eines deiner Hühner?"
Sie wusste, dass Guste für das Federvieh bei Sasses verantwortlich und stolz darauf war.
Unwillig schüttelte Guste den Kopf. „Nein, natürlich nicht! Aber Fritz und Lüttsche-Hans haben gestern eine Maus gefangen und sie ins *Bodderfatt* gesperrt. Sie wollen warten, bis *Mudder* den Deckel hochhebt und sich erschreckt. Um die Maus wäre es doch nicht schade, oder?"
„*Deern, Deern, du häst veel Bregen inn Kopp!* So machen wir es! Lauf' schnell rüber und hol' die Maus!"

*

Mit Guste kam natürlich fast die ganze Familie Sasse. Louise hielt das *Bodderfatt* so, dass der Deckel nicht herunterfallen konnte. Sie zweifelte zwar an Gustes Geschichte, kannte aber ihre Söhne und hörte auch die Maus im hölzernen Gerät. Sie wollte sich Gewissheit verschaffen. „*Ji blifft buten!*", herrschte sie ihre Kinder an.
Stille-Catharine stand aber schon in der Tür.
„Was Guste erzählt, stimmt sicher!" Louise kannte jedes ihrer Kinder genau.
„Ja", bestätigte Stille-Catharine. „Ich hoffe, die Maus lebt noch! Hier ist ein Stückchen von der Mettwurst. Heb' den Deckel so

weit hoch, dass du es hineinwerfen kannst! Die Maus wird es sicher gleich fressen."
Vorsichtig hob Louise den Deckel ein wenig an, ließ die Wurst hineinfallen und drückte gleich wieder fest drauf. „Aber wie lange müssen wir warten?"
„Korl sagt, es hat nicht lange gedauert, bis er seinen ersten Krampf bekam. Wir können nur warten."
Line kam aus der Kate, mit ihrer Katze auf dem Arm. „Ihr geht es viel besser. Sie schnurrt sogar wieder."
„Über Katzen weiß ich zu wenig! Sie kann hier ja überall etwas gefressen haben, das ihr nicht bekommt. Und nachdem sie es ausgebrochen hat, ist alles wieder gut!"
„Nein, Catharine, das war heute anders. Ich habe schon oft erlebt, dass Puschel bricht, aber solche Krämpfe hatte sie noch nie. Und heute hat sie auch mitten auf dem Flett gepinkelt und *geschietert.* So etwas würde sie nie tun, sie ist sehr reinlich und macht immer draußen. Catharine, Korl hat doch auch unter sich gemacht."
„Ja, du hast Recht, Line. Da ist eine große Ähnlichkeit. Darum war deine Idee mit der Maus auch ganz wunderbar", lobte die Heilkundige Guste noch einmal. „Wir brauchen aber etwas, worin wir die Maus besser beobachten können!"
Line überlegte: „Kann eine Maus hoch springen? Sonst können wir sie in den Daubeneimer tun!"
Guste rannte schon, sie wusste, wo der hölzerne Eimer stand, und brachte ihn.
„Kinder, ihr passt gut auf, dass die Maus nicht zu hoch springt!"
Louise drehte das *Bodderfatt* um, nahm erst dann den Deckel runter und schüttete die Maus in den Eimer.
Alle steckten die Köpfe zusammen und betrachteten die Maus. Das kleine Tier hockte verängstigt unten am Grund des Eimers.
Line schaute hoch: „Wir müssen einen Deckel oben drauf legen! Guste, der Eimerdeckel, hast du ihn mitgebracht?"
Das Mädchen rannte schon wieder los und war in Sekundenschnelle zurück. „Hier ist er!"
„Wir passen auf und heben ihn immer wieder hoch und gucken!"
Das war ein Kinderstimmen-Chor.

„Nein, nein, dann kippt möglicherweise der Eimer um!“ Louise kannte ihre Sprösslinge gut. „Guste, du achtest auf die Maus und sagst Bescheid, wenn sich an ihrem Verhalten etwas ändert.“
Alle Kinder blieben natürlich in der Nähe des Eimers, die Frauen schauten nach Korl. Früllerk war bei ihm geblieben und hatte ihn immer wieder getröstet und beruhigt.
„War eben irgendetwas außergewöhnlich?“, fragte Stille-Catharine.
„Nein, er kriegt immer noch schlecht Luft, fasst sich auch ständig an die Brust, aber sonst ist es wie vorher.“
„Korl, verstehst du mich?“
Es kam nur ein Kopfnicken mit geschlossenen Augen.
„Hast du Schmerzen?“
Der Kranke schlug sich mit der geballten Faust mehrmals gegen die Brust.
„Sonst nichts? Ist das Brennen denn besser geworden?“
„Wie Feuer!“ Flüsternd war der Satz.
„Ich habe *Honnich* mitgebracht. Meinst du, du schaffst es, einen Löffel voll zu schlucken?“
Korl nickte.
„*Honnich* lindert das Brennen bei Halsschmerzen und hilft sicher auch dir“, erklärte Stille-Catharine ihm, während sie einen irdenen Becher und eine Holzlöffel aus ihrem Korb nahm. Geschickt tunkte sie den Löffel ein und drehte ihn, bis er keinen Faden mehr zog. „Mach' deinen Mund auf!“
Korl öffnete ihn und der Honig tropfte ihm auf die Zunge. „Leck' ab!“, forderte die Heilkundige. Gehorsam schlossen sich die Lippen des Kranken. Er nuckelte am Löffel. Ein klein wenig lächelte er sogar, Süßes war selten bei ihm.
Plötzlich spuckte er den Löffel aus und rang heftig nach Luft. Seine Hände suchten und krallten sich wieder in den Hemdenstoff. Blitzartig bäumte sich sein ganzer Körper wie vorher auf, Arme und Beine zuckten unkontrolliert, er warf sich auf die Seite und krümmte sich zusammen. Blutiger Speichel lief ihm aus dem Mund und er begann zu stöhnen, lauter und immer lauter. Er schien, entsetzliche Schmerzen zu haben, spitze Schreie wechselten sich nun ab mit entsetzlichem Röcheln.

Louise rannte nach draußen und rief ihre Kinder: „Ihr geht sofort rüber zu uns, sofort!"
„Aber die Maus!"
„Auf die pass' ich auf. Los, rennt nach Hause, so schnell ihr könnt! Geht in die Kate und macht die Tür zu!"
„Aber …"
„Keine Widerworte jetzt, sonst gibt es *Dresche*! Lauft!"
Verständnislos gehorchten alle Kinder. So hatten sie ihre Mutter noch nie erlebt! Die Schreie, die aus der Hütte kamen, waren ihnen allerdings unheimlich. Sie waren froh, fortzukommen, und rannten, so schnell es ihnen in *Holschen* möglich war, nach Hause.
Louise atmete auf. Sie wollte ihre Kinder schützen, aber ihr war das Geschehen in der Hütte ja selber nicht geheuer.
Line kam herausgestürzt, tränenüberströmt rief sie ihrer Freundin zu: „Louise, das ist nicht zu ertragen! Korl muss unvorstellbare Schmerzen haben. Er ist wie rasend!"
Beide Frauen hielten sich die Ohren zu, die Schreie klangen höher und wieder tiefer, dann röchelte Korl grauenerregend, dann schrie er wieder und dann … Stille.
Entsetzt sahen sich Line und Louise an.
In der Türöffnung erschien Früllerk, schreckensbleich. „Ich glaube, Korl ist tot!"
Stille-Catharine bestätigte es, als auch sie die Hütte verließ. „Wir können jetzt nichts mehr tun. Lasst uns in die Kate gehen, ich muss mich einen Moment hinsetzen."
„Was geschieht denn nun mit der Maus?", deutete Line auf den Daubeneimer.
„Nimm ihn mit rein, ich guck' sie mir nachher an."

*

Nachdem alle am Tisch saßen, holte Line ihre Tonkruke hervor. Sie hatte den *Brammwien* für eine besondere Gelegenheit geschont. Dies war eine besondere Stunde, auch wenn sie es sich ganz anders gedacht hatte. Jetzt brauchten sie alle einen ordentlichen Schluck.

Selbst nachdem alle getrunken hatten, wollte das grauenvolle Gefühl nicht weichen. Keiner mochte etwas sagen, Line fasste immer wieder Früllerks Hand, der sie dankbar und mitfühlend drückte. Sie versuchten, sich gegenseitig Trost zu geben.
Nach langer Zeit erst bewegte sich Stille-Catharine und hob mit einem tiefen Seufzer den Eimer auf den Tisch. „Ich will wissen, womit Korl so krank geworden ist!" Sie lupfte den Deckel. Die kleine Maus unten am Grund schüttelte sich in Krämpfen, sie hatte gepinkelt und gekotet, ein dünner Speichelfaden hing ihr aus dem Maul. „Das arme Ding, die gleichen Anzeichen!"
„Sie soll sich nicht so quälen, sie ist ja auch ein lebendes Wesen!" Louise mochte sonst keine Mäuse, aber solche Qual wünschte sie auch ihnen nicht. „Gib sie doch Puschel, dann ist sie schnell tot!"
„Halt, nein! Falls die Katze sie frisst, steigt das Verdorbene in ihrem Körper wieder an. Das überlebt sie dann sicher nicht!"
„Gib mir den Eimer, ich töte sie!" Hans war unbemerkt in die Kate gekommen. Seine Kinder hatten ihm alles erzählt. Er hatte auch die Geräusche mitbekommen. Schreie sind weit im Moor zu hören. Er strich seiner Frau im Vorbeugen über den Arm und nahm den Eimer mit nach draußen. Niemand fragte, wie er die Maus töten würde. Sie waren nur froh, dass sie nicht mehr lange leiden musste.

*

„Ich habe den Eimer tüchtig mit Sand ausgescheuert, Line. Du wirst ihn aber sicher noch einmal waschen wollen!" Hans setzte sich neben Louise auf die Bank.
Langsam war Farbe in die Gesichter zurückgekehrt. Stille-Catharine überlegte laut: „Das Schlechte steckt eindeutig in der Mettwurst. Früllerk, du musst sie vergraben, sehr tief, damit nicht irgendein Tier sie wieder ausbuddelt."
Früllerk nickte. „Wie ist die Wurst bloß so schlecht geworden?"
„Ich zermartere mir schon die ganze Zeit das Gehirn. Ich weiß es nicht. Ich habe noch nie erlebt, dass Menschen von Verdorbenem auf diese Weise krank waren. Außerdem riecht die Wurst nach

Sellerie und nicht sauer oder schimmelig. Brechdurchfall und Magenkrämpfe wären dann normal, Schwindel und Schweißausbrüche auch. Herzschmerzen und Atemnot habe ich noch nie erlebt, sind aber sicher möglich. Aber das Brennen im Hals, das passt überhaupt nicht dazu! Ich weiß nicht, was das war!"
Bis in die Mittagszeit hinein rätselten die fünf, sie sagten jedoch nur immer wieder dieselben Worte. Erst als Guste von drüben, vom Graben aus rief: „*Mudder, wie hebbt Smacht. Könnt wie us kohle Pannkoken to eeten nehmen?*", kam Bewegung in die Gruppe.
Louise ging hinüber, Line und Früllerk sahen nach ihrer Katze, die fest und ruhig schlief, und holten dann zusammen Wasser aus dem Graben – nicht mit dem Eimer, sondern im Grapen – und stellten ihn aufs Feuer. Korl musste gewaschen und für die Totenruhe fertig gemacht werden.
Hans hatte inzwischen mit Stille-Catharine den Leichnam nach draußen gezogen. Die Heilkundige entkleidete ihn und bat Line, ihr zu helfen. Hans und Früllerk entfernten in der Hütte die oberste Torfschicht mit Spaten und Schaufel.
„Vergrabt auch den Schmutz recht tief, zusammen mit der Wurst. Er wird auch schlecht sein", forderte Stille-Catharine.
Weit entfernt von Kate und Gärten gruben die beiden Männer ein tiefes Loch und warfen alles ins das sich sammelnde Wasser. „Ich merke mir die Stelle und lasse sie in den nächsten Jahren in Ruhe!", entschied Früllerk. Sie stampften mit den *Holschen* den ausgegrabenen Torf im Loch wieder fest.

*

„Wir bahren Korl hier bei uns in der Hütte auf", entschied Line. „Früllerk wird nichts dagegen haben. Ich werde auch einen kleinen Leichenschmaus vorbereiten, denn Anwärter hat ja ein *Slöpendriever* nicht."
Früllerk bekräftigte Lines Entscheidung und schlug auch vor, Korl mit dem Kahn nach Worpswede zu bringen. Eine Beerdigung würde es wohl nicht geben, aber eingekuhlt musste er ja werden.

„Vielleicht hat der Herr Pastor ja ein Einsehen und er kommt neben seinem Bruder, neben Fati, zu liegen. Das hätten sich sicher beide gewünscht!“

Klatschweib

Anna Sandvoss war vorzeitig wieder zu Hause! Sie war nicht abgeholt worden, sondern mit einer gemieteten Kutsche spät am Abend und überraschend auf dem Hof eingetroffen. Stille-Catharine erfuhr es von Piss-Jule. Auch, wie still und teilnahmslos die Bäuerin gewesen war. „Ich habe ihr natürlich sofort von dem Backofen berichtet, aber sie nickte dazu nur. Das ist nicht unsere Bäuerin, die da heimgekommen ist! Die Kur war wohl nicht gut für sie!"

Des einen Leich', des andern Freud'

Früllerk hatte Korls Leichnam zwei Tage später frühmorgens mit dem Kahn nach Worpswede gebracht. Stille-Catharine war mitgefahren – als Begleitung für die Leiche und um in Osterholz auf dem Markt Heilkräuter zu tauschen. Früllerk ging zum Pastorenhaus, sie blieb mit dem toten Korl an der Anlegestelle.

Der Herr Pastor entschied, Korl, sobald das Loch gekuhlt sei, zu beerdigen. Hinten am Rand des Friedhofs, nicht außerhalb, dort lagen die Menschen, die Hand an sich selber gelegt hatten. „Es wird ja wohl niemand an der Amtshandlung teilnehmen!"

Früllerk widersprach: „Doch, wir bleiben so lange hier. Ich kann auch beim Graben helfen. Wir möchten ihm diese letzte Ehre erweisen."

„Aber er war doch nur ein *Slöpendriever*!" Der Kuhlengräber war eilfertig gekommen. „Und du brauchst mir nicht zu helfen!"

Früllerk wusste, warum: Der Mann freute sich über den zusätzlichen Verdienst und hatte Sorge, er müsse mit Früllerk teilen.

„Wer bezahlt mich denn?", war natürlich seine wichtigste Frage.

„Menschen, die heimatlos waren, werden trotzdem beerdigt, das ist Christenpflicht! Und du wirst natürlich aus der Gemeindekasse entlohnt“, beruhigte ihn der Herr Pastor.
„Das Graben dauert aber einige Stunden“, wandte sich der Kuhlengräber an Früllerk.
„Kann ich in der Zeit nach Osterholz fahren und dort versprochene Arbeit erledigen oder komme ich dann zu spät für die Beerdigung?“
„Wo musst du denn arbeiten, auf dem Amtshof?“ Der Herr Pastor war auch nur ein Mensch und neugierig.
„Magnus Jochimson erwartet mich.“
„Ja, der Mann hält große Stücke auf dich. Den solltest du nicht warten lassen. Wann sollst du bei ihm sein?“
„Er meinte, es wäre nicht eilig, aber ich bekomme im Tausch gute Muttererde.“
„Willst du ein besonderes Gartenstück anlegen?“
„Nein, Herr Pastor. Hanken vom Sandvoss-Hof baute mit Korl-Fofftein zusammen einen Backofen für meine Line.“
„Ah, da war der Mann also doch ein fleißiger Arbeiter, wenn er wollte?“
„Ja, er war bei uns wohl gelitten.“ Mehr vermochte Früllerk nicht zu sagen. Das schreckliche Ende saß ihm immer noch in den Knochen.
„Übrigens, Früllerk, was ist aus dem Leichenkopf geworden, den der Mann gefunden hat? Hat er ihn wieder vergraben oder bringst du ihn mir vorbei? Er soll doch auch seine ewige Ruhe bekommen, selbst wenn es nur ein Teil des Körpers ist! Dem Amtmann habe ich beim letzten Treffen schon Bescheid gegeben. Sein Diener soll sich darum kümmern. Schließlich handelt es sich doch um einen Mord, denn wer würde sonst einen Menschen einfach ins Moor werfen!“
Früllerk hatte die zweite Leiche beinahe aus seinem Gedächtnis gelöscht. Nun fiel ihm auch dieses Erlebnis wieder ein. „Herr Pastor, wir haben inzwischen auch den Rest gefunden, nahe beim Kopf. Zuerst dachten wir, es sei eine Frau, da die roten Haare zu einem Knoten gebunden sind. Line bemerkte jedoch die Bartstoppeln um den Mund herum. Es ist wohl doch ein Mann.“

„Und ist ersichtlich, wie er zu Tode gekommen ist?“
„Nicht genau. Er hatte ein Seil um den Hals geschlungen, sieht aber sonst wie schlafend aus. Nicht wie Korl!“ Früllerk schauderte. Er versuchte, nicht an Korls schmerzverzerrtes Gesicht zu denken.
„Wie alt ist die Leiche wohl? Und wie lange liegt sie dort bei euch?“
„Das lässt sich nicht sagen. Er war nicht in einem Moorloch, sondern fest eingebettet in der Wand, mehr als zwanzig Spatenstiche tief. Er lag dort wohl schon lange.“
„Es ist nicht gut, dass du ihn vergessen hast, Früllerk!“, rügte der Herr Pastor. „Wir hätten heute beiden ein würdiges Begräbnis geben können!“
„Aber so werde ich doch ein zweites Mal bezahlt?“ Der Kuhlengräber arbeitete nicht, sondern hatte mit großen Augen und Ohren zugehört.
Der Pastor seufzte: „Immer geht es nur um Taler und Grote! Ja, du bekommst diese Arbeit ebenfalls bezahlt. Wenn du es doch ein Mal nur aus Christenpflicht heraus tun könntest!“
„Der Herr Pastor kriegt auch mehr Talers als unsereiner!“ Leise vor sich hin murmelnd, entfernte sich der Mann, um Spaten und Schaufel zu holen.
„Hol' jetzt zuerst einmal mit Früllerk den Leichnam vom Schiff!“, rief ihn der Pastor zurück. „Damit Früllerk weiterfahren kann. Und du vergisst die zweite Leiche beim nächsten Kommen nicht!“
Der Pastor hatte schon den Türriegel in der Hand. „Ach, und was ich noch erfahren habe: Bei euch im Günnemoor, da soll jetzt bei Koop-Vadder Mimi, die Frau von Walter Büttel, wohnen? Wollen die beiden aus der Kirche ausgestoßen werden? Sag' ihnen das! Ich werde beide im nächsten Gottesdienst öffentlich zurechtweisen! Solche Sitten dürfen in meinem Kirchspiel nicht zur Gewohnheit werden!“ Der Pastor öffnete die Tür. „Ansonsten bis heute Nachmittag! Ich warte, bis du zurück bist. Aber nur, weil der Vater des von mir geschätzten Amtmanns dich erwartet! Melde dich dann bei mir! Und trödel nicht!“, mahnte der Pastor und verschwand im Pastorenhaus.

Der Kuhlengräber holte seine Karre, um Korl darauf transportieren zu können, und ging mit zum Kahn. Früllerk fuhr anschließend mit einem Passagier weniger weiter nach Osterholz.

Giftalarm

Es war schon lange dunkel, Line hatte mittags nur wenig gegessen. Da Früllerk für unterwegs nur kalte *Bookweten-pannkoken* mitbekommen hatte, kochte sie eine reichliche warme Abendkost: *Plucktevinken*. In Bremen gab es dieses Gericht nur, wenn der Walfang erfolgreich gewesen war, wenn die Schiffe reichlich Fässer mit dem in große Würfel gehauenen Walspeck brachten. Früllerk mochte den Eintopf aber auch so, wie Line ihn kochte, mit in kleine Würfel geschnittenem grünem Speck.

Line drückte sich ihre linke Hand in den Rücken und machte sich grade, bevor sie ein letztes Mal im Grapen rührte. Mühsam rückte sie den heißen Topf vom Feuer. Der kleinere Grapen, in dem der helle Brotteig hoch aufgegangen war, ließ sich leicht heben. Sie setzte ihn tief in die Glut, drückte den Deckel gut fest und häufte mit einer Schaufel glühende Torfstückchen obenauf. Bis Früllerk kam, verging noch reichlich Zeit, bis dahin garte der Teig. Line kannte diese Methode von einer Bremer Kapitänsfrau. In Irland wurde das Brot so gebacken, hatte sie erfahren. Line war das Rezept hier im Moor wieder eingefallen und sie probierte es natürlich mit Abwandlungen aus. Das Schwarzbrot war klitschig geblieben, weißes Brot dagegen wurde herrlich locker und bekam eine wunderbar braune Kruste.

Heute war wieder ein langer Tag gewesen, jetzt im Herbst gab es so viel Vorratsarbeit! Den ganzen Vormittag hatte sie in gebückter Haltung die Vietzebohnen ausgerissen, auf die Schiebkarre gehäuft und auf der Diele zum endgültigen Trocknen ausgebreitet. Ein großer Bohnenstrohhaufen war es und wartete auf das Ausdreschen. Ein *Kump* voll Schoten abgerissen und *ausgepalt*, ergab zusammen mit *Moorwuddeln* und einigen Äpfeln das Gemüse für den Eintopf. Line nahm saure Äpfel, da sie keinen Essig hatte, wie in Bremen. Außerdem probierte sie zusätzlich in Würfel geschnittene Kartoffeln darin. Es schmeckte herrlich!

Mittags war sie wieder den Weg zum Kiefernwäldchen gegangen. Diesmal allein, denn alle Kinder wurden für die Erntearbeit und im Torf gebraucht. Line hatte sich beeilt, denn sie musste weit

über das Wäldchen hinaus Richtung Spreddig gehen. Da es in diesem Jahr reichlich Bucheckern gab, sammelte sie schon zum wiederholten Mal einen Sack voll. Sie scharrte außerdem mit den Händen die Blätter der Erlen, die in der Nähe wuchsen, zusammen. Sie fielen im Herbst noch grün von den Zweigen und Lines Kuh fraß das ‚Laubheu' gern. Da der zweite Sack noch nicht ganz voll war, rupfte sie auch noch frische Blätter von den Zweigen, die sie erreichen konnte. Beide Säcke konnte sie auf dem Sanddamm gut hinter sich her ziehen. Sie sah sich um: Die Moosbeeren ließ sie lieber noch stehen. Louise hatte ihr im letzten Jahr gesagt, dass sie nach den ersten Nachtfrösten gepflückt besser seien. Line atmete auf: Das Absammeln dieses winzigen Strauches war sehr anstrengend und sie hatte auch so reichlich zu tun. Auf dem Rückweg schnitt sie wieder Pilze. Erst am Abend würden sie dann, sauber geputzt und in Scheiben aufgefädelt, über dem Feuerrauch hängen.
Die *Moorwuddeln* mussten gezogen werden, Früllerk dachte hoffentlich an den Sand für die Kiste, die er im letzten Winter gezimmert hatte. Alles Wurzelgemüse hatte darin Platz.
Als es dämmerig wurde, sah sie nach Puschel. Die Katze hatte in den vergangenen Tagen sehr viel geschlafen und kaum etwas gefressen. Line streichelte ihr über das Fell. ‚Katzen haben doch neun Leben, so sagt es ein altes Sprichwort!' Weil das Tier schnurrte und ihr Köpfchen immer wieder seitwärts drehte, um dort gekrault zu werden, war Line beruhigt. Schnell schnitt sie noch draußen mit der Sichel Brennnessel. Mit kochendem Wasser überbrüht und kleingehackt war es ein gutes Futter für das Schwein, sie gab aber auch den Hühnern und Gänsen davon. Dann fütterte und molk sie ihre Kuh. Der Tagesablauf blieb gleich, ob Früllerk nun da war oder nicht. Sonst übernahm er das *utmäässen unn fooern*.
Während ihre *Plucktevinken* garten, goss sie einen Teil der Milch durch das Seihtuch in die große Milchsatte. Sie brauchte noch reichlich Rahm, um wieder buttern zu können. Auch die Tonkruke wurde gefüllt und draußen im nächsten Grüppen ins Wasser gestellt. Früllerk mochte die Milch gern gut gekühlt. Die restliche Milch goss sie in einen kleinen dreibeinigen Stielgrapen, kratzte

etwas brennenden Torf aus dem großen Feuer heraus und stellte den Topf darüber. Aus einem Ei, Milch und gemahlenem Weizen rührte sie einen dicklichen Teig, den sie langsam und in kreisenden Bewegungen in die kochende Milch goss. Erst nach einer Weile rührte sie behutsam den Milchbrei um.
Sie stellte den irdenen Topf mit Honig auf den Tisch, wischte mit einem Lappen den Tisch ab, rückte Früllerks Stuhl gerade, rührte dann wieder vorsichtig im kleinen Grapen und schob ihn an den Rand der Feuerstelle. Zwei hölzerne gedrechselte Schalen für die Abendkost standen schon dort. Wo Früllerk bloß blieb?
Erleichtert atmete sie auf, da kam er. Seine Tritte waren schon an der *Grootdöör* zu hören. Schnell nahm Line einen Kienspan von dem kleinen Stapel, der griffbereit auf dem Bord an der Giebelwand lag, zündete ihn am Feuer an und lief über die Diele. Sie riss die Tür auf und schrak zurück! Eine unförmige Gestalt stand, ebenfalls mit einem Kienspan in der Hand, vor ihr.
„Ach, Mimi, du bist das!", erkannte sie die Frau. „Komm' rein!"
Mimi schlug ihr großes wollenes Dreiecktuch zurück und pustete ihr Licht aus. „Mmhh, das riecht aber lecker bei dir!"
„Magst du einen *Kump* voll?"
„Nein, nein, *weest bedankt*! Line, ich brauche deinen Rat! Ich war schon bei Stille-Catharines Kate, aber sie ist nicht da! Weiß du vielleicht, wo sie ist?"
„Ja, sie fuhr mit Früllerk nach Worpswede und nach Osterholz. Ich erwarte beide schon eine Weile. Es ist inzwischen ja dunkel."
„Line, bei uns, also bei Koop-Vadder in der Kate, da sitzt Bertha Fricke. Sie heult sich die Augen aus, weil ihre Kinder alle krank sind!"
„Oh nein, doch nicht etwa Brechen und Durchfall? Und Brennen im Mund?"
„Doch, doch, nur kein Brennen! Aber tüchtig Krämpfe und alle müssen ständig *schietern*, sagt Bertha!"
„Und warum sitzt sie nun bei euch? Sollte sie nicht besser bei ihren Kindern sein?"
„Sie hat mich gebeten, Stille-Catharine zu holen."
„Vielleicht ist sie ja wieder nach Hause gegangen?"

„Ich glaube nicht. Sie saß zuerst bei uns am Tisch und warf sich immer wieder ihre Schürze über den Kopf und heulte dabei auf: ‚*Nu goot se dot, so as* Korl-Fofftein!'"
Line erschauerte. Nicht solch entsetzliche Qual für Kinder!
„Nach einer Weile aber war sie still, wirkte nicht mehr beunruhigt, sondern guckte ganz begehrlich auf unsere *Bookwetenpannkoken*. Bevor ich loslief, bot ich ihr natürlich etwas zu essen an."
„Und selbstverständlich nahm sie das Angebot gern an!" Line schüttelte den Kopf. Das war typisch Bertha Fricke. Diese Frau konnte nicht kochen und das, was sie dennoch zustande brachte, war angebrannt oder klumpig und meistens nicht gar. Die arme Familie!
„Hat sie gesagt, was sie ihren Kindern gegeben hat?"
Mimi schüttelte den Kopf.
„Meinst du, es ist dringlich? Wenn ihre Kinder die gleiche Krankheit wie Korl haben, dann kann jedoch nichts helfen! Soll ich mitkommen?", bot Line sich an.
Sie sah noch schnell nach dem Brot im Grapen, holte ihr Schultertuch und griff eine Handvoll Kienspäne. Bis auf einen steckte sie alle in die Schürzentasche. Beide Frauen zündeten ihren Span am Herdfeuer an.

*

„*N' obend*, Koop-Vadder, *n'obend*, Bertha", grüßte Line und setzte sich nach der Aufforderung mit an den Tisch.
Koop-Vadder hatte vor einer Weile den *Pannkoken*-Teller fortgestellt. Er bekam Sorge, dass fürs Frühstück nichts mehr übrig bleiben würde, so viel stopfte Bertha in sich hinein! Seitdem drehte sie ihre Hände immer wieder in die Schürze ein und saß ganz ruhig da.
Line begann, sie so zu fragen, wie sie es während Korls Krankheit erlebt hatte: „Bertha, Stille-Catharine ist noch unterwegs! Was hast du denn deinen Kindern zu essen gegeben?"
Bertha sah hoch, riss unerwartet an ihrer Schürze, warf sich nach vorn und wieder zurück und heulte los: „*Miene Kinner, miene Kinner!*"

„Ja, deine Kinder! Was hast du ihnen heute Abend gekocht?"
Bertha heulte.
„Bertha, was haben deine Kinder heute gegessen?" Line wurde langsam ungeduldig.
„Ich bin heute nicht zum Kochen gekommen. Und Stille-Catharine hatte ja mit den Kindern zusammen Bucheckern gesammelt. Einen ganzen Sack voll! Da war doch genug zu essen da!"
„Hast du die Eckern geröstet?"
Verständnislos sah Bertha Line an. „Geröstet?"
„Na, über dem Feuer, das hat Stille-Catharine dir doch sicher gesagt!"
„*Weet ik nich meer!*" Das klang bockig. Also hatte sie es zwar gewusst, aber nicht getan.
„Haben deine Kinder die rohen Eckern gegessen?"
„*Weet ik nich!*"
„Bertha, wenn deine Kinder viele rohe Bucheckern gegessen haben, dann sind dadurch die Magenkrämpfe und ihr Schlechtsein entstanden!"
„Woher willst du das wissen? Bist du eine Heilkundige?" Das war nicht mehr bockig, sondern aufsässig, weil sie ein schlechtes Gewissen hatte.
„Bertha, Stille-Catharine hat gesagt, man darf nur wenige rohe Eckern auf einmal essen, obwohl es in diesem Jahr so viele gibt. Ich fege sie mit einem Zweig zusammen und schaufele sie dann in meinen Sack. Ich habe schon mehrere Säcke voll geholt."
„Wir bekommen einen strengen Winter!", warf Koop-Vadder ein. „Das war vor sechs Wintern ebenso. Da gab es, wie in diesem Herbst, reichlich Früchte, Eicheln und Kastanien und Bucheckern. Wir haben alle gesammelt und der Winter wurde hart, sehr hart!"
Line nickte: „Das sagte Stille-Catharine mir auch. Ich kenn' mich ja noch nicht so gut aus, darum gibt sie mir immer wieder Ratschläge. Vielleicht sagte sie es dir damals. Da habt ihr doch schon hier gewohnt?"
Bertha schüttelte trotzig den Kopf.
„Doch, ich habe es dir gesagt!" Stille-Catharine stand in der Tür. Erschrocken rutschte Bertha bis ans Ende der Bank.

Auch Früllerk erschien in der Türöffnung. „Da bist du ja!", lächelte er seine Frau an. „Als wir den Kahn an der Anlegestelle festmachten, stand Piss-Jule plötzlich da. Was hat diese Frau abends im Dunkeln draußen rumzuschleichen? Diesmal war es jedoch gut. Sie hatte gemerkt, dass irgendetwas nicht stimmt, und war rausgekommen und hatte gesehen, wie ihr beide zu Koops Kate gelaufen seid. Euer Licht hat euch verraten."
„Und natürlich wusste sie, dass ich noch nicht wieder zurück bin", lachte Stille-Catharine. „So, wie sie immer alles weiß! So, und nun begründet mal die Versammlung!"
Line guckte Mimi an, die verneinte unmerklich, also erklärte sie: „Frickes Kinder sind krank! Sie haben Magenkrämpfe und müssen tüchtig *schietern*. Doch keine Angst!", wehrte sie das Erschrecken der Heilkundigen ab. „Ich denke, sie aßen zu viele rohe Bucheckern."
„Wenn ich doch nicht zum Kochen gekommen bin …", rechtfertigte sich Bertha nun schon zum zweiten Mal.
„Wie? Und dann hast du zugelassen, dass sie sich an Eckern satt aßen? Habe ich dir nicht deutlich genug gesagt, was dann geschieht? Was bist du nur für eine Mutter!" Stille-Catharine atmete tief durch. „Als wenn wir Korls Tod nicht als Warnung vor Augen haben! Wer ist denn nun bei deinen Kindern?"
Bertha traute sich nicht, jemandem in die Augen zu sehen, und schüttelte nur den Kopf.
„Niemand also! Dein Fidi ist sicher unterwegs, wie immer! Du läufst jetzt sofort nach Hause und guckst, ob alle die Bucheckern wieder ausgebrochen haben!" Sie winkte ab: „Ich komme lieber mit und sehe selber nach! Hast du frische Milch im Hause?"
„Ich bin noch nicht zum Melken gekommen heute Abend! Meine Kinder sind schließlich krank!"
Stille-Catharine haute mit beiden Fäusten auf den Tisch. „Jetzt reicht's, Bertha! Wenn du dir so viele Sorgen um deine Kinder machst, warum bist du dann hier? Nicht noch eine Ausrede!", beendete sie Berthas nächste Entschuldigung, bevor die den Satz überhaupt begonnen hatte. „Du melkst jetzt deine Kuh und ich sehe nach den Kindern! Komm', spute dich!"

„Können wir noch etwas tun, Catharine?“ Line mochte jetzt nicht einfach so nach Hause gehen.
„Nein, es ist gut. Wenn die Eckern noch nicht alle verdaut sind, dann geht es den Kindern bald wieder besser! Warme Milch hilft dabei. Und zur Sicherheit gebe ich ihnen etwas von dem Öl, das ich gerade heute eingekauft habe. Fidi wird mich sicher dafür entlohnen“, zwinkerte sie und sog dabei die Mundwinkel nach innen, um ein Kaninchen-Näschen nachzuahmen. „Das Öl des Wunderbaumes holt alle schädlichen Stoffe aus dem Körper. Die Kinder werden morgen noch stärker *schietern*, danach geht es ihnen besser. Geht ihr nach Hause! Früllerk hat bestimmt eine Menge zu erzählen und sicher auch Hunger!“
„Ich habe aber doch für dich mitgekocht“, lud Line sie noch ein. „Du musst auf dem Heimweg bei uns vorbei. Komm' dann rein und iss noch etwas Warmes! *Plucktevinken* und frisches Brot aus dem Grapen! Es wird inzwischen gar sein.“ Sie zündete einen ihrer Kienspäne an.
„Line, den brauchst du nicht! Der Mond ist aufgegangen, als volle runde Scheibe, und es ist so hell, du kannst jeden einzelnen Heidekrautstängel sehen.“
Alle drei Frauen gingen nach draußen und sahen sich um. Stille-Catharine drängte Bertha zur Eile und schob sie vor sich her. Auf dem Sanddamm winkte Line nur einen Gruß, sie nahm Früllerks Hand. Während sie heimgingen, sahen sie immer wieder zum Himmel. Um den Mond herum verteilten sich Wolken, ganz viele, ganz kleine und jede einzelne wurde vom Mond strahlend hell beleuchtet. So etwas hatte Line noch nie gesehen. Es war schön im Moor.

Schwarzbrot oder Weißbrot?

Hanken lief Schweiß von der Stirn über die Nase und tropfte auf die Kuppel. Er strich mit einer Holzlatte die dicke Schicht Erde glatt, die Früllerk aus Osterholz mitgebracht hatte. Der alte Mann arbeitete allein, denn Früllerk stach gerade eine Menge Heideplaggen, die den Abschluss des Backofens bilden sollten. Hanken vermisste Korl für die Arbeit und fürs *Schnacken*. Er hatte inzwischen so viel über den *Slöpendriever* erfahren und begonnen, ihn wertzuschätzen. Aber Hanken wusste, verdorbenes Essen führt eben manchmal zum Tod. Wie gut, dass wenigstens die Fricke-Kinder wieder gesund geworden waren.

Kritisch betrachtete er den Erdhügel. Es sah gut aus, da konnte er nun wohl eine Pause einlegen. Er wischte sich den Schweiß mit dem Ärmel ab und schnäuzte sich kräftig. Ob Line wohl etwas besonders Leckeres als Mittagskost vorbereitete? Sie war ja völlig *aus m' Tüüt* wegen der Backerei und ließ das Essen vielleicht anbrennen! Mit schweren, müden Tritten ging Hanken zur Tür.

Line sah auf: „Oh, Hanken, magst du was trinken? Es ist noch reichlich Bier im Fass!“

Mmhh, Lines Bier, das mochte Hanken wohl!

„Ist der Backofen fertig? Ich kann es kaum abwarten, Hanken!“

„Ja, das merke ich!“ Der alte Mann griente und trank in tiefen Zügen den Becher leer, den Line ihm gereicht hatte.

„In Bremen holte ich für das helle Brot immer Bierhefe. Meinen sauren Teig habe ich vor ein paar Tagen angesetzt, so, wie Louise es mir sagte, mit Buttermilch. Ich hoffe, er reicht für die Menge Mehl. Ich hatte in Bremen einen *Kump*, den ich mit einem Rest Sauerteig füllte und aufbewahrte. Das war mein Messtopf und er war genau richtig für einen halben Sack Brotmehl.“ Line redete und redete wie aufgezogen, sie war aufgeregt vor lauter Vorfreude. „Das Schwarzbrot verbrauchten in Bremen aber fast nur die Dienstboten. Für meine Dienstherrschaft musste es Brot aus ganz feinem Weizenmehl, gesiebt und gebeutelt, sein“, erklärte sie. „Ich habe zwei Mal die Woche frisches Brot gebacken. Die Familie Eltermann mochte es so am liebsten. Aber hier im Moor wird nicht so oft gebacken. Da muss ich mich erst dran gewöhnen. Hanken, wird das Brot nicht schimmelig, jetzt während der nassen Jahreszeiten?“

„Ja, wenn *dat Hoor hett*, dann muss das Brot abgewischt werden“, bestätigte er.

„Hanken, seit Korls Tod habe ich Sorge, Verdorbenes zu essen! Wenn nun Schimmel seine Krankheit ausgelöst hat!“

„Ne, Line“, wehrte Hanken ab, „alle essen doch immer wieder Brot, Wurst oder Speck, die eine dicke Schicht Schimmel haben. Er wird mit salzigem Wasser abgewaschen und dann ist es gut! Die Fricke-Kinder sind auch wieder *krall*! Nur Korl ist daran gestorben!“

„Ja, Stille-Catharine fragte Korl aber nach Schimmel in ungewöhnlicher Farbe! Vielleicht gibt es verschiedenen Schimmel und nur einer ist tödlich? Ich überlege, ob ich nicht doch öfter backe. Frisches Brot schmeckt ja auch viel besser.“

Das konnte Hanken natürlich bestätigen. „Anna Sandvoss meint jedoch, je frischer das Brot, desto mehr essen alle davon!“ Und er warnte außerdem: „Denk’ auch an das viele Brennmaterial, das der Backofen verbraucht!“

„Wird er denn hier im Moor nicht mit Torf befeuert?“

„Doch, doch, aber den Torf müsst ihr doch sparen, zum Verkauf in Bremen!“

„Womit heizt ihr denn auf dem Hof?“

„Die Bäuerin ist da sehr eigen. Sie nimmt meistens Birke. Dafür lässt sie extra Bäume schlagen. Manchmal braucht sie aber auch Buchen- und Erlenholz. Sie sagt, das mache eine weiche Kruste bei hellem Brot.“

„Ich denke, durch den Holzrauch schmeckt Brot so gut. Hanken, welches Holz sollen wir nehmen?“

„Auf den Höfen hier in der Umgebung nehmen alle das, was sie übrig haben, mal Holzscheite, Busch- und Reisigholz, auch Stroh und sogar Weißtorf – obwohl der eigentlich zu schnell runterbrennt.“

„Auch *Schischken?*“
„*Schischken*? Was ist das denn?“
„Das sind *Kienappels*, auf ostpreußisch.“
„Ah so, ich denke, das geht auch.“
„Wir finden im Moor doch auch viel Holz, Stubben und Baumstämme. Bei uns lag ein Riesenberg, als ich im letzten Sommer kam. Frühlerk hat das meiste davon für das Feuer während des Kahnbaus verbraucht. Aber beim Torfgraben haben wir doch schon wieder eine riesige Menge gefunden. Da unten wuchs wohl ein ganzer Wald. Wenn *dat Kienholt* trocken ist, können wir das auch nehmen?“
„Ja, natürlich.“

Ein Traum wird wahr

Das erste im eigenen Backofen gebackene Brot stand zum Abkühlen auf dem Tisch!

Line hatte außerdem einen Hefekuchen aus Weizenmehl gebacken. In Bremen benutzte sie dazu ein eisernes Blech mit Rand drum herum. Heute war der Teig darum etwas fester geknetet und wie ein Fladen geformt. Vor dem Backen hatte sie reichlich Butter und Honig in dem kleinen dreibeinigen Stieltopf warm gemacht und die Oberfläche damit begossen. Ein köstlich riechender karamelliger Überzug war entstanden. Sie schnitt große Stücke von dem noch warmen Kuchen. Früllerk und Hanken saßen erwartungsvoll am Tisch. Ihnen lief das Wasser im Mund zusammen.

„*Ji hebbt backt*! Ohne irgendjemandem Bescheid zu geben!" Laut und vorwurfsvoll klang Piss-Jules Stimme.

Line erschrak. Hätte sie vielleicht alle Frauen aus dem Dorf dazubitten müssen?

Hanken jedoch ahnte, was die alte Frau wollte, und entgegnete: „Na, Jule, bist du eingeladen oder was hat dich sonst hergetrieben? Der Duft oder die Neugierde?"

„Ich hab's der Bäuerin schon gesagt!" Triumphierend lachte Piss-Jule auf: „Ihr müsst den Backofen bestimmt wieder abreißen!"

„Wieso das denn, Jule? Hat Anna Sandvoss denn hier bei uns auf dem Moorstück was zu sagen? Sie kann gar nichts befehlen!" Früllerk geriet bei Piss-Jule schnell in Rage.

„Ha, das werden wir noch sehen! Ihr habt ja gar keine Genehmigung für den Ofen!"

„Ne, und die brauchen wir auch nicht!"

„Außerdem hat Jacob mich dafür freigestellt. Das ist wie eine Erlaubnis!"

„Hanken, sag' so was nicht!" Früllerk widersprach energisch. „Wir brauchen von niemandem auf dem Sandvoss-Hof eine Genehmigung fürs Bauen. Und von anderen auch nicht! Im Gegenteil, gerade erst hörte ich in Osterholz, dass Dietrich Kohlmann jeden lobt, der in den Moordörfern neue Ideen hat und verwirk-

licht. Da wurde nichts von Genehmigung gesagt, sondern eher von Lob!"
Piss-Jule hörte gar nicht richtig zu. „Ja, genau, ich bekomme dann das Lob! Von der Obrigkeit und von Anna Sandvoss!"
„Hast du es nicht verstanden?" Früllerk schrie es fast, so sehr ärgerte ihn die alte Frau. „Nicht du wirst dann gelobt, sondern ich! Weil ich etwas Neues gebaut habe!"
Sie war zwar erschrocken, dass Früllerk so laut wurde, es war aber auch sehr befriedigend, ihn aufzuregen. Trotzdem ging sie sicherheitshalber einen Schritt zurück.
„Der Vater des Amtmanns, Magnus Jochimson, hat sogar gesagt, dass der König den neuen Commissarius bereits ernannt hat!" Früllerk war immer noch sehr laut. Er trat ganz dicht an Piss-Jule heran. „Es ist der Ehemann von Herrn Findorffs Schwesterkind, sein alter Vertrauter. Und? Weißt du, wer das ist?" Da die alte Frau nicht reagierte, triumphierte nun er. „Kohlmann! Und der lobt jeden, der ...?!"
Piss-Jule wusste, wann sie geschlagen war. Der verführerische Duft des Gebackenen ließ sie jedoch bleiben. Sie wandte sich Line zu. „Und? Wie schmeckt dein Kuchen? Ganz sicher nicht so gut wie der vom Sandvoss-Hof! Die Bäuerin hat schließlich mehr Übung als du! Sie backt seit vielen Jahren für die Festtage Stuten und belegt Teig mit Äpfeln und Kirschen!"
Line lächelte nur. Die Sticheleien der alten Frau konnten sie heute nicht ärgern. Sie war so glücklich über den Backofen.
„Wenn du dich da man nicht täuschst ..." Früllerk hatte sich nicht beruhigt. „Line backte in Bremen jeden Tag Kuchen, wie du sie dir gar nicht vorstellen kannst! Wenn ich ihre Dienstjahre zusammenrechne, dann ergibt das wohl mehr Erfahrung als bei Anna Sandvoss!"
„Ha, in Bremen! Immer in Bremen! Das kann ja niemand nachprüfen! Wer weiß, was davon stimmt?"
„Ja, da hast du Recht, Jule!", mischte sich nun Hanken ein. „Herr Findorff hat ja auch überhaupt nicht bestätigt, dass er Line aus Bremen kannte und dass sie dort eine anerkannte und sehr gute Köchin war." Er überlegte. Seine Ironie wurde vielleicht von ihr nicht verstanden. „Oder hab' ich das falsch in der Erinnerung?

Hat Herr Findorff etwa bestätigt, dass Line Köchin in einem Bremer Kaufmannshaushalt war, und gelobt: ‚Line ist eine ausgezeichnete Köchin!' Direkt zu Anna Sandvoss? Und eine solche Bremer Köchin muss ebenso gut backen wie kochen können! *Dat hät de Pastor ook all mol seggt!*"
Line wollte sich diesen Tag durch Zank nicht verderben lassen. Sie bot versöhnlich an: „Jule, probier' doch einfach meinen Kuchen!" Sie reichte der alten Frau ein großes Stück.
Piss-Jule schaute auf das Gebackene. Sie pulte ein kleines Stück des süßen Überzuges ab und steckte es in den Mund. Obwohl es herrlich schmeckte, mäkelte sie sofort: „Was ist das denn? Was hast du denn mit dem Kuchen gemacht? Da ist ja *Bodder* und *Honnich* oben drauf! Wer hat so was denn schon mal erlebt? *De schiere Bodder un den Honnich so to verkleen!*"
Line war fassungslos! Da hatte sie sich heute so gefreut und nun verdarb ihr diese alte Frau alles. Ihr kamen die Tränen. Diesen Triumph sollte Piss-Jule jedoch nicht sehen. Sie drehte sich um und lief nach draußen.
Aber natürlich ahnte die alte Frau Lines Gefühle, schließlich beherrschte hier im Moor niemand Sticheleien besser als sie.
„*Du ol Wief, du achtertückschet Wief, du!*" Früllerk ging drohend auf sie zu. „In Bremen heißt das *Bodderkoken*! Das ist dort inzwischen Gepflogenheit! Aber davon weißt du ja nichts, rein gar nichts!"
Piss-Jule ahnte, dass sie eine Grenze überschritten hatte. Den Kuchen gut festhaltend, suchte sie das Weite. „Diese neue Mode zeig' ich jetzt gleich rum! Und ihr werdet sehen, alle lachen euch dafür aus. Wer hat schon so viel *Bodder* und *Honnich* übrig, sie auf dem Kuchen zu verteilen? *So'n neemodschen Krom!*" Und mit ihrem üblichen Satz: „Ich hab' noch nen Topf mit Suppe auf dem Feuer!", verschwand sie.
„Endlich!", stöhnte Hanken. Früllerk aber suchte seine Frau und tröstete, so gut es ging.

Spökenkiekerin

„*Unner den Birkboom hett letzte Nacht een Licht stohn!*" Lüttsche-Anna verteidigte sich: „Das stimmt! Ich war doch auf, noch vor Mitternacht, weil der Kleine so arg hustete! Ich war hellwach!"

Der Kleine, das war Lütjemanns Jüngster in Tarmstedt. Der Hof lag dem Hoopenstede-Grundstück genau gegenüber. Der Bauer Hinnerk Lütjemann sorgte mit seinen Dienstleuten für das Vieh der ehemaligen Nachbarn. Gern würde er den ganzen Hof kaufen, aber so lange die Erbangelegenheiten nicht geregelt waren …

„Anna, wenn der Husten gar nicht besser werden will, dann brate dem *Lütschen* doch eine Maus. Das beugt sicher vor, denn er soll doch nicht an der Brustseuche erkranken!" Beetjen Lütjemann war eine aufmerksame Bäuerin. Da der *Lütsche* bei den Mägden in der Butze schlief, steckte er womöglich alle an.

„*Dor weer een Licht unner den Birkboom!*"

„Anna, *wat schnackst du da*? Wo soll heute Nacht ein Licht gebrannt haben?"

„Na drüben, unter der dicken Birke auf dem Fahrweg zum Hoopenstede-Hof!"

„*Du tüünst doch!* Wie kann da ein Licht brennen? Ich bin doch selber als Letzte gestern Abend drüben gewesen. Es war alles in Ordnung."

„Wenn es doch aber stimmt!" Lüttsche-Anna weinte fast, sie hatte es doch gesehen und nun glaubte ihr keiner. Sie war doch keine *Spökenkiekerin*!

Der Bäuerin war das Geschnacke während der Morgenkost nicht recht. Am Abend am Flettfeuer mochte die *Spökenkiekerei* ja angenehm gruselig sein, aber Tagträumer konnte sie nicht gebrauchen. Am Morgen glaubte doch niemand an solche Geschichten.

„Anna, wenn du das Licht wieder siehst, dann weckst du den Bauern! Und dann klärt sich alles auf. So, und nun Schluss damit, es gibt Arbeit satt!"

*

„Buer, dat Licht is woller dor!“ Lüttsche-Anna klopfte noch einmal kräftiger an die *Dönz-Döör.*
Brummend kam die Antwort: *„Jo, vermuckte Deern, ek kom jo all!*“ Hustend öffnete der Bauer die Tür. „Zünd’ einen Kienspan am Herdfeuer an!“, befahl er Anna. „Ich brauche Licht auf dem Weg zum Nachbarhof!“ Hinnerk Lütjemann zog sich Hose und Joppe über und kam zum Flett geschlurft. „Im besten Schlaf bin ich gewesen! Hätte Beetjen ihr nur nicht erlaubt, mich zu holen!“, knurrte er dabei.
Anna brachte ihm den *Kienspan.* „Du kommst mit, ich will dem Spuk ein für allemal ein Ende machen! Und wenn du siehst, dass dort nichts ist, dann gibst du wohl Ruh’!“ Er war nicht gerade bester Laune.
Die Dunkelheit verdeckte zwar die Sicht auf das Dorf, Hinnerk Lütjemann konnte jedoch schon von der Seitentür aus drüben einen hellen Schein erkennen. ‚Hoffentlich brennt es nicht!‘ Dieser Gedanke ließ ihn schneller gehen. Da das Licht immer deutlicher wurde, lief er fast über die Dorfstraße. Es war, wie Anna gesagt hatte: Hell schimmerte es unter der großen Birke. Vorsichtig näherte sich der Bauer dem glänzenden Fleck.
„Buer, bliev hier!“ Anna zog am Ärmel des Bauern, um ihn zurückzuhalten. Ihr war unheimlich zu Mute. Was sie sah, ging nicht mit rechten Dingen zu. *„Buer, wees sachte, nich henn gon!*“, flüsterte sie.
Der sonst furchtlose Mann blieb stehen, auch ihm war nicht geheuer. Am Rand des Fahrweges neben einer Baumwurzel leuchtete es, nicht wie flackerndes Tranlicht oder wie eine Kerze. Es war einfach ein heller Fleck in Form eines Kranzes.
Damit das Zittern seiner Hand aufhörte, steckte Hinnerk Lütjemann die freie Hand in die Hosentasche. Er fasste einige Walnüsse, die er am Tag eingesteckt hatte. Sein Jüngster aß sie gern, da der jedoch so sehr hustete, mochte er sie ihm nicht geben. Er hätte sich daran verschlucken können. Die Hand des Bauern krampfte sich um die Früchte. Er zog, ohne zu überlegen, die Nüsse aus der Tasche und warf sie mit kräftigem Ruck mitten in das Leuchten hinein. Bei der plötzlichen Bewegung kreischte Anna auf, dreh-

te um und rannte den Weg zurück über die Dorfstraße Richtung Haus. An der *Groot-Döör* schrie sie gleich noch einmal auf.
Der Pferdeknecht war wach geworden. Da bei den Tieren alles in Ordnung war, hatte er die obere *Schnackedöör* geöffnet und guckte, wer draußen herumwanderte. „Na, na, Anna! Was machst du da im Dunkeln? Was schreist du denn so?"
„De Buer! Bi den Buer is een Licht, een unheemlich Licht dicht uppe Eer! Go henn un hülp em, gau!"
„Hast du das Licht wieder gesehen? Oh Anna, das glaubt dir kein Mensch!" Zweifelnd zog der Knecht den Balken zurück und öffnete auch die Untertür. „Wo ist denn das Licht?"
„Dor, bi Hoopenstedes. De Buer is ok dor!"
Der Knecht spähte in die Dunkelheit. „Wahrhaftig, da ist wirklich Licht. Hat der Bauer ein Licht?"
„Jo, man dat is en anner Licht. Nu hülp den Buer, go henn!"
Der Knecht zögerte, aber vor der kleinen Magd musste er mutig sein. Er trat kräftig auf und ging mit großen Schritten über die Straße zum Nachbarhof. „Bauer, seid Ihr das?"
Hinnerk Lütjemann drehte sich langsam um. Er atmete zuerst abgehackt und tief ein und aus, räusperte sich und zeigte mit dem Kienspan zum Fuß des Birkbaumes.
Der Pferdeknecht stellte sich neben seinen Bauern. Walnüsse lagen verstreut in einem runden Kranz aus Licht. „Sind die Nüsse auch von allein dort hingekommen?", flüsterte er.
„Nein, ich habe sie geworfen, um zu sehen, ob das Licht verschwindet! Es ist jedoch noch da!"
„Habt Ihr so was schon mal gesehen?"
„Nein, ich weiß keine Erklärung dafür. Ich weiß nicht, was wir dagegen tun sollen!"
„Hätte es mir vorher einer gesagt, ich würde ihn für *mall* halten!"
„Anna hat es gesagt!" Der Bauer grinste, er stand nun schon eine ganze Weile hier und hatte begonnen, die Erscheinung zu analysieren. Das Licht veränderte sich nicht. Es tat auch nicht weh, es war einfach nur da. „Wenn wir das erzählen, gelten wir bald als Trin-Margrets Gefährten!"

Der Knecht schüttelte sich bei dieser Idee. „Unheimlich ist das aber schon!" Da sie jedoch zu zweit waren, verflog auch seine Angst. „Was machen wir nun?"
„Nichts. Wir gehen wieder schlafen und du kommst dann morgen früh, hm, vielleicht ist es ja auch schon heute früh, wieder und guckst, aber so, dass es niemand bemerkt. Und ich bläue der *Deern* ein, es niemandem zu sagen!"

Mörder oder Opfer

Trin-Margret zögerte: Ob der Pilz essbar war? Sie hatte heute Morgen reichlich Steinpilze gefunden und die ganze Schürze voll in Tarmstedt verkauft. Eigentlich wollte sie die Pilze ja gern selber essen, aber im Dorf hatte wieder einmal jemand mit dem Finger auf sie gezeigt und *Ol Bettelwief* geschimpft. Da musste sie doch beweisen, dass sie etwas zu verkaufen hatte und keine Bettlerin war. Sie musste ihre Ware in vielen Häusern anbieten, nur die Bäuerin an der Poststraße hatte sich getraut und sie genommen. Pilze galten als Hexenwerk! Auf dem Heimweg zu ihrer Moorkate am Kniependamm war sie darum noch ein zweites Mal in den Wald gegangen, um nach weiteren Pilzen zu suchen.

Die alte Frau murmelte beim Suchen vor sich hin, führte Selbstgespräche, die nur sie selber verstand. ‚So lange dachte ich, Pilze wären von Hexen gezaubert, dabei schmecken sie so gut! Und ich muss nicht säen und hacken, nur ernten. Dieser da sieht aus wie ein Steinpilz, hat aber eine mehr braungelbe Farbe.' Trin-Margret war vorsichtig. Sie hatte einmal einen Pilz mitgenommen, bei dem sie sich nicht sicher gewesen war, hatte ihn auch roh probiert, er war ein ganz klein wenig bitter gewesen, das ganze Pilzgericht war dadurch jedoch so gallebitter geworden, dass sie es fortschütten musste.

Sie sah sich um. Der Waldboden war hier sehr trocken, viele Zweige und abgebrochene Äste lagen herum. Neben einer hohen Tanne lag Buschwerk hoch aufgetürmt. Ein dicker, recht grader Ast stak ganz unten. Trin-Margrets Schultertuch war zwar schon voller Brennholz und schwer genug für den Heimweg, aber ein solcher Ast? Sie überlegte: ‚Den kann ich wie einen Wanderstab benutzen und mich abstützen. Ich nehme ihn mit!'

Sie ließ das Bündel Zweige im Tuch auf den Waldboden gleiten und schüttete auch die schon gesammelten Steinpilze aus der Schürze behutsam daneben. Dann bückte sie sich ächzend nach dem langen Holzstück und zog es mühsam hervor. Andere Zweige hatten sich verhakt und wurden mitgezogen. Trin-Margrets Hand rutschte ab, etwas Klebriges war am Stockende. Sie wischte ihre Hände gegeneinander und guckte darauf. „Bäh!“, rief sie laut. „Blut!“ Sie entdeckte ein kleines Mooskissen, zog es aus dem Boden und wischte daran ihre Hände ab. ‚Welches Tier liegt denn hier verendet?‘

Erst da sah sie die lange Ameisenstraße, verfolgte sie mit den Augen und beobachtete, wie sie in dem Buschhaufen verschwand, aus dem sie eben den dicken Ast gezogen hatte. Mit dem *Holschen* schob sie darum die trockenen Zweige zur Seite. Ein Arm schlug hoch und knallte direkt neben Trin-Margrets schwarzem Rock auf die Erde. Erschrocken machte die alte Frau einen Satz zur Seite, musste dann, um das Gleichgewicht zu wahren, wieder einen Schritt vorwärts tun und stand plötzlich genau über der Hand – einer Männerhand. ‚*He will mie anne Unnerbüx!*‘, dachte sie und haute, sich wehrend, mit dem *Holschen* gegen die Finger. Sie besaß wohl doch mehr Kraft, als sie erwartet hatte, denn der Arm knallte nun heftig gegen die Tanne. Aus dem Buschwerk kam im selben Moment der Körper zum Arm seitwärts hochgeschnellt. Er zitterte noch einen Moment nach, blieb dann jedoch auf der Seite und seltsam steif liegen.

„*De is dod!*“, kreischte Trin-Margret los, hob ihren Rock und rannte in Richtung Waldweg, den sie gekommen war. Nach einigen Metern musste sie jedoch stehen bleiben, sie war schließlich alt. Sie fasste sich an die Brust, *japste* nach Luft und begann zu husten. Erst nachdem sie einen dicken Klumpen Schleim ausgespukt hatte, ging ihr Atem wieder langsamer. Sie drehte ihr Gesicht zum Wald, wo der Tote lag, und begann wieder zu laufen, aber schon nach wenigen Schritten wurde sie erneut langsamer. Ihr Gesicht war schweißnass und stark gerötet. Sie blieb noch einmal stehen, wischte die auch schweißigen Hände an der Schürze ab und atmete tief durch. Mehrere Hustenanfälle schüttelten sie. Wieder musste sie ausspucken und ging nun in langsamem Tempo den Weg durch die Heide nach Tarmstedt zu.

*

„*Wi mööt den Amtmann Bescheed geben. Ek heb 'n Liek funnen!*" Sie blieb schwer atmend in der *Groot-Döör* stehen und schrie es über die ganze Diele.
„Mein Zeit, Trin-Margret, was sagst du da? Und wie siehst du überhaupt aus?" Die Bäuerin kam und holte die aufgeregte Frau an die Feuerstelle. „Hier, *sett di erst mol dool*! Und nun erzähl' mal genau, was passiert ist!"
Erst nach mehreren Versuchen und einem tiefen Schluck Wasser aus dem hölzernen *Sleev* berichtete die Alte ihr Erlebnis.
Inzwischen waren alle Hausbewohner, die in der Nähe gearbeitet hatten, um sie herum versammelt und starrten sie mit offenen Mündern an. Nur die Bäuerin fasste sich schnell: „Lüttje-Anna, hol' den Bauern! Er ist drüben auf dem Nachbarhof. Und Trin-Margret braucht wohl erst mal 'nen *Schluck*!" Sie nickte dem Großknecht zu. Der holte aus dem kleinen Schränkchen, das an der Wand hing, eine *Brammwienkruke* und einen Tonbecher.
„*Weest bedankt!*" Trin-Margret schluckte den scharfen Alkohol gierig hinunter und hielt dem Knecht auffordernd den Becher wieder hin. Erst auf einen Wink der Bäuerin schenkte der jedoch nach. „Mir ist immer noch ganz *maddelig*", verteidigte die Alte ihre Gier.
Der Bauer kam mit schweren Tritten über die Diele. „Was hör' ich, du hast eine Leiche gefunden?"
Die alte Frau berichtete ein zweites Mal ihr Erlebnis.
Nunmehr reagierten ihre Zuhörer mit Zwischenrufen, da sie den ersten Schreck inzwischen überwunden hatten. „Mein Herz wäre stehen geblieben, wenn mir die Hand entgegengekommen wäre!"
„Ob das wohl jemand aus Tarmstedt ist?" Und ein ganz Gewiefter lästerte: „*Na, nur so ne Olsch kann denken, dat givvt noch een, de er anne Punz will!*" Das laute Gelächter wurde durch einen Befehl des Bauern schlagartig beendet.
„So, nun sag', kennst du die Leiche?"
„Ja, es ist der Knecht Dedo vom Hoopenstede-Hof!"
„Bist du dir da sicher? Hast du ihn lange genug angesehen? Wir dachten alle, er hätte das Weite gesucht!" Verblüfft sah der Bauer zuerst die Alte und dann seine Frau an.

„Jeder im Dorf weiß doch, dass er Diedrich und Söffeke Hoopenstede getötet hat, mit Gift. Das sagen alle!“ Auch die Bäuerin war bestürzt. „Der Amtmann in Ottersberg lässt doch schon seit Wochen nach ihm suchen!“
„Dann muss er sofort Bescheid kriegen!“ Der Bauer räusperte sich und wies auf seinen Großknecht: „Lass’ die Pferde anspannen und sattle das Reitpferd. Du gibst dem Amtmann heute noch Bescheid und ich hole mit dir und dir“, er zeigte auf zwei Knechte, „die Leiche. Trin-Margret kommt mit! Sie muss uns den Platz zeigen!“
„Nein, da geh’ ich nicht wieder hin!“ Ängstlich und abwehrend hob die alte Frau die Hände.
„Aber da liegt doch noch dein Schultertuch! Das Holz, das du gesammelt hast und die guten Steinpilze bringen wir auch mit.“ So überredete der Bauer die widerstrebende Frau.

*

Der Knecht Dedo lag auf einer alten Tür im Ziegenstall. Die Verwesung war schon so weit fortgeschritten, dass seine Leiche nicht in der Nähe des großen Wohnhauses liegen konnte.
„Beerdigt ihn!“ Das waren erlösende Worte. Der Ottersberger Amtmann hatte seinen Diener gleich zu Pferde mit dem Großknecht nach Tarmstedt geschickt. „Es ist, so, wie Ihr sagt, eindeutig der Knecht Dedo. Er wurde vermisst und alle glaubten, er hätte seinen Bauern und dessen Frau mit Gift getötet. Selbst wenn er die beiden Morde begangen hat, seine gerechte Strafe erhielt er durch einen anderen. Er wurde eindeutig erschlagen. Der blutige Knüppel und die zerschlagene Schädeldecke beweisen es!“
„Wie sollen wir ihn denn dann begraben?“ Der Bauer war ratlos. „Als Mörder am Rande des Friedhofs oder als Opfer? Da er aus Tarmstedt gebürtig ist, hat seine Familie eine kleine Grabstelle hier auf dem Gottesacker. Sollen wir den Herrn Pastor fragen?“
„Ob er selber ein Mörder war, wissen wir nicht genau. Ja, klärt das mit Eurem Geistlichen. Ich gebe meinem Dienstherrn Bescheid.“
„Und wie wird sich sein Mord klären lassen?“ Die Bäuerin war nicht die einzige Frau, die sich ängstigte.

„Sind denn seit Hoopenstedes Tod weitere Menschen ums Leben gekommen?"
Das Ehepaar schüttelte den Kopf. „Nein, es gab keinen einzigen Todesfall seither!"
„Dann ist doch sicher der Mörder schon weitergezogen. Vielleicht war es ein *Slöpendriver*? Die sind doch *allerwegens* zu finden."
„Das bedeutet, wir müssen in Zukunft gut Acht geben!" Der Bauer war mit dieser Regelung nicht einverstanden. „Könnt Ihr uns nicht eine amtliche Person schicken, die den Fall untersucht? Die sich mit Verbrechen auskennt?"
„Ich werde Euren Wunsch dem Amtmann mitteilen. Mehr kann ich im Moment nicht tun. Morgen muss ich sehr früh wieder fort. Habt Ihr etwas Essen für mich? Und wo kann ich schlafen?"

*

„*Buer, dat Licht is all woller dor!*" Wieder klopfte Lüttsche-Anna mitten in der Nacht an die *Dönz-Döör*.
„Hier auf dem Hof soll es wohl keine Nachtruhe mehr geben? *Verdoori noch een mol*, kann das Licht denn nicht mal ne Pause machen?" Polternd kam der Bauer an die Tür.
„Hinnerk, was ist los?" Beetjen Lütjemann rührte sich.
„Schlaf' weiter! Ich muss nur eben nach dem Vieh sehen!" Vor der Tür drohte er der Magd mit dem Zeigefinger: „Ich geh' rüber, aber sei du still! Wenn du künftig so brav bleibst und niemandem etwas verrätst, soll es dein Schade auch für die heutige Nacht nicht sein. Ein weiterer Grote macht dich bald reich, bringt mich jedoch an den Bettelstab! Warum muss *mien lüttsche Jung* aber auch jede Nacht husten und dich wecken!"

*

Wieder stand Hinnerk Lütjemann vor dem Licht unter dem Birkbaum. Es war wie jede Nacht: Eine Stunde vor Mitternacht begann der Kranz zu leuchten und mit dem ersten Morgenlicht verblasste er. Nichts brachte ihn zum Verschwinden. ‚Und dazu gibt es heute noch nicht einmal einen Mittagsschlaf, denn Hoopenstedes Knecht wird beerdigt.'

*

„Meinst du denn, dass es richtig ist, Hoopenstedes Leiterwagen für die Beerdigung zu benutzen?" Beetjen Lütjemann hielt sehr auf Anstand und gute Manieren. Es war ihr zuwider, ohne Erlaubnis den Wagen der Nachbarn zu benutzen.
„Beetjen, wen sollte ich denn fragen? Die Erbfolge ist ja noch nicht mal geklärt. Ich hab's dir doch noch und noch erklärt. Außerdem gehörte Dedo nach drüben, auf den Nachbarhof. Da ist es nur recht, wenn wir ihn auf deren Hofwagen zum Friedhof fahren. Und nun hör' auf, Dedo hat doch Glück!"
„Hinnerk, wie kannst du so etwas sagen? Er ist tot!"
„Hm, ja, das meine ich nicht. Er hat Glück, weil er eine feste Holzkiste bekommen hat. Na, obwohl ... Das war mehr als nötig. Er stinkt ja gewaltig!"
„Hinnerk! Lass solche Rede!"
„Is ja schon gut, aber was wahr ist, ist wahr! Und das, obwohl er nicht christlich bestattet wird. Als Mörder steht ihm eigentlich kein Sarg zu! Wenn das kein Glück ist ..."
„Ich halte es mit dem Herrn Pastor. Der mahnte am Sonntag, dass niemand zum Mörder werden solle! Dedo hat seine gerechte Strafe erhalten!"
„Na, der Herr Amtmann war sich da nicht so sicher. Aber ich weiß ja, du hältst es mehr mit dem Herrn Pastor!"
„Für dein Seelenheil wäre das auch besser."
„Ja, ich weiß, aber du betest eben für mich mit, mein Beetjen, nicht wahr?" Hinnerk Lütjemann strich seiner Frau über die Wange. Er wollte jetzt nicht noch eine Predigt vor der Beerdigung hören. „Ich geh' jetzt rüber und lass' den Wagen zur Straße fahren. Wir sind in unserer Kutsche dahinter und alle anderen reihen sich zu Fuß ein."
Auf dem Leiterwagen stand der Sarg, gut verkeilt, damit er auf dem holperigen Steinpflaster nicht ins Rutschen kam. Alle erinnerten sich: Vor einigen Jahren war ein Sarg vom Wagen gerutscht

und zersprungen, die Leiche war herausgefallen und alles musste mühevoll wieder eingesammelt und hergerichtet werden. Beim Zustand der jetzigen Leiche wollte niemand dieses Risiko eingehen. Lüttsche-Anna hatte sogar einen kleinen Kranz aus Buchsbaum geflochten und ihn oben auf dem Sargdeckel befestigen lassen. Der Pferdeknecht kletterte auf den Wagen und rückte das Brett, das er als Sitzfläche benutzen wollte, zurecht.

Die Pferde zogen an und der Wagen rumpelte den Fahrweg entlang. Um den Birkbaum machte der Knecht ganz automatisch einen Bogen, hier war jede Nacht das Licht zu sehen. Holpernd fuhr er wieder geradeaus weiter.

„*Hol an!*“ Lüttsche-Anna kam über die Straße gelaufen. „*Mien Kranz ist doll fullen! Tööv, ek hol em gau!*“

„Brrr!“ Der Knecht zog die Zügel an, die Pferde blieben stehen. Er drehte sich zur Magd.

Die Magd lief in den Fahrweg zum Birkbaum, blieb jedoch abrupt stehen. „*Kiek mol!*“, flüsterte sie nur und zeigte mit dem Finger auf den Kranz.

Der Pferdeknecht sprang vom Wagen. „*Verdoori noch mol*, nun erscheint das Licht schon am Tag!“ Der Buchsbaumkranz leuchtete wie von innen heraus. Das war an diesem dunklen und regnerischen Tag gut zu sehen. Der Knecht winkte hektisch dem Bauern, er möge kommen.

„Was hältst du uns denn auf?“ Da der Knecht jedoch an dem Platz der geheimnisvollen nächtlichen Lichterscheinung stand, stieg der Bauer aus der Kutsche und kam mit großen Schritten. Gerade als er am Birkbaum angelangt war, leuchtete der Kranz heller und heller, als wolle er brennen. Erschrocken wichen alle drei zurück. Da wurde das Licht jedoch schwächer und verlosch schließlich ganz. Der Kranz lag ganz harmlos an der Baumwurzel, eben wie ein Kranz, der einfach nur vom Wagen gefallen ist.

Der Bauer schob den Kranz zur Seite und hob ihn auf. Nichts geschah. Er reichte ihn Lüttsche-Anna, die schrie aber auf und wich noch weiter zurück. Seufzend legte er ihn darum selber wieder auf den Wagen, nun aber nicht auf den Sarg, sondern daneben. Die Fahrt zum Friedhof musste weitergehen.

*

In der Nacht wachte Hinnerk Lütjemann auf. Niemand weckte ihn, obwohl es wieder Zeit war. Er horchte eine Weile, der Husten seines Jüngsten schien besser zu sein. Er stieg seufzend aus der Butze und in seine *Holschen*. ‚Ob die *Deern* schläft?' Er ging aufs Flett und dort zur Seitentür, schob den Riegel der oberen Hälfte zurück und stieß den Flügel weit auf. Er spähte in die Dunkelheit: Nichts! Drüben auf dem Hoopenstede-Hof war alles dunkel. Er ging über die Dorfstraße. Auf dem Fahrweg unter dem Birkbaum keine Helligkeit, kein Leuchten. Der Bauer stand und wartete, bis ihm kalt wurde, dann ging er zurück ins Haus und in die Butze.
Auch in den folgenden Nächten wurde er wach, das Licht jedoch blieb verschwunden.

Verschwendung

„Also, Jule hat Recht!“ Gesche Vollmerding lehnte sich mit verschränkten Armen ans Dach ihrer Moorkate. Sie streckte ihren Rücken grade und legte ihren Oberkörper ganz auf die Schräge. Sie hatte am Nachmittag gebückt Scheerkohl geschnitten. Ihr Mann Carl mochte ihn gern und bestand im Herbst mehrmals auf diese Mittagskost. Gesche war wieder schwanger und da sie so groß war, fiel ihr das Bücken schwer. „Wie kann eine gute Hausfrau *Bodder* und *Honnich* auf den Kuchen schmieren? Das ist doch Verschwendung!“
Mimi nickte heftig. „Stell’ dir vor, wir würden den Kindern solchen Kuchen geben! Das Korn würde ja niemals übers Jahr reichen!“
„Wenn ich das täte, mein Carl würde mich ...“ Gesche beendete den Satz nicht. Mimi wusste auch so, was sie meinte. Carl schlug seine Frau, wenn ihm etwas gegen den Strich ging. Besser nicht daran rühren! Sie erinnerte sich aber an Lines Freundlichkeit den Kolonistenfrauen gegenüber und verteidigte sie. „Line hat ja auch keine Kinder, da kann sie aus dem Vollen schöpfen.“
„Und Früllerk lässt ihr alles durchgehen!“
„Ja, aber ihre *neemodschen* Ideen helfen uns schließlich auch! Das Mahlen vom *Bookweten* ist so viel einfacher geworden und du hast doch auch schon Brot in ihrem neuen Backofen gebacken, oder?“
„Schsch! *Weest still*, Mimi! Wenn Anna Sandvoss das erfährt, dann kriegen wir keine Arbeit mehr auf ihrem Hof, hat Jule gesagt!“
Mimi blickte sich ängstlich um. „Jule ist nicht in der Nähe und Line lässt uns bestimmt heimlich backen. Sie sagt dann einfach zu Jule, das sei ihr Brot.“ Mimi kicherte. „Jule glaubt inzwischen, bei Grapenthiens gibt es den ganzen Tag nur noch Brot zu essen.“

Bremen

„Ich enter' jetzt die Schlachte!“ Line stieg beschwingt, mit dem Ende der Leine in der Hand, vom Torfkahn auf die Holztreppe. Sie lief die 15 Stufen hoch, zog das Tau durch den Eisenring, der seitwärts in die Steinmauer eingelassen war, und knüpfte den Schifferknoten so, wie sie es von Früllerk gelernt hatte. Dann eilte sie einige Stufen wieder hinunter und sprang leichtfüßig seitwärts auf den schmalen Uferstreifen. „Los, Früllerk, wirf mir das zweite Ende zu! Ich mach' es am nächsten Ring fest!“

„Line, nicht so hastig! Du *vertüdelst* dich sonst in deinem Rock und fällst, so zappelig bist du. Die Holzstufen sind glitschig. Wir sind doch schon angekommen. Du bist in deinem geliebten Bremen.“

Hans Sasse wollte die Nacht über auf seinem Kahn bleiben. „Ich pass' auf unsere kostbaren Schiffe auf“, grinste er, „und geh' vielleicht noch auf einen oder zwei Becher Braunbier in die Kneipe da vorn.“

„Du willst wohl als Moormatros' die Torfgroschen schon unters Volk bringen, bevor du sie überhaupt verdient hast?“, lachte Früllerk. Er gönnte Hans die seltene Abwechslung. „Morgen komm' ich ganz früh und stell' dich deinen Torfkunden in der Neustadt vor.“

Dicke *Bookwetenpannkoken* mit viel Speck waren reichlich auf dem Kahn, daran hatten Line und Louise natürlich gedacht, auch Buttermilch in der Kruke. Verhungern und verdursten würde Hans also nicht. Louise sorgte mit Hilfe ihrer großen Kinder außerdem für Lines Vieh und Geflügel. Sie war zwar erstaunt gewesen, dass Line für eine Fahrt mit nach Bremen wollte, schließlich gab es im Garten noch reichlich Arbeit, damit das Gemüse für den Winter bevorratet wurde, sie gönnte ihrer Nachbarin und Freundin aber den Besuch ihrer Heimat.

Früllerk reichte seiner aufgeregten Frau den Korb und ging hinter ihr die steilen Holzstufen hoch. Darüber gingen im V-förmigen Einschnitt der Schlachtemauer rechter wie linker Hand steinerne Treppenstufen hoch. Oben war der Umschlagplatz von Waren aus vielen Ländern der Welt. Früllerk überlegte: ‚Auf einer Strecke von nur zehn Schritt arbeiten wohl mehr Menschen als im gesamten Günnemoor leben.' Es roch nach Schweiß, nach den Ausdünstungen der Menschen, die dort arbeiteten. Das waren Matrosen, die scheinbar ohne Plan auf den Schiffen herumwuselten, Arbeiter, die sich auf den Planken mit den schweren Holztonnen abplackten, Männer, die herumstanden und auf eine Arbeitsgelegenheit warteten, Bettler und Diebe, die in dem Trubel herumschlichen. Auch Kaufleute, erkennbar an ihrer edlen Kleidung und eindrucksvollem Auftreten, sie sprachen mit Kapitänen und gaben, trotz Lärm und Stimmengewirr, ihren *Boekholdern* Anweisungen.

Zwischen all dem Gestank und den so unterschiedlichen Aromen roch Line deutlich das teure Zimmet. Säcke mit Gewürzen wurden gerade auf Sackkarren in die offenen Tore eines der Packhäuser gekarrt. Gebundene Säcke mit Tabak hingen am Seil einer Winde und schwebten hoch oben vor den Luken eines anderen Lagerhauses, um ins Innere gezogen zu werden. Ein Holzkran direkt an der Schlachtemauer lud seine Last, wohl rohe Baumwolle, als quadratisches Paket auf der Fläche eines Pferdewagens ab.

Line wich auflachend mehreren Männern aus, die Weinfässer über das Steinpflaster rollten. Lautstark wurden Befehle gerufen. „*To, to, ek bruuk fors Schauerlüe to den flinken Segler 'Elisabetha'! Dat wart bald düüster, de letzte Rest vun de geelen Zitronen mut dor löscht weern!*" „*Tein Sack Koffi to Eltermann sien Lagerhuus!*" Line guckte genauer. Ob sie jemanden erkannte?

„Lass' uns durch die erste Schlachtpforte, an der Martinikirche vorbei zum Marktplatz gehen, ja?", bettelte Line. Sie wollte am liebsten rennen und alles, aber auch alles auf einmal wiedersehen. An den mehrstöckigen Firmen- und Wohnhäusern vorbei bogen sie von der Martinistraße in die schmale und dunkle *Bodekerstraat* ein. Hier wohnten und arbeiteten die Fassmacher, die Bötticher. Da die Sonne so gut wie nie das Steinpflaster erreichte, stank es abscheulich nach Schimmel und Fäulnis. Kinder unterschiedlichen Alters saßen auf den ausgetretenen Stufen der Hauseingänge und beobachteten den fremden Mann und die Frau, die mehrere Schritte voraus war. Line umrundete gerade zwei kleine Mädchen, die sich gegenseitig mit einem Singsang in die Hände klatschten: „*Twee ole Wieber, de goot na'e Tieber …*"

„Dich kenn' ich!" Ein Junge wischte sich mit dem Unterarm den Rotz von der Nase und zeigte dann auf Line. „Auch wenn du dich wohl verkleidet hast. Du bist ja wie eine Bäuerin angezogen! Du hast uns immer weißes Brot und auch Äpfel gegeben, wenn du hier langgegangen bist! Warum kriegen wir nichts mehr von dir?" Herausfordernd stand er auf und stellte sich mitten in den Weg.

Line hätte sich gern jemand anderen gewünscht, der sie als Erster in der Stadt begrüßte. Und eine Begrüßung war das ja wohl auch nicht gerade! „Ich wohne nicht mehr in der Langenstraße", verteidigte sie sich. „Ich wohne nicht einmal mehr in der Stadt. Ich habe ins Moor geheiratet!"

Früllerk trat einen großen und energischen Schritt auf den Jungen zu, der auch sofort zurückwich. „Meine Frau ist keine Köchin mehr und kann auch kein Brot mehr verteilen! Willst du sonst noch etwas von uns?"

Der Junge war gerade erst zum Anführer einer Jungenbande aufgestiegen. Line kannte ihn nur als kleinen Jungen. Wenn sie durch die Straßen ging, hatte sie immer Essensreste in ihrem Korb. Sie verteilte es an kleinere Kinder, das war mit der Hausfrau Eltermann abgesprochen gewesen. Der Junge hatte sie immer allein gesehen und nicht vermutet, dass sie von einem ausgewachsenen Mann verteidigt wurde. Unsicher geworden, zog er darum nur Schleim aus dem Rachen hoch und spuckte Früllerk direkt vor die Füße, ging danach jedoch schnell zurück und lehnte sich wie gelangweilt an den Türpfosten. Als Anführer konnte er sich wohl keine Blöße geben, nach dem Motto: „*Bange bün ik nich, man lopen kann ik fix!*"

Line atmete auf, Früllerk nahm ihren Arm und ging, fest auftretend, über den kleinen Platz am Haus Nummer 6 vorbei Richtung Schütting. Einige Kohlstrünke flogen ihnen nach. Mehr traute sich der Junge wohl nicht.

Im Gang seitwärts am Schütting überquerten sie die Balge und standen auf dem Marktplatz. Der steinerne Roland blickte seit vier Jahrhunderten zum Dom. „Guck mal, Früllerk, er hat sich überhaupt nicht verändert!“ Line hatte den Zwischenfall mit den Bötticher-Kindern schon längst vergessen. Sie zog Früllerk am Ärmel und zeigte mit ihrer linken Hand auf den Dom, so zappelig war sie vor Aufregung und Freude. „Guck hier, der Domturm hat immer noch seine welsche Haube! Sie ist jedoch viel dunkler geworden, tiefgrün. Ob der zweite Turm eines Tages wieder aufgebaut wird?“

„Ja, und das Rathaus steht auch immer noch!“ Lachend wehrte Früllerk seine Frau ab. „Nun komm’! Hartwichs warten doch sicher schon seit Tagen jeden Abend auf uns. Es wird doch bald dunkel.“

„Ja, ich komm’ ja schon!“ Line stand vor dem Balleerschen Eckhaus. „Früllerk, als meine Eltern gestorben waren und ich bei Eltermanns gerade meine Stellung angefangen hatte, da konnte ich abends nicht einschlafen, obwohl ich so müde war von der vielen Arbeit. Ich habe mir dann erträumt, dass ich mit meinen Eltern hier im Haus wohnen würde. Und erst, wenn meine Gedanken froh waren, konnte ich einschlafen!“

Früllerk drückte liebevoll den Arm seiner Frau. Wie schwer musste das Leben für sie damals gewesen sein. Während er die *lüttsche Deern* von früher bedauerte, schob er die große Line am Grasmarkt vorbei in Richtung Schnoor. Am Stavendamm wohnte Cord mit seiner Familie. In der Lange Wieren, an der Johanniskirche vorbei rumpelte ein Pferdefuhrwerk und als Gegenstück dazu überholte sie ein kleiner zweirädriger Wagen. Der nur mittelgroße schwarz und braun gefleckte Hund hechelte tüchtig, zog aber gehorsam die von einer Plane verdeckte Last. Eine ältere Frau mit rotem Schultertuch stand an den steinernen Türpfosten gelehnt und trank aus einer irdenen Tasse. Line blieb immer wieder vor den Fachwerkhäusern stehen und erzählte. Früllerk zog sie weiter auch durch die Süsterstraße. Endlich standen sie vor der Schenke. Zur Tür des kleinen Hauses ging es eine Stufe hinab. Früllerk blinzelte, als er aus dem Licht in das Dunkel der Gaststube trat. Line verschlugen die abgestandene Luft und der Geruch nach Schweiß und säuerlichen Körperdünsten den Atem. Nur ein Kienspan hinten an der Wand spendete ein wenig Licht.

Mäusebutter

„*Wie wüllt no boben to* Cord Hartwich!“ Früllerk sagte es aufs Geradewohl in Richtung eines Tisches, an dem er den Wirt vermutete.
„*De is nich mehr dor!*“, klang eine knurrige Stimme zurück.
Auch Line war erschrocken. Was war mit Hartwichs geschehen? Und wo sollten sie nun hin? Außerdem spürte sie schon eine Weile ein menschliches Rühren. Das Nachfragen überließ sie darum Früllerk und sagte mutig: „Ich darf wohl mal auf den Abtritt?“
Das Knurren nahm sie als Zustimmung, drückte Früllerk den Korb in die Hand und lief nach hinten, durch die Küche auf den kleinen Hof. Sie wusste vom letzten Mal, dass dort über der Balge das Brett mit Loch angebracht war.
Früllerk kannte den Wirt und dessen kurze, knappe Art, zu sprechen. Freundlich lächelnd ging er zum Tisch. „*Ek bünn Früllerk Grapenthien, de Mann mit de tweie Hand, weest woll?*“ Das Knurren bedeutete wohl Zustimmung. „*Ek bünn 'n Früünd vun* Cord. *Woneem is he denn avbleeben?*“
„*He woont nu bi den Snieder Timm in de Pelzerstraat!*“
„*Nu, denn dank ik di ok vor de Utkunft!*“
Als Line zurückkam, bedankte sie sich ebenfalls, was allerdings nur wieder ein Knurren zur Folge hatte.
Draußen vor der Tür atmeten beide erst einmal tief durch, obwohl die Luft draußen auch nicht so frisch war wie zu Hause im Moor. Es war eben Stadtluft, aber immer noch besser als in der Schenke.

*

„Weißt du, wo die Pelzerstraße ist?“ Da Früllerk am Steintor aufgewachsen war, kannte er sich hier nicht gut aus.
Line war in der Altstadt geboren und aufgewachsen. „Wir müssen über den Marktplatz, an ‚Unser Lieben Frauen‘ vorbei und dann geht es von der Sögestraße direkt in die Pelzerstraße. Gib mir doch auch mal den Korb, du schleppst ihn schon die ganze Zeit!“

„Klar, er ist für dich ja auch leichter zu tragen als für mich!“ Früllerk grinste, gern ärgerte er seine Liebste.
In der Pelzerstraße fragten sie Kinder, die dort mit einem Plünnenball spielten. „Hartwichs, die wohnen bei uns!“ Die beiden Kinder antworteten wie mit einer Stimme.
Line wie Früllerk sahen erstaunt auf das kleine Paar. „Zeigt ihr uns dann, wo ihr wohnt?“
„Und wo Familie Hartwich wohnt?“, konnte sich Früllerk nicht verkneifen, deutlich zu machen.
„Onkel Hartwich ist aber nicht da.“ Die Zwillinge wieder unisono.
Line hatte beobachtet: Zuerst sah das Mädchen den Jungen an, dann sprachen sie gleichzeitig, so, als würden sie den Anfang des Satzes verabreden. Aber wie schafften sie es, den genau gleichen Wortlaut zu schaffen? Ein merkwürdiges Paar Kinder!
Vor dem Haus blieben die Zwillinge stehen und zeigten im gleichzeitigen Bewegungsablauf zum Dachgeschoss. „Da oben!“ Das Mädchen knickste, der Junge dienerte, dann wandten sie sich wieder ihrem Spiel zu. Sie wirkten dabei seltsam befriedigt.
„Line und Früllerk, ihr habt uns gefunden!“ Wübke Hartwich kam über die Wohn- und Arbeitsdiele. Eine etwa gleichaltrige Frau kniete auf dem Fußboden und schrubbte ihn mit einer harten Bürste. Sie stand auf und reichte den Moorleuten die Hand. „Seid willkommen in diesem Haus!“
„Schneidermeister Timms Hausfrau, Gesche Margarethe, hat schon von dir gehört, Line. Am Grasmarkt wird erzählt, dass niemand es der Hausfrau Eltermann als Köchin recht machen kann. ‚Lines Ochsenfleisch war aber zarter. Line wusste mit Gewürzen aber besser zu kochen.‘ So sagt sie wohl ständig und macht damit der neuen Köchin das Leben schwer.“ Wübke schien stolz zu sein, dass eine so berühmte Frau mit ihr bekannt war. Und auch die Hausfrau Timm würdigte Lines Verdienste: „Ich hörte von einem Kükenragout, das dir so ausnehmend lecker gelingt. Mein Hausvater Johann würde den Geschmack gern einmal auf der Zunge haben!“
Line musste lächeln. Da brach sich aber jemand beinahe die Zunge ab. „Natürlich zeige ich dir gern, wie ich das Ragout zuberei-

te. Ich nehme normalerweise Stubenküken dazu, deren Fleisch ist besonders zart. Aber dafür ist ja nicht die Jahreszeit. Mit noch nicht so altem Geflügel geht es aber ebenfalls."

Früllerk war die Unterhaltung langweilig. Er redete nicht über Essen, er aß es lieber. „Wir sind einem Zwillingspaar begegnet, die führten uns bis vors Haus. Das sind wohl deine Kinder?"

„Das sind der kleine Johann und die kleine Gesche. Sie heißen nach Mutter und Vater", erklärte Schneidermeister Timms Hausfrau.

Früllerk lenkte nun das Gespräch. „Ach so. Wir waren natürlich zuerst am Stavendamm. Der Wirt nannte eure neue Wohnung, Wübke."

„Da habt ihr nun wohl tüchtig Hunger?" Wübke lächelte Gesche Timm entschuldigend zu und führte ihre Gäste zur Treppe. „Ich geh' mal vor." Sie stieg die Holztreppe schwerfällig hoch.

Sie war schwanger, stellte auch Früllerk fest, und sollte wohl bald entbinden. Ein Stich ging durch Line hindurch. ‚Das wievielte Kind erwartet Cords Frau, das sechste oder das siebte? Und wir haben noch keins. Das ist ungerecht! Aber Wübke kann ja nichts dafür.' Freundlich lächelte sie der Schwangeren zu.

Oben drehte sich Wübke um: „Ich habe schon die ganzen Tage auf euch gewartet. Und Cord wird sich ganz besonders freuen – wenn er es schafft, zu kommen. Vielleicht zum Wochenende."

Früllerk blieb verwundert als Letzter oben auf dem Treppenabsatz stehen. „Cord ist also gar nicht da? Weiß er denn, dass wir kommen wollten?"

„Ja, ja, daran hat er mich extra noch einmal erinnert, bevor er das letzte Mal fortging! Das war ihm wichtig! ‚So ist es verabredet. Denk' daran, Wübke, vergiss es nicht, Früllerk kommt den Wintertorf verkaufen.'"

„Es wurde aber doch einige Tage später als ich dachte", entschuldigte sich Früllerk. „Wo ist Cord denn?"

„Für ein neues Schiff fehlte noch der endgültige Zuschlag des Kaufmanns. Irgendetwas stimmte nicht und der Reeder weigerte sich, den Kiel setzen zu lassen. Darum gab es keine Arbeit. Cords Meister ist gebürtig aus Arbergen. Er stammt vom … Der Name ist … ach ja, Rerger, er stammt vom Rerger-Hof dort. Und so hat-

te er erfahren, dass dort, ganz weit draußen, vor den Toren Bremens, im Landgebiet, in einem Dorf ein stattliches Haus gebaut wird. Da der Winter bald vor der Tür steht, brauchte der Zimmermann dort – wohl ein Verwandter von Cords Meister – noch gute Arbeiter, damit es schnell unter Dach und Fach ist. Der Weg dorthin ist weit und beschwerlich. Cord kam nur ein Mal nach sechs Wochen und blieb auch nur eine Nacht!"
Line hörte die Sehnsucht nach ihrem Mann aus Wübkes Bericht. So kurz vor der Niederkunft wäre sie selber auch nicht gern ohne ihren Mann.
„Er verdient aber gute Taler dort in dem Tenöver, viel mehr als auf dem Helgen. Die Wohnung hier ist auch teurer. Wir konnten nur nicht mehr am Stavendamm bleiben, dort war es doch sehr beengt mit den vielen Kindern. Ach je, jetzt vergesse ich vor lauter Reden ein gutes Willkommen!"
Line lächelte beruhigend: „Wir haben doch gefragt, Wübke!"
Früllerk wehrte mit der Hand ab und überlegte laut: „Können wir denn überhaupt bei dir sein heute Nacht?"
„Aber ja, meine großen Jungs haben doch schon zwei Säcke mit Stroh unter ihrem Bett gelagert. Da werdet ihr hier in der Wohndiele gut drauf schlafen." Sie wirkte plötzlich verlegen. „Eigentlich müsstet ihr als Besuch ja das große Bett bekommen, aber uns fehlt noch ein Bett. Cord wollte es zusammenbauen, aber davor musste er weg. Und als er die eine Nacht hier war, da hat er es nicht geschafft. Darum liegen nun die Mädchen mit mir im großen Bett."
„Sonst schlafen sie ja zusammen, die Jungs am Kopfende und die *Deerns* am Fußende. Inzwischen ist es aber doch arg eng geworden. Kinder wachsen so schnell!" Line hatte plötzlich eine Ahnung, dass es nicht nur schön war, viele Kinder zu haben.
In der oberen Wohndiele, gegenüber der Treppe, war ein Holztisch jeweils links und rechts von einer Sitzbank eingerahmt. Eine zwar kleine, aber hochgemauerte Feuerstelle mit Rauchfang gab dem Raum rechter Hand Gemütlichkeit. An der linken Wand hing ein Teller-Bord, darunter ein Arbeitsbrett. Ein *Schapp* mit zwei Türen vervollständigte die Einrichtung. Einfach, aber zweckmäßig, befand Line.

Sie roch auch Suppe, wohl *Plummen un Klütschen*, und auf dem Tisch lag ein schwerer Schwarzbrotlaib. Das war die Abendkost. Sie freute sich auf etwas Warmes, denn an Bord hatte es heute nur kalte *Pannkoken* gegeben. Es war kein Platz gewesen, um im kleinen Ofen Feuer zu machen. Auf ihm und um ihn herum standen ineinander gestapelt unterschiedlich große Weidenkörbe. Hans hatte im vergangenen Winter sehr viele geflochten und wollte versuchen, sie zusammen mit dem Torf zu verkaufen. In Worpswede und auch in Osterholz gab es zu viele andere Korbflechter, aber für Bremen hatten ihm Frühllerk und auch Line Mut gemacht.

*

„Lass' mich, ich will die Ratte nicht sehen!" Eine weinerliche Jungenstimme schallte von unten hoch. Frühllerk ging zur Treppe, um nachzusehen. Das Zwillingsmädchen, Gesche, erinnerte sich Frühllerk, hockte unter Schneidermeister Timms Arbeitstisch und zerrte an der Hand ihres Bruders Johann. Der strebte mit dem ganzen Körper fort und wehrte sich, seine Schwester schien aber die Stärkere zu sein. „Du sollst gucken!"

„Ich will aber nicht! Die Ratte ist tot und ich will keine mehr sehen!"

„Sollst du ja auch nicht! Du sollst nur gucken, warum sie tot ist!", befahl Gesche.

„Ich mag aber nicht! Tot sein ist nicht gut. Sie wacht ja auch nicht wieder auf, so, wie du es gesagt hast."

„Das war nur die eine, die wir beerdigt haben, die anderen sind alle weggelaufen. Oder waren sie später noch hier irgendwo auf der Diele?"

Johann schüttelte den Kopf.

„Ich habe sie mit meinen heilenden Händen wieder lebendig gemacht."

Es ging ihn ja eigentlich nichts an, aber Frühllerk stieg die Stufen hinunter. „Was habt ihr denn da?"

„Hier liegt eine Ratte. Die hat Mäusebutter gefressen und nun ist sie tot. Wie Mäusebutter wohl schmeckt?"

„Was wollt ihr mit der toten Ratte?“
„Wir haben sie gefunden und sie bewegt sich nicht.“ Johann hatte sich von seiner Schwester losgerissen und stand nun weit genug weg in der offenen Haustür.
„Werft sie doch zum Unrat in die Grube! Ihr habt doch sicher eine hinten im Hof.“
Gesche schüttelte den Kopf über Früllerks Vorschlag: „Ich will sie aber wieder lebendig machen. Ich bin nämlich eine Heilerin.“ Sie stocherte mit einem Schürhaken in einem kleinen Loch in der Ecke hinter dem Schneidertisch. „Da sind bestimmt noch mehr Ratten. Wenn die keine Mäusebutter gefressen haben, dann hau’ ich sie tot! So! Und so! Und so!“

Sie war aufgestanden und haute bei jedem Wort mit dem Schürhaken auf die tote Ratte ein. Der Körper platze auf, Gedärme und Blut quollen heraus.
Johann kreischte laut auf: „Nein! Nein!“, und rannte ins Freie.
Früllerk war vollkommen entsetzt, ein so erbarmungsloses Tun hatte er noch bei keinem Mädchen erlebt. Er wusste überhaupt nicht, wie er sich verhalten sollte. „Kind, hör’ auf!“, bat er, so ruhig er konnte.
Gesche sah ihn an. Im Bruchteil einer Sekunde veränderte sich ihr eben noch grausam verkniffener, ja, bedrohlich wirkender Gesichtsausdruck zu einem lieblichen Lächeln. „Johann geht gern rüber zu seinem Freund. Der ist schon groß, schon vier Jahre älter als wir.“ Sie zeigte die Zahl mit den Fingern. „Da, schräg gegenüber wohnt die Familie Miltenberg, in der Hausnummer 37. Ich kann nämlich die Zahlen bis zu einem Schock schon schreiben und lesen. Johann kann das nicht!“ Stolz klang aus Gesches Stimme.
Früllerk holte wieder tief Luft. Das Verhalten des kleinen Mädchens, das war doch nicht gesund!
Ihre Mutter kam über die Diele. „Was ist mit Johann?“
Gesche wirkte vollkommen ruhig und ausgeglichen. „Wir haben unter dem Tisch eine tote Ratte gefunden. Ich werde sie begraben und auch ein schönes Kirchenlied für sie singen. Ich hol’ nur noch aus dem Garten ein großes Kohlblatt. Da wickel’ ich sie ein.“ Sie ließ den blutigen Schürhaken einfach fallen und ging ruhig nach hinten zur Gartentür.
Früllerk sah ihr nach und wusste nicht, was er sagen sollte. Die Mutter Timm sah die zerstückelte, blutige Ratte und schrie leise auf: „Meine Zeit, welches Tier hat die Ratte denn so zugerichtet? Und dann auch noch ins Haus geschleppt?“
Früllerk mochte es ihr nicht sagen, so erzählte er es Line und Wübke, als die Kinder im Bett waren. „Ich habe wohl nur herumgestottert. Hoffentlich denkt sie nicht, ich war das!“
„Nein, nein, das ist ja nicht das erste Mal!“, beruhigte ihn Wübke. „Wir haben schon häufiger so zerfetzte Tiere im Garten gefunden. Cord hat das bei Vater Timm schon einmal angesprochen. Schließlich haben wir alle Kinder und wenn es ein bissiges Tier

ist und auch Menschen anfällt? Bisher dachte ich, es seien andere Ratten gewesen, aber nach heute? Wir müssen das wohl weiter im Auge behalten!"

„Gesche sagte auch etwas von Mäusebutter. Habt ihr denn welche im Haus?"

„Mutter Timm erwähnte es. Die Ratten sind in diesem Herbst sehr zahlreich geworden. Sie wollte Mäusebutter kaufen, ich glaube in einem der Krämerläden am Grasmarkt."

„Also kann die Ratte tatsächlich vergiftet worden sein", überlegte Früllerk. „Sie war eindeutig schon tot, als ich sie sah, bevor Gesche sie so zerschlug."

„Komisch verhält sich das Mädchen schon", wand Line ein. „Mir fiel außerdem auf, als wir die Zwillinge befragten, da antworteten sie, als wären sie eine Person. Und jetzt hat Gesche versucht, Johann ihren Willen aufzuzwingen, und er rennt schreiend vor ihr weg. Ist das sonst auch so, Wübke?"

„Ich weiß es nicht. Am Tag, so lange es hell ist, sitzt ja Vater Timm auf seinem Arbeitstisch. Den Sommer über waren dann die Kinder eher draußen. Und länger wohnen wir hier noch nicht. Aber wenn ich es mir recht überlege, ich hörte Johann schon öfter weinen."

„Mich plagt immer noch Gesches Gesicht! Ihr könnt euch das nicht vorstellen. Als sie auf die Ratte einschlug, da hatte sie einen richtig bösartigen Gesichtsausdruck und hinterher, wie plötzlich weggewischt, sah sie brav und friedlich aus." Früllerk versuchte, es mit den Händen vor seinem Gesicht zu verdeutlichen.

„Vielleicht hat sie schon einmal ein schlimmes Erlebnis mit Ratten gehabt und hasst sie darum sehr?" Auch Wübke suchte eine Erklärung, schließlich wohnten sie ja hier und hatten engen Kontakt mit dem Mädchen. Bald war auch ein Säugling im Haus, da war es nicht gut, zu glauben, Gesches Verhalten sei nicht berechenbar.

„Aber sagtest du eben nicht, es hätten auch schon andere Tiere im Garten gelegen?"

„Vielleicht haben die auch von der Mäusebutter gefressen?", suchte Wübke immer noch nach einer harmlosen Erklärung.

„Holla, *is hier een in Huus?*"

Wübke sprang auf und lief zur Treppe. „Cord, *büst du dat?*“
„*Ne, bünn ik nich! Is man blots ’n olen Handwarker, de ’n beten wat to eeten bruukt!*“ Lachend legte Cord seine Arme um den Leib seiner Frau. „Na, ihr beiden?“ Er streichelte den Bauch. „Wann willst du denn endlich rauskommen?“
Früllerk grinste schief, er kannte seinen überschwänglichen Freund. Noch nie hatte der ein Hehl aus seinen Gefühlen gemacht. Er zeigte vor anderen, wie sehr er seine Wübke lieb hatte, auch wenn sich das nicht gehörte.
Cord drehte sich zu Line und reichte ihr beide Hände. „Ich bin ja so froh, dass ihr noch hier seid!“ Früllerk erhielt einen derben Schlag auf die Schulter. „Ich hatte schon Sorge, ihr könntet wieder fort sein, aber eher ließ mich der Meister nicht weg aus dem Tenöver.“ Cord redete und redete: „Und weg durfte ich auch nur, weil das Fachwerk gestern endlich stand. Die Zimmermannsarbeit ist zu Ende, aber dein Mann“, er nahm Wübke wieder in den Arm, „dein Mann hat gut gearbeitet, er darf wiederkommen! Eine Scheune soll auch noch gebaut werden, aber erst in der kommenden Woche. Ich verdiene also noch einmal einen Batzen Taler und das nächste Kind kann kommen!“
Er streichelte Wübkes Rücken, ließ sie jedoch los und hob den Topfdeckel. „Gibt es denn noch etwas Warmes für mich? Ich hätte mal wieder große Lust auf – auf *Plummenzopp mit veel Klütschen*, aber die Kocherei dauert wohl zu lange, oder?“
Mit seinen Scherzen hatte Cord die *Grappen* verjagt und Fröhlichkeit und gute Laune in die Runde gebracht. Die beiden Frauen sorgten für das Essen. Ganz „zufällig“ war ja Pflaumensuppe da. Früllerk holte vom Ende der Pelzerstraße frisches Bier mit Hartwichs Krug. „Ich spendier’ es dir armem Wanderer, wenn du erzählst, wo genau du arbeitest!“ So triezte er jetzt lachend seinen Freund.
Der leckte seinen Löffel sauber und schob ihn in die Tischschublade. „Mmhh, das war lecker!“, rieb er sich mit der Hand den Bauch und trank einen langen Zug aus dem Krug. „Nun bin ich wieder ein Mensch“, grinste er. „So, so, Früllerk, du bist also neugierig, wo ich gearbeitet habe. Du willst es dort wohl auch mal versuchen, ja?“

Line und Wübke kannten das Geplänkel ihrer Männer und lächelten sich verständnisvoll zu. Sie setzten sich mit an den Tisch und schauten Cord erwartungsvoll an.
„Das Dorf Tenöver liegt auf der Straße nach Hamburg. Es ist das äußerste bremische Dorf. Man geht zum Dorf Sebaldsbrück, wo die Eichen guten Schatten geben, dann die Eichenstraße entlang immer weiter, an der Kaemenade vorbei, über eine lange Dorfstraße, durch Osterholz hindurch und kommt so nach Tenöver. Früllerk, für dich vielleicht interessant, das Dorf lehnt sich seitwärts an die Wümme, die, hier schon für Torfkähne schiffbar, hinter Oberneuland nach Borgfeld führt."
Früllerk guckte Cord verständnislos an. Diese vielen Namen hatte er noch nie gehört.
„Ja und da, dicht bei dem Dorf, da ist das Gut der bremischen Rats- und Kaufmannsfamilie Oelrichs. Die Ehefrau des Dr. Gerhard Oelrichs, Frau Rätin Almata, brachte den Besitz mit in die Ehe. Sie stammt aus der Ratsfamilie von Büren, die hier in Bremen die alten Leute noch kennen. Sie ist die Letzte des Geschlechts."
„*Junge di*, hast du das alles auswendig gelernt?" Früllerk schwirrte der Kopf.
Line dagegen hörte interessiert zu. Sie kannte die Familiennamen, schließlich war sie lange in einem Bremer Kaufmanns-Haushalt Köchin gewesen. Frau Rätin Almata Oelrichs hatte doch einmal versucht, sie, Line, abzuwerben, war aber doch verständnisvoll ob Lines Beständigkeit gewesen. „Es ehrt dich, deiner Hausfrau gegenüber so treu zu sein!", hatte sie Line nach ihrer Absage geantwortet.
Und auch Wübke kannte die Familie und steuerte Neuigkeiten bei: „Der Stiefschwiegersohn der Frau Rätin, der Dr. Simon Gondela, ist in diesem Jahr in den bremischen Senat gewählt worden."
Früllerk wollte von diesem bremischen Klatsch jedoch nichts mehr hören. Er war nur neugierig gewesen, wo sein Freund gearbeitet hatte. Und das mit dem Torf? Wie war das, die Wümme reichte bis dorthin? „Da kann ich ja vielleicht auch dort versuchen, meinen Torf zu verkaufen?"

„Ne", widersprach Cord. „Dort nebenan ist gleich das Oyter Moor. Dort wird Torf gestochen. Ich habe extra für dich gefragt, wusste doch, dass dich das interessiert. Das Dorf ernährt sich fast durchgängig vom Ackerbau und vom Verkauf des ausgezeichneten Torfs, das erzählte einer der Tenöver Kötner. Beim gleichmäßigen Hauen und Dechseln ist viel Zeit zum Reden."
„Wie hast du denn von der Arbeit erfahren?"
„Mein Meister, du kennst ihn, er half bei deinem Unfall, der stammt vom Rerger-Hof in Arbergen. Er wohnt natürlich in der Innenstadt, aber als wir alle plötzlich auf Arbeit warten mussten, bot er uns den Scheunenbau an. Wir sind alle mitgegangen. Auch wenn wir Schiffszimmerer sind, Fachwerk behauen können wir trotzdem gut!" Cord strich seiner Frau liebevoll über den runden Bauch. „Morgen erfahren wir, ob der Kiel für das nächste Schiff gesetzt werden kann, sonst gehen wir alle die nächste Scheune bauen und die Zukunft ist gesichert!"
Mit Reden, mit Neuigkeiten und Erlebnissen aus einem halben Jahr Trennung ging der Abend zu Ende.

Bremer Herrlichkeit

„He, *du lütt Suupkopp*, hast wohl noch nicht ausgeschlafen?“ Früllerk rüttelte an dem dicken Federbett, in das sich Hans Sasse fest eingedreht hatte. „War dir kalt heute Nacht? Gut, dass es nicht geregnet hat!“
„Oh ne“, kam es gedehnt aus den Federn. „Zu Hause wecken mich die Frau oder die Kinder, hier ist es mein bester Freund, der, wenn er mich weiter triezt, bald nicht mehr mein bester Freund ist!“
Früllerk lachte und drehte Hans aus dem Federbett heraus. „Komm’, werd’ wach! Line hat dir *Melkenbeer* warm gemacht und dazu zwei dicke Scheiben Schwarzbrot mit guter Butter drauf. Mir hat sie die Butter wieder vom Brot genommen und geschimpft: ‚Die soll für Hans sein. Schließlich hat er auf dem Kahn übernachtet und wir in einem sicheren und vor Regen geschützten Haus.’ Und ich kläre dich außerdem noch auf: Wir müssen anfangen, den Torf zu verkaufen! Einer schiebt die Torfkarre, der andere trägt zusätzlich noch einen Korb. Der wird auf dem Weg in die Neustadt noch ganz schön schwer werden. *Glööv mi*!“
„Hm …“ Hans hatte sich inzwischen die Augen sauber gerieben und die Milch getrunken. Mit dem Brot in der Hand stieg er die Holztreppe hoch. „Ich muss aber eben noch rüber in den Hof dort und … na, du weißt schon! Ein oder zwei leere Körbe möchte ich auch noch mitnehmen und anbieten. Wir stapeln sie einfach ineinander, dann geht das.“
Früllerk hievte die Karre über Bord und zog sie rumpelnd die vielen Treppenstufen hoch. Im Boot schob er das Laufbrett, das auf dem Torf lag, zur Seite, füllte einen Korb und schichtete oben den Torf dicht an dicht auf die Karre. Er wollte so viele Soden wie möglich mitnehmen. Als Hans wiederkam, war er beinahe fertig.
„Mit dem Karren müssen wir durch die Schlachtepforte an *Sunt Marten* vorbei! *N’ Bremer Schnack dorto hebb ik all as ganz lüttschen Jung lehrt*:
Use Lewen Frouwen – de Rat,
St. Scharjes – de Staat.

St. Steffen – de Ehrbarkeit,
St. Marten – wo't Water dör geit.“

An der Martinikirche vorbei, zeigte Früllerk nach vorn: „Durch das Brückentor hindurch siehst du auf der anderen Weserseite genau auf die Herrlichkeit!“ Er grinste dabei.
„Herrlichkeit, was ist das denn?“, wollte Hans natürlich sofort wissen, während sie den Karren über die Weserbrücke schoben.
„Die Straße heißt so, du kannst auf das herrliche Ufer *gunnsiet* gucken.“ Früllerk führte ihn nach rechts durch die Straße mit dem „herrlichen“ Namen. Links bogen sie dann über die kleine Brücke, gingen am Brautwall vorbei in die Brautstraße und kamen zum Schweinemarkt. „Von hier aus habe ich nach Kundschaft für dich gesucht“, zeigte Früllerk. „Ich geh' mit dir zu den Häusern, in denen ich gefragt habe. Danach muss ich zurück in die Altstadt. Line wird sicher schon bei Eltermanns sein. Sie will eine Karre von dort bringen, damit ich meinen Torf zu ihrer alten Arbeitsstelle fahren kann. Sie will ja auch noch zu ihrem alten *Medicus* und ihn wegen der Leiche aus dem Moor befragen. Und auf den Markt will sie auch und sicher noch in die Krämerläden am Grasmarkt und wer weiß, wo noch überall hin! Sie war gestern Abend schon ganz *jiddelig* und wäre am liebsten sofort überall gleichzeitig gewesen.“
„Na, sie freut sich eben, in ihrer Heimatstadt zu sein. Hier ist sie nicht *de Fromde* wie im Günnemoor. Früllerk, was muss ich tun, wenn du weg bist?“
„Na, garantiert zum Kahn zurückgehen und neuen Torf holen!“ Früllerk klopfte dem etwas unsicheren Hans auf den Rücken. „Du hast doch vor zwei Jahren auch schon einmal um Kunden geworben, als du mit mir in Bremen warst und Line kennen gelernt hast. Da gehst du überall hin. Und wenn du am Schluss noch Torf übrig hast, dann schiebst du mit dem Karren durch die Straße, die dir gefällt und *bölkst*: ‚*Torf, goden knakendrögen Torf, nich to düer!*‘ Und dann verkaufst du immer einen Korb voll. Und lass' dich nicht übers Ohr hauen! Verlang' den Preis, den wir abgemacht haben. Lass' dir nicht anmerken, dass du neu bist in dem Geschäft. Neulingen wird der Torf schlecht gemacht. Lass' dich

auf nichts ein, unser Torf ist ausgezeichnet und brennt heiß! Wer den Preis nicht bezahlen will, der kriegt keinen. Du verkaufst deinen Torf dann eben eine Straße weiter!“

Gastspiel in der Küche

„Holla, *Deern*, nicht so flott mit *de jungen Peer*!“ Geschickt wich der ältere behäbige Herr auf das Kopfsteinpflaster aus.
Line drehte sich erschrocken um. Sie hatte gerade nachdenklich vor dem Eltermannschen Haus die Giebelseite betrachtet und dabei einen Schritt rückwärts gemacht. So oft war sie hier aus und ein gegangen und hatte kaum einmal bemerkt, wie schön das Haus aussah.
„Das ist ja Line!“ Sie wurde bei den Schultern genommen und umgedreht. „Line, die beste Köchin der Langenstraße! *Deern, wat mookst du hier?*“
Lines Augen begannen zu strahlen. Da hatte sie in den zurückliegenden Tagen so oft an den *Medicus* gedacht und nun stand er vor ihr. „Wollt Ihr Eure Schwester besuchen?“ Mehr fiel ihr so plötzlich nicht ein.
„Das wäre gut möglich, aber nein, ich bin auf dem Weg zur kleinen Betty Gleim in der Obernstraße. Sie ist nicht recht gesund und ihre Mutter macht sich Sorgen. Aber das nur nebenbei. Sag’, was tust du hier?“
„Mein Mann bringt den ersten Torf ins Eltermannsche Haus und da bin ich mitgekommen. Es gibt so viel Notwendiges einzukaufen und außerdem muss ich mit Euch sprechen!“
„Bist du schwanger, Line?“ Der *Medicus* lachte gutmütig und streichelte ihre Wange. „Da bist du bei mir verkehrt. Ich bin keine *Mudder Griebsch*!“
Line schüttelte den Kopf und lächelte, allerdings ohne Freude. Sie wäre so gern schwanger. „Nein, nein, ich muss Euch etwas fragen. Wir haben im Moor eine Leiche gefunden.“
„Na, es kann bei dir ja nur so etwas sein. Lasst Line ins Moor und schon findet sie eine Leiche!“ Er lachte schallend.
Line dagegen fand das nicht lustig. „Ihr unterstellt mir, dass ich Leichen hervorbringe, vielleicht sogar mache?“
„Nun guck’ mal nicht so empört, das war nur ein kleiner Scherz!“ Diesmal tätschelte der *Medicus* Lines Wange.

Line kannte das noch von früher und beruhigte sich wieder. „Tief unten in einem Moorstück fanden wir eine Leiche. Der Kopf war abgetrennt und eine Hand fehlte. Aber merkwürdig ist ihre Farbe, Haut und Knochen sind so dunkelbraun wie der Torf!"
Der *Medicus* horchte auf und war nun hochkonzentriert: „Wo war sie genau? Und wie lag sie? Auf dem Rücken? Und welche Kleidung trug sie?"
„Sie trug gar nichts. Und obwohl sie einen Haarknoten hatte, war es eindeutig ein Mann. Ich fühlte die Bartstoppeln im Gesicht."
„Habt ihr sie ausgegraben? Und wo habt ihr sie hingeschafft? Hoffentlich doch nicht beerdigt!"
„Nein, sie liegt bei uns in der alten Moorhütte. Aber da ist etwas Eigenartiges passiert. Sie begann zu trocknen und wurde ganz hart!"
„Ja, steif werden alle Leichen nach ein paar Stunden, das weißt du doch eigentlich, Line."
„Nein, das meine ich nicht! Sie wurde hart und trocken. Und am Arm, da ist nach ein paar Tagen die Haut aufgerissen."
„Wenn sich sehr viele Gase im Körper gesammelt haben, dann kann er schon mal platzen!"
„Nein, das ist ja gerade das Eigenartige! Sie riecht kein bisschen. Na ja, sie riecht schon, aber eben nur wie Torf."
„Du meinst, sie hat die Farbe von Torf und riecht wie Torf? Wie habt ihr sie dann überhaupt gefunden!"
Line erzählte und berichtete.
Der *Medicus* war wieder einmal fasziniert von Lines Beobachtungsgabe und Genauigkeit. Er ahnte, was es mit der Leiche auf sich hatte. „Line, schon früher haben Menschen Leichen im Moor gefunden. Ich war immer schon neugierig, wie die aussehen. Die Leiche liegt vielleicht schon 1000 Jahre im Moor! Ich denke, du musst nicht nach einem Mörder suchen."
„Ja, aber ... In einem Dorf am Rande des Teufelsmoores, in Tarmstedt, da ist ein Knecht verschwunden und wir dachten, dass ..."
„Dass du vielleicht wieder einmal einen Mörder fangen könntest? Das tut mir nun Leid, Line, aber der Mörder der Leiche aus dem Moor ist selber schon sehr lange tot. Und der Knecht hatte sicher Gründe, fortzulaufen. Diesmal gibt es keine Kriminalgeschichte!"

Der *Medicus* grinste breit, aber liebevoll, denn er mochte Line. „Geh wieder ins Moor und tu' das, was alle Frauen dort tun!"

*

Obwohl der *Medicus* schon einige Schritte fortgegangen war, drehte er sich noch einmal um und kam zurück. „Line, würdest du mir einen ganz großen Wunsch erfüllen? Kannst du mir zu Gefallen die Leiche hierher nach Bremen bringen?"
„Ich weiß nicht, wann ich das nächste Mal wiederkomme, aber das geht ja auch ohne mich. Früllerk kann sie Euch doch bringen! Er kommt ja jetzt regelmäßig mit Torf für den Winter."
„Schön, Line, abgemacht!"
„Aber der Herr Pastor in Worpswede, der weiß davon. Was wird er sagen? Sicher will er, dass die Leiche beerdigt wird?"
„Hm, ja, das könnte ein Problem werden! Glaubensmenschen brauchen keine Wissenschaft, der Glaube allein reicht ihnen! Und sie verhindern gern wissenschaftliche Arbeiten. Damit habe ich eine Menge Erfahrung. Lass' mich überlegen ..."
„Ja, Bruder, was treibst du denn mit einer Bauersfrau hier vor unserem Haus?"
Line drehte sich zur Tür.
„Aber das ist ja unsere Line!" Frau Eltermann schlug die Hände zusammen und begann zu strahlen. „Line! Gut siehst du aus! Da habe ich deinen Namen heute mehrmals genannt und – schon stehst du vor der Tür." Frau Eltermann nahm Lines Hand und zog sie in die Diele.
„Halt!" Der *Medicus* fasste Lines andere Hand und zerrte ebenfalls. „Ich bin mit ihr noch nicht fertig!"
Line fühlte sich hin und her gezogen und begann zu lachen: „Wollt ihr mich auseinander reißen?" Sie wand sich los, nach beiden Seiten, blieb jedoch im Türsturz stehen, denn sie freute sich über eine solche Begrüßung. Selbstgefällig über den Empfang dachte sie: ‚Das sollte Anna Sandvoss mal miterleben!' Hier wurde sie nicht als *de Fromde* herabgewürdigt. Hier war sie immer noch die anerkannte Köchin Line aus der Langenstraße.

„Ich habe mich heute so sehr über unsere neue Köchin geärgert. Sie weiß doch tatsächlich nicht, wie Usquebah gemacht wird. Dabei brauchen wir dieses Getränk doch an Weihnachten für das Gesinde!“ Frau Eltermanns Stimme wurde schrill, sie redete sich in Rage. Line kannte das noch von früher. Da half nur, ihr sofort ins Wort zu fallen.
„Frau Eltermann, ich bin extra hier vorbeigekommen. Ich wollte sehen, ob ich irgendwo helfen kann.“
„Und außerdem wolltest du mit mir reden, wegen der Moorleiche!“ Der *Medicus* brachte sich jetzt wieder in Erinnerung.
„Oh, nein, nicht eine Leiche! Was willst du denn damit?“ Frau Eltermann seufzte und schüttelte den Kopf über ihren Bruder.
„Das verstehst du nicht! Ich muss jetzt auch weiter. Line, wie lange bist du noch in Bremen?“
„Wir fahren morgen ganz früh zurück. Mit dem Kahn brauchen wir einen ganzen Tag bis ins Moor, wenn der Wind uns wohl gesonnen ist.“
„Hm, ich überlege mir etwas mit dem Pastor aus Worpswede. Auf dem Rückweg vom Krankenbesuch komme ich hier vorbei, wenn es dir recht ist, liebe Schwester. Line, du wirst ja wohl noch hier im Haus sein, oder?“
Line nickte nur, denn sie hatte das Gefühl, sie würde in der Eltermannschen Küche zu tun bekommen.
Der *Medicus* hob kurz die Hand zum Gruß und ging forschen Schrittes los.
Frau Eltermann zog Line nun endgültig in die Diele. „Line, kannst du nicht den Usquebah machen? Es ist doch Tradition im Hause, den Dienstleuten an Weihnachten davon einzuschenken. Das erwarten doch alle! Schon im letzten Jahr habe ich immer wieder vertröstet und gehofft, du würdest kommen und der Köchin das Rezept sagen. Mir wird es peinlich, wenn ich mein Versprechen wieder nicht halten kann.“
„Aber ich habe die Zutaten doch aufgeschrieben! Manda hat doch ein ganzes Heft mit meinen Rezepten bekommen!“
„Line, Manda taugte nicht zur Köchin, auch wenn du dir alle Mühe gegeben hast. Sie hat inzwischen ihren Knecht geheiratet und beide sind zu Oelrichs gewechselt. Frau Rätin Almata hat sie

abgeworben und ich war nicht böse deswegen. Manda führte sich sehr ungezogen auf, als sie merkte, sie würde bei uns nicht Köchin."

„Na, du scheinst ja mächtig froh zu sein, meine Liebe! Deine Stimme klingt so hell." Cornelius Eltermann war neugierig aus dem Kontor gekommen. Er blieb erstaunt stehen und reichte seiner ehemaligen Köchin sogar die Hand. „Na, Line, das ist mal eine Überraschung! Schön, dich zu sehen. Wie geht es dir in deinem Moor?"

„Ich freue mich, hier zu sein. Sehr! Und wenn ich ein wenig helfen kann, dann kommt es mir vor wie früher."

„Line, bist du nicht froh im Moor?" Frau Eltermann war ganz erschrocken. „Ich dachte, du liebst deinen Früllerk!"

Line beruhigte blitzschnell: „Nein, nein, es ist alles in Ordnung. Ich bin sehr glücklich mit meinem Mann. Aber wieder einmal hier zu sein, das ist schön. Es ist alles noch so vertraut, darum freue ich mich. Und wenn ich auch noch helfen kann …"

„Für heute Abend hat sich Kapitän Dürenkopp angesagt. Er hat nach dem Schiffbruch ja wohl masse Zeit übrig. Aber ich möchte ihn gern behalten. Er soll den neuen Segler befehligen und ich denke …"

Während Eltermanns miteinander sprachen, hörte Line nicht zu. Sie schaute sich um. Die breite Holztreppe mit dem reich geschnitzten Geländer war blank geputzt. Sie leitete links im Bogen ins Obergeschoss. Von der Galerie aus führten die Türen in die Familienräume. Immer noch! ‚Wie soll es aber auch anders sein?', dachte Line. Für die Mägde gab es eine kleine schlichte Treppe ganz hinauf ins Giebelgeschoss. Wie oft war Line sie schon hoch und wieder runter gelaufen. Unten auf der Diele führte eine Tür nach hinten in die Küche. ‚Nicht mehr meine Küche …' Line war ein wenig wehmütig. Dort war der Vorratsbereich mit allem, was zum großzügigen Kochen notwendig war. Von dort ging es in den Hof mit der Wasserpumpe und dem Abort. Daran grenzte der kleine Kräutergarten. Der war immer Lines Freude gewesen. Das Haus hatte im Hof einen Anbau, in dem sich der Backofen befand. ‚Wie schön, dass ich jetzt einen eigenen Backofen habe!'

„Line, kochst du mir heute, jetzt gleich deinen Kaffee? Unsere Köchin versteht sich nicht so sehr gut darauf, dabei probiert sie immer wieder neue Kaffee-Rezepte aus."
Line nickte strahlend, wartete aber doch auf Frau Eltermanns Bekräftigung. Einen Besuch in ihrer alten Küche zu machen, war eine Sache, aber kochen? Ihre Nachfolgerin war sicher nicht glücklich darüber. Line hatte ja schon erfahren, dass sie immer mit ihr verglichen wurde. ‚Line kann aber … und Line hat aber …', da wollte sie doch lieber richtig eingeführt werden.
Frau Eltermann ging voraus in die Küche und stellte Line vor. Die Köchin war eine sehr große und sehr dünne junge Frau. Ihre Augenbrauen waren über der Nasenwurzel eng zusammengezogen. Sie wirkte streng. Eine spitze Nase passte merkwürdig gut zu dem breiten Mund. Auf Line wirkte sie jedoch nicht sympathisch. ‚Ich will ehrlich sein, das mag daran liegen, dass sie auf meinem Arbeitsplatz arbeitet', dachte Line.
Während sich die Kolleginnen musterten, verschwanden alle Küchenfrauen im Hof und Frau Eltermann befahl: „ Line wird jetzt sofort den Kaffee kochen, den mein Mann so gern mag! Und du, Emma, schaust genau zu!" Eine herrische und dabei ungeduldige Handgeste unterstrich ihre Worte.
Line blickte ihre ehemalige Hausfrau erstaunt an. So hatte sie mit ihr nie gesprochen.
„Und anschließend sagt Line dir alle Gewürze, die zu einem Usquebah notwendig sind. Überlege, ob etwas fehlt und noch gekauft werden muss! Ach ja, hast du hier in der Küche ein Heft, in dem Rezepte stehen? Manda wird es ja wohl nicht mitgenommen haben. Sie kann schließlich nicht lesen!"
Emma sah Frau Eltermann nicht an, zeigte aber auf ein Bord. „Dort liegt irgendsoeine schmuddelige Kladde. Ich habe nie hineingesehen."
Line zog das Heftchen unter dem Mehlsieb hervor. Es war dick mit Mehl bepudert. Am Gossenstein schüttelte sie es aus und schlug die erste Seite auf. In ihrer eigenen akkuraten Schrift standen dort zuerst die Kuchen und besondere Puddings. Nach einigen Leerseiten, dort hatte sie weitere Kuchen-Rezepte einschreiben wollen, kamen die Getränke. Das Kaffee-Rezept, Liqueu-

re und Essenzen. „Hier sind alle Zutaten aufgeführt“, zeigte sie Frau Eltermann die Seite.
„Ja, Emma, wieso hast du das denn nicht gefunden? Hier steht es doch ganz deutlich!“ Die Hausfrau war offenkundig ärgerlich. Emma sagte kein Wort und schaute nur auf den Boden.
„Hier, 62 Gramm Nelken, 5 Gramm Muskatnuss, 3 Gramm Ingwer …“ Beim Vorlesen tippte sie mit dem Finger hart auf jedes Wort. „Wieso hast du das Heft nicht benutzt?“ Frau Eltermann blätterte in der Kladde. „Hier stehen ja auch die genauen Mengenangaben für den Kaffee. Mmhh, er duftet schon lecker!“ Das war Line zugewandt, die inzwischen mit der Zubereitung begonnen hatte. Herr Eltermann wartete nicht gern lange auf sein Getränk, das würde sich nicht verändert haben. Außerdem war ihr die Anklage gegen Emma peinlich. Sie fand es ja selber merkwürdig, dass Emma das Heft nicht benutzt hatte und sich lieber dem Ärger aussetzte. ‚Ob sie vielleicht nicht lesen kann?‘, schwante es Line.
Während der Kaffee zu kochen begann, drehte sie sich daher den beiden Frauen zu. „Frau Eltermann, ich erkläre Emma nachher alles ganz genau. Ihr könnt beruhigt nach oben gehen, Euer Gemahl wird gleich seinen Kaffee erhalten. Mögt Ihr vielleicht eine Tasse heiße Schokolade? Mit einem kleinen Schuss Orangen-Liqueur zum Entspannen?“ Und während Frau Eltermann nickte, schob Line sie behutsam Richtung Diele und schloss die Küchentür.
„Bereitest du bitte die Schokolade zu, Emma?“ Ganz sanft fragte Line.
Emma kniff kurz die Lippen zusammen und zischte Line an: „Mach’ es doch selbst! Du schleimst dich ja ganz schön ein. Die macht vielleicht ein *Gewese* um dich! Dabei gehörst du gar nicht hier her. Du bist doch nur eine dumme Moorfrau!“
Line holte tief Luft, um die Köchin scharf zurechtzuweisen, dann überlegte sie es sich aber. Sie verstand, dass Emma eifersüchtig war. Und sicher zu Recht, denn auch Wübke hatte erzählt, dass Frau Eltermann Emma immer mit Lines Können zurechtwies. Sie ließ Emma daher stehen, goss den fertigen Kaffee in eine Herren-Tasse und brachte das Getränk ins Kontor. Auf dem Rückweg be-

gegnete ihr Emma. Sie hatte ihr Schultertuch umgelegt und lief, mit einem bösen Blick auf Line, an ihr vorbei aus der Haustür. Line war erschrocken, weil die Köchin Frau Eltermanns Anweisungen missachtete, aber sicher war es besser, dass sie sich jetzt in der Küche nicht in die Quere kamen.

*

Line bereitete die heiße Schokolade zu und wollte den Orangen-Liqueur aus dem Vorratsschrank nehmen. Er war jedoch verschlossen. Noch eine Sitte, die Line nicht vertraut war. Sie lief über die Diele, die Treppe hoch und klopfte an die Tür des Salons.
„Herein!“ Frau Eltermann saß an ihrem Sekretär und schrieb.
„Frau Eltermann, ich wollte Euch die Schokolade bringen, der Vorratsschrank ist jedoch abgeschlossen.“
„Ach ja. Hier ist der Schlüssel. Schließ’ aber hinterher gleich wieder ab und bring ihn mir zurück!“
Auf Lines erstaunten Blick gab es nur eine kurze Handbewegung. Line drehte sich um und ging. Sie wusste, das bedeutete: Jetzt nicht!
Wieder in der Küche, öffnete sie den Schrank, goss etwas Liqueur in die Schokolade und rührte um. Sie musste noch ein wenig abkühlen, darum sah sie nach, welche Gewürze vorrätig waren. ‚Nelken, Muskat und Kümmel stehen, wie früher, auf dem Bord. Stern-Anis und Ingwer sind vorhanden, Rosinen auch, Candis-Zucker und Cochenille ebenfalls. Vom Branntwein ist ebenfalls reichlich vorhanden.’ Line holte lächelnd die große Tonkruke aus der Vorratskammer, denn alles stand noch an dem Platz, den sie einmal dafür ausgewählt hatte.
Sie schloss den Liqueur wieder ein und brachte Frau Eltermann den Schlüssel und die Schokolade und teilte ihr mit, dass Emma aus dem Haus gelaufen sei.
„Oh, nein, diese Frau! Jedes Mal, wenn ihr etwas nicht gefällt, läuft sie nach Hause zu ihren Eltern zum Ulenstein und kommt erst am Abend wieder. Ihre Mutter hätschelt sie, wenn es aber der Vater erfährt, bringt der sie gleich wieder her. So geht das nicht weiter! Sie muss sich zu Michaelis eine neue Stelle suchen.“

Frau Eltermann blickte Line bedrückt an. „Immer wieder kommt es zu Unregelmäßigkeiten und wenn Gäste anstehen, dann muss doch alles auf die Minute genau sein. Als Line noch … Ach so, du stehst ja vor mir …“ Nun lächelte sie doch wieder.
Line kannte die Stimmungsschwankungen ihrer ehemaligen Hausfrau genau und versuchte, sie aufzumuntern: „Frau Eltermann, wenn Emma nicht kommt, kann ich ja die Mittagskost zubereiten! Ich gehe jetzt gleich in die Küche zurück. Was habt Ihr für heute entschieden?“
„Nur etwas ganz Einfaches: Ochsenbrühe mit Milzschnitten und Stubenküken-Ragout. Aber mit allem Drum und Dran, hat mein Mann sich gewünscht. Und zum Nachtisch Herren-Pudding.“
„Da ich Emma nicht fragen kann, entschuldigt bitte, dass ich Euch damit belästige, aber ich muss wissen: Wer arbeitet noch in der Küche?“
„Frau Eltermann sah auf die Kaminuhr. „Emma wird wohl jemanden auf den Markt geschickt haben, um einzuholen. Und die anderen sind jetzt sicher in der Küche. Frag' sie, auch nach allem andern!“
Damit war Line schnell und deutlich entlassen.

*

In der Küche hatten sich alle Frauen eingefunden. Sie standen müßig herum und lachten, waren jedoch abrupt still, als ihre alte Köchin hereinkam. Line kannte fast alle und merkte sofort, dass sie sich langweilten. ‚Denen fehlt ja jede Anweisung und Order!' Line war entsetzt. Einen solchen Schlendrian hatte es zu ihrer Zeit nicht gegeben. Auch wenn sie sich selber nicht in der Küche aufgehalten hatte, die Frauen erhielten jede ihre Aufgabe und wehe, sie erfüllten sie nicht in der von Line vorgegebenen Zeit!
Nur kurz ließ sie darum eine Begrüßung zu, erfragte dann die bisherigen Arbeiten und verteilte sofort reichlich Aufgaben. Nur eine noch junge Frau, die erst im letzten Jahr als Küchenmädchen begonnen hatte, murrte über die viele Arbeit. Ein scharfer Blick von Line ließ sie jedoch verstummen. Line hätte das gekochte Ochsenfleisch für die Fleischklößchen gern selber ganz fein gehackt, denn

sie durften im Küken-Ragout nicht zerfallen. Sie musste sich jedoch schnell einen Überblick verschaffen und sorgte anschließend für die Zubereitung des Mittagessens, für das Ansetzen des Usquebah-Getränks und sie ließ eine der ihr vertrauten älteren Frauen die Salzlake für die vielen Eier anrühren, denn sie hatte zwei Körbe voller Eier, gut mit Stroh ausgepolstert, in der Vorratskammer gefunden. Ihre Nachfrage bestätigte das Küchenpersonal: Sie sollten für den Winter als Vorrat eingelegt werden. Die Frau, die auf dem Markt gewesen war, kehrte zurück und brachte außer einem Korb voller Pilze, einer großen Tüte Zwieback und einigen Krammetsvögeln auch Früllerk mit.

Der lachte, als er Line sah. „Line, das ist ja wie früher! Gleich bindest du die große Schürze um und herrschst, wie früher, über alle."

Die junge Frau, die vorher schon gemurrt hatte, Agnes, nickte, erhielt jedoch von der älteren Frau einen Stups in die Seite. „Pass' doch auf! Schneide das Midder nicht so *fitzelig*! Der Hausherr mag das nicht!"

Und Line rief: „Nehmt die Weißbrotscheiben aus der Pfanne! Ihr verbrennt sie ja! Früllerk, du bringst mir alle Frauen durcheinander. Warte eben! Ich muss nur schnell die rohe Milzmasse abschmecken. Majoran, Salz und ein wenig weißen Pfeffer. So wird es der Familie munden."

Früllerk winkte ab und meinte: „Ich bring' derweil den Torf in den Hof. Ich weiß ja, wo er hinkommt. Bis dann bist du vielleicht fertig!"

Line schüttelte zwar den Kopf, kostete aber gleich die Ochsenbrühe, die es zu den österreichischen Milzschnitten geben sollte. Die Suppe für die Mittagskost war fertig, das Ragout vorbereitet, nun fehlte nur noch der Nachtisch. Line war in ihrem Element. Es war, als wäre sie nie fort gewesen! Sie überlegte, mit der Hühnerbrühe schon die Einbrenne für die Abendkost zu kochen. Das wollte sie aber wirklich selber machen. Mit den vielen Gewürzen, die die englische Mulligatawny-Suppe benötigte, waren die Frauen sicher nicht vertraut.

*

„Mmhh, das riecht aber lecker nach Curry!“, rief es von der Dielentür her. Der *Medicus* war zurück!
Früllerk kam zur gleichen Zeit von der anderen Seite und bestätigte den herrlichen Duft Line gegenüber.
Line nahm den Topf vom Feuer und stellte ihn auf den Steinboden. Sie erklärte Früllerk den Wunsch des *Medicus*, die Leiche zu bekommen.
Früllerk war das absolut recht, denn somit wäre die Leiche fort und Line müsste sich keine Gedanken mehr machen.
„Ich fahre morgen zurück ins Moor und komme am Tag darauf mit einer neuen Fuhre Torf wieder nach Bremen. Da kann ich Euch die Leiche leicht mitbringen.“
„Ja, aber was ist mit dem Herrn Pastor?“ Line rührte zwar noch einmal in der Suppe, damit sie am Grund nicht anbrennen konnte, sie war mit ihren Gedanken aber nicht mehr bei der Zubereitung von Speisen, sondern bei der Leiche.
„Ich habe mir etwas überlegt“, sagte der *Medicus* bedächtig. „Zuerst dachte ich an einen Brief für den Pastor von Worpswede. Aber wenn du übermorgen wiederkommst, Früllerk, wie wäre es, wenn ich mitfahre? Ich bleibe dann die Nacht im Pastorenhaus und am nächsten Tag holst du mich dort ab. Wenn das Ganze kein Umweg für dich ist, Früllerk, natürlich. Sonst soll es dein Schaden nicht sein.“
„Nein, nein, es ist nur ein kleiner Umweg.“
Und Line ergänzte stolz: „Wenn Ihr dort nicht bleiben könnt, dann laden wir Euch ein, bei uns zu übernachten. Wir wohnen in einer ganz neu errichteten Moorkate. Sie ist zwar klein, aber Ihr würdet alle Annehmlichkeiten, die Ihr braucht, bekommen.“
„Hab’ Dank, Line, aber im Pastorenhaus ist es passender. Ich brauche sicher auch einige Zeit, dem Geistlichen zu *verklaren*, die Leiche der Wissenschaft zu überlassen! Also, abgemacht! Wann fahrt ihr morgen los?“
„Sehr früh, nach dem ersten Dom-Geläut wollen wir ablegen.“
„Gut, dann bin ich wo? Am Anleger der Schlachte?“
„Ja, auf der Höhe des Eltermannschen Lagerhauses liegt unser Torfkahn. Ihr werdet uns schon finden. Ich stelle Line winkend oben an die Treppe.“ Früllerk grinste seine Frau an. Beide waren

besorgt und doch stolz, dass der *Medicus*, ein vornehmer und reicher Bremer, sich Frühlerks Fahrkünsten anvertrauen wollte.
Mit einem knappen „Tschüss!“ verschwand der *Medicus* eilig. Sicher hatte er noch viel zu erledigen, bevor er zwei Tage aus Bremen fortkonnte.
Frühlerk war inzwischen klar geworden, dass seine Frau jetzt nicht mit zu Hartwichs kam. „Warum kochst du hier? Wo ist denn die Köchin?“
Line winkte ihren Mann mit nach draußen in den Hof und erklärte ihm, ohne Zeugen, ihren Eindruck: „Ich bleibe heute besser hier. Vielleicht kommt sie ja am Abend wieder? Aber dann kann sie die Vorbereitungen für die Abendkost niemals schaffen. Es soll heute zwar nur ein kleines Essen geben, mit nur wenigen Gästen, aber …“
„Darum hast du die Herrschaft übernommen, ich verstehe! Aber Line, du willst doch nicht für immer bleiben, oder?“ Frühlerks Bedenken, Line fühle sich im Moor nicht wirklich wohl, waren wieder stärker geworden.
„Nein, Frühlerk!“ Line blickte ihren Mann fest an und streichelte sein Gesicht. „Au, du bist aber tüchtig borstig! Frühlerk, ich gehöre zu dir und will nirgends anders wohnen als mit dir in unserer Kate im Günnemoor. Aber jetzt werde ich hier gebraucht und es macht mir auch Freude, das gebe ich zu. Morgen früh fahren wir heim. Ach so, ich muss für uns auch noch einkaufen. Den Grund, warum ich überhaupt mitgekommen bin, den hätte ich jetzt beinahe vergessen. Ich werde heute Nachmittag alles besorgen, bring' es dann auf den Kahn und komm' zum Schlafen zu Hartwichs.“
„Gut, ich geh' jetzt den restlichen Torf für heute holen.“ Da sonst niemand auf dem Hof war, gab Frühlerk seiner Frau erleichtert einen Kuss und verschwand.
Es war auch notwendig, wieder in der Küche zu sein, stellte Line fest. Die mürrische Agnes stand mit dem Rücken zur Hoftür und sah Line nicht hereinkommen. „Da habt ihr es! Da knutscht diese Person mit dem Torfmann herum. Dafür wäre ich mir zu schade! Aber wer wie eine Landfrau gekleidet ist, der ist wohl mit dem Einfachsten zufrieden!“

„Wenn da man nicht der Schein trügt!" Sehr selbstsicher war Line in ihrer, nein, eigentlich nicht mehr ihrer, Küche, aber wenn jemand meckerte, nur weil er keine große Lust zum Arbeiten hatte, dann wurde Line böse. „Ich habe das Gefühl, du magst nicht arbeiten. Oder kochen sich hier in Bremen die Speisen von allein?" Lines Stimme wurde zwar nicht lauter, sie betonte aber jedes Wort. „Und sauber wird es auch wohl, indem du ein Rohr darüber hältst? Der Schmutz sammelt sich darin von allein, wie mit Zauberkraft, ja?"
Zwar erschrocken, weil sie bei ihrer Lästerei erwischt worden war, aber auch aufmüpfig blickte Agnes Line an. „Du hast hier doch gar nichts zu melden! Du kommst her, verscheuchst Emma und tust so, als ob du hier etwas zu sagen hast. Geh' doch wieder in dein dummes Moor!" Beifall heischend, sah sie zu den anderen Küchenfrauen. Da jedoch alle Line kannten und sich gut erinnerten, wie wütend sie war, wenn sie diese akzentuierte Stimme hatte, arbeiteten alle schweigend weiter. Natürlich stimmte es, dass Line hier nicht mehr angestellt war, aber Agnes war doch nur so mürrisch, weil sie sich mit Emma so besonders gut verstand und bevorzugt wurde, immer die leichteste Arbeit erhielt, immer als erste Feierabend machen durfte. Die anderen Küchenfrauen hatten sich schon öfter leise darüber unterhalten. Bei Line war es tatsächlich besser gewesen. Sie tadelte nur, wenn es auch wirklich berechtigt war, dafür lobte sie aber auch die kleinen Dinge. Emma dagegen polterte den ganzen Tag. Aber was noch viel wichtiger war: Frau Eltermann war bei Line nur selten in die Küche gekommen. Jetzt schimpfte sie mit Emma sogar vor den Küchenfrauen. Und mit Recht, denn wie oft war das Essen nicht rechtzeitig fertig oder es schmeckte nicht so, wie es schmecken sollte! Emma würde bestimmt nicht lange Köchin bleiben, da waren sich alle sicher.
Und heute war es gut, dass Line die Leitung übernommen hatte. Emma hatte in den vergangenen Monaten schon mehrmals mitten in der Arbeit die Küche verlassen und dann hatte Agnes sich, ohne zu fragen, als Köchin versucht. Leider beherrschte sie kaum ein Gericht, sie war ja auch noch viel zu kurz im Haus, und dann gab es ein fürchterliches Donnerwetter. Heute war es wunderbar,

dass Line Anweisung gab und die Verantwortung übernommen hatte. Bis auf Agnes waren alle zufrieden und gaben sich ganz besonders Mühe.

Verlängerung

„Line, bitte, kannst du auch heute Abend bleiben?“ Frau Eltermann kam völlig aufgelöst in die Küche. „Stell’ dir vor, Emma kommt nicht wieder. Sie sagt, sie sei krank von der vielen Arbeit hier bei uns im Haus. Eine unmögliche Person ist sie! Dabei war sie mir so sehr von ihrer Mutter empfohlen worden. Sie stammt schließlich aus einem guten Haus. Ihr Vater ist der Töpfermeister am Ulenstein. Heute Abend kommen doch mein Bruder und einer unserer Kapitäne. Und der freut sich schon sehr auf *Lobs-Course*, du nennst es ja *Labskaus*. Mein Mann versprach es ihm für heute. Ach so, gebratene Krammetsvögel soll es auch geben. Line, bitte bleib’ und koche für heute Abend!“

Line seufzte und nickte. „Natürlich helfe ich aus, aber mein Mann muss Bescheid wissen. Und außerdem wollte ich auf dem Markt einkaufen für die Vorratshaltung im Winter. Wir fahren ja morgen schon sehr früh, da kann ich doch nichts mehr kaufen.“

„Kannst du nicht ein paar Tage bleiben, bis ich eine andere Köchin habe?“

„Das muss ich erst mit meinem Mann besprechen. Zwei Tage sind wohl möglich. Euer Bruder fährt ja morgen mit ins Moor und kommt am nächsten Tag wieder her, so lange kann ich wohl bleiben. Aber dann muss ich zurück! Meine Nachbarin versorgt unsere Tiere mit und außerdem ist doch jetzt die wichtige Zeit für den Wintervorrat. Frau Eltermann, was ich jetzt in diesen Herbsttagen nicht einsalze oder trockne, das fehlt mir im Winter.“

„Aber du kannst es doch auf dem Markt kaufen. Wenn es ums Geld geht, ich will dir reichlich mitgeben.“

„Nein, nein, das ist es nicht. Bei uns gibt es keinen Markt. Wir leben von dem, was wir selber besitzen. Darum muss ich doch hier auf den Markt. Deshalb bin ich überhaupt nur mitgekommen. Ich koche eben gern mit ausländischen Gewürzen, aber vor allem Salz benötige ich reichlich. Für Kraut und Bohnen, für das Schwein, das ich großgezogen habe, für die Wintereier, so, wie bei Euch, für … na ja, eben für Vieles!“

„Du hast ein Schwein?“ Frau Eltermann war völlig erstaunt.
„Ja, auch eine Kuh und Hühner und Gänse.“
„Dann bist du also eine richtige Bauersfrau?“
„Ja, so kann man es sagen, auch wenn unsere Bäuerin im Günnemoor das bestreiten würde. Nur sie ist Bäuerin, wir sind nur Kolonisten!“
„Aber du bist doch eine hervorragende Köchin!“
„Das erkennt im Moor aber niemand an.“ Line kniff die Lippen zusammen und nickte resigniert mit dem Kopf. „Dort bin ich nur *de Fromde ut Bremen* und meine Gerichte werden nicht nachgekocht. Alle meine Ideen sind nicht gut.“
„Dann fühlst du dich doch nicht wohl? Line, willst du wieder zurück? Du hast sofort deine alte Stellung wieder!“ Voller Hoffnung sah Frau Eltermann Line an.
„Oh nein, so habe ich das nicht gemeint.“ Line war ganz erschrocken. „Meine Entscheidung, ins Moor zu gehen, war schon richtig. Mein Mann ist der beste Mann, den ich mir denken kann. Wir arbeiten hart, aber wir haben schon viel geschafft. Ich will auch nicht jammern. Ich habe dort schon Frauen gefunden, die mir gut sind. Meine Nachbarin Louise ist eine richtige Freundin. Sie zeigt mir die Dinge, die ich nicht kenne, und ich zeige ihr dafür neue Gerichte. Wir verstehen uns sehr.“
„Ja, das ist alles schön, aber wenn du hier nicht wieder arbeiten willst … Ich brauche eine Köchin. Bitte bleib’ so lange!“
Line rührte währenddessen, damit die Rote Grütze nicht anbrennen konnte, da sie kurz vor dem Gespräch Sago in den kochenden roten Fruchtsaft gestreut hatte. Die Früchte tat sie erst zum Abkühlen wieder hinein. So mochte es die Familie Eltermann am liebsten. Jetzt goss sie den heißen Brei in eine große Satte. „Frau Eltermann, mein Mann kommt gleich noch einmal mit Torf, dann bespreche ich es mit ihm. Aber er wird schon nichts dagegen haben.“
„Line, ich werde dir die Tage reichlich vergüten! Oder benötigst du etwas Besonderes?“
„Nein, ich weiß nichts und will das auch nicht ausnutzen.“

„Also den Torf beziehen wir ja sowieso immer von euch. Da kann ich nur versprechen, dass es weiter so bleibt. Was kann ich dir Gutes tun?“
„Frau Eltermann, Ihr habt mir als Hochzeitsgeschenk den Salztopf geschenkt. Dazu gehört auch noch ein irdenes Sieb. Das würde ich gern haben.“
„Line, natürlich, das bekommst du – wenn es noch da ist. Aber ich meinte etwas Größeres. Sei nicht so bescheiden!“
Line zuckte mit den Schultern. Sie wusste nichts. Aber vielleicht wünschte sich Früllerk etwas?
„Na, du kannst es dir ja noch überlegen. Sag' mir Bescheid, wenn dein Mann hier war.“

Labskaus wie bei Muttern

„Oh nein, macht doch nicht so viele Umstände! Das *Lobs-Course* war wirklich genauso, wie ich es früher bei meiner Mutter bekam. Mein Vater war ja auch ein Kapitän und wollte, wenn er zu Hause war, gutes Labskaus essen. So nannte es meine Mutter. Das war nicht solch labbriges Zeug, wie die normale Seemannskost, vielleicht sogar noch mit Sägespänen zum Strecken drin. Meine Mutter konnte auch besonders gute Buchweizen-Pfannkuchen backen und seit sie nicht mehr lebt, habe ich keine mehr gegessen."
„Ich lass' Line rufen. Die kann sicher eben welche backen."

*

„Deine *Bookwetenpannkoken* schmecken *as bi miene Mudder.*" Der Kapitän war ganz begeistert.
„Ihr hattet einfach Glück, der Teig für die Gesindekost war lange angerührt", wehrte Line das Lob ab.
„Wo kommst du her?"
„Ich komme eigentlich von hier, aus Bremen. Ich lebe aber seit einem Jahr im Moor, im Teufelsmoor bei Worpswede. Ich weiß nicht, ob Ihr es kennt!"
„Klar doch! *Dat kenn ik woll!*" Kapitän Dürenkopp war unbemerkt immer wieder ins Plattdeutsche geraten. „Worpswede, Osterholz und Scharmbeck, von da aus über Ohlenstedt geht es nach Bilohe und schließlich in mein Heimatdorf, nach Harrendorf. Dort komm' ich her, vom Finnaerberg. Da lebt nun mein ältester Bruder auf dem Hof." Sehnsucht klang aus seiner Stimme.
Line dachte: ‚Er ist wohl lange nicht zu Hause gewesen!' Sie freute sich jedoch über das Lob, wollte aber schnell wieder in ihre Küche, der Nachtisch musste doch gleich serviert werden.
„Darf ich nachher noch zu dir in die Küche kommen? Ich will auch nicht stören, nur ein wenig über früher reden! Bitte!" Das

war zu seinem Dienstherrn Cornelius Eltermann gewandt, denn einfach so in die Küche gehen und mit der Köchin sprechen, das ging schließlich nicht.
Line nickte nur und verschwand, ihr Herren-Pudding würde sonst verderben. Er durfte auch nicht zu lange abkühlen. Direkt vor dem Servieren musste sie ihn dann mit Rum übergießen und anzünden. Das traute sie keine der Küchenfrauen zu.
Herr Eltermann lachte inzwischen laut über Dürenkopps Bitte. „Na ja, eigentlich ist das schon seltsam. Da wollte ich Euch etwas Gutes tun und von der Vergangenheit, vom Schiffsunglück ablenken und dadurch geht Ihr nur noch weiter in die Vergangenheit, bis in Eure Kindheit zurück. Aber mit Line erlebten wir immer wieder Außergewöhnliches, warum soll sich das nun geändert haben, nur weil sie aushilft? Ihr sollt aber mit ihr nicht in der Küche stehen. Wenn sie mit der letzten Speisenzubereitung fertig ist, könnt Ihr mit Line ins Kontor gehen. Wir stellen zwei Stühle hinein, da könnt Ihr es Euch bequem machen!"
Frau Eltermann holte tief Luft. „Aber Cornelius, das geht doch nicht! Line ist zwar etwas Besonderes beim Personal, aber sie ist immerhin nur eine Köchin und inzwischen nicht mal mehr das. Sie ist eine Moorfrau. Sie kann es sich im Kontor doch nicht einfach gemütlich machen! Das geht nun wirklich nicht!"
„Meine Liebe, nun sei nicht so! Wir sind doch unter uns – fast. Die Frau Rätin Almata Oelrichs wird es schon nicht erfahren. An ihr nimmst du dir doch immer ein Beispiel. Line wird die Grenze zwischen Personal und Herrschaft deswegen nicht überschreiten. Sie wusste immer, wo ihr Platz ist. Und der Kapitän hat es verdient, in Erinnerungen zu schwelgen."

*

Line fühlte sich nicht sehr wohl. Das Kontor war der geschäftliche, kaufmännische Mittelpunkt des Hauses. Das war ja, als würde sie mit am großen Esstisch der Familie sitzen! Nun hatte sie so lange im Hause Eltermann gearbeitet, aber dass jemand vom hauswirtschaftlichen Dienstpersonal gemütlich im Kontor gesessen hatte, daran konnte sie sich nicht erinnern.

„Line, kennst du Finnaerberg, mein Heimatdorf?“
„Nein, das tut mir Leid.“
„Wo genau im Teufelsmoor wohnst du denn?“
„Dort heißt es Günnemoor.“
„Günnemoor, sagst du? Günnemoor, nahe dem Dorf Düfelsmoor?“ Der Kapitän wurde plötzlich ganz aufgeregt. „Da wohnt doch ein Diederich Sandvoss, ein sehr reicher Bauer?“
Line schüttelte den Kopf. „Nein …“
Enttäuschung zeichnete sich auf dem Gesicht des Kapitäns ab. „Aber die Familie Sandvoss hat den größten Hof im gesamten Teufelsmoor! Soweit ich weiß, ist Diederich gestorben. Er hat zwei Söhne, Jacob und Martin. Kennt Ihr die Familie?“
„Nein, eigentlich nicht. Ich kannte einmal zwei Mädchen aus unserem Dorf. Eine heiratete Diederich und starb im Kindbett. Die zweite musste ihn danach heiraten.“
„Anna Sandvoss?“
„Ja, sie heißt Anna. Ob du wohl etwas über sie weißt?“ Angespannt wartete der Kapitän auf Lines Antwort.
Sie sah ihn erstaunt an. Ihre Auskunft beruhigte ihn sofort. „Ja, sie ist immer noch Bäuerin auf dem Hof.“
„Meine Schwester hat Kontakt zu ihr. Sie spricht mit mir jedoch nicht darüber.“ Und auf Lines fragenden Blick hin erklärte er: „Meine Schwester ist die Frau Amtmann aus Osterholz.“
„Aber warum fragt Ihr sie nicht?“
„Meine Familie möchte nicht daran rühren.“ Verlegen strich er sich über den Kopf. „Ich hätte sie damals gern geheiratet.“
„Und Ihr, entschuldigt meine Frage, Ihr habt keine Ehefrau?“
„Nein!“ Der Kapitän schüttelte den Kopf „Ob sie sich wohl freuen würde, wenn ich sie einmal besuche?“
Line schluckte. Sie war sicher die Letzte, die das beantworten konnte. Von der Konkurrenz zwischen ihnen beiden mochte sie nicht sprechen. Vorsichtig meinte sie: „Ihr habt Anna seit damals nicht mehr gesehen. Sie wird sich sehr verändert haben.“
Der Kapitän winkte ab: „Ja, sicher. Wir sind alle älter geworden. Aber das *dwallerie und dwallera*, das hat sie sich auf jeden Fall erhalten! Daran würde ich sie jederzeit und überall erkennen!“

„Kapitän Dürenkopp, ich muss Eure Zweisamkeit beenden!" Cornelius Eltermann stand in der Tür. „Ich erhielt soeben eine Eilbotschaft. Euer Kollege, Kapitän Dallmann, bittet um Hilfe!"
Kapitän Dürenkopp sprang auf. „Was ist geschehen?"
„Ein Reiterbote kam mit dieser Nachricht, trotz völliger Dunkelheit ritt er von der Gröpeler Mühle hierher." Der Kaufmann entfaltete einen Brief und breitete ihn auf einem der Stehpulte aus. „Er ankert bei Imsum und braucht dringend einen *Kaptein*! Bei schwerer See stürzte er und schlug sich ein stark blutendes Loch in den Kopf. Seine heftigen Schmerzen und eine große Übelkeit verhindern die Führung des Schiffes, er benötigt ..."
Lines Anwesenheit war vergessen. Sie ging leise aus dem Zimmer und sah in der Küche nach dem Rechten.

Schätze vom Dachboden

„Also, dass Frau Eltermann dir so viel für die paar Tage gegeben hat!" Früllerk staunte immer noch, nachdem Line alles an Bord verstaut hatte. Inzwischen waren sie mit den beiden Torfkähnen schon an der Stephani-Kirche vorbei, auf der linken Seite der Weser war Pusdorf und sie sahen schon Rablinghausen.

Sein Interesse lag eindeutig nicht bei Anna Sandvoss und dem Kapitän. Line hatte ihm die Geschichte natürlich sofort erzählt. Er wollte anderes erfahren: „Woher hast du die Schottsäge? Wusstest du, dass meine alte nicht mehr für einen dritten Kahn taugt? Die Zähne sind kaum noch zu schärfen. Diese ist aber auch nicht neu, oder? Sie sieht aber noch brauchbar aus. Jemand hat sie einmal tüchtig eingefettet, das war gut." Früllerk konnte sich gar nicht satt sehen an all den Dingen, die Line mit Knecht und Sackkarre auf den Torfkahn gebracht hatte. „Line, das Geld für deine Arbeit, das kommt uns gut zu pass. Du hast ja tüchtig verdient! Der große kupferne Bottich, ist das etwa ein Braukessel?"

Line nickte. „Ja, er hat jedoch ein ziemlich großes Loch. Und mehrfach geflickt ist er auch."

„Das kann uns der Schmied in Worpswede leicht reparieren. Hm, Line, auf ausreichend Bier freue ich mich jetzt schon. Und was ist im Weidenkorb? Oder ist der leer?"

Line öffnete den nicht mehr einwandfreien Korb, zum Transport war er jedoch noch ausreichend und sicher fand sich im Moor ein Platz und etwas zum darin Aufbewahren. Stolz hob sie ein Teil nach dem anderen aus dem Korb.

„Wofür ist denn diese große Eisenzange mit den Scheiben dran? Ist das auch ein Werkzeug?" Früllerk verrenkte sich fast den Kopf, um genauer zu sehen.

Line lachte und hielt sich dabei an der Bordwand fest. Der Kahn schaukelte gerade tüchtig. „Damit backe ich nach dem Heiligen Fest *Neejohrskoken*!"

„*Neejohrskoken*? Mann, die habe ich ja schon viele Jahre nicht mehr gegessen! Meine *Tan'* Dele hat sie immer gebacken. Und du

kennst das Rezept?" Früllerk freute sich jetzt schon auf die Kuchen. „Was frag' ich? Natürlich kannst du sie backen! Was ist das schön, mit einer Köchin verheiratet zu sein! Aber man kann *Neejohrskoken* doch auch jetzt essen, als *Harvsttietkoken* zum Beispiel, oder?" Er zwinkerte seiner Frau zu.
Früllerk hatte nur zwei Mal allein in der Moorkate geschlafen, es war aber sehr einsam gewesen. Die Nächte in Bremen war er auf dem Kahn geblieben. Hans hatte ebenfalls auf seinem eigenen Kahn, dem neuen ½ Hunt, geschlafen. Sie waren jetzt schon das zweite Mal zusammen gefahren. Früllerk wollte wissen, wie gut das zweite Boot auf dem Wasser lag, und außerdem hatten die beiden Freunde vereinbart, immer zusammen zu fahren. Es war nicht so langweilig und sollte einer in Not geraten, konnte der andere helfen. So wollten sie auch gemeinsam über den Winter so viel wie möglich an einem dritten Kahn arbeiten und diesen dann zum nächsten Herbst verkaufen.
Hans war heute mit seinem Boot vorneweg.
Früllerk war so froh, seine Line wieder bei sich zu haben. „Und was hast du noch bekommen? Wo hast du das denn her? Alles von Frau Eltermann?"
„Als sie fragte, was ich haben möchte, da fiel mir nichts ein. Aber später dachte ich an den Dachboden. Vor Jahren musste ich ihn einmal aufräumen und putzen und da hatte ich in einer Ecke alles Gerät gestapelt, das früher einmal im Haus gebraucht worden war. Es ist ja altes Zeug und auch schon arg verrostet, aber mit Sand und Heideschrubber kriegen wir sicher jedes Teil wieder hin!"
„Halt' die Sachen richtig hoch, damit ich sie sehen kann!", befahl Früllerk.
Zuoberst lagen die zerbrechlichen Stücke, in altes Leinen gewickelt. Line hatte extra gefragt, ob sie die auch mitnehmen durfte. Das irdene Sieb, zwei unterschiedlich große Milchsatten, allerdings schon angestoßen, eine Feuerstülpe, mehrere große tiefe Teller mit einem schönen farbigen Muster und ein Henkeltopf mit Deckel.
Darunter aber sah es wie bei einem Eisenwarenhöker im Laden aus. Zuerst kam der Kleinkram, der lag oben auf: eine Feuerzan-

ge und ein Püster, zwei verschieden große Pfannen, ein, allerdings sehr verrosteter, Pfannenkranz. Da war der, den Früllerk aus Holz geschnitzt hatte, sicher besser, aber vielleicht konnte man ihn zweckentfremden.

Sie legte auch eine zweizinkige große Gabel mit Holzgriff neben sich. Wie gut, dass auf dem Kahn viel Platz war. Der Torf war ja verkauft. Danach hielt sie einen *Hängekrüsel* hoch. Mit welchem Fett sie Licht machen konnte, wusste sie noch nicht. Binsenmark als Docht gab es jedoch reichlich an der Beek. Sie hatte auch einen kleinen *Standkrüsel* mitgenommen. Eigentlich hatte sie einfach alles mitgenommen, was dort oben auf dem Boden gelegen hatte. Sie konnte ja Hans und Louise davon abgeben, schließlich hatten sie sich tagelang um Vieh und Geflügel gekümmert und reichlich zusätzliche Arbeit gehabt. Über einen Kaffeeröster freute sie sich besonders.

Dann hielt sie ein Bund eiserner Teile hoch. „Früllerk, nun haben wir auch einen eigenen Abschraper und müssen beim Schlachten keinen mehr ausleihen, so, wie im letzten Jahr. Und guck' mal, Wurstringe und Messer, sogar ein Hackmesser. Jetzt besitzen wir sogar mehr als ein Messer!"

„Zeig' mal!" Früllerk ließ für einen Moment das Ruder los und prüfte die Schneide der Messer. „Na ja, da sind ganz schön viele Scharten drin. Ich verstehe, warum die ausgemustert worden sind. Aber versuchen kann ich es ja mit tüchtig dengeln und wetzen."

„Im Korb sind auch noch ein eiserner Topf mit Henkel und der Kesselhaken dazu. Damit wurde in der Küche noch gekocht, als ich gerade angefangen hatte, nachdem meine Eltern gestorben waren. Schon damals war Frau Eltermann sehr freundlich und großzügig. Ich erhielt den gleichen Lohn wie das Küchenmädchen. Nur, weil ich nicht mehr nach Hause gehen konnte und von dort etwas bekam. Sie hat mir gestern zusätzlich zu dem vielen Geld noch einen ganzen Sack Salz geschenkt. Sie meinte, das vom Dachboden sei doch nur oller Plunder! Früllerk, Salz habe ich aber trotzdem noch einen zweiten Sack gekauft. Beim Schlachten brauchen wir reichlich Salz, auch die alte Weintonne, die ich mitgebracht habe, verlangt viel Salz für den Weißkohl. Wir können vielleicht auch alle Fische, die wir noch fangen, einsalzen, so, wie Heringe. Und ich dachte, wir können auch davon abgeben, wenn Louise oder eine andere der Nachbarinnen nicht genug hat." Sie guckte Früllerk schief an.

Der drohte jedoch nur mit dem Zeigefinger. „Line, Line, haben wir es so dicke, dass wir Salz verschenken können?"

„Nein, ich dachte nur …" Line kam ins Stottern. „Ich dachte, wenn Lüttsche-Hans und Fritz noch intensiver angeln und Reusen auslegen, dann teilen wir den Fisch, aber wir geben das Salz dazu. Das ist doch nur gerecht!"

„Ja, ist schon gut. Ich weiß, dass du gutherzig, aber nicht verschwenderisch bist. Wenn jemand im Günnemoor Not leidet, helfen wir, und wir helfen auch aus. Ausgenutzt hat es bis jetzt noch keiner."

„Louise und Hans haben dir doch die ganzen Jahre so viel geholfen. Wir können ihnen auf diese Weise ein wenig davon zurückgeben. Ich schlage es ihnen also vor, ja?" Line war noch unsicher. Sie wollte nicht, dass Früllerk meinte, sie sei verschwenderisch, und ärgerlich würde. „Ist alles wieder gut?"

„Ja, das habe ich doch schon gesagt!" Früllerk warf Line einen etwas genervten Blick, dann jedoch einen Luftkuss zu.

„Was macht ihr beiden da eigentlich? Ich frage und frage und ihr hört mich gar nicht!" Hans rief vom Kahn vor ihnen. „Ihr habt ja gar keinen Blick für mich und meinen schönen Kahn. Ihr *Schmusbüdel* habt euch wohl ewig nicht gesehen, was?"

Sie befuhren heute das erste Mal die Weser. Die Seeleute an der Schlachte hatten ruhiges Wetter vorhergesagt, darum probierten sie die Route die Weser abwärts, sie wollten durch die Lesummündung. Bei hohen Wellen oder zu viel Wind war das eine zu gefährliche Fahrt. Auf dieser Route ging es jedoch sehr viel schneller als über den Kuhgraben und durch die Wümme und Hamme. Und durch geschicktes Manövrieren mit dem Segel, mit Steuer und Schwert schafften sie es, auch gegen den Wind und die Strömung, vorwärtszukommen.

Sie kamen an Lankenau und Seehausen vorbei. Früllerk kannte sich aus und wies auf eine Häuserreihe. „Hier heißt es Glockenstein!"

Rechter Hand lag nun die Mittelsbürener Kirche fast ganz hinter Bäumen versteckt, große behäbig wirkende Bauernhäuser standen weit auseinander, aber aufgereiht direkt hinter dem Deich. ‚Reiche Bauern wohnen hier', dachte Line und betrachtete neugierig die unterschiedlichen Giebel, das verzierte Fachwerk und den oberen Teil der Fenster. Der untere Teil der Häuser war durch den Deich verdeckt. Links und rechts der Häuser standen Scheunen und Schuppen, Ställe, ebenfalls aus Fachwerk oder ganz aus Holz gebaut. Und da, neben einem der Häuser war …
„Früllerk! Hans! Seht mal!" Line zeigte aufgeregt mit dem Finger. „Da! Im Garten! Was sind das?"
Hans rief: „Ich weiß es nicht. Ich kann das nicht deutlich sehen!"
„Jetzt ist es auch schon vorbei!"
Früllerk aber wusste es. Er war hier schon mit Cord Hartwich und einem erfahrenen Schiffer entlanggeschippert. Der hatte viel zu erzählen gewusst. „Das ist ein Walfischportal! Das ist der Kiefer aus dem riesigen Maul des Tieres!"
Ein Backhaus kam in Sicht, direkt auf dem Deich, daran angebaut wohl ein Abort. Bevor Line es genauer wusste, waren sie schon vorbeigefahren.
Ein Haus hatte an der Gartenseite neben zwei großen rechteckigen Fenstern ein kleines ovales. ‚Das sieht hübsch aus', fand Line. ‚Ein solches Fenster hätte ich auch gern.' Während Line sich das Fenster einprägte, hatten sie auch diese Häuser hinter sich gelassen. Nur der Deich war zu sehen.
„Das hier ist die große Brake", wusste Früllerk zu erzählen. „Hier brach der Deich bei einer Sturmflut."
Die Weser machte eine Rechtskurve und ein weiteres Dorf kam in Sicht. Eine steinerne Treppe führte an einem schon alt wirkenden Haus vom Wasser auf den Deich. Drei alte Männer saßen auf einer Ruhebank. Line winkte zögernd. ‚Ob wohl einer zurückwinken würde?'
Ein weißhaariger Mann mit langem Bart grüßte mit der offenen Hand und rief „*Moin, moin!*" übers Wasser.
Line winkte kräftig zurück. Als Früllerk und Hans winkten, grüßten auch die beiden anderen. Bald waren sie jedoch daran vorbei.

Da der Wind auffrischte, hatten beide Männer tüchtig zu tun. Früllerk war aufgrund seiner kaputten Hand eingeschränkt und hatte Mühe, das Segel im Wind zu halten.
„Line, pack' die Sachen wieder gut weg! Das Wasser wird immer *kabbeliger*. Die großen Teile beginnen schon, auf dem Kahn hin und her zu rutschen. Das kann gefährlich werden!"
Mit dem Wind kamen sie schnell an die Lesummündung. Die alte Bockmühle auf dem Burgdammer Berg lag rechter Hand, nachdem sie unter der Brücke hindurchgefahren waren.
Im Fluss Lesum mussten sie gegen den Strom fahren. ‚Hoffentlich müssen wir heute nicht treideln', überlegte Früllerk. ‚Solange der Wind aber unsere Richtung behält, kommen wir schnell voran. Außerdem ist das Wasser hier viel ruhiger!'
Die Lesum war um einiges schmaler als die Weser. Auf der linken Seite standen zuerst noch vereinzelte Bauernhäuser am Deich. Ein Stückchen weiter war nur der Deich und dahinter zeigte sich eine helle Erhebung.
„Dieser weiße Berg heißt ‚Das hohe Ufer'", erklärte Früllerk Line und seinem Freund. Denn Hans war langsamer geworden. Er fuhr neben ihnen, so dass sie sich unterhalten konnten, und lachte: „Na, ihr beiden? Seid wohl immer noch so verliebt wie in den ersten Ehetagen, was?"
„Ja, wir nehmen uns ein Beispiel an unseren Nachbarn Hans und Louise Sasse. Vielleicht kennst du sie ja?" Früllerk war nicht auf den Mund gefallen.
„Sind das nicht Nachbarn von Grapenthiens, die dem Bremer *Medicus* eine Moorleiche geschenkt haben?" Hans grinste übers ganze Gesicht. „Line, du hättest miterleben sollen, wie begeistert der Mann die Leiche begutachtete und untersuchte: ‚Hm, sehr alt, wirklich sehr alt!'" Er ahmte den *Medicus* nach. „‚Hm, hm … Ja, das wird deutlich. Hier und hier und hier!'" Hans ließ für einen Moment das Steuer los und tat so, als ob er etwas zeigte und anfasste.
„Hans, halt' deine Hand am Steuer! Du fährst vor lauter Alberei noch gegen uns und wir ertrinken!"
Hans achtete nun besser auf seinen Kahn, das Nachmachen konnte er jedoch nicht unterlassen. „‚Seht nur, dieser Kopf! Er sieht

auch nach so vielen Jahren immer noch so aus, als würde er schlafen. Aber die trockene und gerissene Haut – von der hat mir deine Line ja schon berichtet, lieber Früllerk –, darauf kann ich mir keinen Reim machen.' Mann, war der glücklich, nachdem er den Herrn Pastor überredet hatte, ihm die Leiche zu wissenschaftlichen Forschungen zu geben. In Frankreich untersuchte vor einigen Jahren ein Wissenschaftler eine getrocknete Leiche. Das Buch darüber hat euer Bremer *Medicus* wohl gelesen."
„In Frankreich geschieht im Moment Sonderbares", mischte sich Line ein. „In Bremen wird auf dem Markt und auch bei der Familie Eltermann darüber gesprochen. Es ist Krieg und Revolution gegen die Monarchie. Der französische König ist verhaftet worden und sitzt im Gefängnis."
Beide Männer blickten Line mit offenen Mündern an. „So was kann doch nicht sein!" Da Früllerk vom *Medicus* über den Bürgerkrieg informiert worden war, als er ihn mit ins Moor genommen hatte, fasste er sich zuerst. „Das darf ein Volk doch nicht tun! Der König ist schließlich der König!"
„Genau! Wer hat denn das Sagen und weiß, wie regiert wird? Doch nicht das Volk!" Hans war empört.
„Sie haben aber erzählt, dass ein neues Parlament gewählt wurde. Ich glaube, so heißt das. Und die haben beschlossen, dass es keinen König mehr gibt, sondern eine Republik."
„Das ist ja nicht zu fassen! Den König abwählen!" Hans konnte es nicht fassen. Ein solches Verhalten stellte sein gesamtes Weltbild auf den Kopf. „Es gibt den König und der bestimmt alles. Und wenn der gestorben ist, dann regiert sein Sohn und niemand sonst!"
Sie hatten inzwischen mehrere Kurven der Lesum überwunden und fuhren nun an Wasserhorst vorbei. Von dieser Seite aus war aber nur die Kirche auf ihrer Warft zu sehen. Hier trafen Hamme und Wümme zusammen und es gab im Wasser viele Turbulenzen. Hans und Früllerk konnten nicht mehr reden. Sie mussten wieder hintereinander fahren, den Kahn im Wind halten und nicht ins falsche Fahrwasser steuern.

Erst weit hinter Ritterhude wurde die Hamme nach vielen kleinen Schleifen grader und sie konnten den Wind gleichmäßiger nutzen. Seit mehreren Wochen hatte es nicht geregnet, obwohl der Spätsommer so nass gewesen war, dass alle Moorbewohner Sorge hatten, den Torf nicht trocken zu bekommen.
Jetzt schien vom Morgen bis zur Dämmerung die Sonne. Es waren angenehme Herbsttage mit ausreichend Wärme.

„Was geschieht jetzt wohl mit dem König?", griff Hans das Gespräch wieder auf.
„Der *Medicus* vermutet, sie werden ihn töten."
„Nein, das ist doch unmöglich!" Hans schrie es förmlich übers Wasser, so erschrocken war er.
„Solange der König am Leben bleibt, wird er immer wieder versuchen, die Regierung an sich zu bringen. Wenn er jedoch tot ist, kann das Parlament weiterregieren, so erklärt es der *Medicus.*"
„Aber der König hat doch sicher einen Sohn!" Hans wusste es nicht genau.
„Der wird wohl auch sterben müssen. Und dabei ist er noch ein Kind, hat der *Medicus* gesagt!"

Hans und auch Line waren sehr nachdenklich geworden. Da hatten sie immer gedacht: ‚So ein König, der hat es gut!', aber jetzt würde wohl keiner mit ihm tauschen mögen.
„Wie kann man einen Menschen nur aus politischen Gründen töten? Versteh' einer die Welt!" Hans musste gar nicht laut reden. Da sie wieder im Moor waren, trugen die Stimmen weit. „Frül-lerk, dabei fällt mir ein: Hast du Line gesagt, dass in Tarmstedt der verschwundene Knecht gefunden wurde?"
Früllerk schüttelte den Kopf und rief nur: „Ne! Du hast es mir doch auch erst auf dem Hinweg erzählt."
„Es ist doch so weit weg vom Günnemoor! Da hast du doch wohl keine Angst, dass Line einen Mord daraus macht und den Mörder suchen wird, oder?"
„Wie? Der Knecht ist tot?"
„Ja, Louise erfuhr es auf dem Sandvoss-Hof. Jacob erhielt die Nachricht aus Tarmstedt. Da sind doch verwandtschaftliche Bande, durch Trinschen, Anna Sandvoss' Patenkind. Die neue Magd, Klara, war wohl ganz verstört, erzählte Louise und sie vermutet, die arme *Deern* hat den Knecht geliebt."
„Und weiß man mehr?" Line wollte es natürlich sofort genauer wissen!
„Nein, mehr kann ich nicht sagen. Frag' Louise! Vielleicht weiß die inzwischen Neues. Mir fällt aber weiteres Neues ein: Mittelsteiners haben *ne Deern, ne ganz lüttsche Dei-Dei*, gekriegt!"

Harte Arbeit

„Du siehst so müde aus.“ Line strich Früllerk über die Augen. „Kannst du nicht mal einen Tag Pause machen?“

„Nein, ich will auch die restlichen Soden nach Bremen bringen! Noch hält sich das Wetter und unsere Kunden bekommen extra *goden, nich to düren un knakendrögen* Torf. Niemand kann meckern und einen Preisnachlass fordern.“

„Aber Tag für Tag und das nun schon die dritte Woche!“

„Am Sonntag machen Hans und ich natürlich morgens Pause. Das ist mal sicher.“

„Ja, klar, aber nur, weil der Herr Pastor euer Fehlen im Gottesdienst bemerken würde!“ Line sorgte sich um ihren Mann. Seine Müdigkeit und die Monotonie auf dem Kahn konnten leicht zu einem Unfall führen. Ein bis zwei Tage brauchte er bis nach Bremen, dort brachte er den Torf schubkarrenweise seinen Kunden, anschließend kehrte er mit Glück und gutem Wind sogleich wieder zurück ins Günnemoor. In Eile wurde dort der Torf, den Louise und Line mit den Kindern zum Bootsschauer gebracht und gestapelt hatten, in den Kahn geladen, der vorbereitete Proviant an Bord gebracht und ohne Pause ging es wieder los Richtung Bremen. Wie gut, dass auch Hans mit seinem Boot fuhr. Zu zweit war es leichter, falls etwas passierte. Das war eine kleine Beruhigung.

„Line, ist dir noch etwas eingefallen, was ich einkaufen und mitbringen soll?“

„Nein, ich denke, ich habe für den Wintervorrat alles bedacht. Stille-Catharine hat aber gefragt, ob du ihr noch einige Kräuter, die im Moor nicht so gut wachsen, mitbringen kannst.“

„Hm, hat sie gesagt, was sie braucht?“

Line schüttelte den Kopf.

„Das kaufe ich während der nächsten Fahrt ein. Dann hat der Händler sicher auch das von dir bestellte Bremer Currypulver. Er wartete ja auf das letzte Schiff vor dem Winter. Das ist sicher inzwischen angekommen. Die schweren Herbststürme stehen …“

Früllerk hielt inne. Da hatte er gedankenlos seiner Line neue Nahrung gegeben, sich zu sorgen. „Draußen auf den Meeren kommen sie ja früher und sind viel heftiger als hier bei uns im Binnenland.“ So versuchte er, seine Sätze zu entkräften.
„Oh, Früllerk, wenn ein Sturm kommt, du musst mir versprechen, dass Hans und du dann an Land gehen!“
„Ja“, versuchte er, seine Frau zu beruhigen. „Bei starkem Wind können wir ja sowieso nicht segeln – wenn er von der falschen Seite bläst. Und gegenanstaken ist viel zu anstrengend. Wir sind doch zu zweit und passen aufeinander auf!“ Früllerk klopfte Line auf die Schulter. Sie klammerte sich jedoch an seinen Arm und hielt ihn fest. Eigentlich genoss er ja die Fürsorge und Angst, so spürte er die Liebe seiner Frau deutlich, aber nun musste er los. „Gib mir den Korb mit dem Essen und lass' uns zum Bootsschauer gehen! Hans wartet sicher schon.“

Duell der Frauen

„Du sollst sofort zu Anna Sandvoss kommen!“ Schon von Weitem schrie Piss-Jule und stand dann ganz außer Atem in der Tür. „Sofort!“ Hämisch grinsend, fuchtelte die alte Frau mit dem Zeigefinger herum. „Die Bäuerin ist empört und wütend auf dich und auf Früllerk! Ruf’ ihn, er soll auch mitkommen!“

Line hielt sich am Tisch fest. Ihr war schon während der letzten Tage morgens schwindelig, auch essen mochte sie nicht gern. Erst gegen Mittag kam der Appetit. Sie kochte sich darum abends von dem Tee, den Stille-Catharine ihr im Tausch gegen *Tuffels* gegeben hatte. *Pepermint* und *Schoopsgarv*, *Jannsblomen* und *Zitroonkruut* zu gleichen Teilen. Der Aufguss schmeckte frisch und war lecker, gerade wenn man Sorge hatte, sich übergeben zu müssen. Line ahnte, warum sie auf den Sandvoss-Hof sollte, aber nach Ärger um den Backofen war ihr überhaupt nicht zu Mute. Ihr war elend und Früllerk konnte ihr nicht beistehen! Also musste sie selber Kampfgeist entwickeln. Sie wunderte sich nur, dass Anna Sandvoss so lange gewartet hatte.

„Die große Bäuerin hat mir gar nichts zu befehlen!“, wehrte sie sich darum. „Warum soll ich ausgerechnet heute kommen?“

„Sie hat gesagt, dir steht so Einiges bevor! Sie ist empört und wütend über den zweiten Ofen hier im Dorf!“

„Jule, jede Familie kann sich einen Backofen bauen. Keiner muss die Bäuerin um Erlaubnis fragen.“

„Da ist sie aber anderer Meinung!“ Piss-Jule traute sich nicht, mehr zu sagen. Beim letzten Streit hatte sie den Kürzeren gezogen, so etwas vergaß sie nicht. Sollte sich doch die Bäuerin damit herumzanken. Gehässig meinte sie darum nur: „Du wirst es schon noch merken!“

„Ich denke, es ist besser, du gehst zum Sandvoss-Hof, Line. Ich komm’ aber mit dir!“ Sasses Kinder hatten die alte Frau gesehen und vor allem gehört. Louise vermutete Ärger und war sofort gekommen. „Jule, ist Jacob auf dem Hof?“

„Nein, der beaufsichtigt die Knechte, die die Flachsbündel in die Scheune bringen. Aber was hat das mit Line zu tun?"
Auch Louise ahnte, dass Anna Sandvoss Jacob bei dem Gespräch nicht dabei haben wollte. „Wenn er weiß, dass du kommen sollst, dann wird er sicher versuchen, bei dem Gespräch dabei zu sein." Louise versuchte, Line zu beruhigen.
„Und Früllerk? Wo ist der? Der ist mal wieder mit seinem Kahn unterwegs, oder?"
„Das weißt du doch, Jule. Das weiß doch sicher auch Anna Sandvoss. Du wirst es ihr wohl gesagt haben?"
„Klar! Schließlich muss sie über alles Bescheid wissen. Immerhin ist das ihr Dorf!"
„So'n Blödsinn!" Line merkte, dass es ihr besser ging. Sie begann, sich zu wehren. „Das Dorf gehört dem König und sonst niemandem!"
„*Dat is nu egol!* Komm' jetzt mit!"
Line legte sich ihr wollenes Dreiecktuch um die Schulter und ging, so schnell es ihr möglich war, Richtung Sanddamm. Louise lächelte und hielt mit. Piss-Jule dagegen hatte sich schon auf dem Hinweg verausgabt. Sie stapfte rufend hinter den beiden Freundinnen her. „*Tövvt op mi! Nu töövt doch!*"
„Schrei' du man!", grollte Line. „Ich will das hinter mich bringen! Anna Sandvoss weiß, dass Hans und Früllerk nicht da sind. Sie hat abgewartet, bis auch Jacob nicht im Hause ist. Kein Mann soll in der Nähe sein, wenn sie mich zur Rechenschaft zieht, glaub' mir!"
Louise nickte und bestätigte die Vermutung.
„Aber sie soll nicht glauben, dass ich den Ofen wieder abreiße!"
„Bloß das nicht!", erschrak Louise. „Es ist herrlich, eigenes Brot zu haben! Und es spricht für dich, dass du wieder allen erlaubst, mitzubacken, genau wie im letzten Jahr das Mahlen mit der Handmühle!", lobte sie weiter. „Alle Frauen im Günnemoor erkennen das an!"
„Na, nicht alle! Bertha Fricke ist es sicher egal, ob wir einen Ofen haben oder nicht!"

„Oh je, das Brot, das sie backen kann, nein, könnte, das möchte ich nicht essen!“ Louise lachte. „Wahrscheinlich würde ihr Teig im Ofen so fest am Boden haften, dass Früllerk es nur mit einer Axt rausschlagen könnte. Ihre Familie würde es aber trotzdem essen.“
„Und dazu Berthas Buttermilch trinken.“
„Genau! Line, von Piss-Jule weiß ich, dass Bertha vom Sandvoss-Hof Buttermilch für ihre Kinder holen darf. Sie schont sie jedoch und schüttet dann die neue zur alten Milch. Dass ihre Familie dieses Zeug trinken kann?“
Line guckte fragend.
„Nach kurzer Zeit beginnt die Buttermilch zu gären und blubbert und schäumt wie toll. Frickes brauchen abgehärtete Mägen!“
Line wurde durch Louises Gerede ein wenig abgelenkt, denn Angst hatte sie jetzt doch vor dem Gespräch, obwohl sie ja schon lange wusste, dass es auf sie zukommen würde.

*

„So, da bist du ja endlich! Das hat aber lange gedauert!“ Anna Sandvoss saß auf ihrem hohen Stuhl am Feuer. Es roch durchdringend nach frisch geröstetem Kaffee.
‚Sie thront‘, dachte Line. Dieser Gedanke half ihr, denn sie merkte, dass die Bäuerin die Situation vorbereitet und inszeniert hatte. Vielleicht machte auch ihr das Gespräch Angst oder sie wusste, dass sie nicht im Recht war. Ihr Verhalten stärkte Lines Selbstvertrauen jedenfalls sehr.
„Wer hat dir erlaubt, einen Backofen zu bauen?“
„Geht Euch das irgendetwas an?“ Line war sich nun sicher: Die Bäuerin war ebenfalls aufgeregt, denn diese Frage konnte Line natürlich sofort entkräften. „Wir können einen Backofen bauen wann und wie wir wollen! Da habt Ihr nichts dazu zu sagen oder zu verbieten!“
„Oh doch, das habe ich! Schließlich bin ich Bäuerin und ihr seid alle zusammen nur hergelaufenes Volk! *Dumme Lüe bruukt een toon regeern!*“

„Da täuscht Ihr Euch aber gewaltig!“ Lines Stimme wurde kräftiger und klarer, je länger sie redete. Aus den Augenwinkeln sah sie eine Bewegung. Klara, die Magd aus Tarmstedt, kam gerade aus der Mägdekammer. Abrupt blieb die junge Frau stehen, sie wollte wohl unbemerkt bleiben. Line beachtete sie nicht weiter, sie wurde ärgerlich: „Ihr solltet Euch lieber freuen, dass nun alle Frauen im Günnemoor ihr eigenes Brot backen können!“ Und – diesen Triumph konnte Line sich nicht verkneifen: „Oder verstimmt es Euch, dass die Dorfbewohner nicht mehr so abhängig sind? Mit Brotentzug könnt Ihr nun nicht mehr drohen! Das ist vorbei!“
„Was fällt dir ein, so mit mir zu reden! Ich bin Anna Sandvoss und die Bäuerin hier!“
„Und ich bin Line Grapenthien, Moorkolonistenfrau und ehemals erste Köchin im Hause des Kaufmanns Cornelius Eltermann!“ Line sprach ebenfalls mit einer klaren Stimme, sogar ein wenig durch die Nase. Das hatte sie bei reichen Bremer Frauen gehört und sich sonst darüber lustig gemacht. Nachahmen konnte sie es jedoch und es klang tatsächlich richtig vornehm. Sie hörte, wie Klara ein Lachen unterdrückte.
Louise dagegen blickte ihre Freundin verblüfft an.
Piss-Jule, die inzwischen natürlich ebenfalls angekommen war, hielt ihren Rock vorn hoch, um sich am Feuer zu wärmen, und starrte Line mit offenem Mund an.
„Ha, ha!“ Nur ein sehr künstliches Lachen brachte Anna Sandvoss hervor, sie war genauso überrascht.
‚Sie ist tatsächlich unsicher‘, dachte Line. ‚Wo ist die sonst so starke Frau geblieben? Was ist mit ihr?‘
Die Bäuerin war inzwischen jedoch hochrot im Gesicht und fing sich schnell wieder. „Wer hat dir erlaubt, so zu reden? Und wer hat dir erlaubt, meinen Knecht zu benutzen!“
„Ich rede, wie es mir passt! Und Hanken, der erhielt die Erlaubnis von Jacob. Und der hat doch hier das Sagen, oder? Schließlich ist er der Hoferbe! Aber davon merkt man ja nicht viel, wenn Ihr hier seid!“ Line redete sich in Rage.
Louise zog an ihrem Ärmel und flüsterte: „Line, du machst es schlimmer und schlimmer! Nicht nur für dich, auch für alle im Dorf! Hör’ auf!“

Das wirkte. Line versuchte, wieder einen klaren Kopf zu bekommen. Sie atmete tief durch. „Bäuerin, was wollt Ihr von mir?"
„Du reißt den Backofen wieder ein, anderenfalls wird es das ganze Dort bitter bereuen!" Anna Sandvoss hatte natürlich Louises Warnung gehört.
Line war zwar mulmig zu Mute, aber doch zu sehr in Fahrt, um einfach klein bei zu geben. „Oh nein, das werde ich nicht tun! Der Ofen bleibt und alle, die darin backen wollen, können kommen. Dieses Angebot wird jetzt schon genutzt! Eure Drohung ist umsonst!"
„Dann bekommt keiner mehr eine Arbeit bei mir!" Die Bäuerin wütete nun ebenfalls.
„Da werdet Ihr wohl schnell Probleme bekommen. Wer wäscht denn dann Eure Wäsche? Wer hilft auf dem Feld und später bei der Ernte? Ihr müsst dann wohl einige neue Knechte und Mägde anstellen!" Line konnte gut argumentieren. Ihre Sätze waren genau überlegt. Sie hatte diesen Streit in Gedanken schon mehrmals durchgespielt, denn sie durchschaute inzwischen, dass Anna Sandvoss genauso auf die Moorkolonisten angewiesen war, wie die Frauen und Männer auf die Arbeit und den Lohn des großen Hofes.
Die Bäuerin jedenfalls war völlig verblüfft und wusste wieder keine schnelle Antwort. Diese Kolonistenfrau war viel klüger, als sie gedacht hatte!
Line redete schnell weiter: „Und wegen deines Knechtes Hanken habe ich kein schlechtes Gewissen. Er erhielt die Erlaubnis und hat ihn gebaut. Ihm kannst du keinen Vorwurf machen!"
„Das werden wir ja noch sehen! Hier auf dem Hof entscheide ich über meine Knechte!"
„Nein, das tust du nicht!" Jacob war unbemerkt auf das Flett gekommen. „Wenigstens diese Regel wirst du einhalten und die Knechte, auch Hanken, in Ruhe lassen! Mit mir magst du wütend sein, aber lass' das nicht an Line oder den anderen Dorfbewohnern aus!"
Erschrocken sahen alle auf den Mann, der auf Wollsocken zum Feuer kam. Er ließ sich mit einem hörbaren Plumps auf seinem Stuhl nieder. „Was ist hier eigentlich los?"

Line sah, dass Klara geräuschlos rückwärts in der Mägdekammer verschwand. Piss-Jule hatte bei dem Streit zwar Mund und Augen groß aufgesperrt, sie fing sich jedoch als Erste, denn sie genoss die Auseinandersetzung außerordentlich. „Der Backofen wird abgerissen! Und Hanken kriegt noch mehr Ärger!“, schrie sie.
Jacob runzelte die Stirn und machte Piss-Jule gegenüber nur eine abfällige Handbewegung. „*Mudder*, schick' die Frauen weg! Das ist etwas zwischen dir und mir! Das muss nicht das ganze Dorf erfahren!“
Anna Sandvoss holte hörbar Luft, bevor sie jedoch auch nur ein Wort sagen konnte, war Jacob aufgesprungen, hatte ihr seine Hand unter den Arm geschoben und sie hochgezogen. Er führte sie so rasch zur Wohn-Dönz und machte hinter ihnen beiden die Tür resolut zu, dass sie keine Möglichkeit zum Protestieren hatte.
Line und Louise sahen sich an. So gebieterisch wie sonst war die Bäuerin nicht! Was war nur mit ihr los?

Ein Kump voll Suppe

„Sind sie weg?“ Klara steckte den Kopf aus der Mägdekammer. „Anna Sandvoss soll nicht merken, dass ich euren Streit mitbekommen habe!“ Sie ging zur Feuerstelle, stellte zwei kleine Schüsseln nebeneinander auf die steinerne Erhöhung und füllte mit dem *Sleev* Milchsuppe aus einem Grapen, der seitwärts der Glut stand, hinein. „Ihr habt doch sicher Hunger? Es war bestimmt keine Zeit für die zweite Morgenkost zu Hause“, meinte Klara, während sie Löffel vom Wandbord holte und sie Line und Louise in die Hand gab. Sie reichte jeder eine Schüssel und forderte sie auf, sich im Flett an den Tisch zu setzen und zu probieren.

Louise löffelte sofort die Suppe und schmatzte leise anerkennend.

Line dagegen bewunderte zuerst einmal die Schüssel. Es war keine gedrechselte Holzschale, so, wie bei ihr zu Hause, sondern Irdenware. Diese Art Schüsseln waren Line vertraut. Das Personal aus Bremen gebrauchte sie. Line wünschte sich sehnsüchtig einige für ihren Haushalt. Die Kaufmannsfamilie selber benutzte selbstverständlich nur englisches Porzellan und Line vermutete, dass Anna Sandvoss ebenfalls gutes Geschirr aus Porzellan in der Wohn-Dönz im *Prohlhans* verwahrte. Während sie den Löffel in die Milchsuppe steckte, wurde ihr plötzlich wieder schlecht. Die Suppe roch merkwürdig, ein wenig wie … Line fiel es nicht ein. Ihr war so übel, dass sie nicht nachdenken konnte.

„Magst du die Suppe nicht?“ Klaras besorgte Stimme ließ Line aufblicken.

„Ich weiß nicht recht, mir ist nicht gut …“

„Dann ess’ ich den *Kump leddig*!“ Piss-Jule riss Line empört die Schüssel aus der Hand. Ihr war keine Suppe angeboten worden. Eine Unverschämtheit war das von dieser Magd!

„Jule!“, schrie Klara auf.

Alle drei Frauen erschraken.

Piss-Jule zog Line blitzschnell den Löffel aus der Hand und schöpfte mit einer raschen Bewegung Suppe. Bevor sie ihn jedoch zum

Mund führen konnte, schlug Klara ihn ihr aus der Hand. Danach haute sie von unten gegen die Schüssel, die im hohen Bogen durch die Luft segelte und krachend auf den Flettsteinen zerbarst.
„Klara, was tust du da? Jule hätte meine Suppe haben können!"
Nicht nur Line war völlig verblüfft über die Reaktion der Magd. Piss-Jule blickte in ihre leere Hand, als suche sie dort nach der Schüssel. Schnell fasste sie sich und kreischte los: „Das sag' ich der Bäuerin! Du hast mich geschlagen! Und die Schüssel wirst du neu kaufen müssen!"
Klara rief im Niederbücken: „*Wees still, du ol Wief!*", und sie sammelte schon die Scherben auf. „Du warst heute Morgen doch schon hier und hast reichlich von der Suppe gegessen. Mehr gibt es nicht!" Und als Line ihr helfen wollte, stieß sie sie weg: „Lass das, ich kann das allein!"
Urplötzlich wusste Line, wie die Suppe roch: nach der Mettwurst, die Korl-Fofftein vom Sandvoss-Hof bekommen hatte.
„Klara, kann es sein, dass die Suppe nicht gut ist?"
Louise sah erschrocken auf ihre leere Schüssel. Ihr hatte die Suppe ausnehmend gut geschmeckt.
„Deine Suppe ist in Ordnung!", fauchte die Magd Louise an.
„Klara, was ist mit dir? Du bist so anders als sonst!"
„Das kann ich nicht mehr hören! Dauernd diese Fragen und dauernd wird gemeckert: ‚Du bist ja so anders!' Ich war bisher noch neu hier und schüchtern. Jetzt bin ich eben eingewöhnt!"
Louise hatte die Magd noch nie so *itzig* erlebt.
„Jacob Sandvoss, *kumm gau*!" Ein fremder Mann rief im Hof und kam durch die *Groot-Döör* gelaufen.
Jacob stand auch schon in der geöffneten *Dönz*-Tür. „Was ist denn heute los! Immer neues Geschrei! Nun ist aber gut!"
Der Fremde rang nach Atem, brachte aber stoßweise hervor: „Bauer, in einer unserer Torfkuhlen liegt Eure neue Magd, die aus Tarmstedt! *Se is verdrunken!*" Er ließ sich auf die Flettbank sinken und hielt sich die Seite. Beim Aufblicken sprang er jedoch wie gestochen wieder hoch. „*Ne, ober ok! Dat geit jo mit den Düvel too! Hier steiht se jo!*" Erschrocken zeigte er auf Klara.
Die Magd wich einen Schritt zurück und war schneeweiß im Gesicht geworden. „Wo hast du mich gesehen?"

„Und wer bist du überhaupt?" Jacob zeigte auf den Knecht. Er reagierte schnell.
„Ich bin Lüer Wendelkens Knecht aus Ströhe." Er schüttelte dabei ohne nachzulassen den Kopf und ließ Klara nicht aus den Augen, trotzdem atmete er wieder ruhiger und konnte erklären: „Wir sind im Torfstich. Da so lange nasses Wetter war, holen wir jetzt den Wintertorf ab. Mir war in einer der besonders tiefen Kuhlen eine Unregelmäßigkeit aufgefallen. Da steht viel Wasser und an einer Seite, wo die Torfwand eingefallen ist, sah es aus, als schwämme dort Stoff, karierter Stoff, wie von einer Schürze. Da ich nicht nass werden wollte, bin ich nicht weit in die Kuhle hinuntergeklettert, sondern hab' nur mit dem Spaten so an dem Stoff herumgestochert!"
Klara unterdrückte einen Wehlaut, den anderen standen die Nackenhaare hoch. Sie trauten sich kaum, zu atmen.
„Und plötzlich bewegte sich etwas, drehte sich und ein Körper tauchte aus dem Wasser auf. Zuerst dachten wir ja, es sei der Körper zum *Lieken-Kopp*, den Korl-Fofftein gefunden hat, aber dann erschien ein Gesicht! Ich kannte es sogar! Es war dein Gesicht!", wandte er sich nun direkt an Klara. „Weißt du noch? In Scharmbeck auf dem Kramermarkt, da standen wir zufällig nebeneinander vor den Kuchen und da hast du mir schön getan. Ich kaufte dir sogar einen Becher starkes Bier." Den Knecht überlief ein Zittern. „Aber wieso bist du auf einmal hier? Und wieso schwimmst du nicht im Moorwasser? Ich bin doch nicht *mall*! Auch die anderen Knechte haben den Körper gesehen, sie kennen dich nur nicht. Ich sage, das war dein Gesicht da im Wasser! Das geht doch nicht mit rechten Dingen zu!"
„De Düvel! Dat weer de Düvel! Du hest den Düvel seen!" Piss-Jule kreischte, gleich nachdem sie alles begriffen hatte.
„Jule, *hol op*!", befahl Jacob, obwohl auch ihm nicht wohl war. ‚Was hat das zu bedeuten?', überlegte er. „Bist du dir wirklich sicher, dass es das Gesicht von Klara war?"
„So seeker as n Gebet inne Kark!", beteuerte der Knecht. „Aber wenn sie doch hier steht? *Leebennig?* Das ist unheimlich!" Er schüttelte weiter den Kopf und sah Klara an. „Du bist doch Klara, oder?"

Aufgrund dieser Frage erinnerte sich Line, wie verblüfft sie in der Kirche über das Verhalten der Magd gewesen war, so, als wären da zwei unterschiedliche Personen. Sie griff eine Eingebung auf: „Klara, hast du dem Knecht hier auf dem Scharmbecker Markt schöne Augen gemacht?"
„Ja, natürlich!" Zwar trotzig und unwirsch, aber mit großer Sicherheit antwortete die Magd.

Finale

Line sah eindringlich auf Jacob. Der erinnerte sich an das Treffen im vergangenen Jahr mit Jürgen Christian Findorff und nickte. Er verstand ihre wortlose Frage und traute ihr zu, Klarheit in diese verworrene Geschichte zu bringen. Sie hatte wohl eine Idee oder verfolgte eine Spur.
Mit Jacobs stillschweigender Erlaubnis fragte sie nun mutig: „Klara, war das bevor oder nachdem wir uns am Kiefernwäldchen getroffen haben?"
„Welches Kiefernwäldchen meinst du?"
„Na, das in der Nähe der Moorstelle, auf der heute das Gesicht zu sehen war."
Louise wunderte sich. Line war wohl nicht mehr übel, auch Angst vor dem, was der Knecht berichtete, schien sie nicht zu haben. Louise spürte aber, Line wusste, was sie tat. Sie fragte Klara aus, das ging in eine bestimmte Richtung, nur in welche, das wusste Louise nicht.
„Ach, das Wäldchen meinst du! Was soll ich da getan haben?" Wachsam wirkte die Frage.
„Na, du warst doch bei Stille-Catharine!"
„Ach so, ja klar!" Mehr sagte Klara nicht, sie beobachtete jedoch Line ganz genau.
„Du warst doch bei ihr, um dir einen Rat zu holen."
„Ja."
„Weißt du nicht mehr? Du hattest Leibschmerzen und brauchtest einen Tee."
„Aber das stimmt doch …" Louise hielt mitten im Satz inne, denn Line drehte sich ihr abrupt zu und sah sie kurz und bedeutungsvoll an.
„Jaa …", kam die Antwort gedehnt und zögernd.
„Und Stille-Catharine gab dir einen Kräutertee aus *Schischken*! Hat der denn geholfen?"
„Hm, jaa …" Auch dieses Ja kam stockend und vorsichtig.
„Das ist aber schön!" Line redete gleich weiter: „Und als wir beide uns dann das nächste Mal trafen, Klara, das habe ich in wun-

derbarer Erinnerung, denn wir haben so schön zusammen gesungen. Ich kannte das Lied zuerst nicht, aber du hast eine herrliche Stimme. Ich konnte es ganz schnell von dir lernen. Wie geht doch noch der Anfang?"
„Das weiß ich jetzt nicht!" Trotzig drehte sich Klara vom Feuer weg und machte Anstalten, zu gehen.
„Oh, nein, Klara, oder wie auch immer du heißt! Du bleibst hier!" Nun war sich Line absolut sicher. „Du bist gar nicht Klara! Du bist ihr Zwilling!"
Den Protest der Magd unterband Jacob mit einem strengen: „*Hol an!*" Er schlug sich mit der flachen Hand vor die Stirn. „Natürlich, das ist die einzig überzeugende Erklärung! Dass ich da nicht selber drauf gekommen bin!" Grob fasste er die Magd an der Schulter und schob sie zur Bank. „Setz' dich! Schon vor ein paar Tagen ist mir aufgefallen, wie sehr du dich verändert hast. Vorher warst du immer so zurückhaltend und leise und auf einmal wurdest du laut und warst sogar die Sprecherin der Mägde. Ein Zwilling! Wer denkt schon an so was?"
„Wer bist du?" Line sah der Magd fest in die Augen. Die wehrte sich, obwohl Jacob sie festhielt, und rief: „Das ist alles Blödsinn! Ich bin kein Zwilling, ich bin Klara!"
„Ja klar!" Line lachte. „Und du hast dir *Schischken* als Kräutertee geholt? Weißt du überhaupt, was *Schischken* sind?"
Louise wusste nun, welche List Line angewendet hatte, und begann zu lachen. „Wenn du Klara bist, dann weißt du, was das ist!"
„Warum? Ich habe es eben einfach vergessen!"
Line widersprach vehement: „Nein! Du mochtest gerade dieses Wort so sehr. Du hast es dir, wie im Gesang, immer wieder und wieder gesagt: ‚*Schischken.* Das klingt so weich!', meintest du. Das kannst du nicht vergessen haben!"
„Doch!"
„Ich kann es ja noch einmal versuchen: Wer war denn bei mir, als wir uns am Kiefernwäldchen trafen?"
„Du und Louise, wer sonst?" Das klang schon etwas selbstbewusster.

„Siehst du, auch das stimmt nicht! Die vielen Kinder hast du wohl übersehen?“
„Wieso? Die zählen doch nicht!“ Überheblich und verächtlich kam die schnelle Antwort. „Ich dachte, du fragst nur nach Erwachsenen. Natürlich waren da Kinder.“ Die Magd versuchte, aufzustehen.
Jacob drückte nur kurz seine Hand noch fester auf ihre Schulter, sofort gab sie den Versuch auf.
„Nun, wenn du meinst. Wir trafen uns übrigens kein zweites Mal und gesungen haben wir auch nicht. Überleg' also noch mal, was *Schischken* sind!“
„Der Tee aus diesen Kräutern hat sehr gut geschmeckt und er hat geholfen!“
„Hast du beim Aufbrühen nicht gemerkt, dass deine Kräuter in Wirklichkeit Kiefernzapfen waren?“
Die Augen der Magd blitzten Line zwar wütend an, sie wusste jedoch, dass sie verloren hatte.
„So, und nun noch einmal: Wie heißt du wirklich?“
„Ich bin Lara.“ Tränen füllten ihre Augen, sie begann zu weinen, schaute aber zum Knecht. „Wenn du mein Gesicht in dem Torfstich gesehen hast, dann kann das nur bedeuten, dass meine Schwester tot ist.“ Sie verbarg ihr Gesicht in beiden Händen und schluchzte und weinte mitleiderregend.
Die beiden Männer wirkten betreten, Line dagegen glaubte nicht so recht an die große Traurigkeit. „Wann hast du Klara denn das letzte Mal gesehen?“
Lara gab keine Antwort, sie schluchzte weiter und weiter.
„Du musst doch gewusst haben, dass deine Schwester tot ist! Oder warum hast du statt ihrer hier gearbeitet?“
„Wir machen das öfter.“ Lara nahm ihre Hände vom Gesicht, ihre Tränen versiegten schlagartig. Sie verteidigte sich. „Das war an dem Markttag, als ich dich traf“, zeigte sie auf den Knecht, der nur nickte. „Da haben wir getauscht. Klara hat meine Stelle eingenommen.“
„Und wo ist deine Stelle?“ Das kam von Jacob.
„Na, bei … bei … auf dem Pastorenhof.“
„Auf welchem Pastorenhof? In Scharmbeck?“

„Nein, in Worpswede!"
„So, so. Ich war am vergangenen Sonntag mit meiner Mutter auf dem Hof eingeladen, nach dem Gottesdienst. Niemand dort sprach von einer neuen Magd, es bediente, wie immer, Metta. Keiner fragte nach einer verschwundenen Magd und glaub' mir, das wäre zur Sprache gekommen. Vor allem, weil meine Mutter Klara ja aus Tarmstedt hierher mitgebracht hatte, nachdem ihr Bauer und ihre Bäuerin gestorben waren. Lara, ich glaub' dir nicht! Sag' die Wahrheit!"
Lara versuchte wieder, aufzustehen. Drohend rückte Jacob noch näher an sie heran. „Du bleibst hier sitzen, bis das Lügen ein Ende hat!"
Nun versuchte es Line wieder: „Wen hat die Bäuerin hierher mitgebracht, Klara oder dich?"
„Das war Klara. Die jammerte und heulte ja dem Knecht, diesem Dedo, hinterher, dabei habe ich ihr gleich gesagt, dass der nichts mehr von ihr wissen wolle!"
„Aber es muss doch wenigstens in Tarmstedt aufgefallen sein, dass ihr zu zweit wart! Wo hast du denn geschlafen?"
„Ich war auf dem Hof. Das wusste außer Klara aber niemand. Sie hielt mich versteckt. Keiner ahnte doch, dass sie ein Zwilling war."
„Aber warum habt ihr es denn nicht verraten?"
„Ha! Ja, das fragte diese dumme Pute auch immer! Es machte so doch viel mehr Spaß. Klara wollte aber nicht. Nie mochte sie, dass ich Klara war. ‚Das kommt raus und dann werden wir bestraft!' Und dann heulte sie jedes Mal los!"
„Hattest du denn keine Arbeitsstelle?"
„Nein, ich war doch bei unseren Eltern in der Kate, aber für die war ich nur eine willkommene Magd. Ich musste arbeiten und arbeiten und immer nur für die beiden Alten da sein! Ich hab' das nicht ausgehalten! Und dann sind sie ja auch beide ganz schnell gestorben!"
„Wie ganz schnell gestorben?"
Lara beugte sich mit ihrem ganzen Oberkörper vor, sie war gesprächig geworden: „Die beiden Alten bekamen plötzlich Krämp-

fe und haben gebrochen wie toll! Das sprudelte nur so aus ihnen heraus! Und dann waren sie tot!"
„Na, in deiner Nähe sterben aber viele Menschen ..." Der Knecht schüttelte sich, ihm war diese junge Frau nicht geheuer.
Line jedoch kam ein schlimmer Verdacht. „Hatten sie so ein Brennen im Mund?"
„Ja, klar! Äh ... ich weiß nicht ..." Lara zögerte und war plötzlich gar nicht mehr so redselig. Sie lehnte sich zurück und senkte den Kopf.
„Haben sie kurz vorher etwas gegessen?"
Lara zuckte nur mit den Schultern, schaute aber einmal kurz, wie lauernd, hoch.
„Lara, antworte!" Jacobs Stimme war eisig. Er packte die Magd wieder an der Schulter und schüttelte sie energisch. „Los, rede!"
„Das weiß ich nicht." Sie sackte in sich zusammen und wirkte wie ein Häufchen Elend.
Für Line war es nun offenkundig: „Jacob, hat Eure Mutter oder jemand anderes aus Tarmstedt genau erzählt, wie das Ehepaar Hoopenstede gestorben ist?"
„Da muss ich mal überlegen ..."
„Wir können doch Eure Mutter fragen!"
„Nein", winkte Jacob ab. „Lass' sie im Moment in Ruhe. Es geht ihr nicht gut."
Line verstand und sagte eindringlicher: „Jacob, dann überlegt Ihr bitte genau!"
„Was hast du denn für einen Verdacht?"
„Einen schrecklichen! Ich glaube, dass ihre Eltern", sie zeigte auf Lara, „und Korl-Fofftein auf dieselbe Art gestorben sind, so, wie das Tarmstedter Ehepaar!"
„Schlechtes Essen gibt es immer mal wieder!", maulte Lara. Sie hörte angespannt zu.
Line war sich inzwischen sicher, dass es eine grauenvolle Wahrheit gab. Sie bemühte sich weiter: „Jacob, was wisst Ihr über den Tod der Hoopenstedes?"
„Ich glaube, meine Mutter sprach von einem qualvollen Tod und von Vergiftung. Ja, genau, jetzt weiß ich es! Der Knecht soll seinen Bauern und die Bäuerin und den Hofhund vergiftet haben!"

„Aber welche Anzeichen gab es für eine Vergiftung?“
„Meine Mutter sagte, beide hätten über ein Brennen im Mund geklagt, dann sei ihnen übel geworden und sie hätten Herzschmerzen gehabt. Furchtbar sollen jedoch die schweren Krämpfe gewesen sein. Auch erbrachen sie blutigen Schaum und selbst der Hund röchelte. Alle drei sind dann wohl erstickt!“
„Roch das Essen nach Sellerie?“
Lara kam bei dieser Frage plötzlich hoch. „Woher weißt du …?“, brach aber mitten im Satz ab.
„Nun hast du dich wohl versprochen, Lara!“ Line war schrecklich zu Mute. Sie warnte: „Jacob, halt’ sie gut fest! Ich glaube, sie hat die Menschen vergiftet, und eben, da wollte sie mich töten!“
Lara wehrte sich, als Jacob sie wieder fester packte und auf die Bank zwang. Sie rief: „Warum sollte ich auch dich vergiften?“
Nun war es gesagt! Ganz deutlich hatte sie eben gesagt: auch vergiften! Sie hatte sich selber verraten!
„Du hast also getötet! Mehrmals!“
Fast schnippisch presste Lara ihre Lippen zusammen. „Und wenn schon? Es ist ja so einfach.“
„Menschen zu vergiften, ist einfach?“
„Ja!“
„Aber womit hast du sie vergiftet?“
„Mit Wasserschierling. Ich weiß eine Stelle, an der er wächst.“
Fassungslos sahen alle auf die Magd, die so harmlos über Gift sprach.
„Die Menschen, sie haben doch selber Schuld, wenn sie so lecker sind!“
„Wie, es gibt Menschen, die essen das Kraut gern?“ Da Lara nur verständnislos guckte, bemerkte Line ihren Fehler. „Das bedarf keiner Antwort! Aber wenn Menschen lecker sind, dann bedeutet das, du hast versucht, herauszubekommen, was jemand gern isst, und hast ihn dann mit dem Gericht gelockt?“
„Ja, ich sag’ doch, es ist leicht! Meine Eltern liebten Birnen, Bohnen und Speck, da gab ich mir viel Mühe mit dem Kochen und hab’ anschließend von der Wurzel etwas darübergerieben. Sie merkten es gar nicht, glaub’ mir! Sie schlangen und stopften das

Essen in sich hinein, bis der *Kump* leer war. Mir boten sie nicht einmal davon an. Da hatten sie doch selber Schuld!“

„Und Dedo, der Knecht aus Tarmstedt, hast du den auch getötet? Was hatte der dir denn getan?“

„Der?“ Lara lachte auf. „Nichts! Der war doch auf Klaras holde Schönheit hereingefallen – als wenn ich nicht die Hübschere bin!“

„Wieso? Ich denke, ihr seid Zwillinge? Und seht gleich aus?“, wunderte sich Jacob.

„Pah! Was wisst Ihr schon! Ich bin viel lebendiger als Klara gewesen. Ich habe Temperament, sagen die Leute. Klara war immer ein Duckmäuschen, leise und zurückhaltend.“

„Vielleicht mögen Männer das?“ Es wurde deutlich: Jacob mochte sanfte Frauen lieber.

„Und warum hast du Dedo vergiftet und nicht deine Schwester?“

„Hab' ich doch!“, triumphierte Lara und schlug sich dabei die Hand vor den Mund. Inzwischen kokettierte sie mit ihren Morden. Keiner der Anwesenden konnte das nachvollziehen, es war morbide, sie hingen aber trotzdem an ihren Lippen.

„Deine eigene Schwester hast du auch umgebracht?“ Jacob war fassungslos.

Louise und Piss-Jule hatten sich derweil zusammen mit dem Knecht ein wenig in den Hintergrund verzogen.

„Wie konntest du deine Schwester töten? Du musst sie doch lieb gehabt haben!“

„Ha, Liebe! Sie wurde doch als Säugling zu Hoopenstedes gegeben! Die wussten nichts von Zwillingen, nur, dass meine Eltern noch weitere Kinder hatten. Wir durften dafür die kleine Kate bewohnen und Land bewirtschaften. Ich glaube, es gab sogar noch Vieh dazu. Das war aber Unrecht! Sie haben das falsche Kind verkauft. Warum wurde nicht ich zu den reichen Bauern gegeben? Aber nein, ich musste in dieser jämmerlichen *Klitsche* aufwachsen. Klara dagegen wusste von Anfang an, dass sie den Hof einmal erben würde. Den Fehler meiner Eltern, den musste ich doch bereinigen!“

Das Grauen nahm kein Ende. Eifersucht und Neid waren aber eine Erklärung für die Morde.
Nach einem tiefen Atemzug versuchte Line, eine Reihenfolge in das grausige Geschehen zu bringen. „Wer starb denn eher, deine Schwester oder Dedo?"
„Na, der Knecht doch! Nach den Bauersleuten in Tarmstedt natürlich. Und der Hund darf nicht vergessen werden, der knurrte mich immer an. Der konnte Klara und mich unterscheiden. Der hätte mir doch sonst den ganzen Spaß verdorben."
„Spaß? Welchen Spaß denn?" Nicht nur Line war fassungslos.
„Na, mit den Verwechslungen natürlich! Wie gern war ich Klara, mit all den Annehmlichkeiten als Erbtochter!"
„Aber hat das denn niemand gemerkt? Die Menschen in Tarmstedt kannten deine Schwester doch besser als wir sie … äh, oder dich kannten, äh … kennen!"
„Darum bin ich ja auch so anfällig gegen das Gerede. ‚Was ist mit dir? Du bist so anders als sonst!' Immer wieder sagten es die Hoopenstedes und einmal sogar der Dedo, der Knecht. Ich wollte mit ihm liebkosen, aber er schubste mich weg. ‚Das ist, als wärest du nicht Klara!', sagte er. Und da hab' ich mich mit ihm verabredet, am Sonntag, am Nachmittag. Er wollte natürlich nicht. ‚Mit dir allein? Das schickt sich nicht! Wir werden doch bald heiraten. Lass' uns so lange warten!' Also erfand ich an einem Werktag eine Arbeit für ihn im Wald. Hoopenstedes hätten das so entschieden, sagte ich zu ihm und spielte wieder Klara, schaute ihn mit großen Kuhaugen an, zerdrückte ein paar Tränen. ‚Tu' es gleich, schließlich wird es ja bald unser Hof sein!' Und prompt ging er. Ich bin ihm nur gefolgt. Von Klara wusste ich, die dumme Pute erzählte mir ja alles, von ihr wusste ich seine Leibspeise: das Schwanzstück vom Ochsen mit Zwiebeln gedämpft. Also sorgte ich für das Essen an diesem Tag und brachte es ihm. Beinahe wurde ich jedoch erwischt. Vorher, ich war noch in der Küche und eine der Mägde schaute mich ganz entgeistert an: ‚Gerade eben warst du doch noch bei den Kühen, Klara!' Mit einer kleinen Ausrede beruhigte ich die *Deern* und dann hättet ihr mal sehen sollen, wie der Dedo sein Essen gewürdigt hat!" Stolz, mit Zufriedenheit gepaart, sprach aus Lara.

„Und das Gift war auch in diesem Essen?“
„Selbstverständlich!“
„Und …“ Line mochte es kaum aussprechen. „Und dann hast du gewartet und zugeguckt, bis er tot war?“
„Nein, das doch nicht! Er begann, zu laut zu schreien und zu stöhnen, dem musste ich ein Ende machen! Das hätte vielleicht noch jemand gehört! Mit einem Knüppel schlug ich ihm den Schädel ein!“ Stolz blickte Lara auf Line.
Line setzte sich auf die Bank, nicht in Laras Nähe, sondern ganz ans andere Ende. Sie mochte der jungen Frau nicht nahe kommen. Sie fühlte sich nicht gut, ihr war ganz *schwummerig* zu Mute bei diesem furchtbaren Geständnis. Wie sehr sehnte sie sich Früllerk her! Der war zwar sicher schon auf dem Heimweg, aber eben noch nicht da! Trotzdem führte sie ihre Befragung fort. „Warum mussten Hoopenstedes sterben?“
„Na, du stellst vielleicht Fragen!“ Das war überheblich und hochfahrend. Es schien, als brüstete sich die Mörderin mit ihren Taten. Sie wirkte stolz, weil nur sie auf solche Ideen gekommen war. „Klara erbt schließlich den Hof!“
„Ja, aber sie ist doch inzwischen selber tot!“ Der Knecht verstand es nicht. Lara war ihm unheimlich und das, was sie sagte, unlogisch.
„Du bist dumm!“, tadelte Lara in seine Richtung, wendete sich jedoch sofort wieder Line zu. Sie schien die Einzige zu sein, die ihre Leistungen, das Morden, anerkannte, sonst würde sie wohl nicht so viel und ausführlich fragen. „Ich bin doch Klara, nachdem die dumme Pute tot ist, also erbe ich alles! Ha! Dass ihr es nur wisst!“
Line mochte eigentlich nichts mehr erfahren, es war aber noch nicht ausgestanden, denn es gab ja noch einen Toten. „Hast du auch Korl-Fofftein getötet?“
„Das musste ich doch!“ Lara nickte so kräftig mit dem Kopf, dass man meinen konnte, sie haute damit die Bestätigung in die Luft. „Sein Bruder, der jämmerliche Fati, der hat ihm doch von dem Goldreif erzählt!“
Line schwirrte der Kopf. Was bedeutete nun der Goldreif?

Das wusste jedoch Piss-Jule. Wie ein Kobold kam sie nach vorn geschossen und baute sich neben Jacob, direkt vor Lara auf. „Den goldenen Armreif, den habe ich gesehen!“ Sie fuchtelte mit ihrer rechten Hand herum, umschloss dann ihr Handgelenk mit der linken, um es anzudeuten. „In der Mägdekammer war er versteckt, in der Aussteuertruhe!“
„Hat Klara ihn dir gezeigt?“ Verblüfft fragte nun wieder Jacob.
„Nein, ich … äh …“ Piss-Jule konnte tatsächlich noch verlegen werden. „Ich hab’ es zufällig mitbekommen.“
„Du hast also geschnüffelt? Hier in meinem Haus?“ Jacob drohte jedoch nur mit der Stimme. Er kannte Piss-Jule und hatte sich sozusagen an sie und an ihre Art gewöhnt. Aber Lara? Keiner der Anwesenden hatte bisher einen Menschen wie Lara erlebt. Auch ihm war scheußlich zu Mute.
„Ich frage mich doch, woher hat ’ne *Deern* einen so kostbaren Reif? Sicher doch gestohlen!“ Piss-Jule wurde wieder mutiger. Das Warten hatte sich gelohnt. Jetzt hatte sie ihren Triumph!
„Den bekam sie vom Knecht, dem Dedo, geschenkt. Das hat sie mir erzählt und ihn auch gezeigt. Der ist vielleicht schön, ganz viel Gold, dick und schwer!“, schwärmte Lara und verdrehte entzückt die Augen. „Und er fühlt sich am Handgelenk so warm an. Was sollte die dumme Pute denn mit einer solchen Kostbarkeit? Der war doch für mich bestimmt!“
Piss-Jules Triumph war schnell zunichte gemacht worden.
‚Lara ist nicht normal!‘, kam es Line in den Sinn. ‚Sie prahlt ja förmlich mit den Morden. In ihrem Kopf muss irgendetwas kaputt sein!‘
„Und woher soll ein Knecht einen goldenen Armreif haben? Dann hat eben er ihn geklaut!“ Piss-Jule gab nicht so schnell auf.
„Den fand er beim Graben im Torf!“, lachte Lara nun wieder laut auf. „Im Moor sind manchmal Schätze versteckt, am Ende des Regenbogens. Das behauptete Klara jedenfalls immer.“
„Das ist doch Blödsinn! Wie soll ein Goldreif ins Moor gelangen?“ Piss-Jule hielt immer noch an ihrer Idee fest.
„Auf die gleiche Art, Jule, wie unser Mahlstein. Den fanden wir auch im Moor.“ Line glaubte zwar nicht an die Regenbogen-Geschichte, sie konnte sich die Funde aber auch nicht erklären. Sie

lenkte auch gleich wieder zurück zu Lara. Wer wusste denn, wie lange sie noch so mitteilsam blieb? „Und den Reif wolltest du also haben?“

Lara nickte mit strahlenden Augen.

„Aber warum hast du Korl-Fofftein getötet?“

„Na, Fati erzählte es seinem Bruder. Das durfte aber niemand wissen! Und weil sie es beide weiterverraten haben, mussten sie sterben!“

Wenn Line nicht schon gesessen hätte, ihre Beine hätten jetzt versagt. Es wurde ja immer schrecklicher! Sie fühlte aber, dass sie immer weiterfragen musste, egal, wie entsetzlich es noch würde! Sie atmete tief durch. „Du hast auch Fati getötet? Aber der ist doch aus der Dachluke gefallen!“

„Ja, weil ich ihm einen Schubs gegeben habe!“ Laras Augen funkelten vergnügt.

Plötzlich war Line alles klar: Lara hatte vermutet, Fati würde es verraten, darum musste er sterben. Sie glaubte, er hätte es seinem Bruder erzählt, darum musste auch der sterben. „Und du nahmst an, Korl-Fofftein hätte mir etwas erzählt, so dass ich auf deine Spur gekommen bin?“

Die junge Frau blickte Line unbewegt an. „Dir und deinem Früllerk natürlich auch!“

„Oh, Lara, wir wussten es nicht. Niemand hat etwas gesagt. Wenn du mir nicht das Gift in die Milchsuppe getan hättest, wäre ich kaum auf die Idee gekommen, dass du eine Mörderin bist!“

Lara blinzelte, als wäre sie hellstem Sonnenlicht ausgesetzt. Dann schüttelte sie heftig den Kopf und schrie laut: „Nein, du hast das gewusst! Das weiß ich ganz genau! Nachdem ich die Mettwurst mit dem Gift gespickt hatte, ich pickte kleine Löcher und schob mit der Nadel getrocknete Schierlingsstückchen tief hinein, da blieb noch ein klein wenig übrig! Damit wusste ich, ihr müsst als Letzte sterben, dann kann ich nach Tarmstedt und mein Erbe antreten!“ Lara stand auf.

Jacob schubste sie erschrocken zurück und gerade eben noch voller Energie, saß die Magd plötzlich wieder völlig teilnahmslos auf der Bank.

Line wollte es zum Abschluss bringen. „Aber warum hast du Jule den *Kump* aus der Hand geschlagen?"
Lara sah Line verständnislos an. „Aber sie hat doch nichts gewusst." Und im Brustton der Überzeugung: „Ich konnte sie doch nicht sterben lassen! Ich töte doch nicht!"
Fast wie zu einem Kind meinte Line leise: „Lara, erst dadurch bin ich misstrauisch geworden. Du hast dich durch diese eine gute Tat selber verraten!"
Wie betäubt wirkte Lara immer noch. Wie ein Häufchen Elend saß sie auf der Bank, ihre Augen blitzten nicht mehr, sie waren stumpf.
„Oh, haua haua ha! Bauer, was machen wir jetzt mit ihr? Sie muss wohl zum Amtmann nach Osterholz gebracht werden! Sollen wir sie mitnehmen? Wir sind ja mehrere kräftige *Mannslüe* und können sie halten, falls sie fortlaufen will!" Der Knecht schüttelte den Kopf: „Na, ob die für ihre Taten gehängt wird, ist noch fraglich! Die gehört ja weggesperrt ins Armenhaus!"
„*Klei mi anne Fööt!*" Ohne Vorwarnung und bevor auch nur einer der Anwesenden reagieren konnte, war Lara aufgesprungen, hatte sich unter Jacobs Armen hindurchgeduckt, stieß den Knecht zur Seite, schlüpfte durch die Tür der Mägdekammer und – verriegelte sie hinter sich.
Völlig verdutzt sahen sich Jacob und Line an. Der Knecht hielt seine Arme noch, als wolle er Lara greifen. Betreten senkte er sie und bat, sich setzen zu dürfen. Auch Louise kam und ließ sich schwer auf der langen Bank nieder. Line fühlte sich völlig ausgelaugt und kraftlos. Jacob legte beide Hände flach auf die Tischplatte, um sich zu stützen. Niemand sprach, das eben Gehörte und Erlebte musste erst einmal begriffen werden. Selbst Piss-Jule traute sich nicht, zu stören. Sie blieb im Hintergrund.
„Wie kriegen wir Lara denn bloß dazu, wieder aus der Kammer herauszukommen?" Louise war die ganze Zeit nur Zuschauerin gewesen, sie fasste sich als Erste.
Line schoss so plötzlich hoch, wie vorher Lara. „Hat die Kammer ein Fenster?"

„*Ne, ober ok, klor doch!*" Jacob rannte schon mit großen Sätzen zur Seitentür. Er riss sie fast aus der Verankerung, so stürmisch schob er den Riegel und zog die Tür auf.
Der Knecht folgte ihm und nur einen winzigen Augenblick später hörten sie Jacob: „*Verdori noch een mol!* Sie ist tatsächlich entwischt!"
Er stürzte wieder zurück aufs Flett, kurz darauf wurde die Kammertür von innen geöffnet. Der Knecht war durchs Fenster gestiegen. Alle drängten sich kurz danach in der Kammer und sahen es: Der Deckel der Aussteuertruhe war hochgeklappt und das kleine Seitenfach stand offen.
„Trotz der Eile hat sie den Armreif nicht vergessen!", staunte Louise.
„Wir müssen sie suchen! Weit kann sie ja noch nicht gekommen sein!", entschied Jacob. Eben hatte er Line den Vortritt gelassen, jetzt übernahm er die Führung. „Kannst du reiten?", fragte er den Knecht.
„Nein", schüttelte der den Kopf. „Aber ich kann die anderen bitten, zu suchen. Alle Wendelken-Knechte arbeiten ja nicht weit von hier."
„Das ist gut. Lauf' du zu eurem Torfstich! Vielleicht wurde sie ja auf dem Weg gesehen? Ich erkunde mit dem Pferd die Richtung Dorf Düfelsmoor."
„Und wir können ja die nähere Umgebung absuchen", schlug Line vor. „Wir geben auch allen Nachbarn Bescheid."
„Meine Kinder sind allein zu Hause! Hoffentlich ist sie nicht zu ihnen gelaufen!" Louise eilte schon zur *Groot-Döör*.
„Geh' du nach Hause!", riet Jacob. Die Sorge einer Mutter war wichtig, denn auch er traute Lara zu, Kinder als Unterpfand zu benutzen. „Deine Jungs sind doch schon groß! Die beschützen die Kleinen", versuchte er, Louise noch hinterherzurufen, er hörte ihre *Holschen*-Tritte aber schon auf der Holzbrücke.
„Was ist hier für ein Lärm!" Anna Sandvoss kam aus der Wohn-Dönz. Sie schien geschlafen zu haben. Sie strich sich gerade Haare unter die Haube und hatte ganz verschlafene Augen, trotzdem herrschte sie Piss-Jule an: „Was tust du denn noch hier? Du hast für heute genug Essen bekommen!"

„*Mudder*, wir haben keine Zeit, dir alles zu erklären. Wir müssen Klara, nein, Lara suchen!"
Die Bäuerin stampfte mit dem Fuß auf. „Klara, Lara? Was bedeutet das? Dies ist mein Haus! Ich will wissen, was hier vor sich geht!"
Piss-Jule hatte auf eine Gelegenheit gewartet und verschwand ohne Gruß und Erklärung. Sie hatte nie vorher so viel Neues erfahren, sie würde auf jeder Moorstelle langen Halt machen.
Auch wenn Line sicher die Letzte war, von der Anna Sandvoss die Erklärung wollte, mahnte sie Jacob mit einer Handbewegung zur Eile. Er wurde jetzt draußen dringender gebraucht. „Ich habe keine Kinder und zu Hause nichts zu versäumen", gab sie ihm noch mit auf den Weg, kümmerte sich aber sofort um die Bäuerin. „Eure Magd Lara ist aus dem Fenster geklettert und fortgelaufen!"
„Was redest du da? Was willst du von mir?"
„Kommt, setzt Euch hierher!" Line traute sich nicht, die Bäuerin anzufassen, sie zeigte nur auf den Stuhl mit der hohen Lehne. „Wollt Ihr etwas trinken? Etwas Buttermilch vielleicht? Ich kann Euch auch einen Kaffee kochen. Geröstete Bohnen gibt es doch im Haus, das konnte ich riechen, als ich vorhin aufs Flett kam!"
„Übernimmst du jetzt meinen Haushalt?" Anna Sandvoss' Stimme klang inzwischen wieder wie die der großen Bäuerin.
„Nein, bewahre!" Line redete mit einer ganz sanften, beruhigenden Stimme. „Ich berichte Euch ganz genau! Es gibt jedoch viel zu sagen und zu erklären, das braucht seine Zeit. Nun setzt Euch doch! Ich erzähle es Euch ja!"

Noch eine Moorleiche

„Und warum konnte Jacob mir das nicht sagen?“ Während Lines Bericht hatte Anna Sandvoss größtenteils geschwiegen. Sie mochte nicht glauben, dass Klara und auch Lara für sie gearbeitet hatten.
„Bäuerin, dazu war keine Zeit, er muss Lara so schnell wie möglich finden, schließlich brachte sie ihre eigene Schwester um und nahm ihren Platz ein!“
„Das ist doch dummes Zeug! Wenn überhaupt jemand, dann kann ich Menschen unterscheiden!“
„Niemand konnte die beiden auseinander halten, so ähnlich sahen sie sich!“, widersprach Line energisch.
„Unterscheiden? Wen meinst du damit, *Mudder*, Jacob und mich?“
Anna Sandvoss sprang aus ihrem Stuhl hoch und drehte sich zur Seitentür. Dort stand Martin Sandvoss! Jacob schob ihn gerade durch die Tür.
„*Min Jung!*“ Die Bäuerin bekam vor Schreck und Freude kaum Luft. „*Oh, min Jung!*“, keuchte sie und streckte die Arme nach ihrem jüngsten Sohn aus. Beinahe wäre sie gestürzt.
„*Mudder*, fass’ mich lieber nicht an!“, warnte Martin zwar, hielt sie aber doch mit einer Hand fest. In der anderen trug er ein tropfendes Stoffbündel und zeigte an sich herunter. „Wir sind beide, Jacob und ich, klatschnass und voller Moor-Schlamm.“
„*Wo kummst du her?*“ Vor lauter Aufregung sprach Anna Sandvoss platt, genau wie kurz vorher Jacob, das registrierte Line nebenbei.
„*Mudder*, nachher, wenn wir trockenes Zeug anhaben, erzähle ich alles, was du wissen willst. Aber zuerst müssen wir berichten, was wir gerade eben erlebt haben. Weißt du, ich kam tief in der Nacht in Worpswede an und schlief bei Katharina und Nicolaus auf dem Hof. Die liehen mir ein Pferd, damit ich heute Morgen schneller bei dir sein konnte. Ich war nicht mehr weit von hier, schon auf unserem Damm, da hörte ich ganz schwach und leise, wie aus weiter Ferne, eine Frauenstimme: ‚*Hölp! Hölp mi!*‘“

„Ja, und?“ Ungeduld klang in Anna Sandvoss’ Stimme. Was ging sie eine andere Frau an? So hatte sie sich die Heimkehr ihres Sohnes nicht vorgestellt.
„Natürlich hielt ich an und horchte. Es kam aber kein weiterer Ruf. Ich stellte mich sogar in die Steigbügel und sah in die Runde, aber da war nichts. Ganz langsam bin ich weitergeritten, immer wieder horchend. Nahe beim Dorf Düfelsmoor hetzte mir plötzlich Jacob entgegen. Zuerst dachte ich, er wolle mich empfangen, aber dazu nahm er sich kaum Zeit.“ Martin grinste seinen Bruder breit an. „Nachdem er von der Magd berichtet hatte, erzählte ich von der Stimme. Sofort ritten wir zurück, also, ich ritt zurück, Jacob, du bist ja weitergeritten!“, zog er seinen Bruder auf. „An der Stelle, an der ich die Stimme gehört hatte, verließ Jacob den Damm, ich natürlich hinterher. Wir ritten über den Holzsteg, der zum Torfstich vom Dorf Düfelsmoor führt.“
Line wusste, welchen Ort Martin beschrieb. Dort war sie auch schon gewesen. Da hatte sie so viele Fliederbeeren gepflückt.
„Wir suchten gemeinsam die Umgebung ab.“ Jacob grinste seinen Bruder an. Es war deutlich, er freute sich sehr, dass Martin wieder zu Hause war. „Schon von Weitem sahen wir ein kariertes Stoffbündel neben einem der Moorlöcher.“
„In dem Loch stand hoch Moorwasser, kein Moos oder Blätter, aber Luftblasen schwammen darauf. *Mudder*, du weißt, was das bedeutet. Wir vermuten, nicht ein Tier, sondern Lara ist dort hineingefallen und ertrunken.“
„Oder sie ist mit Absicht hineingesprungen, sonst hätte das Stoffbündel doch nicht neben dem Loch gelegen. Vielleicht wollte sie nicht als Mörderin verurteilt werden?“
Anna Sandvoss ließ Martins Hand nicht los, sie zog ihn aber ein Stückchen mit und setzte sich wieder in ihren hohen Stuhl. Noch nie hatte sie sich so schwach und durcheinander gefühlt, sie konnte sich kaum über Martins Rückkehr freuen. Schon ihr ganzes Leben lang war sie dafür bekannt, dass sie Menschen einschätzen konnte, und nun hatte sie sich bei der Magd so sehr geirrt! Und dann Lilienthal. Sie hatte niemandem davon erzählt. Da hatte sie gemeint, die Frau Professor sei ihr eine Freundin geworden in den Kurtagen, aber stattdessen dröhnte der Satz „Ein Bauern-

hof ist das wohl, oder?" noch immer in ihren Ohren. Und wie sehr sie sich anschließend blamiert hatte, daran mochte sie überhaupt nicht denken!
Und nun verhielten sich auch Martin und Jacob ganz anders als früher. Sie verstanden sich, freuten sich über das Wiedersehen, alberten sogar miteinander herum, trotz des schrecklichen Geschehens. Das hatte es vor Martins Reise nicht gegeben!
Anna Sandvoss schwieg darum, hörte zu, sah aber eigentlich nur auf ihren Martin.
„Wir versuchten, die Magd zu finden, und stocherten mit einem Stock im Moorloch herum. Wir konnten natürlich nicht nahe heran gehen, das war zu gefährlich." Martin demonstrierte den Vorgang mit den Händen. „Einmal meinte ich, einen Gegenstand zu spüren, aber sicher bin ich mir nicht."
„Wir entschieden darum, zurückzureiten und Seile und Holz zu holen. Wir brauchen Gewissheit, ob sie tot ist, und vielleicht können wir sie ja herausziehen."
„Sie soll doch ein christliches Begräbnis erhalten."
„Nein, nein, Martin, daraus wird bestimmt nichts!" Jacob wurden erst jetzt die Konsequenzen von Laras Geständnis deutlich. „Sie hat so viele Menschen ermordet, sie wird ganz sicher außerhalb des Friedhofes zu liegen kommen."
„Jacob, ich geh' nach Hause!" Line mochte nicht noch länger bleiben. Sie fühlte sich total ausgelaugt. So kraftlos hatte sie sich bisher nur im letzten Sommer gefühlt, nachdem sie ins Moor gezogen und noch fremd war. Sie winkte nur ein Mal mit der Hand und ging mit schleppenden Schritten über die Diele zur *Groot-Döör*.
„Was ist mit ihr? Das ist doch Line, oder?", fragte Martin.
„Das war ein bisschen viel eben – für uns alle!", antwortete Jacob. „Während Lara erzählte, standen uns die Haare zu Berge. Noch ein Mord und noch ein Mord, das hörte nicht auf! Grausig! Und mit welch Rechtschaffenheit die Frau ihre Taten verteidigte! So etwas möchte ich nie wieder erleben!" Jacob rieb sich mit beiden Händen über das Gesicht, wie um die Bilder wegzuwischen. „Martin, wenn Line eben nicht hier gewesen wäre, dann hätte Lara uns wohl nach und nach alle vergiftet." Jacob schüt-

telte sich, vor Grauen und sicher auch, weil er fror. „Sie ließ nicht locker, fragte und fragte und schaffte es, Lara die ganze Wahrheit zu entlocken. Line ist eine bemerkenswerte Frau. Früllerk Grapenthien ist zu beneiden! Jawohl, *Mudder*!“ Denn Anna Sandvoss war empört aufgestanden, um zu protestieren.

Achterna

„So viele Tote! Jetzt fällt mir auch ein, dass Fati vor seinem Tod von einem Schubs sprach. Das hatte ich in all der Aufregung ganz vergessen!“ Frürllerk wirkte nachdenklich. „Wasserschierling! Und ein Zwilling! Line, ich muss gerade an Gesche denken, weißt du, das Mädchen aus Bremen.“ Und als Erklärung für Sasses: „Die ist auch ein Zwilling. Mein Freund Cord Hartwich wohnt im Haus ihrer Familie. Ich kann ihren Gesichtsausdruck gar nicht vergessen. Innerhalb einer Sekunde wechselte er von grausam und bösartig zu einem lieblichen Lächeln. Hoffentlich wird sie nicht eine zweite Lara!“
„Wie kommst du auf die Idee?“ Hans kannte das Erlebnis noch nicht.
„Sie ist noch ein kleines Mädchen, sprach aber immer vom Tod durch Mäusebutter. Line, warum hast du die Milchsuppe nicht probiert?“, wechselte Früllerk zurück zum heutigen Geschehen.
„Aber du hast sie gegessen? Und es geht dir gut?“ Auch Hans hielt seine Frau im Arm. Zärtlichkeiten wurden normalerweise nicht vor anderen Menschen ausgetauscht, heute jedoch hatten beide Männer tüchtig Angst um ihre Frauen bekommen.
„Lara gab ja preis, dass sie das Gift nur in meine Schüssel getan hatte“, erklärte Line und schaute zu Früllerk hoch. „Und ich habe nichts davon gegessen, weil mir nicht gut war. Mir ist schon seit ein paar Tagen morgens schwindelig und ich musste mich sogar übergeben.“
Aber bevor Früllerks Sorge um seine Frau noch größer wurde, erklärte ihm Louise: „Deine Line ist in anderen Umständen.“

Glossar

Erbrechen bei Vergiftung – Keine Tipps und Ratschläge von früher anwenden! **WARNUNG**: Das Trinken von Milch kann die Aufnahme des Giftes verstärken! Prüfen, was zu sich genommen wurde, und den Notruf 112 wählen! Die verdächtige Substanz oder Flüssigkeit zwecks Prüfung aufbewahren!

Abschraper, **Wurstring(e)** – Geräte beim Schlachten
Abtritt + Plumpsklo + Closett – schon im Mittelalter gab es Toiletten in Form von Nischen und Erkern (Abtritterker)
Anwärter – sind die direkten Nachbarn, die unter anderem bei Beerdigungen festgelegte Aufgaben übernehmen
Betty Gleim (1781-1827) – Bremer Kochbuchautorin und Gründerin einer Lehranstalt für Mädchen, eine bewundernswert emanzipierte Frau!
Bodekerstraat – ist die berühmte Bremer Böttcherstraße, vom Kaffee Hag Kaufmann Ludwig Roselius 1931 als Kunstwerk fertig gestellt. Er war Mäzen unter anderem für Paula Modersohn-Becker und Bernhard Hoetger
Feuerstülpe – schützt nachts die Glut und verhindert, dass z. B. Katzen dem Feuer zu nahe kommen und Funken ins Heu tragen
Gallenröhrling – Verwechslung mit dem Steinpilz und dem Maronenröhrling (siehe Pilzbücher)
gebeuteltes Mehl – gemahlener Weizen, fein gesiebt, zuletzt durch grob gewebtes Leinen geschüttelt
Gesche Gottfried – Bremens bekannteste Giftmörderin, die 15 Menschen aus ihrer Familie und dem nahen Umfeld tötete und 19 weitere versuchte, zu vergiften. Sie wurde 1831 zum Tode verurteilt. 35 000 Menschen sahen der letzten öffentlichen Hinrichtung zu. Noch immer ist es erlaubt, nahe dem Bremer Dom auf die mit einem Kreuz markierte Stelle zu spucken, um Abscheu zu zeigen. Heute wäre sie stattdessen si-

cherlich lebenslang in einer psychiatrischen Klinik verwahrt worden.

Heideplaggen – mit der anhaftenden Erde abgestochene Heidestücke, mit Mist vermischt, über Winter immer wieder durchgemengt und im Frühjahr als Dünger untergegraben

Hemd und Schürze – alle kleinen Kinder trugen eine Schürze, auch Jungen

Heuerling – der Name leitet sich ab vom niederdeutschen Miete = Heuer (heute noch bei Seeleuten gebräuchlich), je nach Vertrag musste ein Teil der Miete mit Geld, der größere Teil jedoch durch Arbeit (pflügen, ernten, Wäsche waschen, melken) bezahlt werden

Hummernasen – Kopfpanzer, der von Innereien und Beinen befreit, gut gesäubert und mit fein gehackter Fleischfarce gefüllt wird, Bestandteil des Bremer Kükenragouts

Hünen, Hünenstein, Hünengrab – jungsteinzeitliche Grabstelle aus aufgestellten Trag- und darauf gelegten Decksteinen. In Irland steht ein Hünengrab, das bis ungefähr 1960 von einer alten Frau bewohnt war. So entstand die Idee für Korl-Foffteins Steinhaus.

kalfatern – abdichten; die Fugen zwischen hölzernen Schiffsplanken werden mit Werg und Teer abgedichtet

Katzenschnurren – bedeutet nicht immer Wohlbehagen, auch kranke Tiere schnurren in Stresssituationen als Selbstermutigung und Beruhigung

Kienholt, Kienspan – Kiefernholz mit hohem Harzgehalt brennt gut, schmale abgespaltene Streifen als Kerzenersatz, die jedoch nur kurz brennen

Klick – auch Hümpel, gut durchgetrocknete Torfsoden werden zu mannshohen Haufen aufgeschichtet

Krammetsvogel – Wacholderdrossel

Krüsel, Hänge- und Standkrüsel – Lampe, mit Öl oder Tran gefüllt und einem Docht aus Binsenmark

Laubheu – Futter am besten für Schafe, aber auch für Ziegen und Kühe. Erlen-, Birken-, Eichenlaub, auch breitblättrige Weidenarten frühzeitig zum Trocknen reingeholt, gilt als appetitanregend und ergibt zusätzliches mineralstoffreiches Futter bei Heuknappheit

Lobs-Course – Labskaus, das Rezept dazu steht im ersten Band

Midder – Kalbsbries ist die Thymusdrüse des Kalbes und sitzt im vorderen Teil der Brusthöhle. Midder ist gekocht sehr zart und gilt als Delikatesse.

Milchsatte – große Schüssel mit weitem Rand, die Sahne setzt sich nach dem Eingießen der frisch gemolkenen Milch oben ab und wird mit einem Holzlöffel abgeschöpft. Die Sahne wird gesammelt, dabei dicksauer. Durch Stoß- oder Schüttelbewegungen ballt sich das gelbliche Butterfett zusammen und trennt sich von der Buttermilch.

Moorholz – wird beim Torfgraben gefunden; Jahrtausende alte nicht zersetzte Baumwurzeln

Moorloch – mit Wasser und Torfschlamm gefüllte Vertiefung im Moor. Da es von Torfmoosen verdeckt ist, besteht die Gefahr, dort hineinzufallen. Bei heftigen Bewegungen sinkt man, wie im Treibsand, immer tiefer und ertrinkt. Moorfunde von Leichen belegen Unfälle und ebenso Bestrafungen. Für die Archäologie sind sie heute Glücksfälle, denn neben den Körpern haben sich organische Materialien wie Leder und Stoff erhalten, die zeigen, welche Kleidung getragen wurde.

Moorwurzel – Pastinake; ein inzwischen fast vergessenes Gemüse. In englischsprachigen Ländern ist *parsnip* auch heute noch beliebt. In der Vollwertküche wird der leicht würzige Geschmack der weißen dicken Wurzeln genutzt. Gewürzexperimente ergeben interessante Vielfalt.

Mulligatawny-Suppe – englisch-indische Hühnercremesuppe mit Curry

Pfannenkranz – Untersetzer, der die Tischplatte vor dem heißen Pfannenboden schützt

Püster – Blasrohr zum Anfachen der Glut, stammt vom Niederdeutschen *pusten, blasen*

Rachenbräune – Diphtherie

Schottsäge – große Säge zum Zerteilen von Baumstämmen

Schwert – große Holzscheiben, fast wie ein Tropfen geformt, bei Plattbodenschiffen wie dem Torfkahn hängt das Schwert links und rechts außen an der Bordwand, Kielersatz zur Stabilisierung des Bootes beim Segeln
Seituch – durch das Tuch wird die gerade gemolkene Milch gesiebt, um Fliegen und Ungeziefer, Stroh und Dreck zu entfernen
Staken – mit einem langen hölzernen Stab vom Ufer aus den Torfkahn im Graben vorwärts schieben
Stielgrapen – dreibeiniger Topf mit Griff
Torfteer – ein Nebenprodukt der Torfverbrennung, er setzt sich durch den Rauch auf alle Gegenstände im Haus, über Jahre entsteht eine klebrig ölige schwarzbraune Schicht
Ulenstein – *Ul* bedeutet niederdeutsch *Topf*, am Ulenstein an der Bremer Schlachte hatten die Ulen, die Töpfer ihren Markt
Usquebah – Lebenswasser, Whiskey
Walkiefer – im Bremer Stadtteil Vegesack steht noch heute ein, inzwischen bronzener, Kiefer am Hafen; früher schmückten Kapitäne damit ihr Grundstück
Wunderbaum – Rizinus-Pflanze, das Öl der Samen wirkt stark abführend

Plattdeutsche Wörter und Ausdrücke

A

Achterna – hinterher, Nachwort, Epilog
allerbest – außergewöhnlich gut, lecker
allerwegens – überall
Anna Dwaller – Spitzname, dwallerig = albern
Appels und Klütschen – Äpfel und kleine Klöße, siehe Rezepte
as bi miene Mudder – wie bei meiner Mutter
as Slöpendriever – als Landstreicher, Obdachloser
as'n Tüüt – Steigerung von schnell
aus m' Tüüt – modern: von der Rolle
ausgepalt – ausgepult, Hülsenfrüchte

B

Bange bün ik nich, man lopen kann ik fix! – Angst hab' ich nicht, ich kann aber schnell laufen!
Bliev dicht bi mi! – Bleib nahe bei mir!
Bodderfatt – Butterfass
Bodderkoken – Butterkuchen
Bodekerstraat – Böttcherstraße
Boekholdern – Buchhalter, Rechnungsführer
bölkst – schreist
Bookweten sniern hölpen – Hilfe beim Buchweizen Schneiden bzw. Ernten
Bookwetenpannkoken – Buchweizenpfannkuchen
Brammwien – Weinbrand
Brattuffels – gebratene Kartoffeln, Bratkartoffeln
Brustseuche, Brustkrankheit, Engbrüstigkeit, Auszehrung – Tuberkulose
Buer, bliev hier! – Bauer, bleib' hier!

Buer, dat Licht is all woller dor! – Bauer, das Licht ist schon wieder zu sehen!
Buer, wees sachte, nich henn gon! – Bauer, lass es sein, geh' nicht dort hin!
büschen – ein wenig
Büst du door? – Du bist da?
Büst du mall! – Du bist wohl verrückt! Du spinnst wohl!
Büst du hier? Ek bünn ut de Dachluk fullen! – Bist du hier? Ich bin aus der Dachluke gefallen!

C, D

Cord, büst du dat? – Cord, bist du das?
Dalers – Taler, Geld
Dat du di nich schamst! Nu, wo du glieks in den Herrgott sien Huus treten schallst! –Schäm dich! Du gehst schließlich gleich in die Kirche!
Dat geiht di gornix an! – Das geht dich nichts an!
Dat glööv ik ok! – Das glaube ich ebenfalls!
Dat hät de Pastor ober nich seggt! – Das hat der Pastor aber nicht gesagt!
Dat hät de Pastor ook all mol seggt! – Das hat der Pastor auch schon einmal gesagt!
dat Hoor hett – schimmelig ist (Haare bekommen hat)
Dat is nu egol! – Das ist jetzt egal!
Dat is wirklich un warraftig een Keerl! – Das ist tatsächlich ein Mann!
Dat kenn ik woll! - Das kenn' ich!
dat Kienholt – das Holz der besonders harzreichen Kiefer, siehe Glossar
dat ol Wief – die alte Frau, abfällig gemeint
dat olle schnucken – das Schluchzen
dat smeckt fein – das schmeckt gut, lecker
dat Swien is ganz dull danach – das frisst das Schwein besonders gern, modern: ist ganz wild drauf
Dat wahrschau ik di! – Sieh dich vor! Ich warne dich davor!
Dat weet ik nich! – Das weiß ich nicht!

De 100 Daag ton riepen sünd vorbie – Die hundert Reifetage (des Flachses) sind beendet
De Buer! Bi den Buer is een Licht, een unheemlich Licht dicht uppe Eer! Go henn un hülp em, gau! – Der Bauer! Beim Bauern ist ein Licht, ein unheimliches Licht unten auf der Erde. Geh und hilf ihm, schnell!
De Düvel! Dat weer de Düvel! Du hest den Düvel seen! – Der Teufel! Das war der Teufel! Du hast den Teufel gesehen!
de Fromde – die Fremde
De is dod! – Der ist tot!
De is nich mehr dor! – Der ist nicht mehr hier! Der wohnt hier nicht mehr!
de jungen Peer – die jungen Pferde
De Lüe in Bremen, de kookt ok bloos mit Woter! – Die Bremer kochen auch nur mit Wasser! Sie sind nichts Besonderes!
De schiere Bodder un den Honnich so to verkleen! – Die gute Butter und den Honig für Unwichtigkeiten zu verbrauchen!
Deern – Mädchen
Deern, dat is ja Gold! – Mädchen, das ist ja Gold!
Deern, Deern, du häst veel Bregen inn Kopp! – Mädchen, du bist sehr klug!
Deern, wat hest denn? – Mädchen, was hast du denn?
Deern, wat is denn? Hest Heimweh na Tarms? – Mädchen, was ist denn? Hast du Heimweh nach Tarmstedt?
Deern, wat mookst du hier? – Mädchen, was tust du hier?
Dine Buerslüe sünd dod. Un nu büüst ganz alleen op de Welt! – Dein Bauernpaar ist tot. Und nun bist du ganz allein auf der Welt!
Dönz-Döör – Wohnzimmertür
Dor hört he hin. – Da gehört er hin.
Dor is numms! – Es ist keiner da!
Dor weer een Licht unner den Birkboom! – Unter der Birke war ein Licht!
Dor, bi Hoopenstedes. De Buer is ok dor! – Da, bei *Familienname*. Der Bauer ist auch dort!
Dresche – Prügel

Du hest se nich, du hest se ninich, ninich funnen! – Singsang: Du hast sie nicht gefunden!
Du lütt Suupkopp! – Du kleiner Säufer, Trinker!
Du ol Flintkopp – Steinkopf, Dickschädel
Du ol Wief, du achtertückschet Wief, du! – Du alte Frau, du heimtückische, hinterhältige, giftige Frau, du!
Du schast doon, wat ik di secht hebbt! – Tu', was ich dir gesagt, aufgetragen habe!
Du tüünst doch! – Du erzählst doch Quatsch!
Du weest jo nich, wo dat geiht! – Du weißt doch überhaupt nicht, wie das geht, funktioniert!
duchtig Dalers – viele Taler, viel Geld
Düfelstüüg – Teufelszeug, Abartiges
Dumme Lüe bruukt een toon regeern! – Dumme Menschen brauchen jemanden über sich!
Düsse Minschen klaut Eten – Diese Menschen stehlen Essen
dwallerie und dwallera – verdoppelnder Singsang auf albern (dwaller)

E

een Kopp – ein Kopf
Een, twee, dree, veer, fief, soss, söben, acht – Zahlen von eins bis acht
Eeten un Drinken – Essen und Trinken
Eierbodder – Brotaufstrich, Eierbutter (siehe Rezepte im ersten Band)
Ek … ek wull man blots – Ich wollte doch nur …
Ek bün hier – Ich bin hier
ek bün man blots – ich bin doch nur
Ek bün so free – ich erlaube mir (wenn man genötigt wird)
Ek bünn 'n Früünd vun Cord. Woneem is he denn avbleeben? – Ich bin Cords Freund. Wohin ist er denn gezogen?
Ek bünn Früllerk Grapenthien, de Mann mit de tweie Hand, weest woll? – Ich bin Früllerk Grapenthien, der Mann mit der kaputten Hand, erinnerst du dich?

Ek hebb de Fru noch nie nich sehn! – Ich habe diese Frau noch nie gesehen!
Ek hevv n Lieken-Kopp funnen! - Ich fand den Kopf einer Leiche!
Ek mutt mi verpusten! – Ich muss mich ausruhen!

F

Fievpannenoben – Fünfplattenofen – fünf gusseiserne Platten
fitzelig – zu klein (Fetzen)
Flederbeersopp – Fliederbeer-, Holunderbeersuppe
Frieseln – Masern
Frooenslüe – Frauen
Frooenslüe hevvt jo man blos eern Kopp, damit see weet, wo boben is! – Frauen besitzen ihren Kopf doch nur, damit sie wissen, wo oben ist!
füünsch – böse

G

geschietert – Darm entleert
gestovt, gestovte – in einer weißen Mehlschwitze
Gewese – Aufhebens, Umstand um etwas
Glööv mi! – Glaub' mir!
gniggerte – kicherte
Goden knakendrögen Torf, nich to düer! – Guter, sehr trockener Torf, nicht zu teuer!
goden, nich to düren un knakendrögen Torf – siehe oben
Grüppen – zwischen den Scheeden gezogene Entwässerungsgräben
Grappen – wunderliche Ideen, merkwürdige Gedanken
Grapen – dreibeiniger Kochtopf für offenes Feuer
gräsig – schrecklich
grienen – grinsen
Groot-Dööör - Wörtlich: große Tür an der Giebelseite (Scheunentor)
Gunnsiet – auf der anderen Seite

H

Harvsttietkoken – Herbstkuchen statt Neujahrskuchen
He süüt ut, as wenn he slopen deit! – Er wirkt, als ob er schläft!
He will mie anne Unnerbüx! – wörtlich: Er will mir an die Unterhose! Er will mich vergewaltigen!
He woont nu bi den Snieder Timm in de Pelzerstraat! – Er wohnt jetzt bei Schneider Timm in der Pelzerstraße!
Hebb ik mi verjogt, segg ik di! – Ich sage dir, ich habe mich vielleicht erschreckt!
hett mi 'n Schubs geben – (er) hat mir einen Stoß gegeben
Hol an! Hol ob! – Halt' an! Hör' auf!
Hölp! Hölp mi! – Hilfe! Hilf mir!
Holschen, -rand – Holzschuhe
Honnich – Honig
Hülp mi! – Hilf mir!

I, J

Iesentied – Eisenzeit
Is da een, de wat von us will? – Will uns jemand etwas tun?
is he seker foorts hier – er ist bald hier
Is hier een in Huus? – Ist jemand zu Hause?
is ja good – ist gut
itzig – bockig, trotzig, halsstarrig
japste – keuchte
Ji blifft buten! – Ihr bleibt draußen!
Ji hebbt backt! – Ihr habt gebacken!
jiddelig – aufgeregt, ruhelos
Jo, dat seh ik. Wat bollkt ji denn so, ek bünn doch hier uppe Bruck! – Ja, das seh' ich! Warum schreit ihr denn so, ich bin doch hier auf der Brücke!
Jo, du hesst us hier int Günnemoor. Du hesst mi, op mi kannst di verloten, lüttsche Deern. – Ja, du hast uns hier im Günnemoor. Du hast mich, du kannst dich auf mich verlassen, kleines Mädchen.
Jo, ek hebb se just hier vor dine Döör dropen! – Ja, ich traf sie gerade eben hier vor deiner Tür!

Jo, man dat is en anner Licht. Nu hülp den Buer, go henn! – Ja, aber das ist ein anderes Licht. Hilf dem Bauern, geh' hin!
Jo, vermuckte Deern, ek kom jo all! – Ja, du anstrengendes (eigentlich: übellauniges) Mädchen, ich komm' doch schon!
Junge di – Ausruf des Erstaunens
Jungkerls – junge Männer

K

Kaptein – Kapitän
Kattenkruut, Lavennel, Jannskruut und Wiedrinn – Baldrian, Lavendel, Johanniskraut und Weidenrinde
Ketelhoken – Kesselhaken
Kiek, dor, dat kummt dorbie ruut. Dat is de Slöpendriever! – Siehst du, das kommt davon. Das ist der Landstreicher!
Kienappels, Schischken – Kiefernzapfen
Kienholt – Kiefernholz
Klei mi anne Fööt! – Lass' mich in Ruhe!
Klitsche – sehr kleine Hofstelle
Kneipe – Gasthof
krall – frisch, gesund, munter, kräftig
kumm gau und hülp mi – komm' schnell und hilf mir
Kumm rin, ik schäll just Tarftuffels! – Komm' rein, ich schäle gerade Kartoffeln!
Kumme – Schüssel
Kump leddig – Schüssel ist leer
Kümpe – Schüsseln
Kumpskohl – Weißkohl

L

Langendöör – Tür an der langen Seite des Hauses
leddig – leer
Leebennig! – Lebendig!
leeve Mudder – liebe Mutter
Lieken-Kopp – Leichenkopf
Lot dat sien! Lot us na Huus goon – Hör' auf! Lass' uns nach Hause gehen
Lüttschen – kleine Kinder

lüttsche Deern – kleines Mädchen

M

maddelig – schwach
mall – verrückt
mall worn – verrückt geworden
Man dat geit doch nich so fix. Dat is jo keen Schaapswull, de wi mit Walnöötscholen farvt! – Aber so was geht doch nicht so schnell! Das ist ja keine Schafswolle, die wir mit Walnussschalen färben!
Man wat is dat geele Runde dor binn? – Was ist denn das gelbe Runde in der (Suppe)?
Man, so sütt jo keen Liek ut! – Mann, so sieht doch keine Leiche aus!
Mannslüe – Männer
massig Dalers – viel Geld
Medicus – Arzt
Melkenbeer – gemolkenes Bier = Milch
Mien Kranz ist doll fullen! Tööv, ek hol em gau! – Mein Kranz ist runtergefallen! Warte, ich hol' ihn schnell!
miene Kinner – meine Kinder
Mietsche – Freundin, Liebste
Min Jung! – Mein Junge!
Moin, moin! – wörtlich: Morgen, Morgen! Begrüßung zu jeder Tages- und Nachtzeit
Mokt good – Abschiedsgruß, Macht's gut!
Moorwuddeln – Moorwurzeln, Pastinaken
möör – weich, mürbe, morsch
Mudder Griebsch – Mutter Greif = Hebamme
Mudder, wie hebbt Smacht. Könnt wie us kohle Pannkoken to eeten nehmen? – Mutter, wir sind hungrig. Dürfen wir kalte Pfannkuchen essen?

N

N' Bremer Schnack dorto, hebb ik all as ganz lüttschen Jung lehrt – Ein Bremer Sprichwort über (St. Martini) hab' ich schon als ganz kleiner Junge gelernt

N‘ Zoppenpott, de mutt klock neegen koken! – Die Suppe muss um Punkt neun Uhr aufgesetzt sein, kochen!
N’ Obend ok – Begrüßung, Guten Abend!
ne Deern, ne ganz lüttsche Dei-Dei – ein Mädchen, eine ganz kleine Puppe
Ne ober ok, Keerl, wat is mit di? – Ausruf: Mann, was hast du?
ne Schanne – Gemeinheit
ne Schanne is dat – das ist niederträchtig, gemein
Ne Schanne is sowat! Wenn dat miene Jungs wärrn, de har ik dat Jack kloppt, bit se nich mehr sitten kunnen. – Wären das meine Kinder, die würde ich schlagen, bis sie nicht mehr sitzen könnten.
Ne, bünn ik nich! Is man blots ’n olen Handwarker, de ’n beten wat to eeten bruukt! – Nein, ich bin das nicht! Das ist bloß ein alter hungriger Handwerker!
Ne, dat is ja gräsig! Wat ist dat gräsig! – das ist ja grässlich, Verstärkung
„Ne, ne, sowat givvt doch nich!“ „Dat drovv nich wehn!“ „Sowat hett sik nich use Vadder in Heben utdacht! – Ausrufe: Das gibt es doch nicht! Das darf nicht sein! Das stammt nicht von Gott (sondern vom Teufel)!
Ne, ober ok! Dat geit jo mit den Düvel too! Hier steiht se jo! – erschrockener Ausruf: Das ist ja teuflisch! Sie steht hier!
Ne, ober ok, klor doch! – modern: du meine Güte, natürlich!
Nee ober ok, wat büst du wittschen umme Näs! Hanken, wat is? – Du bist ja ganz weiß im Gesicht, Hanken, was ist los?
neegen, tein – neun, zehn
Neejohrskoken – Neujahrskuchen, knusprige Röllchen
neemodsche, -n – moderne, -r
nie nich – niemals
Nu goot se dot, so as Korl-Fofftein – Jetzt sterben sie wie Korl-Fofftein
Nu is dat gau düüster woorn. Ik go nu inne Puuch. Good Nacht ok, ji twee! – Das ist schnell dunkel geworden. Ich geh’ ins Bett. Guten Nacht, ihr beiden!

Nu mook doch nich all woller soon Geweese! – Mach' nicht schon wieder so viel Aufhebens, Umstand, Auftritt davon!
nu mook mol fofftein – nun ist aber gut, mach' mal Pause; vom Pausemachen stammt auch Korl Foffteins Spitzname
Nu waarschaust du den Dood? – Du siehst den Tod voraus?
Nu, denn dank ik di ok vor de Utkunft! – Danke für die Auskunft!
Nur so ne Olsch kann denken, dat givvt noch een, de er anne Punz will! – Nur eine alte Frau kann denken, dass er sie vergewaltigen will!

O

Ober ik see dor in'n Nebel een! De kuumt up us to! – Aber da ist jemand im Nebel! Der kommt direkt auf uns zu!
Och ne, man blots ne olle Boomwuddel! – Ach nein, bloß eine alte Baumwurzel!
ol Bettelwief – alte Bettlerin
opsternaatsch – aufsässig

P

Pannkoken – Pfannkuchen
Parpendiekel – Uhrenpendel
Pepermint und Schoopsgarv, Jannsblomen und Zitroonkruut - Pfefferminze, Schafsgarbe, Johanneskraut, Zitronenmelisse
Plucktevinken – Eintopf, siehe Rezepte
Plummenzopp mit veel Klütschen – Pflaumensuppe mit vielen Klößchen, siehe Rezepte
Prohlhans – wörtlich: Prahlhans; hier Büfett, Schrank mit gutem Geschirr (zum Angeben)

R

rein mokt – sauber, gemacht
rummuckschen – eigentlich übellaunig, hier merkwürdig miteinander sprechen
ruschelte – raschelte

Sch

Schapp – Schrank
Scheeden – im rechten Winkel zum Sanddamm und Graben verlaufende Entwässerungsgräben
Schiet – Scheiße
schietern – Stuhlgang haben
schietig – sehr schmutzig
Schischken, Kienappels – Kiefernzapfen
Schluck – ein kleines Glas Schnaps oder Weinbrand
Schmuusbüdel – Schmuser, Turteltauben
schnacken, Schnackedöör – reden, Tür aus zwei Hälften, wenn die obere offen ist, lehnt man sich bequem darauf und kann mit den Menschen draußen sprechen
schwummerig – schwindelig

S
Se is verdrunken! – Sie ist ertrunken!
Sett di erst mol dool! – Setz' dich erst mal hin!
sett jo dol – Aufforderung: Setz' dich doch!
Sleev – langer hölzerner Rührlöffel für den Grapen
Slöpendriver – Landstreicher, Obdachloser
Smacht – Hunger
So nu langt man duchtig too! – Greift tüchtig zu (beim Essen)!
So seeker as n Gebet inne Kark! – Das ist sicher wie ein Gebet in der Kirche!
so'n neemodschen Krom – abfällig für: Modernes
Sowat eet wi nich! Dat smeckt nich un dat is nich good vor de Gesundheit! – So etwas essen wir nicht! Das schmeckt nicht und ist überhaupt nicht gesund!
spiddelig – dünn, zart, zerbrechlich
Spiejök – Spaß, auch Spuk
Spökenkiekerei, Spökenkiekerin – Spukerei, Gespenster sehen, Hellseherin
Spökenkrom to vertellen – Spukgeschichten erzählen
Spökentied - Spukzeit
Sühst woll – Siehst du wohl
Sunt Marten – St. Martini Kirche in Bremen

Swattbrod dorto – Schwarzbrot dazu

T

Tan' – Tante

Tartuffels – Kartoffeln

„To, to, ek bruuk fors Schauerlüe to den flinken Segler ‚Elisabetha'! Dat wart bald düüster, de letzte Rest vun de geelen Zitronen mut dor löscht weern!" „Tein Sack Koffi to Eltermann sien Lagerhuus! – Rufe: Beeilung! Ich benötige Schauerleute, Hafenarbeiter für ... Es wird schnell dunkel, die restlichen Zitronen müssen gelöscht, ausgeladen werden! Zehn Säcke Kaffee zum Eltermannschen Lagerhaus!

Töövt, ik kom her! – Warte, ich komme!

Tövvt op mi! Nu töövt doch! – Wartet auf mich! Nun wartet doch!

Twee ole Wieber, de goot na'e Tieber ... – Abzählvers: Zwei alte Frauen gehen zur Tiefer ... (Bremer Straßenzug an der Weser)

U

Un hett he dat woller trüch hebben wullt? – Und wollte er es wieder zurückhaben?

Un ik sech di, du schast dat doon! – Und ich sage dir, tu' es!

Un nu? Miene Deerns! Wo sünd miene Deerns? – Und nun? Meine Mädchen? Wo sind meine Kinder?

Un wat is dat vor een Reif? – Was ist das für ein Ring, Reifen?

Und von dat Gold, seute Deern, drovt wi numms wat seggen. Dat schall ne Heemlichkeit blieven. Dor kummt sonst blos een op dumme Gedanken! – Vom Gold dürfen wir niemandem etwas sagen, süßes Mädchen. Das muss geheim bleiben. Sonst kommt jemand auf dumme Gedanken (stiehlt).

Unkel – Onkel

Unner den Birkboom hett letzte Nacht een Licht stohn! – Unter der Birke war letzte Nacht ein Licht!

Us Moor-Vadder is dod! Us goode Moor-Vadder is dod! – Unser Moor-Vater (Jürgen Christian Findorff) ist gestorben!

Us Vadder in Heben – Vater unser im Himmel

Use Lewen Frouwen – de Rat, St. Scharjes – de Staat. St. Steffen – de Ehrbarkeit, St. Marten – wo't Water dör geit – vier Bremer Kirchen im Vers: Liebfrauenkirche, Ansgarii, Stephani, Martini – in der die Weser (bei Hochwasser) steht

utmäässen unn fooern – (den Stall) ausmisten und (die Tiere) füttern

V

Vadder – Vater

Verdori noch een mol! – Verdammt!

verdwars – verquer, durcheinander

vergrellt – ärgerlich

verknusen – vertragen

vertüdelst – durcheinander bringen, hier verheddern, einwickeln

Vorwech – vorweg, Einleitung, Prolog

W

warraftig een Keerl – wirklich ein Mann

Wat is denn nu mit dem Moorkopp? – Was geschieht nun mit dem Moorkopf?

Wat is hier possert? Keen hett de Peer in Düstern lopen laten? – Was ist geschehen? Wer ließ die Pferde frei laufen?

Wat is mit di? Weenst? – Was ist mit dir? Weinst du?

Wat is mit Mudder? – Was ist mit Mutter? (Wo ist sie?)

Wat kiekt ji denn so lang dor henn. Line, kumm! – Warum guckt ihr denn so lange. Line, komm'!

Wat meenst denn, worüm is he wegloopen? – Was denkst du, warum ist er weggelaufen?

Wat meenst du? – Was denkst du?

Wat mokst du blos? – Was tust du nur? Warum tust du das?

Wat schnackst du da? – Was redest du da?

wat Söötet – etwas Süßes

Wat weest du denn, du büst jo man blos n Fruu! – Was weißt du denn schon, du bist doch nur eine Frau!

Wat, de Sage vonn Regenbogen, de is wohr? – Wie, die Regenbogen-Sage stimmt, ist wahr?
Wi mööt den Amtmann Bescheed geben. Ek heb 'n Liek funnen! – Der Amtmann muss informiert werden. Ich habe eine Leiche gefunden!
Weest still, du ol Wief! – Sei still, du altes Weib, Frau!
Weest ok bedankt – Danke
Weest noch mol bedankt, dat du an Lilienthal un an den Kurarzt dacht hest. – Dir noch einmal Danke, weil du dich an Lilienthal und an den Kurarzt erinnert hast.
Weet ik nich meer! – Weiß ich nicht mehr! Habe ich vergessen!
Wenn wi öbern Dod snackt, denn kummt he ok! Schasst mol sehn! – Wenn wir über den Tod sprechen, kommt er schnell! Glaub' mir!
wi dod goht – wir sterben
Wi weern dor, wo Korl-Fofftein den Liekenkopp funnen hätt. – Wir waren am Fundort von Korl-Foffteins Leichenkopf
Wie hebbt al tohop duchtig Smacht in Liev! – Wir sind alle tüchtig hungrig!
Wie koomt glieks! – Wir kommen gleich!
Wie kriggt wat Söötet! – Wir bekommen Süßes!
Wie mookst du dat? – Wie machst du das?
Wie ward di nun hölpen! Wer good, dat du Bescheed geben hest! – Wir helfen dir jetzt! Gut, dass du uns gerufen hast!
Wie wüllt no boben to Cord Hartwich! – Wir wollen hoch zu Cord Hartwich!
Wirklich un waraftig reines Gold! – Das ist tatsächlich richtiges Gold!
Wo is dat her? – Woher stammt das?
Wo kummst du her? – Woher kommst du?
Wo nix is, dor is de Düvel. Und wer nix hett, kann allens bruken. – Wer nichts hat, hat den Teufel und kann alles gebrauchen (stiehlt).
Wuddeln – Wurzeln, Möhren
Wullt du noch wat seggen? – Möchtest du noch etwas sagen?

Rezepte

Line ist unsicher! Ob der Sauerteig mit Buttermilch wohl geht?

Zu gleichen Teilen Brotmehl (Roggen) und Buttermilch nehmen. Beides zu einem dickflüssigen Brei verrühren und an einem warmen Ort zugedeckt 3 Tage lang stehen lassen. Morgens und abends umrühren. Der Brei beginnt, zu gären, und zeigt Bläschen. Dann 2 Teile Roggenmehl und 1 Teil Wasser vermengen und unter den Brei rühren, am nächsten Tag ist der Sauerteig fertig.

Das modernere Rezept für Sauerteig stammt, wie das folgende Brotrezept, von „Vadder Schlottmann“, einem alten Bäckermeister aus Bremen-Blumenthal.

25 g Hefe, 100 g Weizenmehl, etwas warmes Wasser. Die Zutaten zu einem zähflüssigen Teig verrühren. Zugedeckt 3 bis 4 Tage an einem warmen Ort (Heizung) gehen lassen.

Das Bauernbrot wurde schon von Kindern im Bremer Kindertagesheim „Haus Blomendal“ gebacken.

Die oben beschriebene Menge Sauerteig, 1 Pfund Roggenfeinmehl, etwas warmes Wasser, etwas Salz.
Den Sauerteig mit der Hälfte des Mehles und ein wenig Wasser verrühren. Der Teig soll die Konsistenz von Kuchenteig haben. Mindestens eine Stunde an einem warmen Ort (Backofen auf 50 Grad) gehen lassen.
Mit dem restlichen Mehl, Salz und Wasser einen festen Teig kneten und gut durchkneten. Die gewünschte Brotform formen und 1 bis 2 Stunden wieder wie oben gehen lassen. Zwi-

schendurch mehrmals mit warmem Wasser bepinseln, damit der Laib nicht so stark einreißt.
Backofen auf 200 Grad erhitzen. Den Laib noch einmal mit warmem Wasser bepinseln und ungefähr 1 Stunde backen. (Probe: Die Unterseite beklopfen, wie anklopfen. Wenn es hohl klingt, ist es gar.)
Das fertige Brot mit kaltem Wasser bepinseln (es bekommt dadurch eine glänzende Oberfläche) und noch einmal kurz zum Trocknen in den Ofen schieben. Auf einem Rost auskühlen lassen.
Vorsicht! Nicht zu früh anschneiden! Es besteht die Gefahr, dass das Brot sofort restlos aufgegessen wird!

Ein von mir erfundenes Buchweizenbrot ohne Sauerteig.

Da Buchweizen kein Getreide, sondern ein Knöterichgewächs ist, enthält es keinen „Kleber" (mit Wasser gequollenes Eiweiß, das aufgrund seiner Dehnbarkeit, Elastizität und seines Standvermögens den Teig zusammenhält). Darum nicht mehr als 10 Prozent Buchweizen nehmen.
100 g Buchweizenmehl in ¼ l Wasser mindestens 1 Stunde einweichen. 600 g Weizenmehl, 300 g Roggenmehl gut miteinander vermischen. Mit einer kleinen Mehlmenge, 2 Würfeln Hefe und etwas warmem Wasser einen Vorteig ansetzen.
Wenn der Vorteig deutlich aufgegangen ist, das gesamte Mehl mit ungefähr ½ l warmem Wasser und 1 Esslöffel Salz gut durchkneten.
In einer großen oder zwei kleineren Kastenformen gehen lassen.
Bei 220 Grad 50 bis 60 Minuten backen.

Wer meine bewährten Kartoffel-Brötchen backen will, braucht schon ein wenig Erfahrung.

500 g gekochte kalte Kartoffeln pellen und zerdrücken oder durch die Presse drücken.
Aus etwas Weizenmehl 550, 1 Würfel Hefe und etwas warmem Wasser einen Vorteig machen (siehe oben).
1 kg Weizenmehl, der Vorteig, die Kartoffelmasse, 1 gestrichener Esslöffel Salz, 1 Teelöffel gemahlenes Brotgewürz (Koriander, Anis, Schabziegerklee, Fenchel, Kümmel oder Kreuzkümmel – Experimente sind toll!) mit warmem Wasser zu einem zähflüssigen Teig verkneten. Da er sehr klebt, benutze ich die Küchenmaschine!
Gehen lassen.
Den Backofen so hoch wie möglich stellen, mindestens 250 Grad.
Mit nassen (!) Händen ein brötchengroßes Stück Teig greifen, nur etwas runden und auf das Backpapier gleiten lassen. (Sesam, Sonnenblumenkerne oder Salziges, wie z. B. Käse oder Schinkenwürfel, als Unterseite oder obendrauf gestreut, ist ebenfalls sehr lecker!)
Ein Schwaden kann nicht schaden! (Heißes Wasser nach dem Einschieben auf den Backofenboden schütten, nach 5 Minuten den Backofen zum Entlüften kurz öffnen.)
Je nach Größe und Hitze sind die Brötchen nach 15 bis 20 Minuten gar (Klopftest).
Auskühlen lassen oder noch warm essen!

So braute Line im Günnemoor das Bier. Früllerk hatte das Rezept im ersten Band von Beta Wendelken aus Ströhe erhalten und auswendig gelernt:

Gekeimtes und anschließend getrocknetes Getreide, Gerste, aber auch Buchweizen oder Roggen, schroten und in Wasser 2 ½ Stunden sieden lassen, bis die Flüssigkeit dunkler ist. Dabei ständig rühren!

Anschließend durch gewaschenes und gepresstes Stroh filtern. Das Stroh den Tieren verfüttern.
Den Sud wieder aufkochen, Porst (in Bremen nahm Line Hopfen) hineinstreuen (durch Hopfen bildet sich reichlich Schaum). 1 ½ bis 2 Stunden kochen lassen und danach durch ein eng gewebtes Tuch filtern. 2 Wochen gären lassen.
Heute auf keinen Fall Porst (ein Heidekrautgewächs) verwenden! Er riecht (und schmeckt wohl auch) streng und steht auf der Roten Liste der gefährdeten Pflanzenarten, aber vor allem: Er ist giftig!

Stubenküken und Hummernasen, ob das Bremer Kükenragout damit essbar ist?

Stubenküken sind nicht die kleinen flauschigen Küken, gemeint sind Junghähne mit besonders zartem Fleisch.
Das Ragout besteht aus einer sehr feinen weißen Mehlschwitze, mit Sahne, Zitronensaft und Krebssuppenpaste abgeschmeckt.
Je reichhaltiger die Zutaten, desto edler das Kükenragout: Stubenkükenfleisch, Kalbszungenwürfel, Midderstückchen und Hummernasen (siehe Glossar), Morcheln oder Champignons, Spargelköpfe, kleine Fleischklößchen (früher aus gekochtem, sehr fein gehacktem Ochsenfleisch), Mini-Würstchen, Granat (Krabben), Pinienkerne oder Esskastanien.
Dazu schmeckt duftender Basmati-Reis, aber auch Kartoffeln.

So gekocht, sind Birnen, Bohnen und Speck völlig ungefährlich (Es ist das erprobte Rezept aus dem Kochbuch eines Bremer Kirchen-Altenkreises „Kochen in Seehausen und Hasenbüren“ von 1995):

1 Pfund gestreifter Speck, etwas Schinkenknochen, 2 Pfund grüne Bohnen, Salz, Pfeffer, 1 Bund Bohnenkraut, 2 Pfund kleine Kochbirnen, Petersilie
Speck und Knochen mit Wasser aufkochen und 45 Minuten ziehen lassen. Bohnen säubern und dazugeben. Mit Salz, Pfeffer und Bohnenkraut würzen. 30 Minuten bei mittlerer Hitze garen lassen. Die Kochbirnen auf die Bohnen legen und weitere 20 Minuten mitziehen lassen. Die gehackte Petersilie oben aufstreuen. Salzkartoffeln dazu reichen.

Früllerk drechselt Line bestimmt bald einen Stab, damit sie Baumkuchen backen kann!

9 Eigelb mit 250 g Zucker oder der entsprechenden Süße durch Honig mit dem Rührgerät hellcremig aufschlagen, 250 g weiche Butter unterrühren. 250 g Weizenmehl, geriebene Zitronenschale einer Frucht und das ausgekratzte Mark einer Vanillestange gut durchrühren.
Das steif geschlagene Eiweiß (9 Eier ergeben eine große Menge!) unter den Teig rühren, der dickflüssig wie Pfannkuchenteig sein muss.
Statt Leinen um den Holzstab zu nähen, kann auch Alufolie um den Stab gewickelt und gut eingefettet werden! Auf einem Bratspieß über dem offenen Feuer befestigen und ständig drehen.
Mit einem Schöpflöffel vorsichtig Teig auf den Stab gießen. Er tropft dabei und bildet Zacken. Durch die Hitze backt die dünne Schicht sofort ab. Der nächste Schöpflöffel voller Teig wird darübergegossen. Wiederholen, bis aller Teig aufgebraucht ist.

Vorsichtig vom Stab lösen, die Alufolie herausziehen und abkühlen lassen.
Mit Puderzucker bestreuen oder Schokoladenglasur darübergießen.
(Das Rezept entspricht der Anweisung aus dem Handbuch der Louise Wilhelmine Schilling von 1792.)

Diese Milchsuppe schmeckt besonders gut zu Brattuffels.

Von 1 Liter Milch eine kleine Menge zurückbehalten. Den Rest aufkochen lassen.
Die kalte Milch gut mit 40 g Weizenmehl und, je nach Geschmack, 1 bis 2 Esslöffel Zucker oder Honig verrühren. Mit einem Schneebesen in die kochende Milch gießen und dabei gut weiterrühren. Vorsicht, die Suppe brennt leicht an!
Ungefähr 10 Minuten (auf der ausgeschalteten Herdplatte) nachgaren lassen, sonst schmeckt das Mehl sehr stark hervor.
Einen Löffel voll Milchsuppe essen, dann einen Löffel Brattuffels, wie im folgenden Rezept beschrieben, dann wieder einen Löffel voll Milchsuppe. Das schmeckt! Probieren Sie es ruhig mal!

Kartoffeln (eine festkochende Sorte) am Vortag in der Schale gar kochen.
Pellen und in Scheiben schneiden. In einer Pfanne durchwachsenen Speck in etwas Öl oder Butterschmalz ausbraten, die Kartoffeln darin von allen Seiten braun braten. Erst zum Schluss gewürfelte Zwiebel dazugeben. Mit Salz und Pfeffer kräftig abschmecken.

Brattuffels mit Eiern, so, wie das heutige Bauernfrühstück. Line nennt es dem Moor-Commissarius Jürgen Christian Findorff gegenüber „Moor-Fröhkost“.

Das obige Rezept ergänzen, indem verquirltes Ei, wie für Rührei, darübergegossen wird. Bei niedriger Temperatur wie ein Omelette backen. Im Moor schmecken eingelegte kleine Gürkchen am besten dazu!

Plucktevinken, die nur gekocht werden können, falls gepluckte (in große Würfel gehauene) Vinken (Walspeck) zu bekommen sind.

Rezept wie unten, nur die Fleischreste werden durch den Walspeck ersetzt. Statt Essig können auch in Würfel geschnittene saure Äpfel genommen werden.

Plucktevinken nach dem Rezept der kleinen Betty Gleim aus der Obernstraße, als sie schon lange erwachsen war.

„Alle möglichen, in Würfel zerschnittene Fleischreste werden verwendet, 400 Gr. zerschnittene Zwiebeln in reichlich Fett mit Lorbeer, Pfeffer geschmort und darin das Fleisch erhitzt.
Indem nun beliebige Knochenreste ausgekocht sind, kocht man in der Bouillon gelbe, in Würfel geschnittene Wurzeln, und wenn diese weich, fügt man rohe, in Würfel geschnittene Kartoffeln hinzu. Nachdem auch diese gahr, wird das Fleisch nebst Essig, Salz nach Geschmack hinzugefügt, damit durchgekocht und das Gericht breiig servirt.“
(es ist das Originalrezept aus Betty Gleims Kochbuch, 13. Auflage 1892, Henny Westphal)

Diese Erbsensuppe schmeckt auch ohne Schwein!

500 g grüne geschälte Erbsen, 1 Stunde in kaltem Wasser einweichen, abgießen, mit frischem Wasser mehrere Stunden weiter einweichen.
1 große Zwiebel in Würfel schneiden und in etwas Butter andünsten. Die Erbsen mit dem Einweichwasser darauf gießen und aufkochen. Folgendes Gemüse, ganz klein geschnitten, dazu geben: 1 Stange Porree, 2 Selleriestangen, 2 Wurzeln (Möhren), 1 große Kartoffel, ¼ Kopf Weißkohl. Alles ungefähr 1 ½ bis 2 Stunden kochen lassen, erst zum Schluss mit Salz und Pfeffer würzen.
Obwohl mein Gebiss vollständig ist, mag ich die Suppe püriert besonders gern!

Plummen un Klütschen, schon am guten Geruch zu erkennen und wie Wübke Hartwich in Bremen sie kocht:

1 Tüte (200 g) getrocknete Pflaumen über Nacht in kaltem Wasser einweichen.
1 Pfund geräucherter gestreifter Speck oder Kassler mit 1 kleinen Stange Porree 1 ½ Stunden in ungesalzenem (!) Wasser kochen.
Zum Schluss die Pflaumen mindestens eine halbe Stunde in der Brühe mitkochen. Das Einweichwasser zum Auffüllen benutzen. Es soll eine sämige Suppenkonsistenz entstehen.
Evtl. mit Salz und etwas Honig süßlich abschmecken.

Klütschen schmecken in vielerlei Suppen.

Einen festen Teig aus der gleichen Menge Eier und Weizenmehl (etwas Salz oder, für süße Suppen, Honig oder Zucker) mit einer entsprechenden Menge kalter Milch rühren.

Zum Quellen stehen lassen. Mit einem immer wieder in kaltes Wasser getauchten Esslöffel Teig abstechen und in kochendem gesalzenem Wasser ungefähr 10 Minuten garziehen lassen.

Fliederbeersuppe mit Äpfeln und Klütschen, gut für die Gesundheit, aber vor allem sehr lecker.

Fliederbeeren (Holunderbeeren) pflücken und von den Stielen befreien (abstremeln). Mit ein klein wenig Wasser aufkochen und 10 Minuten ziehen lassen. Durch ein Sieb gießen und gut ausdrücken.
20 g Kartoffelstärke oder Mondamin mit etwas kaltem Wasser und 1 bis 2 Esslöffeln Zucker oder Honig anrühren. In 1 Liter kochenden Saft gießen und gut durchrühren. Ungefähr 10 Minuten ausquellen lassen.
Apfelstückchen und gesüßte Grießklütschen als Einlage.

Auch Grießklütschen passen in vielerlei Suppen.

½ Liter Milch mit etwas Butter und einer Prise Salz aufkochen.
300 g Grieß mit einem Esslöffel Zucker vermischen und trocken auf einmal in die kochende Milch schütten. Unter ständigem festem Rühren mit einem Holzlöffel entsteht ein Kloß, der sich vom Topfboden löst. Noch heiß 1 bis 2 Eier, je nach Größe, hineinrühren und gut durcharbeiten. Abkühlen lassen.
Gesalzenes Wasser aufkochen, mit einem Teelöffel, der immer wieder in kaltes Wasser getaucht wird, kleine Klütschen abstechen und im Wasser in 3 Minuten garziehen, nicht mehr kochen lassen.

Der noch warme Herren-Pudding bekommt trotzdem zusätzliches Feuer.

Getoastetes Weißbrot mit Butter bestreichen, in Eiermilch 1 Stunde einweichen (3/4 Liter Milch + 8 Eigelb), dann schichtweise mit Rosinen, Rosenwasser, Zitronen und Vanille in eine Puddingform geben, den Eischnee obendrauf streichen. 1 ½ Sunden kochen. Beim Servieren mit Rum übergießen und flambieren.

Mit Usquebah kann das Geld für eine Flasche Whiskey gespart werden:

„Man zerstößt gröblich 62 Gr. Nelken, 5 Gr. Muskatnuss, 3 Gr. Ingwer, 3 Gr. Kümmel, 3 Gr. Stern-Anis, 100 Gr. Rosinen und 150 Gr. Candiszucker, gibt es in eine gläserne Flasche, die über 2 ½ Liter fasst und gibt reichlich 2 ¼ Flasche Branntwein darauf; dann lässt man die Flasche 14 Tage an einem warmen Ofen stehen und schüttelt sie täglich um, lässt sie dann einige Tage in Ruhe und gießt die klare Flüssigkeit ab; der Satz kann noch 1 ½ Liter Branntwein in Usquebah verwandeln, wenn man nach und nach jedes Mal eine Flasche darauf gießt und verfährt wie das erste Mal. Gelb wird er mit 4 Gr. Safran, roth mit 4 Gr. Cochenille gefärbt."
(es ist das Originalrezept aus Betty Gleims Kochbuch, 13. Auflage 1892, Henny Westphal)

Nachwort und Dank

Es gibt eine schlechte und eine gute Bemerkung. Die schlechte zuerst: Leider hat es wieder über drei Jahre gedauert, bis die Fortsetzung von Line und Frülllerk aufgelegt werden konnte, aber das haben Sie vielleicht schon festgestellt.
Nun die gute: Im Dezember 2003 wurde „Stechen und Ringeln“ veröffentlicht. Im Dezember 2006 erschien dasselbe Buch unter neuem Titel noch einmal. Da es in die „BoD Edition“ aufgenommen wurde, erhielt es jedoch ein neues Cover und den Titel „Die Köchin oder Der Mord im Moor“. Vito von Eichborn wählte mein Buch mit elf anderen aus den inzwischen 20 000 Titeln des Verlages aus und gab die Buchreihe heraus. Das ist auch der Grund, warum der Titel der Fortsetzung ebenfalls mit „Die Köchin oder ...“ beginnt.
Auch in diesem, dem Herbst-Band erleben Sie, wie Line das Leben im Moor meistert. Es ist inzwischen schon sehr viel komfortabler geworden, eben nicht mehr die winzige Hütte, sondern eine kleine Moorkate. Wer weiß, vielleicht bekommt Line von ihrem Frülllerk eines Tages sogar ein richtig großes Bauernhaus gebaut? Was würde Anna Sandvoss wohl dazu sagen? Oder zieht Line eines Tages doch wieder zurück nach Bremen?
Auch diesmal sind alle Begebenheiten im Buch meiner Fantasie entsprungen. Nur wenige Personen lebten wirklich: König Georg III., Jürgen Christian Findorff, sein Nachfolger Dietrich Kohlmann, die Familie Oelrich, deren Besitz heute die „Egestorff-Stiftung-Altenheim“ in Bremen-Osterholz umfasst, und die Bauernfamilie Rerger. Das kleine Mädchen Betty Gleim wurde eine berühmte Bremer Kochbuchautorin, war Schriftstellerin und Pädagogin. Sie gründete eine „Lehranstalt für die weibliche Jugend“, obwohl umfangreiche Schulbildung für Mädchen 1806 noch als überflüssig erachtet wurde und die Schule nach neun Jahren aufgrund von Widerstand und Desinteresse geschlossen werden musste. Die Familie Timm und ihre Tochter Gesche Gottfried errang zweifelhafte Be-

rühmtheit. Ich wollte im Buch aufzeigen, dass die Giftmörderin schon als Kind auffällig und sicher psychisch krank war. Der Person Amtmann Schroeter habe ich nichts hinzu gedichtet. Nur der Lilienthaler Kurbetrieb wurde von mir zurückdatiert. Die Kur- und Badeanstalt des Bremer Arztes Dr. Heinecken existierte von 1800 bis 1803.

Selbst alle übersinnlichen Geschichten sind echte Legenden!

Im ersten, dem Sommer-Buch stehen hinten im Nachwort örtliche und kirchliche Veränderungen und meine Einstellung gegenüber der Zeit früher. Daran hat sich natürlich inzwischen nichts geändert. Schauen Sie also auch dort vielleicht noch einmal hinein. Genauso ist es mit dem Glossar. Auch in diesem Band erläutere ich Begriffe. Benutzen Sie jedoch zusätzlich meine Erklärungen aus „Stechen und Ringeln" bzw. „Die Köchin oder Der Mord im Moor", wenn Sie nähere Informationen wünschen.

Es gibt natürlich wieder einige Menschen, denen ich besonders Danke sagen möchte: meiner Mutter Marianne Pfeiffer für das Korrekturlesen des Plattdeutschen, meinem Sohn Oliver, seiner Katja und Käthe Schmied. Astrid Hanisch gebührt zusätzlich ganz besonderer Dank für ihr Urteil und das so überaus sorgfältige Korrekturlesen und vor allem Finden aller „Unebenheiten".

Eine Freude ist es mir, dass durch Bilder der beiden Bremer Malerinnen Gilda Recker und Gisela Neumann Situationen in meinem Buch verdeutlicht werden.

Werner Wichmann aus Worpswede baute auch die Moorkate liebevoll mit vielen Einzelheiten. Der Dank an ihn zeigt sich bei allen Lesungen, denn das Moor-Modell ist jedes Mal umschwärmter Mittelpunkt.

Und schließlich danke ich noch Ninja, unserer Katze, und meinem Mann Ronald Ilenborg.

Das Titelbild und die beiden Torfkahn-Bilder stammen von Gisela Neumann, Bremen. Alle anderen Bilder und Zeichnungen sind von Gilda Recker, Bremen.